U0462189

中国科幻基石丛书

孤绝之星

索何夫 著

四川科学技术出版社

图书在版编目(CIP)数据

孤绝之星 / 索何夫著. -- 成都 : 四川科学技术出版社, 2024.3

(中国科幻基石丛书)

ISBN 978-7-5727-1280-7

Ⅰ. ①孤… Ⅱ. ①索… Ⅲ. ①幻想小说 - 中国 - 当代 Ⅳ. ①I247.5

中国国家版本馆CIP数据核字(2024)第052610号

中国科幻基石丛书

孤绝之星

ZHONGGUO KEHUAN JISHI CONGSHU
GUJUE ZHI XING

著　　者　索何夫

出 品 人　程佳月
责任编辑　兰　银
特邀编辑　郭凤哲
封面绘画　方佩君
封面设计　姚　佳
版面设计　姚　佳
责任出版　欧晓春
出　　版　四川科学技术出版社
成都市锦江区三色路238号　邮政编码 610023
官方微博:http://weibo.com/sckjcbs
官方微信公众号:sckjcbs
传真:028-86361756
成品尺寸　147mm × 208mm　印　张　15.5
字　　数　320千　插　页　3
印　　刷　四川省南方印务有限公司
版　　次　2024年3月成都第一版
印　　次　2024年12月成都第一次印刷
定　　价　58.00元

ISBN 978-7-5727-1280-7

邮 购:成都市锦江区三色路238号新华之星A座25层　邮政编码:610023
电 话:028-86361770

“基石”之上

2002年，为推动中国原创科幻创作的进步，探索和引领国内科幻图书市场的发展，科幻世界创立了“中国科幻基石丛书”。以“基石”为名，正反映了我们对构建中国科幻繁华巨厦的决心和信心，以及笃行不怠、久久为功的耐心和恒心。如今，在一块块基石的支撑下，这座大厦的基座已经稳固地搭建起来。

我们曾经设想过的科幻文化的繁荣景象，正真真切切地在我们眼前逐步实现。科幻创作方面，作品的数量和质量均显著提升，风格更加多样，年轻作者数量激增，形成了持续创作的老中青梯队，为后续稳定输出更多优秀作品奠定了坚实基础。科幻文化方面，科幻在科技创新、文化繁荣和创新教育等方面的独特作用正受到全社会的空前关注，全国约有百所高校建立了科幻社团，各类科幻机构不断涌现，科幻文化活动层出不穷，展示出中国科幻厚积薄发的蓬勃生态。科幻产业方面，《流浪地球》系列电影上映后反响热烈，不但全方位推动了中国科幻影视行业欣欣向荣，更对社会、文化、经济、科技等领域产生了广泛的辐射效应。国际交流方面，《三体》英文版获得世界科幻大奖雨果奖后，越来越多中国科幻作家和作品“走出去”，为全球读者熟知；2023年，成都首次将世界科幻大会引入中国，中国科幻已经成为世界科幻舞台备受关注的重要力量。

中国科幻文学的特质，也随着这一块块基石的铺就逐渐展露出来。与国外科幻文学相比，除了作品本身的不同，中国的科幻创作自晚清时期萌芽以来，便主动担负起了崇尚科学、开启民智的责任；今天科幻文化日渐繁荣，同样承担着助力科技强国和文化强国建设、讲好中国未来故事、具象化人类命运共同体理念等重要使命。可以说，在中国科幻的基石之上，承载着超越文学本身的更多维度。

正是这种对科幻与民族、国家甚至人类文明发展密切相关的理念，促使我们对所从事的科幻事业始终秉持着一种历史使命感。从保留中国科幻火种，到奠定中国科幻基石，科幻世界这家以推动科幻文化发展繁荣为己任的老牌杂志社，也在不断思考科幻新征程的时代命题。在以科幻出版为核心的多元融合发展战略的指引下，科幻世界的出版物已经囊括实体书刊、电子书和有声书，从国内原创到海外引进，从少儿科幻到前沿科普，从硬核科幻小说到泛幻想图鉴，从二次元漫画到图像小说，以科幻为锚点，科幻世界培养的读者群体涵盖了从儿童、青少年到成人的全年龄段。但在这些图书中，“中国科幻基石丛书”仍是并将继续是图书品类的重中之重。这是因为，中国科幻文学大厦的建筑永无止境，这座大厦里的每一部新作品，都是未来新高峰的基石。

发现基石，打磨基石，构筑基石。科幻世界的出版初心，就在每一块基石里。

对于这些基石的遴选，我们仍然保持一贯的理念：并不限定某一种特定类型或风格，既期待核心科幻，也期盼个性革新。同时，它们也应该具有这样的共同标准:有创新的好故事,有对科技渗透下的现实思考,有对小到个体、大至文明的未来畅想。这些基石会共同组成中国科幻的完整叙事。

前路漫漫,我们信心满满。基石之上,这座巨厦会越建越高,并绽放出辉煌璀璨的科技、人文与哲思之美。

目　录

序　章

编者按：

这份文档是我从邦联赏金使节协会的档案馆中偶然获取的，在我找到它时，它与大量没有保密价值的日常记录和过期公文一道被储存在一块过期的记忆晶体中，正准备送去销毁——值得庆幸的是，一名档案管理人员认为它可能还有价值，于是将这块记忆晶体带了出来，并交给了我。当然，此举并未违反任何保密条例。

当时，我正在编纂一份关于邦联赏金使节活动的编年史，因此，那名档案管理人员相信，其中的记录或许会给我的工作带来一定的帮助。而事实确实如此：这份文档的内容并非出自赏金使节协会的文书人员或者自动办公AI之手，而是来自一名自称为“杏子”的卫兰人女性。如果文档后的附录属实，本文作者的生活年代应该介于邦联标准历410—500年。文档基于作者自己的视角，记述了赏金使节协会派出的调查员在邦联历431—432

年对位于雾礁星区的殖民世界坦塔罗斯星的调查工作，当然，还有作者和另外一些本地人在这一调查工作中所扮演的角色。

众所周知，邦联赏金使节们的主要任务，是寻找那些在只能进行亚光速航行的太空殖民时代的初期建立的、因为种种原因未能加入邦联的人类殖民世界，以及由非人类智慧种族所建立的文明体系，并设法让它们自愿加入邦联。在旧邦联因为与圣体兄弟会的战争而崩溃之后，寻找失去联系的孤立殖民世界，并让它们恢复与邦联的联系，也成了赏金使节的重要工作。不过，赏金使节有时还会执行一类不太为人所知的任务：进入那些被邦联行政院主动封锁的世界，并在当地展开秘密调查，以判断这些世界是否达到了解除封锁的标准。这类任务全都来自邦联行政院的直接委派，而负责执行的赏金使节将得到邦联特别调查员的临时职务。

一般而言，邦联行政院极少动用其紧急权限下令完全封锁一个世界——尤其是有智慧生命居住的世界，但坦塔罗斯星正是这极少数被封锁的世界之一。它的封锁令始于邦联历133年，当时，发端于雾礁星区外围的一场太空汪达尔人侵略波及了星区60%以上的有人居住的世界。当执政官安特米乌斯派出的特遣舰队在墨丘利星系的作战完全失败后，邦联方面不得不启动了代号“蜜罐”的作战计划，这一计划最终阻止了太空汪达尔人在星区内的继续扩张和破坏，但代价则是坦塔罗斯星被完全封锁。

在被封锁之前，坦塔罗斯星被分类为黎明世界——这是对那些环境已经足以支撑复杂生命形态存在，高度适合地球化，但是没有本土生命，或者只存在简单本土生命的世界的称呼。在被发现后，这个世界被划入可殖民世界的名单，并在之后的半个世纪中进行了大规模的地球化改造和初步实验性殖民。不过，当太空汪达尔人入侵雾礁星区后，为了支持前线作战，这颗行星的地球化改造被迫中止，并改建为一个军工–难民营世界。在遭到进攻之前，坦塔罗斯星有大约四十五万人口，其中包括超过一万名与军工生产相关的工作人员，超过四十万名舰队后勤人员、驻军和行政人员，以及原本对该行星进行改造的技术人员。除此之外，还有数量无法准确统计的、由星区其他区域逃难至此的难民（多数是卫兰人）。在被封锁后，没有人知道坦塔罗斯星的人口的具体变动情况，这无疑与当地社会崩溃造成的系统性记录缺失有关，但当邦联的调查员于431年抵达这一世界时，当地总人口已经恢复到了三百万左右。

虽然在任务过程中，担任调查员的赏金使节被严格限制表明身份，但为了完成调查任务，他们可以在当地招募合作者，这份文档的作者正是其中之一。我必须承认，这份记录相当翔实，并记载了许多其他史料未曾涉及的事件细节，但需要注意的是，因为种种原因，作者的记述中存在着许多不准确的叙述和常识性错误，我在整理这份文稿时已经用注释将其一一标出。我相信，对于致力于研究这段历史的人而言，这将会是一份相当有价值的历史材料。

——邦联历史学研究院首席历史学家罗蒙诺索夫

邦联历560年

第一章　水之圣女

1

后来，硬铝街上的人们都说，那两名访客是从北方来的：他们驾驶着那辆摇摇晃晃、看上去如同一头老态龙钟的巨兽般的重型货车，驶过了盐骨荒原惨白色的龟裂土地，绕过了那座已经被本地人挖掘了好几十年但高度几乎从未减少的工业垃圾山，又穿过了镇外的石蕈森林，最终接近了醴泉镇的北大门。在那里，岗楼上执勤的卫兵们发现了这个隆隆作响的大家伙，并打出了灯光信号，要求它停下来。

虽然我并未亲眼见到当时的景象，但可以肯定的是，那帮卫兵当时肯定吓得脸色发白、两腿打战——毕竟，和那些需要在袭击者与劫掠者的频繁造访之下苦苦支撑，或者恰好与不断制造麻烦的古老遗迹比邻的地方不同，醴泉镇整体上是和平的。作为得到各城镇共同提供安全保证的中立商业区域，这一带的冲突并不算频繁，顶多也就是每四五天才有一个人因为暴力而丧命的水平；而本地虽然存在许多古老遗迹，但除了“那一座”之外，其他遗迹全都相当安静，从来没有突然钻出过什么恐怖的玩意儿。总之，除了在街上“吃拿卡要”时偶尔和愤怒的市民展开一番“热情互动”之外，醴泉镇的卫兵几乎没有什么作战经验，而那辆来路不明的巨大货车虽然破旧，但驾驶室上方却实打实地装着一门不知从哪儿拆来的火炮，它那盖着七拼八凑的金属装甲板的车厢也完全可以藏下二三十个武装人员。

总之，惶恐不安的卫兵们用一挺比他们曾祖父还要老的重机枪——那是他们所拥有的威力最大的武器——瞄准了大货车的驾驶室，并以最快的速度呼叫了增援。直到集合了超过五十个人之后，这些家伙才战战兢兢地打开大门，对这辆车进行了全面检查。不过，出乎他们意料的是，那辆货车上并没有塞满凶神恶煞的劫掠者，整辆车上只有两个人：一名沉默寡言、坐在驾驶座上的年轻女性，以及一位彬彬有礼的男子。那名男子声称，他们是两名“普通商人”，除了一些普普通通的货物，以及几件在横跨荒原时必需的自卫用武器外，车上没有任何危险品，而驾驶室上的那门炮更是纯粹的摆设，唯一的用处是吓唬那些心怀叵测的家伙。

当然，负责检查的卫兵很快就证明了他的说法的真实性：他们确实找到了一张由北方的帆影港镇颁发的行商许可证，在车厢里也只发现了普通的商品和生活用品，至于那门火炮，不但没有装填炮弹，甚至连炮闩也被卸掉了一部分，根本无法对任何人构成威胁。唯一有那么点儿古怪的是，这辆货车上装载了一堆不知用途的机械零部件，但是没有携带任何信件，而在大多数情况下，行旅商人都会兼任信差，为不同城镇的居民有偿寄送信件才对。

“这个嘛，只能说我的运气不是很好，”对于卫兵们的质疑，彬彬有礼的男子如此解释道，“在下一路上经过的每个城镇似乎都没有人打算向醴泉镇寄送信件——本来我还指望，如果车上的货卖不出去，送信的费用起码也能抵掉这一路上的伙食费，可惜全都泡汤了。”

“可以理解。”卫队指挥官点头表示同意，“毕竟，醴泉镇现在就是这情况……你真的打算在这儿做买卖吗？虽然以我的立场不该这么说，不过……”

“如果没有别的问题的话，那就请允许我进去吧。”年轻的商人并没有将对方的警告放在眼里。按照规定，他留下了二十分之一的货物作为获得镇内经商许可的费用，又签署了一份除非出于自卫，否则绝不在镇内动用武力的保证书。在那之后，他和他的同伴重新启动了那辆大货车，进入了醴泉镇的城墙之内，并在硬铝街最北端的跳蚤集市上停了下来，开始贩售那辆大车上载着的货物。

而在不久之后，我就来到了他们的摊位上。

那天傍晚，当暗红色的太阳开始接近地平线时，忙活了一整天的我总算结束了繁忙的工作，从闷热的房间中来到了街上，让干冷的风慢慢吹散身上的烟火味——作为公共烤炉管理员家的长女，我从十一岁起就开始了这种重复而忙碌的生活：每天早上,住在街道上的人都会带来在磨坊那里磨好的面粉和盐,而我必须在中午之前与母亲和妹妹们一道把它们揉成面团;到了下午,当父亲开始至关重要的烤制工作时,我又要协助照管炉火。这项工作会持续到晚餐之前,直到街坊邻居们领走烤好的硬面饼,并按照惯例留下其中的五分之一作为我们的报酬后,腰酸背疼的我才会得到休息的机会。

通常而言,在天黑之前,我会先到街上透透风,然后将白昼剩下的那点儿宝贵时间用来读书:作为硬铝街公共烤炉管理员的继承人,父亲在我幼年时就教会了我基础的读写知识,以确保我在接手家族生意之后能够独立记账和写信。但父亲显然没想到,在学习读写的过程中,我养成了对于阅读的浓厚兴趣。由于家里原先的藏书用两只手就能数得过来,因此,每当有新的行旅商人来到醴泉镇时,我都会在第一时间赶去,询问他们有没有带来书籍,或者任何带有文字的东西。

不幸的是,这类商品通常很难入手。

在坦塔罗斯星,书籍制作的最大障碍并非低下的识字率,或者印刷技术的衰退——虽然这两个问题确实造成了相当程度的不利影响,但纸张的缺乏才是最大的问题:在我们的祖先抵达这个世界之前,这里的生物演化水平还处于古地球上隐生宙末期的阶段,最“高级”的地表植被也不过是那些石蕈而已(作者此处的说法不尽准确,坦塔罗斯星的石蕈并不完全是植物,而是一种类似于地衣,由多种可以进行光合作用的微生物所构成的共生体——当然,其中至少包含一种类苔藓植物——在长期生长后留下的碳酸钙-硅化物“骨骼”。其结构非常类似古地球的蕈类,这也是其名字的来源。——编者注)。而我们的祖先虽然带来了树木,却并未将其广泛种植,因此,坦塔罗斯星的木材非常宝贵,很少被用来生产纸浆。虽然用秸秆之类的边角料制成的劣质纸确实是存在的,但这种纸不适合用于印刷,顶多只能拿来处理一下个人卫生问题。由于优质纸张稀缺,书籍成了一种既少又贵的东西,就算偶尔出现在行商的摊位上,其价格也往往相当于我几个月的积蓄。

因此,当我的妹妹茉莉跑来告诉我,跳蚤集市上有人正在卖便宜书时,我几乎不敢相信自己的耳朵。

“你……你不是在开玩笑吧?真的有人在这里卖书?而且还不止一本?!”

“没错,是真的!”茉莉点了点头,毛茸茸的红棕色尖耳朵在头顶支棱着,那条毛发浓密、如同掸子一样的大尾巴则在她身后规律地来回摆动——这是她认真时的模样,“以地球的名义,我真的看到了。还有,每本只要五个铜板哦。”

“嗯,五个铜板?那人卖的不会是旧账簿之类的吧?”我摇了摇头,提出了一个在我看来合情合理的可能性:由于优质造纸原料的短缺,失去用处的废纸和旧账簿大多会被商人们回购,并以远比书籍便宜的价格卖给造纸工坊的人作为回收、化浆的材料。虽然街上的人们都半开玩笑地管我叫“文字中毒者”,但说实话,我对几十年前的陈年流水账可是一点儿兴趣都没有。

“不,不是啦!”茉莉摇了摇头,“是真的书哦!才不是什么旧账簿!如果不相信的话,我带你去看!”

就这样,在半推半就之下,我跟着妹妹穿过了大半条硬铝街，最后来到了跳蚤市场。平日里，这座市场上总是挤满了来自大陆各个角落的商贩，各式各样的交通工具、驮畜和摊位会将每一处空旷的地面都塞得满满当当，跳蚤们可以直接踩着人们的脑袋从市场的一头跳到另一头，叫卖的吆喝声和讨价还价声甚至在天黑很久之后都不会消停。但在最近的几个旬日里，来这儿做生意的人已经大幅度减少了，市场里的大多数区域都空了出来，露出了被无数人踩踏过的坚实地面。饶是如此，在市场里买东西的人仍然比卖东西的人要少得多，还有不少“顾客”的注意力压根儿就不在摊贩们的货物上。

“哇……这、这是什么？”

在第一眼看到那辆巨大的货车时，我立即将书的事情抛到了脑后——虽然在坦塔罗斯星，到处都可以看到生产于隔绝时代之前的机械设备，某些古老的遗迹里甚至至今都在不断生产着这类东西，但通常而言，越是庞大、复杂的古老机械往往也越难被现代人所重新启用。但很显然，这辆高度超过我身高两倍、在车体两侧各有着三组被称为“轮式履”的短履带的重型交通工具已经被它的主人使用了很长一段时间，而从那些来源五花八门、被贴在车体表面充作“附加装甲”的金属板的状态来看，它的拥有者显然在竭力试图提高这辆交通工具的生存能力。

“这是一辆‘堤丰’型多功能货车，通常被用于在缺乏基础设施的世界进行交通运输作业。它最大的优点就是越野性能好和故障率足够低。正因如此，在被设计出来后，它在不同的邦联殖民地被持续生产了超过两个世纪，拥有成百上千的改型。”这辆车的拥有者微笑着对我说道。这是一名男性，更准确地说，一名

"基本型"人类男性。和我这种因为祖先接受的基因改造而拥有某些类似古地球动物的特征——比如毛茸茸的耳朵和尾巴——的卫兰人,以及在宇航时代因为种种原因发生变异的其他人类亚种不同,至少从外貌上看,他的长相与我们那些尚未离开古地球的祖先几乎没有差异,既没有多出来的器官,也没有比例怪异的身体部位或者"非天然"的瞳色与肤色。

当然,仅此一点并不足以让我感到意外。虽然坦塔罗斯星超过四分之三的居民都是卫兰人,但"基本型"人类也并不少见。可是,在看到对方的瞬间,我却产生了一种很……不自然的感觉:按理说,由于需要在经年累月的旅行中面对各种各样的艰难困苦,在不同城镇之间来回穿梭的行旅商人通常都有着饱经风霜的面孔和警惕的眼神,仿佛一群群徘徊的掠食野兽,而这个男人看上去却更像是一名常年足不出户的文书或者会计。他白皙的皮肤表面看不到哪怕一块疤痕,身材更是纤细到可以称为"娇小"的程度,一点儿都看不到那种因为常年艰苦跋涉和进行重体力劳动而被动锻炼出的虬结肌肉,细密而富有光泽的淡银色头发被随意地在脑后扎成一根漂亮的马尾,甚至就连他身上的浅褐色斗篷和长裤也都干干净净,完全没有任何缝补的痕迹,与他身后那辆外形粗犷、伤痕累累的巨大货车形成了极为鲜明的反差。事实上,如果只是远远瞥上一眼的话,许多人很可能会直接把他误当成一名美貌少女。

"你好啊,这位小姐,要买点儿什么吗?"在与我目光相接之后,这名行旅商人朝着我露出了充满魅力的温和笑容……并立即让围观者中的几个年轻女生发出了充满花痴气息的咯咯笑声。“你瞧，虽然大伙儿都盯着我，但没几个人打算买东西。再这么下去，我这趟生意可就要亏本了。”

“嗯，你有书吗？”被他这么一提醒，我才想起自己跑到这里来的目的，“我……我妹妹说你有很便宜的书可以卖。”

“啊，没错！能在这个世界上遇到对文化和知识有兴趣的人，真是件令人高兴的事。”那人说道，“我的名字是伊斯坎德尔，如你所见，是一个很普通的行旅商人，那位是我的同伴、驾驶员兼保镖——小音小姐。”他伸手指了指站在远处的那名女性同伴。和纤细白皙的伊斯坎德尔不同，这位被称为小音的女性比他至少高出一个头，有着秀丽但严肃的面孔，以及为了方便行动而仔细修剪过的齐肩褐发。即便穿着同样的行旅商人的斗篷和耐磨长裤，我也可以从她的举手投足中轻易看出一种伊斯坎德尔所不具备的干练与力量感，就像是故事里的亚马孙和瓦尔基里一样。

“嘿，小音，我们带来的那些书呢？”

“在这里。”伊斯坎德尔的同伴耸了耸肩，把厚厚的一大摞书递给了他。这些书本的数量已经超过了我迄今为止所见过的全部书籍的总数——其中有一些是我曾经读过的游记、地理书或者歌谣集，但更多的书却是我从未见过的；其中一些书本的文字与我熟悉的、坦塔罗斯人所使用的新罗曼文之间存在着显著的差异，另一些配着远比普通书籍的粗糙版画精致得多的大幅彩色插图，还有一些印刷在比一般的纸更加光滑、坚韧的材料上，我甚至不知道那能否被称为纸。

“这些书……我……从没见过。”

“哦，没错，因为它们是旧时代的造物，”伊斯坎德尔耸了耸肩，“是旧邦联还在的那个时代印刷出来的。”

“我不相信。”我摇了摇头。众所周知，在隔绝时代之前，人们是不会用书籍这种东西记载知识的，当时，他们拥有远比这更加先进的载体，只需要一小块手掌大的屏幕，甚至更微不足道的东西，就能取代千万页的纸张（事实上，作者在这里有一点误解：邦联境内每年仍然印刷大量纸质书。尽管不那么实用，但就像镀金怀表和黑胶唱片一样，书籍在现代社会中作为代表“高雅文化”的奢侈品仍旧有其市场。——编者注）。

“如果不相信的话，就当我是在开玩笑好啦，”伊斯坎德尔似乎不愿进行无谓的争论，只是随意耸了耸肩，“但无论如何，这些书本身可是货真价实的。只要……嗯，考虑到你这么喜欢书，三个铜板一本吧。”

虽然我很想指出，用这个价格卖书，无论怎么看他都亏大了，但在廉价读物的诱惑之下，我还是一言不发地掏空了衣兜，带着五本书回到了家里。老爹一度大惊失色，并厉声质问我到底从哪里弄来这么多钱买书，但在听了我和茉莉的解释之后，他只是叹了口气，坐回了烤炉旁的椅子上。

“当心点儿那两个新来的，”他这么告诉我，“我有种预感，他们不是一般的商人。”

2

虽然醴泉镇平时总是以商贾辐辏著称，但大多数外来商人并不会在这里待太久——真正吸引他们的并不是本地居民的热情好客，或者比别处的人更加充实的荷包，而是这里赖以成名的清洁水源。在醴泉镇的中央，矗立着一座在隔绝时代之前就已经落成、迄今为止仍在发挥着作用的古代遗迹。这座名为“醴泉塔”的高塔内部每天会定时流出大量绝对纯净的清水，并沿着玄武岩水渠被引入镇内的各个蓄水池和水槽中，整座城镇也由此得名。

虽然我曾经听说，这个世界上有些地方的水源比这里的更加丰富，但在塔纳托斯大陆的大部分地方，纯净的水是相当罕见的：由于横亘在南方海岸线附近的雨影山脉的影响，来自行星低纬度海洋的水汽很难进入这一带，因此，这片大陆上的大多数区域要么是一望无际的干旱荒漠，要么就是泛着各种不知从何而来的诡异色彩、水质浑浊苦咸到根本无法下咽的巨大盐湖与盐沼(一般认为,这些含盐湖沼中的色彩或许来自厌氧菌和藻类等微生物,当然,直接饮用它们往往对人类的身体有害。——编者注),很多地方的人们不得不依靠收集露水和冷凝水维持最起码的饮用需求。正因如此,在大多数需要长途跋涉的商队看来,能够近乎无穷尽地提供纯净饮用水的醴泉镇的诱惑力自然不言而喻。而商队的到来意味着商业活动的繁荣,又转而吸引来了更多的居民,于是,在几代人的时间里,醴泉镇从一个荒凉偏僻、只有几百人的村落,演化成了一座拥有上万居民的大城镇,甚至成了人们口中富裕的象征。

但在最近的这段时间里,一切都悄然发生了变化。

我并不清楚,从醴泉塔里流出的水到底是什么时候开始出问题的。毕竟,水质的变化幅度最初非常微小,大约在一年前,住在铜铆钉街的一位味觉灵敏的老大妈就开始抱怨,说我们替她烤的硬面饼总是“有味儿”,而在不久之后,一位酿酒师也开始表示,今年的麦酒味道不及预期。

当然,一开始,并没有什么人在意这些小小的问题。真正让所有人都察觉到情况不对的,是半年前举行的旱季告别祭——在醴泉镇,作为一种传统,也作为向外来者宣传本地唯一的“名胜产品”的方式,镇长会让当年度的“水之圣女”从水渠中象征性地收集和保存一罐水,并将它与历年收集的水一起供奉在神龛之中。但是,在那一天,所有人都惊讶地看到,与去年那罐纯净得几乎如空气般透明的水相比,今年由“水之圣女”取出的水显然要浑浊得多,而且还泛着一抹诡异的浅黄色。

一开始,人们都以为这是个恶作剧。毕竟,“醴泉镇的水源永远都是绝对纯净的”这一事实早就已经深入了每个人的脑海之中。但是,当“水之圣女”换上另一只被仔细清洗的玻璃罐,重演了一次仪式之后,结果还是没有任何差别:就算在单独放置时不太容易被注意到,但只要和往年的水直接对比,其中的差异就会清晰地显现出来。

当然,仪式本身还是勉强完成了,但在仪式结束后,不安与惶恐的气息开始在醴泉镇上散布开来——诚然,就算水质开始一天又一天地劣化,但比起其他地方的苦涩井水或者卫生程度非常堪忧的蓄积雨水,醴泉镇的水仍然有着一些优势。但问题是,影响大多数人信心的并非“眼下”,而是“预期”。没有人知道醴泉塔中流出的水最终会变成什么样,更没有人能说明白,这种事是否会是更大、更可怕的灾难的某种预兆。于是,在对未来的不安情绪中,商人们逐渐开始考虑暂时避开醴泉镇,旅客也都纷纷制订了新的行程规划。镇上的市场就这样以肉眼可见的速度萧条了下去,而在这一过程中,水质情况还在以越来越快的速度恶化。

在伊斯坎德尔和小音来到这里一个旬日之后,他们仍然没有离开的迹象。这段时间里,光顾他们摊位次数最多的顾客就是我,除此之外,虽然围观那辆大货车的人一直不少,但很少有人真的掏钱买他们的东西:除了书本之外,伊斯坎德尔带来的货物大多是些昂贵、精致,但没有太大实用价值的小物件,包括做工精巧的木雕,虽布满了细腻的镀金图案、但还没小孩手掌大的金属杯子,装满五颜六色细沙的小沙漏,以及各种漂亮的盆盆罐罐和小首饰。虽然许多人,尤其是年轻的女孩子,总会爱不释手地拿着这些小玩意儿反复把玩，但最终，他还是只卖出了寥寥无几的商品。

“说实话，你这生意如果继续做下去的话，多半是要亏本的，”在伊斯坎德尔抵达跳蚤市场的第十一天，又一次来到摊位前的我在闲聊中对他说道，“虽然我不否认，这些东西确实很有意思，但是真的会掏钱买它们的人可没几个。”

“也许吧。”对于我指出的事实，伊斯坎德尔只是耸了耸肩，“反正我也不指望靠这个赚钱——对我而言，只要愿意认真起来，搞到钱的办法有的是。”

“对啊，在上个城镇里时，你可是说要‘认真做买卖’的，结果进的那些祭神面具好像一件都没卖出去吧？”斜倚在大货车旁的小音插话道，“那又是怎么回事？”

“那是失误，是偶然的失误啦，”伊斯坎德尔露出了有点儿尴尬的表情，“再说，我们本来也不是靠做生意过日子的，对吧？”

“哈？！”我必须承认，这个回答让我吃了一惊，“你这话是什么意思？难道行旅商人只是你的掩护身份吗？”

众所周知，由于可以合情合理地四处走动，某些有着特殊任务的人——比如传递秘密信息的信使，以及负责侦察敌对城镇情况的斥候，往往会使用行旅商人这一身份作为掩护。一些流亡者和逃犯往往也以商人自称。但通常而言，无论是哪一种伪装的商人，都不可能会承认自己“不靠做生意过日子”才对。因此，在听到伊斯坎德尔的说法时，我还以为他在开玩笑。

“我可没开玩笑，小姐，”伊斯坎德尔微笑道，“我是一位调查……啊，不，如果愿意的话，你可以认为我是一位历史学家。我之所以出来做生意,是受人委托进行调查工作,并撰写一份……呃,学术资料。”

“原来是这样啊。”我点了点头。

由于醴泉镇本身没有多少军事价值,又是由不同城镇共同做安全担保的中立地带,通常而言,不会有谁刻意到这种地方来刺探情报、侦察局势。而从伊斯坎德尔带着的家当来看,他显然也不像是什么逃犯。至于历史学家这种玩意儿,虽然不常见,但也不是特别稀罕,通常他们都是些足够有钱的富贵闲人,因为足够无聊又受过足够的教育,所以才把研究和编纂历史这档子没有什么油水的活儿当成自己的工作。

“那你来醴泉镇又是为了研究什么呢?我不觉得本地的历史有什么特别有趣的地方。”

“附议。”像雕塑一样站在一旁、百无聊赖地看着毯子的小音说道,“这地方比我想象的还要无聊,几乎没有任何调查价值。”

“我可不这么觉得。”伊斯坎德尔耸了耸肩,“比如说吧,在我看来,醴泉镇的某些节日,像是旱季告别祭就挺有意思的。”

“对啊,今年这次特别有意思,”一个透着不快情绪的声音插了进来,“整个旱季告别祭成了笑话,所有人都看到了,醴泉镇的水已经不再清澈,命运正在厌弃我们。”

“没错,那天简直……欸,你难道是……”在看到说话的那名女孩的面容之后,我突然愣了一下,“你是那天的……”

“我是紫菀,也是今年祭典上的‘水之圣女’。”插话的女孩说道。她和伊斯坎德尔一样,也是一名“原版”智人,有着白到接近透明的肌肤、淡银色的长发和缺乏血色的脸颊与嘴唇,一对鲜红色的瞳孔则昭示着这种令人心生怜爱的白色的来源:来自古老的基因缺陷的白化病。“请问,这位先生就是传说中那位开着罕见的大货车的伊斯坎德尔先生吗?”

“嗯哼。”历史学家点了点头,“所以,这位小姐,你到底是专程来看货车的,还是来看我的?”

“都不是,我只是……嗯……趁机出来走动走动而已,”紫菀答道,“我平时……不怎么有机会离开自己家。”

“为什么?”我好奇地问道。

“因为我的身体……不太好,”紫菀解释道,“家父吩咐我平时多休息,尽量节约体力、少见阳光。但现在,我的时间已经……不太多了。”

“为什么?”我好奇道。

“你应该知道,我是今年的‘水之圣女’吧?”紫菀露出了一丝苦笑。

所谓的“水之圣女”虽然听上去似乎是个很厉害的角色,但事实上,我们醴泉镇的居民并不太在乎这个头衔:毕竟,除了每年参加几次固定仪式之外,“水之圣女”并没有什么特殊的职责或者权限,在大多数时候,这个角色都由镇上商会里的大商人的女儿或者年轻貌美的女商人扮演,图的是能在祭典上露个脸,顺带和来自大陆各个角落的行旅商人们混个脸熟。

“我在祭典上见过你,”我点了点头,“你……”

“家父是醴泉镇商会的新任会长,”紫菀迅速说道,“我之所以被指名当‘圣女’,只不过是因为他希望用这种方式强调自己新得到的地位而已。说实话,我自己其实不是很喜欢这种抛头露面的……工作。”

“可以理解。”我小声说道。

在旱季告别祭上，紫菀的动作确实显得有些笨拙和缓慢，尤其是两次在将硕大的水罐抱进神龛之后，她都痛苦地喘息了好一阵子，而阳光的直射更是让她眯着眼睛、汗流不止。很显然，对从小就因为白化病而不敢见阳光、缺乏锻炼的她而言，这种活儿几乎可以说是一种折磨。

“那么，现在你为什么要出来？你刚才说‘时间不多了’又是什么意思？”

“如果你患有严重的疾病的话，我也许可以帮上忙，”伊斯坎德尔接着说道，“虽然我不是医生，但有一些古老而有效的治疗手段，说不定……”

“不是病，”紫菀轻轻摇了摇头，“是别的事情……”

“到底是什么？”我追问道。

“是……是‘水之圣女’的职责，”紫菀说道，“我不能说太多，因为家父说过，这些事最好不要对外人提起。总之，只要我能成功履行职责，水就会重新变得清洁而纯净，但是……”

“但是怎么样？”

“没什么。”紫菀露出了欲言又止的表情。在支吾了一小会儿之后，她突然丢下一小块方形银板——相当于二十个铜板——然后匆匆从摊位上拿起一小串镶着蛋白石颗粒的银质项链，就这么从我们面前跑开了。

“有意思。”在她离开时，伊斯坎德尔将双臂抱在胸前，低声说道。

3

虽然在我看来,那次与紫菀的相遇纯属偶然:像她这种富裕人家的大小姐很可能纯粹是因为闲得无聊,才一时兴起跑出来游荡,而所谓的"职责"大概也只是信口吹嘘而已。但出乎我意料的是,第二天,我又一次在伊斯坎德尔的摊位旁看到了她。

由于苍白的肌肤很难承受阳光的直射,即便已经时近黄昏,紫菀还是戴着一顶带有红色蝴蝶结的硕大宽檐草帽。除了摊位上的商品之外,她更感兴趣的是伊斯坎德尔的那辆大车,以及只要有空就会取出一整箱维修设备,对大车进行检修的小音。

"那个,这辆车是在什么地方生产的?"

"不知道,我们只是意外捡到了它而已。"对于紫菀的试探性询问,正在进行例行维护工作的小音如此答道。

"那你们又是在什么地方捡到它的呢?"

"一座垃圾山。"伊斯坎德尔的保镖兼驾驶员不带感情地答道,同时继续摆弄着她的那些工具,"隔绝时代之前留下的。"

“但我之前可没听说有人从垃圾堆里找出能用的古代设备，”紫菀可爱地对着手指，继续追问，“当然，有些照明设备、枪支或者爆炸物什么的确实还管用，但一般而言，像这种复杂的重型装备，经过这么多年应该都已经报废了才对……你们到底是怎么让它动起来的？”

“我们运气比较好，这辆车上当时恰好载着一整车密封包装妥当的维护工具和备用零部件，”到了这时，小音的那张扑克脸上总算出现了表情——虽然不过是些许不耐烦的神色而已，“恰好，作为历史学家的伊斯坎德尔先生找到了关于这种车型的维护技术和方式的说明书，我们花了很长的时间进行反复试验，最后才总算让它动了起来。”

“听上去似乎很厉害！”紫菀似乎并没有注意到对方的不耐烦，继续追问着，“它是靠什么动的？”

“哦，我们的这位朋友可不挑食，几乎一切能点着的东西，它的发动机都能烧——无论是气态的还是液态的都行。除此之外，这辆车也有辅助的电动机和蓄电池，就算没有燃料，还能靠太阳能移动……虽然在这种经济模式下，它的行驶速度不比你走路快多少就是了。”见小音已经被问得不胜其烦，伊斯坎德尔连忙凑了上来，开始替她回答问题，“当然，它是非卖品。所以就算大小姐您想要买下它，我们也只能说声抱歉了。”

“我也没想着要买，”紫菀说道，“我只是想要坐一坐它，就一次，行不行？我会付钱的。”

“没问题。”伊斯坎德尔微笑着点了点头，又看了正在打量着摊位上的书籍的我一眼，“哦，对了，第一次可以免费，杏子小姐，你也一起上来吧。”

“啊，好的。”虽然比起那辆大车，我更在乎的其实是书，但对于我而言，这种新奇的体验也确实非常有吸引力：在坦塔罗斯星上，无论是在废墟、古老的仓库，还是那些从隔绝时代之前残留至今的巨大垃圾堆里，到处都能看到古老的交通工具和工程设备的残骸。其中一些已经被破坏成了零件状态，另一些则基本保持着完整的状态。但不知为何，即使是那些看起来保存得相当完好的古代设备，大多也无法开动，只能被拆卸后作为废金属回炉（事实上，作者的这种说法仍然略有夸张。坦塔罗斯星的技术退步导致当地人并不能有效切割并熔炼许多高强度金属材料，比如常见的Ω级装甲用合金，因此，许多报废设备很可能只是被简单地拆卸开来，并被粗略地加工成其他工具而已。——编者注）。极少数能被重新利用的装备也往往因为保存状态不佳、缺乏维护手段而导致使用频率不高。像这样能坐上去兜风的机会可不太多。

当然，虽说现在的跳蚤市场已经比往年冷清了不少，但这儿原本就不算宽敞，而市场周围那些随意私搭乱建的住房更是让可以辗转腾挪的空间进一步减少了许多。因此，在我俩都坐进大货车的驾驶室后，伊斯坎德尔只是以人类徒步行走的速度开着这辆车慢悠悠地晃了一圈，然后便返回原位，重新停了下来。即便如此，紫菀那苍白的脸上还是洋溢着兴奋的神色，就像是一个头一次拿到新奇玩具的小女孩一样。

“太棒了，太棒了，太神奇了……这样的话，我可真是死而无憾了。”在离开驾驶室时，紫菀带着一脸夸张的幸福表情说道。

“这……不至于吧。”我双手一摊，“而且，‘死而无憾’这种说法最好别乱用，听上去怪不吉利的……”

“不吉利？”紫菀摇了摇头，“我只是在叙述事实而已。”

“哈？你不是在开玩笑吧？”我惊讶地问道。不过，与我们一同下车的伊斯坎德尔倒是没有露出任何惊愕之色，似乎早已预见到了紫菀会这么说。“难道……”

“没错，我之前说过的‘水之圣女’的职责确实是真的，”紫菀点了点头，“再过两个旬日，我就要去做‘那件事’了。所以，我希望尽可能留下一些比较好的记忆。”

“那是什么样的事呢？”伊斯坎德尔问道，“放心，如果此事需要保密的话，我是绝对不会四处宣扬的。”

“是……这样的。”紫菀低头对着手指，露出了犹疑的神色，“其实，最近醴泉镇的……意外情况并不是第一次发生，在很久以前，这里也出现过同样的问题。”

“哦？”伊斯坎德尔一下子来了兴趣，“以前醴泉镇还有过这种事？”

“是的。只不过，那时候的醴泉镇还不像现在这样繁荣，也不是贸易中心，所以说，知道这事的人不多。而在更早的时候，当人们刚来到镇上定居时，类似的水质恶化情况也发生过不止一次，只不过，记得那些事的人就更少了。”

“而这几次问题都被解决了？”

“是的。”紫菀说道，“解决这些问题的，都是‘水之圣女’——事实上，这个职位之所以出现，就和醴泉镇发生的水质恶化事件有关，因为传说中的‘水之圣女’用她们的神力让水质恢复了正常，因此我们才出现在旱季告别祭上……"

"有意思，不过我可不认为，你们的水具有什么超自然的神圣性质，"伊斯坎德尔点了点头，"水就是水，在宇宙的每个角落都是一样的：一个氧原子，两个氢原子，一种极为简单而常见的化合物。所谓'更好的水'，在大多数情况下，不过是'更纯净的水'，因为几乎所有你能在自然条件下发现的水里，总是会或多或少地出现溶于或者不溶于水的杂质。这和形而上学与超自然力量无关，和道德、教条与神力当然也无关。"

"这些我都知道啦……"瘦弱苍白的女孩耸了耸肩，"毕竟，在被通知要去当'水之圣女'之前，我压根儿就没发现自己有什么特别神圣的能力或者天赋。"

"所以，所谓的'圣女让水质恢复正常'，事实和理论上存在三种符合逻辑的解释，"历史学家兼行旅商人伸出了三根手指，"首先，这种事压根儿就不存在，不过是因为蓄意编造或者以讹传讹而留下的虚假记录；其次，过去确实存在过这么一些'水之圣女'，也确实发生过水质恶化后又恢复的事件，但两者之间没有任何直接关系——'水之圣女'的出现和水质的恢复完全是巧合，即使没有这些圣女，醴泉镇的水质也会自然恢复到正常状态。"

"我觉得这两种可能性都……不大，"紫菀想了想，然后说道，"首先，从留下的记录来看，这不像是以讹传讹；而且，因为这些记录只有少数重要人物才有可能接触到，所以蓄意编造骗人的可能性也几乎不存在。另外，之前几次'水之圣女'去执行她们的使命时，水质恶化的程度并不一样。按照记录，有几次'水之圣女'开始行动时,醴泉塔里流出的水已经有了令人难以下咽的咸味和苦味,和外面盐沼里的水的味道完全一样;但还有几次,她们是在水质刚开始变坏时就执行自己的使命的。但无论哪一次,醴泉塔流出的水都在几周之内恢复了澄澈。"

"也就是说,这是巧合的概率极低,"伊斯坎德尔从商人斗篷内缝着的衣袋里掏出了一本笔记本,用一支我从未见过的笔在上面写了些什么,"那么,剩下的只有第三种可能了:'水之圣女'确实'做了些什么',而她们的所作所为确实阻止了水质的劣化。"他放下笔和笔记本,思考了一小会儿,"那么,紫菀小姐,你最近接受过什么特别的技能培训或者知识教育吗?比如与机械维修或者特定设备的操作有关的?"

"没,我对机器啊、仪表啊啥的一窍不通,特别是那些旧纪元遗迹里的机械设备,"紫菀用力地摇了摇头,"家父总是说,只有那些没有能耐用纸和笔体面地生活的人,才会去摆弄锤子和扳手……啊啊,当然,这可不代表我的意见。"

"我也希望不是。"站在一旁的小音用意味深长的语气说道。

"总之,我真的不知道到时候我要干些什么,"紫菀继续说道,"但有一件事我很清楚,那就是'水之圣女'的任务恐怕凶多吉少,所以我才会想要在剩下的这点儿时间里出来好好地走走看看。"

"你为什么会这么认为?"

"因为过去的那些'水之圣女'全都没有留下记录——在家父和镇长告诉我这些事之后,我偷偷查阅了镇长藏书室里的历史记录:每次当水质恢复正常之后,当时的'水之圣女'的个人记录就消失了，这完全不正常。毕竟，按照常理，她们应该被当作拯救了镇子的英雄、被尊崇和纪念才对，”紫菀的声音变得越来越低沉，到最后几乎成了只有她自己才能听到的呢喃，“但最后，她们却什么都没留下来。如果只是一两个人也就罢了，但是每个人……”

“这听起来确实很诡异，”我说道，“伊斯坎德尔先生，对这事，你知道些什么吗？”

“说实话，一无所知。我虽然算是个历史学家，但可远远做不到无所不知——尤其是醴泉镇关于‘水之圣女’的历史记录几乎从不外传，我自然不可能对这方面有所研究，”伊斯坎德尔坦率地答道，“不过，如果可能的话，我会尽一切努力在接下来的这段时间里帮助你。毕竟，对可爱的女孩子伸出援手，是每一个正派人士都应该做的事。”

“那……谢谢了。”听完这话，紫菀垂下了目光，小声说道。不过，我并没有从她的这句回应中听出一丝一毫希望的意味。

4

在之后的几天里，虽然紫菀还是像以前一样出现在跳蚤市场，与我、伊斯坎德尔，有时甚至还包括总是板着面孔、沉默寡言的小音交谈，并且微笑着挑拣摊位上的货物，但我也注意到，情况开始有了变化：在紫菀的身后，现在总是会远远地跟着两三个身体强壮、带着武器的男性。紫菀显然知道他们的存在，但还是会竭尽全力假装并未注意到他们。

当然，这些人可能是保镖，但与紫菀初次见面时，我却并未见到过他们，这表明情况很可能没有那么简单。或许之前紫菀与我们之间的对话被人听到，并被转告给了她的家人？又或许只是因为让“水之圣女”执行“职责”的时间正在接近，所以相关负责人不希望出什么闪失？总之，我有一种感觉，比起保护紫菀，这些人更主要的任务，恐怕是为了防止她从镇里不辞而别。

幸好，除了远远盯着紫菀之外，这些人并没有直接限制她的行动，因此，只要假装这些人并不存在，我们就能如同往常一样相处。每一天，在为硬铝街的居民烤好第二天分量的硬面饼之后，还带着一身柴火与面粉气味的我都会以最快的速度赶往跳蚤市场，和紫菀一起度过天黑前的时光。不知为何，我们相处的时间在不知不觉中变得越来越长，到最后，我甚至放弃了例行的阅读，将那些新买来的书籍丢在一旁，把所有时间都花在了伊斯坎德尔开在跳蚤市场的摊位上。

没错，吸引我这么做的原因之一是伊斯坎德尔——这位自称历史学家的行旅商人了解大量的知识与典故，甚至包括隔绝时代之前的知识。在遇到他之前，我只知道这里曾经处于一个名叫“邦联”的政治实体的统治下，并在一次“大战争”中遭到破坏、陷入对外隔绝与衰退的状态，而伊斯坎德尔对这方面的了解却比我多得多。他绘声绘色地向我和紫菀讲述了邦联是如何由银河中成千上万个居住着智慧种族的世界联合而成，讲述了我们所在的恒星系和整个银河的面貌，讲述了那次被他称为“汪达尔战争”的可怕大战的历史。我必须承认，伊斯坎德尔是个很会讲故事的人，哪怕没有任何辅助道具，他也能纯粹通过口头讲述，顶多再加上用炭笔在木板上画出的简易图案，让我想象出浩渺无边的星海，燃遍世界每个角落的可怕战火，以及过去的人凭着他们的神奇技术创造出的种种奇迹。到最后，除了我和紫菀之外，伊斯坎德尔的摊位前还聚集了许多其他听众，这些人在听故事时丢给他的赏钱，甚至超过了那些压根儿没什么人买的精致小商品的销售金额。

不过，即使这些故事非常有趣、完美地契合了我的好奇心，但我还是不得不承认，如果不是紫菀也在这里，我很可能不会对倾听伊斯坎德尔的故事如此充满兴致。当然,紫菀表现得非常有教养,在伊斯坎德尔向人们讲述故事时,她只是非常安静地坐在一旁倾听,不但不会粗鲁地插话,甚至也不会像其他听众一样,随着情绪的变化而发出欢呼或者悲叹声。但不知为什么,只要和她坐在一起,我就能感到一种……可靠与安宁的感觉。我并不清楚这种感觉到底从何而来,又意味着什么,但我唯独知道,我确实很喜欢和紫菀待在一起。

哪怕只是就这么并肩坐着。

哪怕只是一起听伊斯坎德尔的故事……

到了我们相遇的第十天早上,当我从硬木板床上爬起身来,准备开始揉制今天的面饼时,父亲出现在了水缸旁。那时,水缸里的水已经开始呈现出淡淡的黄绿色,就算是味觉最迟钝的人,也能从里面尝出一种类似于淡水鱼鱼鳃的古怪腥味和轻微的苦味了。

“今天你放假,用不着揉面了。”在说出这句话之前,父亲花了好几秒钟时间抓挠他耳朵上已经开始发白的毛发。很显然,这可是他这辈子头一次这么说话,所以才会如此不习惯。

“放假?”我下意识地晃了晃尾巴。自打逐步接手公共烤炉的工作时起,我就从没有听说过世界上还存在“放假”这回事儿——嗯,好吧,也许在别的什么人那儿确实有这么个概念,但迄今为止,这都和我完全无关,“为什么?”

“有一位有钱人家的小姐付给我一笔钱,希望你到她那儿去‘帮忙’。我是不知道她想让你干什么啦,但至少她给得很不少。”父亲如此解释道,“我会让茉莉来顶替你揉面团的工作的,所以别担心家里。”

“啊,好的。”我点了点头,同时瞥了一眼露出悲伤表情的茉莉:今天的事无论对她还是硬铝街上的伙计们而言,都是个不大不小的悲剧。毕竟,茉莉很不喜欢揉面团这种费力的工作,而且她从来都干不好这活儿。

“还有,今后十天你也用不着在家干活了。”在我冲出房门时,父亲补充了一句,“那位小姐付了十天的钱。”

和之前一样,紫菀今天也在伊斯坎德尔的摊子前等着我。但这一次,她并没有继续陪我坐在一起,静静地听这位历史学家讲故事。

“我们走吧,”在见面之后,她立即对我说道,“现在就走。”

“去哪儿?”

“镇外。”

“去镇外干什么?”我一时间有点儿摸不着头脑,“难道你打算和我一起远走高……”

“嘘。”紫菀将一根手指贴在嘴唇上,“说什么逃不逃的?我不能给家里人制造麻烦,更不能让他们丢脸。再说,我还有一个妹妹呢。要是我跑掉了,没准儿镇长就会让她接替我去当‘水之圣女’。”

“这……说得也是。”

“所以说,我们只是到镇外去……呃,散散心,”紫菀轻轻拍了拍我的肩膀,又递给了伊斯坎德尔一包硬币,“方便载我们一程吗?”

“我很乐意。”行旅商人说道。

虽然按照担任驾驶员的小音的说法，这辆名叫“堤丰”的大货车在理想状态下可以靠着太阳能供能达到几乎无限的行驶里程数（当然，这种模式下的行驶速度非常缓慢），不过，我们当天其实只往醴泉镇西面行驶了区区两里而已。在经过一段长满石蕈的崎岖小道后，我们在一片休耕的山坡麦田中停了下来。

由于之前已经接连播种过两茬儿，这片麦田里眼下并没有麦苗，取而代之的是苜蓿和另一些杂草，以及几只吃草的惰兽——伊斯坎德尔之前告诉过我，这种长得像是六足毛虫一样、有着肥滚滚的身体的家畜来自古老的卫兰殖民地，也就是我那些沉迷于基因工程的祖先们的老家，而那些杂草则来自更加古老、几乎已经被人们所遗忘的地球。在一处没有残留麦茬儿的角落里，我们铺开一张帆布，坐下来开始了野餐。紫菀带来的食物并不是我每天吃的硬面饼，而是经过充分发酵和仔细烘烤，还涂了酥油的松软面包，而佐餐的新鲜水果和用乳制品加工而成的点心也是我平时很难吃到的。但比起这些美味佳肴，能和她像这样坐在一起，忘掉镇上的麻烦和平日里的工作，反而更让我感到开心。

关于我们那天都聊了些什么，我的记忆并不十分清晰——或许我们谈了某些无聊的日常琐事，又或许只是在苍蓝色的天穹之下肩并肩地靠坐在一起，看着雪白的云朵在空中变幻成各种动物的形象，看着太阳接近东北方被群山撕裂成锯齿状的地平线，看着天空的颜色逐渐从苍蓝变成橘红与殷红，然后又变成深邃的墨蓝。我唯一可以确定的是，我们肯定没有说出关于“水之圣女”的只言片语，更没有考虑应该如何解决这个问题。

我那时只觉得，如果一直都能这样下去就好了。

在那之后的一天也这样过去了，然后是第三天，第四天，第五天……这些日子里，我们每天都在不同的地方毫无目的地游荡、野餐，或者只是单纯地一同躺在阳光下的草地上，无论是城东北的石蕈森林、东面的匕首山脉、东南方的沙砾丘，抑或南方那座著名的七彩盐池，我们都共同游历了一遍。在这段日子里，伊斯坎德尔和小音每次都开着那辆名叫“堤丰”的大货车接送我们，但曾经保证会帮忙的伊斯坎德尔一直没有找到任何关于“水之圣女”的历史记录，更别说弄明白过去那些“圣女”的下落，以及紫菀将会面对的命运了。他只是偶尔会小声地告诉我，他正在设法“寻找必要的资料和记录”，并且“有了一些进展”，但当我询问他到底发现了些什么，所谓的“进展”又有哪些时，却从未得到过明确的答复。

而紫菀更是完全不会对我提起这些事，仿佛她已经完全忘记了自己“水之圣女”的身份和职责。

就这样，时间来到了第十天。

“你……明天就得去履行‘职责’了，对吗？”即便是在最后一天里，紫菀还是没有提及她即将面对的、无人知晓的可怕未来。直到最后，当我们重新乘上伊斯坎德尔的大货车，开始在渐浓的暮色之中朝镇上驶去时，我才忍不住问了一句，“可是，伊斯坎德尔到现在也还没搞清楚所谓的‘职责’是什么，对于该怎么帮你更是完全没有头绪，这样的话，你恐怕……”

“我已经决定接受自己的命运了，”紫菀努力试着朝我挤出一个无所谓的笑容，但我却在她的眼眶里发现了隐约的泪光，

“我也不知道到时候会发生什么事,家父和镇长只是告诉我,到时候我要进入醴泉塔的地下,去终止污染的继续扩散。”

“怎么终止?”

“他们没说,但我昨天晚上听到家父在房间里独自哭泣……”紫菀的双臂微微颤抖了起来,“他平时几乎……几乎从来不这样。所以我知道,无论到时候会发生什么,都肯定不会是好事。”她做了个深呼吸,又用力咬了咬嘴唇,“算了,不去想了。至少这些天里,我已经去了自己想去的地方,也体验了我之前没体验过的事情。我……非常感谢你,杏子。谢谢你至少陪了我这么多天……”

“伊斯坎德尔先生,你难道真的到现在还没拿出办法来吗?”由于不知道该如何回答紫菀,我将视线转向了历史学家,“你不是说过你会帮助我们的吗?告诉我,我们现在到底要怎么办才好?!”

“这个嘛,基于目前的有限信息判断,对所有人最有利的办法就是让紫菀小姐按照安排去做。毕竟,如果历史记录是准确的,她这么做也许确实可以解决困扰着醴泉镇的水质问题,而且过去那些‘水之圣女’只是没有了后续记录,换句话说,我们虽然不知道她们身上发生了什么,但也并不能确定她们是否真的遭遇了不测……”

“没、没错,也许我只、只是想多了呢?”听了这话,紫菀也对我凄然一笑,“没准儿,我真的可以活下来呢?到了那个时候,我们再……”

“不行!”我用力摇了摇头,在激动之下,我能感觉到自己耳朵和尾巴上的毛发都竖了起来,“我……我不允许你这么做!”

“可是我非去不可,这你是知道的。”紫菀叹了口气。

“那我就跟你一起去!”

5

考虑到后来发生的一切，我当时的选择似乎不太明智，但即便是现在，我也并不对此感到后悔：无论如何，当时的我不可能预料到之后将会发生些什么，那时的我唯一的想法，仅仅是不希望与自己最关心的……呃，朋友就此离别而已。

时至今日，我仍然认为，我当时的选择是正确的。

虽然在声称要和紫菀“一起去”时，我根本没有考虑过到底要怎么做到这一点，不过事实证明，要做到这事其实并不太困难。按照之前的惯例，“水之圣女”在进入醴泉塔履行“职责”时，可以带上随从为自己携带随身物品。虽然从理论上讲，要留在塔内的只有“圣女”本人，但守在醴泉塔唯一出口外的卫兵似乎并不会在意随从是否会立即离开——对他们而言，唯一重要的事情只是不让“水之圣女”本人临阵脱逃而已。

于是，第二天，我披上一件用两个铜板从伊斯坎德尔手里买来的灰色旧斗篷，用兜帽遮住大半张脸，以紫菀随从的身份走向了醴泉塔。在这座有着光滑玻璃状外壁、圆锥状轮廓的建筑外，原本坐落着醴泉镇内最大的市场，但现在，随着水质的迅速恶化，聚在这里的商贩已经减少到了原本的三分之一以下。我注意到，许多商贩都在他们暂时栖身的帐篷或者大车里准备了硕大的水缸，并且不断往里面灌着散发着异味的泛黄苦水。

“他们在做什么？”我向与我同行的紫菀问道。

“在存水。”紫菀答道。

“为什么要存水？马上镇上就会有清洁的水可以饮用了，不是吗？”我大惑不解地摇了摇头，“现在刻意储存这些脏水有什么意义？”

“你不知道吗？”紫菀有些惊讶地说道，但她立即想起了什么，“哦，对，你这几天一直忙着陪我，应该没有注意到镇长发的通告。”

“通告？”

“是的，镇长宣布，在之后的一个半旬日里，醴泉塔会停止向外供水，而等到供水恢复时，水质就会变成正常状态，”紫菀解释道，“当然，镇长没说为什么要停止供水，但据说，之前的‘水之圣女’进入醴泉塔时，就曾经发生过类似的情况。”（在这里，我有必要向读者指出，就像许多与邦联失去联系的殖民世界一样，坦塔罗斯星的“日”这一时间单位也依照习惯，人为均分成24小时，但其计量标准不是古地球太阳日，而是当地的太阳日，其时长大约相当于35.8古地球标准时。——编者注）

“听上去不像是什么好事。”我嘀咕道，同时下意识地摸了摸藏在贴身衣物内的猎刀：虽然在坦塔罗斯星的大多数地方，各种各样流散的武器都多到过剩的地步，但作为一个保持和平形象、安全受到周围各个城镇联合保障的中立贸易镇，醴泉镇有着一部极为罕见的、限制居民持有武器的本地法律。除了狩猎用具之外，镇上的一般民众并没有多少武器。除了这把猎刀之外，我还带出了家里的双管猎枪，将它的枪托锯掉一半之后藏在了随身携带的篮子里。虽然不知道接下来将会面对怎样的恐怖，更不清楚我的准备到底有无意义，但我觉得，带着这些东西，总比完全赤手空拳要强那么一点儿。

虽然从理论上讲，“水之圣女”履行净化职责是件大事，但不知为何，醴泉镇的掌权者们并没有为此操办盛大的祭典，一切仪式从简。在醴泉塔唯一的入口前，几名由城镇卫兵临时扮演的助祭撒下了几把没有味道的白色干花，一支戴着面具的小型乐队则敲起了沉闷的鼓点，用缓慢、压抑的铜钹声迎接着我们的到来。市场上，不少看热闹的人目送着我们走向那座高塔，但在人群之中，我始终都没有发现与我们共处了许多天的伊斯坎德尔与小音。

“这位是我的随从，”在进入醴泉塔前，紫菀对守在那里的卫兵说道，“我有些希望带在身边的东西，但不方便自己拿着，所以就请她代劳了。”

“看来您要带的东西还不少……”卫兵瞥了一眼我挎着的那只用白布盖着的大篮子，露出了理解的眼神——无疑，在他看来，紫菀应该是不可能活着从塔里离开了，而我目前为她携带的东西，事实上就是她的“随葬品”。“祝您顺利尽到职责，圣女大人，”这个戴着头盔的男人后退一步，让开了道，“醴泉镇就全指望您了。”

“我会尽力而为。”紫菀将双手交叠在胸前，然后与我一起走进了大门。醴泉塔的入口是用一种与外部墙体不同的材料制成的，有着金属特有的光泽，却是半透明的。甚至在这扇门尚未开启时，我就已经看到了里面的景象：一条螺旋状阶梯不断朝着地下延伸，仿佛要一直伸入地底世界的最深处。

“按照镇长的吩咐，我们只需要从这里往下走就行了，”随着那扇门无声无息地在我们身后重新关闭，紫菀长长地呼出了一口气，“他说，在通道的最下方有一扇门，醴泉塔的水源就在门的下面。只要我们进去，问题自然就会解决了。”

“就这？”我突然产生了一种不祥的预感，“他没再说些别的什么吗？”

“没有，不过他告诉了我开门的方法。”紫菀一边沿着螺旋形阶梯向下行走，一边说道。虽然来自地表的光线无法进入如此深邃的地下，但幸好，在阶梯两侧的墙壁上安装着一些只有手掌大小的嵌入式灯具，它们发出的暗红色光芒勉强可以让我俩看清自己的脚下。

无疑，这些设备是用电力维持发光的。在进入隔绝时代之后，电在坦塔罗斯星的大多数地方就变成了稀罕物。诚然，许多古老的发电设备，乃至那些保质期极长的电池仍然是能够使用的，但由于失去了生产它们的能力，这些装置以及各种依靠电力驱动的机械的数量每年都在减少，因此，能够由人类安全使用的电灯和电动机在我出生时就已经是一种稀罕事物了——但在那些古老的遗迹里，由电力驱动的设备却比比皆是。而且，它们中的相当一部分都不怎么……可靠。

“放心，镇长向我保证过，在进入位于底部的门之前，我们都不会有危险，”紫菀注意到了我的不安，连忙解释道，“啊，对了，门就在这儿。”

在这条不断向下延伸、充斥着昏暗红光的道路尽头，另一扇门封住了我们的去路。与进入醴泉塔时穿过的那扇门不同，这扇门不但完全不透明，而且也没有金属光泽，反而散发着一种阴沉、灰暗、毫无生机的气息。虽然门的表面既没有图画，也没有雕饰，但在看到这扇门时，我却产生了一种隐约的不适感，仿佛在大门的后面正潜伏着某种令人不安的可怕存在，只要我们踏入其中，就会突然朝着我们这些不速之客扑来似的。

虽然我的理智告诉我，刚才的想法多半是纯粹的心理作用，但谨慎起见，我还是脱下了厚重碍事的兜帽斗篷，将猎刀挂在腰带上，并且从篮子里取出了双管猎枪，摆出戒备的姿势。而在我这么做时，紫菀则慢慢地踱到了大门的一旁，用力拉下了一个隐藏的握把，接着，一个隐藏得相当巧妙的暗格出现在她面前。

尽管过去从未亲眼见过暗格里的那些玩意儿，但在一本名叫《远足者的远足书》的探险者游记中，我曾经读到过分别被称为“机械式键盘”和“显示屏”的这两种东西的记载：在隔绝时代和大战争之前，这两种玩意儿的组合其实并不太常见，因为在那个时代，还存在着很多种比它更加方便、准确的用于信息交互的方法。不过，由于设计相对简单可靠，在许多看重可靠性的应用场合，这种相对落后的设计仍然会被采用。根据那本游记的说法，在遗留于已经化为废墟的古代遗迹内的各种工业设施中，偶尔就能发现这种带有机械式键盘的终端机，而且它们往往在被废弃数个世纪之后还能启动。

比如说紫菀面前的这一台。

在她按下位于键盘最上方也是最醒目的那个红色按钮之后，键盘前的那块屏幕亮了起来。接着，紫菀掏出一张纸条，开始按照顺序按下键盘上的一个个按键。在第一次输入结束后，屏幕短暂地变成了红色，并发出了令人不快的“呜呜”声，紫菀不得不皱起眉头，又输入了第二遍，这才算让那片红色变成了令人舒心的绿色。

接着，在一阵老旧机械运转特有的刺耳摩擦声中，那扇厚重而不祥的大门终于被解锁了。

里面……什么都没有。

好吧，这么说并不太准确——门后当然有东西：一条黑暗、宽阔的地下水渠，其中涌动着潺潺的流水。不过，这些流水显然不是醴泉镇赖以成名的清澈泉水，而是普通的、混杂着大量矿物质的地下水，和大陆东部大多数地方的地下水没什么区别。在伸手沾了一点儿水，并将手指放进嘴里后，在口腔中扩散开来的苦咸味道证明了这一点。不过，除了这条地下水渠之外，这里既没有我想象中那些不可名状的凶恶怪物，也看不到其他邪恶恐怖的魔影，在这里，唯一存在的只有流淌的地下水，以及水面上吹过的潮湿冷风。

当然，这种苦咸味道和目前醴泉镇的水里越来越浓的腥臭味并不是一回事，后者并没有多少矿物质的涩口滋味，反而充斥着腐败的气息。无疑，这下面流淌着的地下水和醴泉塔流出的水要么毫无关系，要么就是在变成后者的过程中出现了一些……意料之外的问题。

“看那边！那里好像有东西！”就在我陷入冥思苦想之中时，紫菀突然伸手指向了水渠的远端。

“有东西？可我什么都没看到啊。”我困惑地朝着紫菀指的方向望去，可举目所及却只有在黑暗中流淌的地下水流。

“真的有东西，请相信我！”紫菀拍着我的肩膀重复道。在她的坚持之下，我只好端着猎枪涉入了寒冷的流水之中，朝着她坚称“有东西”的方向走去——接着，一股只有在遭遇危机时才会感受到的寒意突然爬上了我的脊梁。

没错，这下面确实潜伏着危险。但这种危险并非存在于前方，而是来自我的身后。

当猛烈的钝击造成的痛感从后脑勺的方向传来时，我的情绪与其说是恐惧，倒不如说是惊讶——毕竟，能从这个方向、在这样的距离对我下手的人只有一个，而就在一秒钟之前，我还完全无法想象会发生这样的事情。

“为……为什么？”我无力地跪倒在地，下意识地问了一句。

“对不起对不起对不起对不起对不起……”紫菀用颤抖的、带着哭腔的声音说道，“我我我我也是没办法……对不起对不起对不起对不起……”她一边啜泣着，一边不断语无伦次地重复着这几个词，一把小小的铁锤从她手中落下，“嗵”地掉进了咸涩的地下水中。

“站……站住！你不能……别把我丢在这儿……”我竭力挣扎着试图站起来，但痛苦和眩晕让我的努力完全白费了——齐膝深的地下水虽然流速不快，却足以让精疲力竭的我立足不稳。因此，当我还在痛苦地挣扎着时，突然袭击了我的紫菀已经逃回了大门所在的位置，匆匆将我之前脱下的斗篷披到了自己身上，然后用力关上了大门。

“我……我真的很抱歉……”在那扇沉重的门关上时，那个曾被我当成挚友的人对我说道。

然后，我就被留在了彻底的黑暗之中。

6

对我而言，真正意义上的黑暗是一种不常有的体验：虽然在一些人看来，卫兰人和一般人类的差别只在于与各种地球动物高度类似的耳朵和尾巴，但事实上，这些部位仅仅是我们的祖先用来强调他们所信奉的哲学与审美观的手段与标志，而他们当年进行的改造在子孙后代的基因中留下的印记远远不止于此。某些卫兰人拥有高度灵敏的嗅觉与味觉，还有些人可以耐受高热或者在极度寒冷的环境中活动。有的卫兰人的听觉高度灵敏，甚至在被剥夺视觉的状况下，也能仅仅依靠回声就粗略地判断周围的三维环境，而像我这样的人则属于另一个极端——虽然有着一对表面积不小、类似于古地球松鼠那样的耳朵，但比起"原版"人类，我的听力优势其实非常有限，相较之下，我的视觉却好得惊人，不但能够看到一部分其他人无法观测到的红外光与紫外光，而且我的双眼也能在昏暗环境下捕捉到极为微弱的可见光。因此，对我而言，这个世界几乎从不存在彻底的"黑暗”，哪怕是万籁俱寂的子夜时分也是一样。

但在此时此刻，我终于明白了黑暗到底是怎么一回事——当我睁开双眼时，出现在我视野内的景象与我闭着眼睛时没有丝毫区别，仍然是一片无比纯粹、永无边际的漆黑。只有不断从我身上吸走体温的地下水，以及仍在流动着的风能让我意识到，我并没有被抛进无垠的宇宙虚空之中，而是被困在了没有任何光线的地下。

紫菀为什么要这么做？这是出现在我脑海中的第一个问题。无疑，她袭击我不是因为对我产生了仇恨或者敌意，而只是打算把我留在这下面。从紫菀的行动来看，她不太像是临时起意，更像是蓄谋已久，而她在逃离之前穿上我留下的、用于伪装的斗篷，多半也是打算以“随从”的身份返回地面……但这种简单的伪装恐怕很难长期骗过他人，尤其是她如果打算回到家里，继续生活下去的话。

难道，所谓的“水之圣女”随便什么人来当都行？哪怕是把我这种对这下面的情况一无所知的家伙扔进来，也能达成预定的目的？如果是的话，我到底应该做些什么，才能让醴泉镇的水重新变得清澈？如果不是，那么我又该怎么办？

总之，唯一可以确定的是，原路返回显然已经行不通了。好在，或许是紫菀平时从没有进行过锻炼，也不知道该怎么攻击别人才最有效的缘故，她对我后脑勺的攻击虽然很痛，但并没有造成特别严重的伤害——拜基因工程所赐，卫兰人的颅骨密度和坚韧度本就比一般人类更高，而为了确保让耳朵灵活转动的肌肉组织，以及比普通人更强的咬肌的附着，我们的头顶甚至还有一道矮小的矢状脊结构，这根“加强筋”也进一步增加了我的天灵盖的硬度。

总而言之，一时半会儿我应该还死不了。

在确定这点之后，我扶着一旁的墙壁站了起来，同时捡起了猎枪，开始沿着地下水流动的方向前进。无论紫菀刚才的所作所为到底是为了什么，我当务之急都是活下来。而在这一片黑暗的地下，唯一可以让我辨认方向的只有不断冲刷着我的膝盖和小腿的水流。

但这水流又通往什么地方呢？

一想到这个问题，我就紧张了起来：说不定，这条水流的终点是一道巨大的瀑布，在黑暗之中，无法视物的我很可能会一脚踩空，就这么掉下去，然后狠狠地摔个稀巴烂……呃，说起来，我老爸用来为我起名的“杏子”似乎就是一种来自古地球的水果，而且也经常在被煮烂之后做成果酱来着……

就在我忙着胡思乱想的同时，一阵低沉的嗡嗡声突然从远处传来，听上去就像是盐沼里飞舞的盐蝇。只不过，哪怕是一万只，不，也许十万只盐蝇加在一起，也不可能制造出如此“雄浑”的嗡鸣声。

有什么东西正在接近我。

在下一个瞬间，我依靠红外视觉观测到了一个飘浮在空中的模糊轮廓：那东西的宽度与我完全张开双臂的状态相仿，有着一具类似于碟子的“躯干”，三条分节的诡异肢体就像昆虫的腿一样朝着不同方向伸出。而我刚才所听到的嗡鸣，则是从这个古怪存在的中央部位发出的。无疑，这东西在维持飘浮的过程中一定散发出了不少热能，所以我才能如此清晰地在黑暗中以这种方式看到它的轮廓，而这也表明，它绝不是什么一般生物，而是一台无人机。

对那些生活在古代遗迹附近或者经常进入遗迹深处探索的人而言，各式飞来飞去的无人机和没有飞行功能的自律式机器人并不少见：老练的遗迹拾荒者和探险者将这些东西称为“人造幽灵”或者“机器鬼魂”，在那些活着回来的人讲述的故事中，大多数“人造幽灵”都会安静地避开遭遇它们的人类，有些时候，它们甚至会为造访者提供帮助。不过，探险者和拾荒者们与这些神秘的造物发生冲突的情况还是屡见不鲜。

“假如遇到来路不明的‘人造幽灵’的话，千万不要随便和它们接触，”《远足者的远足书》的作者在他的作品中写道，“大多数这种东西就像是未驯服的恶犬，即使你避开它，它也有可能毫无征兆地攻击你；如果你主动挑逗它，那它就必然会对你发起不死不休的攻击。”

我不确定那位无名作者的说法是否属实，但出于谨慎，还是停止了前进，与盘旋的无人机保持着距离。有那么几秒钟时间，这架无人机看上去似乎会无害地从我身边飞过，但就在我打算松一口气时，它却突然转向我，并从机体内伸出了一根管状物。

就算不去刻意猜测，我也知道这意味着什么。

虽然过去没有任何类似的经验，但在求生本能的驱使下，我还是在第一时间做出了一个侧滚动作，避过了朝我飞来的那团高热物质。在离我方才站立之处不远的墙壁上，一个新灼出的弹坑散发出了白炽的热能辐射，就连冰冷的水面也在这次攻击的烘烤下腾起一大片氤氲的水汽。

我不假思索地举起猎枪,朝着那台无人机开了火。在枪托因为后坐力而狠狠撞上我的肩膀时,从两根枪管内同时射出的大口径铅弹准确地击中了目标……却没能造成什么破坏。值得庆幸的是,虽说这架无人机的外壳比我预料的还要结实,但某些基础物理定律对它还是有效的——在承受了铅弹所携带的全部动能之后,无人机被弹丸撞得生生朝后退出了一段距离,然后猛地撞在了墙壁上,随后又掉进了湍急的地下水流里。虽然这家伙不用担心被淹死,但一时半会儿是没法儿对我发起下一次攻击的了。

如果是比我勇敢的其他人,或许会乘胜追击,尝试一劳永逸地结果掉这玩意儿。不过,我可没这个胆量,而且就算有也做不到。随着更多令人不安的嗡嗡声继续接近,我注意到,又有好几个热能影像出现在了黑暗之中。

“这……这也太过分了吧?”我小声嘟哝了一句,随即发足狂奔。按照书上的说法,大多数徘徊在废墟中的无人机或者机器人不会主动追击逃跑的目标,可惜的是,这些家伙显然并不属于“大多数”——即使在我开始背对着它们奔逃时,几团高能粒子束仍然朝我射了过来,即使我及时地卧倒在了地下水中,它们散发出的可怕热能仍然烫得我后背生疼。

我就要死在这里了吗?

有些奇怪的是,在这个念头从脑海中冒出来后,我反而感到了一种异样的平静:难道,这就是过去的那些“水之圣女”所面临的命运吗?这就是紫菀希望的吗?如果是的话,也许我的死亡会让她感到满意，让醴泉镇的居民们重新得到清澈的水源，让镇上重新恢复繁荣，如果是这样的话，我……

我才不要就这么送命呢！

或许是冰冷的地下水刺激了我的求生欲，一股力量随着涌入血液循环的肾上腺素一道出现在了我的体内，让我重新爬了起来，继续朝前狂奔。但这股力量并没有支持我太久。很快，剧烈运动与失温共同导致的强烈疲惫就又一次让我的动作慢了下来，更糟糕的是，在我的前方，也出现了两个散发着不祥气息的热能影像！

这下我终于逃不掉了。

在绝望的包围之下，双管猎枪从我的手指之间掉落了下去。我惶恐地四下张望，急切地试图找出一条可以逃亡的新道路，但举目所及，除了那些可怕的热能影像之外，就只有无边无际的黑暗……

以及两个有着人类轮廓，色泽稍微暗淡一些的影像。

那是……

在下一个瞬间，一道骤然亮起的光束刺痛了我的视网膜。接着，拦在我面前的那台无人机突然"嗵"地掉进了水中，一股刺鼻的焦臭味迅速在空气里弥漫开来。再接着，当另外几道光束从我身边划过之后，紧追在我身后的两台无人机也被接连干掉。虽然那令人不安的嗡鸣声仍然回荡在这片地下空间之中，但至少，我暂时算是摆脱了生命危险。

"跟我们走！"在来到我面前后，两个人形热能影像中的一个抓住了我的肩膀。我注意到，这两人的面部上方都存在着一片诡异的低温阴影区，他们眼睛上无疑戴着某种设备，以便像我一样在黑暗中视物。

“你们是……小音？”我稍微花了一点儿时间，才通过声音判断出了出手拯救我的这两人的身份，“伊斯坎德尔先生也在吗？”

“你觉得我是会让自己的队友独自一人到这么危险的地方行动的那种人吗？”另一个热能影像说道。

“啧！也不知道是谁在下来时连着对我说了三次‘请千万替我留意周围的情况’。”小音嘀咕了一句。

“你们到底是怎么进来的？”我困惑地问道，“进来时我没看到你们……”

“像这种复杂的地下水系不可能只有一个入口，尤其是它本身还与一系列废弃的古代排水系统相连。”伊斯坎德尔答道，“当然，为了确定别的入口的位置，我确实花了好几天工夫就是了。”

“总之我们快点儿走吧。”小音拍了拍我的肩膀，她手中握着一支尺寸介于手枪和短管霰弹枪之间的武器，身管部位因为刚才的射击还残留着显眼的热能痕迹，“这儿的自动防卫系统比我想象中的还要有效。”

“走？去哪儿？返回地面吗？”

“我们倒是想这么做来着，可惜来这里的路已经被‘那些玩意儿’给切断了，”伊斯坎德尔伸手指了指某个方向，“当然，这也在我的预料之中，我们正好可以一劳永逸地为醴泉镇解决目前的问题……”

“什么叫‘预料之中’？！”小音摇了摇头，“下来之前你的说法明明是‘如果能直接回去最好’，现在的行动原本只是迫不得已的情况下的备选方案吧?”

“这些现在都不重要了。”对于小音毫不留情的揭底,历史学家只是“嘿嘿”了两声,同时加快了步伐,“只要我们能够成功,这座镇上以后就再也不会有‘水之圣女’遭受这种可怕的事了,这难道不是很好吗?”

“呃——等等,你知道之前的‘水之圣女’的遭遇?”我一边努力跟上两人,一边问道。

“目前还不完全确定,但只要到了目的地,我们自然就会明白了,”伊斯坎德尔答道,“顺带一提,你到时候会扮演相当重要的角色喔。”

“我? 可我不是真正的‘水之圣女’,只是个公共烤炉管理员家的……”

“哦,没关系,很快你就会是了,”历史学家的语气听上去一点儿都不像是开玩笑,“比真的还要真。”

7

由于周遭无边无际的黑暗钝化了我的时间感，因此，我并不清楚我们三人在前往伊斯坎德尔所谓的“目的地”的途中到底花了多少时间：也许只有几分钟，也许是十几分钟，但我却觉得像是过了好几个小时。

一路上，那些如同鬼魂低吟般的嗡嗡声一直都在纠缠着我们，让我持续处于提心吊胆的状态之下。有好几次，我们都遭到了突然从附近的岔道里钻出来，或者藏在各种犄角旮旯儿里守株待兔的无人机的袭击，好在担任伊斯坎德尔保镖的小音拥有远超我想象的、出色的反应速度，因此，每一次突袭和伏击最终都以对方冒着浓烟栽进地下水里而告终。

“呃……一想到这些水就是醴泉镇的水源，我就有点儿不舒服。”在第十台打算偷袭我们的无人机沦为泡在水里的废铁之后，小音嘀咕了一句。

“别担心，从理论上讲，靠净水系统清除水里的重金属离子根本没啥难度，”伊斯坎德尔说道，“在那次战争之前，坦塔罗斯星是个正在转化过程中的黎明世界，这里所使用的各种循环处理设备都是最高级的……当然，前提是它们能正常运作。”

“但这儿的水处理设备显然没有正常运作，”小音说道，“镇上的那些水就算煮开之后再过滤一遍，里面带着的味儿也还是去不掉。”

“但它们还没达到能对人体健康造成立即而直接的危害的程度，”历史学家摇了摇头，“所以我在想……啊，我们到了！”

在伊斯坎德尔说出这句话后，我遇到了今天的第三扇门。与前两扇门都不同，它看起来更接近于一扇普通的房门，而非用来将人拒之于外的封锁手段。这扇门上没有门锁，取而代之的是非常普通的门把手，两侧还装有一对小型照明灯。而在门把手上方有一个白色的倒三角标记，里面画着一个感叹号——按照《远足者的远足书》里的说法，这种符号通常是“无关人员请勿进入”的意思。

但除此之外，我没有发现其他任何可能阻止我们进去的手段或者设施。

“你觉得怎么样？”在端着手中的武器、皱着眉头打量了那扇门一阵子之后，小音扭头看了伊斯坎德尔一眼，“根据这类自动防御系统的一般特征，我有种……不太好的预感。”

“我也有同感，”伊斯坎德尔点了点头，“没别的选择了，那就试试吧。”

“我先进去！”虽然不太明白他们到底在说些什么，但这扇门后面的空间显然不太安全。在我看来，既然他们是特意来帮助我的,那我至少不应该让他们继续面对更多的风险。

“没错,你确实应该先进去——但不是现在,”伊斯坎德尔拉住了我,同时说出了这句让我百思不得其解的话,“小音,当心周围,我得花两分钟时间来完成微创手术。”

“手术?”这个词把我搞糊涂了。

“你确定她能行吗?”小音似乎也有点儿心里没底,“之前的采样结果……”

“我知道,她的配型成功概率只有37%。真是可惜,紫菀小姐的概率是71%,”伊斯坎德尔从斗篷里取出了一件像是小型手枪一样的工具,往里面装了些什么,“在战前,大多数系统管理人都是普通人类而非卫兰人,所以有这种概率差异也不奇怪……但我们现在似乎也没有别的选择了。”

“确实,”小音叹了口气,“那就试试吧。”

“欸?你们刚才在说我吗?”一头雾水的我问了一句。

“是的,请不要乱动,接下来可能有点儿痛。”伊斯坎德尔举起了手中的工具,将一端的细长针头轻轻地扎进了我的后脑勺下方……呜,好吧,我过去确实见过医生和药剂师使用注射器的场面,但可从没见过有人往这儿扎的。

而且,我的感觉也不是“有点儿痛”——痛倒是切切实实的,但可远远不止“有点儿”而已。如果非要形容的话,这种感觉就像是有人直接把一块冰植入了我的颈椎接缝处,而且这块冰还像植物的根须一样四处生长。好在这种痛楚并没有持续太久,很快,冰冷的痛感和异样的酸楚感就一同消失了,剩下的只有一丝诡异的酥麻感。

“好了，你现在感觉怎么样？”在用那件古怪工具对我“注射”完毕之后，伊斯坎德尔问道。

“嗯……不太舒服。”

“除此之外呢？有没有什么别的感觉？比如说豁然开朗、恍然大悟，突然想起了什么之类的？”

“当然没有。”

“难道是没成功吗？或者说，适应植入器还需要时间？”在我面前总是一脸从容的伊斯坎德尔第一次露出了不安的表情，开始有些慌张地自言自语起来，“也许还需要再试一次？不，从理论上讲……”

“动作快点儿！那些家伙已经过来了！”

随着小音喊出这句话，我接连听到了好几次令人牙酸的“呲呲”声。一道道红热的激光在黑暗中来回飞舞，划出道道残影，其中一些来自打算干掉我们的无人机，另一些则来自小音的还击（事实上，根据作者的描述，双方使用的是等离子束武器，反人员激光武器的单次照射持续时间不长，难以产生这种视觉效果。——编者注）。虽然最先发起攻击的那架无人机在露头的刹那就被干掉了，但很快，对手的数量就增加到了小音无法对付的程度，她不得不选择且战且退。

“马上进去，快！”

我照做了。

那扇门没有上锁，不过，门里面却有比门锁麻烦得多的东西——几台有着粗糙的类人形态、外表看上去活像是金属制骨架的人形机器人，每一台这种机器人的手中都端着与小音和伊斯坎德尔同款的武器。“立即提供身份证明，否则我们将开火！”在与我打过照面之后，其中一个家伙用平板的语调朝我嚷嚷道，“抵抗是徒劳的。”

好吧，比起外面那些二话不说就开射的家伙，这些家伙看上去似乎要稍微好说话一些。但身份证明又是什么东西？在我用求助的目光看了一眼跟着我跑进来的伊斯坎德尔后，后者只是耸了耸肩：“你还没想起来吗？口令，或者类似的口头密码什么的。还有，这里的控制系统你能看懂多少？”

“我怎么会知道那种东西啊！”我摇了摇头。在完成所谓“微创手术”后，除了后颈部位一度很不舒服之外，我根本没有察觉到任何值得一提的变化。既没有在一道光芒之下浑身突然充满力量，也没有“觉醒”什么奇奇怪怪的意识，至于堆满了这处房间的各种控制面板上的按钮、标识和仪表，在我看来更是和神秘宗教的符文没什么区别……

“好极了，”历史学家轻轻叹了口气，“既然这样，那看来我们也只好——”

“欸？”

“只好认命了。”

“就这样而已吗？！”我一下子产生了想要拿脑袋撞墙的感觉。而在下一秒钟，我真的这么做了——当然，都得拜其中一台举枪朝我瞄准的机器人所赐。在那家伙把黑洞洞的枪管指向我时，我条件反射地想要侧身躲闪，结果却以极为愚蠢的姿势绊住了自己的脚。这一愚蠢行为的结果是，失去平衡的我先是狠狠地与墙壁来了个亲密接触，然后又脸朝下地撞上了最近的控制

台,在这一撞之下,旁边的一块屏幕颇具喜剧效果地亮了起来,上面跳出了几个大字:

请输入供水系统控制授权码。

列祖列宗,苍天大地,仁慈的古地球在上!我怎么可能知道这种东西啊……

欸,等等,我好像真的知道?

在不依不饶的机器人们继续掉转枪口试图瞄准我时,我以最快的速度按下了键盘上的几个键,将刚刚从我脑海中闪过的一串字符输了进去。当然,我并不知道这么做到底能否成功,毕竟,那完全可能只是我在绝望之下产生的幻觉与妄想。如果这样的话,我很快就会被打成筛子……才怪,应该是被活生生地蒸发才对。

但我并没有遭遇这样的下场。

所有刚才还杀气腾腾的机器人,现在全都放低了手中的武器,像传说中大户人家里训练有素的仆人一样温顺、沉默地站在了一旁。与此同时,有什么东西正在涌入我的脑海:那是纯粹的信息,是绝对不属于我的知识与记忆。通过这些信息,我知道了这座设施的正式名称:CW-072水处理中枢,也知道了它的具体建立时间、建造设计负责人、设计处理能力上限、占地面积、每单位水处理能耗,以及其他一连串乱七八糟的知识。当然,其中也包括了让防卫系统停止运转的口令和密码。

仅仅五秒钟后,今天的冒险就结束了。

当然,完全关闭整个防卫系统仅仅是第一步。在确保安全之后,我走到了另一处控制台前,开始手动下达指令。而伊斯坎德尔与小音对于我的行为并没有表现出任何意外,他们只是安静地看着我完成了操作。

第二天,整个醴泉镇的水都重新变回了最为清澈的状态。

8

一个旬日之后。

“对不起，老爸，我认为我还是有必要离开镇上，”在把所有个人用品塞进自己的背包后，我说道，“茉莉已经长得够大了，完全足以接替我的工作。再说，硬铝街的公共烤炉管理员有一个合适的继承人就足够了。我和她之间，总得有一个人出去另谋生路的。”

“你怎么能这样……”茉莉的耳朵和尾巴耷拉着，眼泪汪汪地看着我——在今天之前，这家伙起码挽留了我五十次，每次的理由都是“我的技巧与能力能更好地为街上的人服务”。当然，我很清楚，这家伙舍不得我的真正原因，只是她自己不乐意干揉面的活儿罢了。

“我倒是不介意你作为行旅商人出去闯荡，但这有必要吗？商会的人说了，你才是真正的‘水之圣女’。如果愿意的话，他们很乐意保你终生衣食无忧。”老爸说道。

“根本就没有什么‘水之圣女’。”我叹了口气。在伊斯坎德尔对我做过那次所谓的“微创手术”之后，只要前往醴泉塔附近，我就能自然而然地获得一切想要的知识——当然，仅限于与水循环和水处理相关的部分，而其中也包括过去那些“水之圣女”的下落。

最初的“水之圣女”或许是个有点儿真才实学的工程师，或许只是个靠着装神弄鬼吃饭的女骗子，但无疑，当刚刚建立的醴泉镇面临第一次水质危机时，那个女人冒险进入了醴泉塔下方，试图找出解决问题的办法。

当然，她失败了，但是以另一种方式取得了“成功”：根据我所读到的记录，自从让坦塔罗斯星陷入隔绝时代的大战发生后，CW-072水处理中枢就转入了紧急状态模式——它的水处理量和处理标准都被调整到最低限度，自动防御系统则封锁了全部内部空间和关联区域，任何擅自闯入者都会被射杀，而第一位“水之圣女”就因此丢了性命。不过，由于系统错误，那些警卫无人机并没有正确地处理她的遗骸，因此，死去的“圣女”随着水流进入了水处理池，在那里腐烂、溶解，产生大量对人体有害的微生物……

就像所有人类制造的机器一样，这座水处理系统在长期使用之后也会不可避免地出现问题：就算日常清洁工作做得再好，它的管道与过滤器也会缓慢地积累有机物，滋生各种各样的微生物，最终在达到某个临界点后导致水质快速恶化。在正常情况下，这会触发一次全面维护，但由于这座设施的水处理标准已经在紧急状态模式下被调整到了最低，因此，它只会响应那些能

“立即对饮用者构成严重健康影响”的状况——比如说，一具卡在管道里的腐尸。

于是，问题就这么“解决”了：每当长期未经维护的处理设备开始散发出腐臭气息时，新的“水之圣女”都会重演最初的一幕，在一无所知的情况下踏入醴泉塔，在黑暗中默默死去，然后让水质劣化到系统不得不采取措施、全面更换过滤器的状态。而地表上的人们对此一无所知，他们只知道，当“水之圣女”消失之后，水质就会恢复正常。就这样，古老的记录和习俗被一代代传承下去，直到现在……

当然，这种“传统”在今天终于结束了——在下达了几个简单的指令之后，我更改了系统的维护标准，并换上了新的过滤器。在那之后，我走出了醴泉塔，并将事实向惊讶的镇长和商会成员们如实相告，接着，当他们纷纷向我道歉时，我又宣布了离开这里的决定。

“总之，我要出发了，”在确认所有行李都已经收拾完毕之后，我对老爸和茉莉说道，“请不要担心，我以后一定会常和家里联系的。”

当我走出家门时，伊斯坎德尔和小音已经在街道上等着我了，而那辆巨大的货车就停在他们身后——在踏上旅途后，它就会成为我们三人的家。在围观者中，我还看到了镇长、镇上的商会成员们，以及紫菀。

“我……”在犹豫了一阵子之后，紫菀想要走上前来和我搭话，但首先开口的却是商会会长。这个又矮又瘦、看上去没有一点儿富贵相的男人对紫菀比画了一个“安静”的手势，然后走近了我。

但在他开口之前,我对他做出了相同的手势。

“我想,你是来告诉我,紫菀当时的行为都是她自作主张的,所以你们会惩罚她,好让我回心转意,对吗?”我盯着那个男人的眼睛,并且毫不意外地从他的双眼中发现了慌乱的神色,“但我可不这么认为。”

“我……抱歉,她的所作所为其实是我指使的:因为听说所有进入地下的‘水之圣女’都回不来,所以我……我就鬼迷心窍了,”商会会长低下了头,“请相信我,紫菀是个好孩子,是我告诉她,可以利用她和你的……友情来让自己活下去的。她当时哭了整整一个晚上,所以要怪就请怪我……”

“我知道,”在会长说完之后,我耸了耸肩,“我并不怨恨她,也不怨恨你们。醴泉镇以后不再需要‘水之圣女’了——你们以后当然可以每年继续操办祭典,但我已经修改了程序,以后,镇上应该不会再出现……类似的麻烦了。”

“谢谢,谢谢你……”紫菀的父亲双手颤抖着,“既然你已经不怪罪我们了,那为什么还要离开呢?”

“因为……呃……我有许多事情想要弄明白,而这家伙就是我唯一的线索了。”我瞥了一眼伊斯坎德尔,耸了耸肩。在离开醴泉塔后,伊斯坎德尔一直没有向我解释,他在我身上实施的“手术”到底是怎么一回事,而我又为什么能够突然获得那些信息和知识,在我的再三追问之下,他也只是微笑着告诉我,这些是“不能告诉外人的机密”。

“那么,如果我不是外人,你们就能告诉我了吗?”在听到伊斯坎德尔的答复后，我立即问道。

“可以。”伊斯坎德尔点了点头，“只要你证明了自己是一名可靠的同伴，我自然会告诉你一切。”

我不太清楚所谓“同伴”到底要做到什么程度才能被称为“可靠”，但我确实很希望得到那些问题的答案。因此，我不假思索地答应了伊斯坎德尔——我有一种感觉，自己被卷入了某个极其重大、涉及这个世界上每个人命运的事件之中。在这种情况下，如果选择逃避，我也许会留下终生的遗憾。

“那么，后会有期。”在把行李丢上大货车后，我依次向所有围观者挥手告别，并在最后朝着紫菀走了过去。苍白瘦弱的紫菀先是被我的行为吓了一跳，但当我张开双臂时，她还是紧紧地抱住了我。

“我……我真的很对不起，”紫菀在我的耳边小声说道，“请务必要回来，醴泉镇以后肯定会变得比现在更好的，我保证。”

“当然。”我点了点头，“明天确实应该更好。”

第二章　枫糖和信号塔

1

“当心！那边又来了！”

“右手边吗？我这就干掉它！”在听到我的警告之后，小音迅速端起手中的等离子卡宾枪，用一个三发点射命中了那只从高大的石蕈林里突然钻出、朝着我们扑来的寻血獒。这只丑陋的黑色怪物被其中的两发等离子束当头击中，大半个脑袋都在转瞬之间被烧融成了一团污秽的黏稠物质，即便如此，这家伙仍然用四条细长的腿狂奔着，并在离“堤丰号”尚有数十米远时就高高跃起，试图直接扑到将半个身体从驾驶室顶部舱口伸出去的小音身上，然后再用亮银色的锐爪将她撕碎。

“抱歉，本车不提供免费顺风车服务。”就在这怪物还在空中时，临时接替小音驾驶的伊斯坎德尔踩下了急刹车，并且好整以暇地将一只手伸出车窗，用一支大口径战斗手枪朝着对方开了火。虽然这种被称为寻血獒的怪物有着骇人的跳跃能力，但在如此远的距离上跳起来却极为愚蠢——在空中时，它无法像在地面上一样敏捷地左躲右闪、依靠机动能力干扰我们瞄准，而只能沿着固定的抛物线下落。

伊斯坎德尔没有放过这个机会。

“你看上去也不像是能付得起车费的样子。那就请滚蛋吧。”在对方越过抛物线顶点的瞬间，历史学家冷笑着扣动了扳机，无法躲避的寻血獒在空中被高爆弹头准确命中，巨大的躯体当即像一个被戳破的气球一样炸裂开来，大量银灰色的、外观介于血液与机油之间的液体从它的残骸中喷出，溅射得到处都是。

“干掉了!”我兴奋地低呼了一声。不过，小音却没有露出丝毫喜悦之情:“别急，还没完！我的运动传感器又有反应了。一点钟、五点钟和九点钟方向各来了一只，目前均距离我们一点六千米!”

“哈？一次三只?!”这一新消息让我愣了一下，“没搞错吧?”

“不排除出错的可能。毕竟，这些传感器的分析并不特别精准。”小音低头瞥了一眼放在她面前的那台设备。这件年代久远的装置就固定在这辆大货车驾驶室上方的那门无法发射炮弹的“大炮”旁边，由一块屏幕、一个供电单元和一部扇形天线构成。在调整到最大功率后，它可以发现周围半径两千米内所有大小超过成年人拳头的运动物体，并测量出它们的运动速度、方向和体积，以及大致外形轮廓，甚至可以无视浓雾、暴雨、烟幕乃至大多数掩体。可惜的是，因为能耗太大，这玩意儿只在需要使用时才开机，无法为我们提供常态化预警。

“它的目标轮廓匹配偶尔会出错……但在目前的情况下，体长一点七五米、质量六十五千克，以一百千米时速冲刺，能同时满足这三个条件的目标，除了寻血獒之外恐怕也没别的了。”

“但那是传说中的寻血獒耶！是那种绝对不会合作，甚至还会自相残杀的著名独行怪物噢！”我有些不敢置信地摇了摇头，“我以前读过的冒险故事和游记里都说，遇到一只寻血獒是旅行者的不幸，遇到两只则是大幸运——因为它们会在攻击旅行者之前互相残杀。至于遇到三只以上，就是最大的不幸了。毕竟，只有发了疯的人才会看到……”

“那么，目前有三种可能：第一，这台设备坏掉了；第二，我们三个人同时发疯了；第三，现在确实发生了你之前读过的那些书里没有记载的特殊状况，”伊斯坎德尔说道，“而我个人倾向于认为是……”

“距离八百米，还在匀速接近中！它们刻意着保持相同的接近速度，看来打算同时发起攻击，”小音低沉而冷静的声音打断了伊斯坎德尔的发言，“我们三人各对付一只！我解决一点钟方向的，伊斯坎德尔先生，你负责搞定九点钟方向的那只，剩下的归杏子对付。对了，杏子，你还记得我之前说过的诀窍吗？”

“啊啊，我当然记得。”我吞了一口唾沫，同时握紧了还没有用习惯的AR-G型等离子卡宾枪。这种武器在过去曾经是邦联武装力量的制式装备之一，通常配发给不常直接上火线参战的舰队舰员、基地保安部队，或者工程师、驾驶员之类的人员作为应急自卫手段。在坦塔罗斯星的废墟里，经常能看到这玩意儿。由于结构紧凑、适合在狭窄空间和复杂环境下使用，不少大名鼎鼎的探险者与雇佣兵都很乐意使用它。只不过,我生于斯长于斯的醴泉镇是一座属于商人和手工业者的和平城镇,很少有干这种刀头舔血营生的人造访,因此,当伊斯坎德尔和小音在地下水道里使用这种武器时,我甚至没能在第一时间认出它们是什么。

值得庆幸的是,人类是一种有着强烈路径依赖偏好的生物。虽说和我平时惯用的双管黑火药猎枪有着十几个世纪的技术水准差距,但AR-G型等离子卡宾枪的基本构型仍然是古地球时代就发展成型的那一套,除了不需要往枪膛里塞铅弹而只需要更换能量电池,以及几乎没有后坐力之外,它的使用方式和那支猎枪也没太大差异。换句话说,从理论上讲,我应该能相当轻易地使用这件武器才对。

但是,理论和实际总是存在着区别。

在过去,我用猎枪射击的目标要么是镇上的射击大奖赛上挂起来的稻草靶子,要么就是在醴泉镇周围活动的各种小动物,最有威胁的目标也不过是偶尔会袭击人的巨鼠和野狗而已。而寻血獒则完全是另一回事:这种怪物在旅行者的传说故事中往往作为最可怕的敌人登场,无论是力量还是速度,都绝不是巨鼠与野狗之流可以匹敌的。在几分钟前,当我们偶然遇到第一只寻血獒时,那怪物刚刚放倒了一头足有两米半长的巨大惰兽,正在疯狂咀嚼它的血肉,而就算是强壮的成年人类,在没有枪械的情况下也很难轻易杀死这样的大家伙。

它们真的会杀死我——在打开等离子卡宾枪的保险时,这个念头迅速在我的脑海之中闪过,而当那个用强有力的后腿快速跳跃着的影子出现在远处的石蕈森林中时，这个念头也变得更加明显而沉重了。我的理性告诉我，在这种时候应当调整呼吸、压抑恐惧，认真地瞄准并准备开火，但我的双手和心脏却完全无视了理性。那个跳跃的影子每增大一分，我的心跳速度和双手颤抖的幅度就会增加一点儿。而当我可以看清那头寻血獒长满利齿的修长吻部，以及闪烁着令人心惊的黄色光芒的双眼时，我的心跳与喘息声已经清晰到几乎盖过了小音的声音。

“距离五百米，以‘出力一’模式射击！”

高温等离子束的炽热强光在我的身后接连亮起，一时间晃得我的双眼有些刺痛。由于这些怪物的反应速度和机动性都高得可怕，小音要求我们在距离较远时将等离子卡宾枪的射击模式调到“出力一”的级别。在这种模式下，单发等离子束的杀伤力很小，只比我的双管猎枪发射的铅弹略高一点儿，但不容易造成枪管过热，因此可以以较快的速度自动射击，发射出一片难以规避的弹幕。当然，对于强壮得根本不像是寻常野兽的寻血獒而言，这种模式下的单发命中几乎不可能对它们造成致命伤。但这至少可以压制它们的前进，并让它们因为被击伤而变得行动不便，从而让我们可以在随后以更高等出力的单发射击彻底结果它们……

至少在理论上是这样。

不幸的是，在扣动扳机时，我几乎已经把这些事完全抛到了脑后——对持续接近的怪物的恐惧就像吸水的海绵一样膨胀，完全挤占了我大脑中剩余的思维空间。无论是射击计划、瞄准方法，还是使用武器的要领，此时全都已经消失无踪，我只能在单纯的恐惧驱使下以最快的速度榨干等离子卡宾枪的能量电池,并且不由自主地放声尖叫。

当然,我射出的上百发等离子束确实命中了不少——可惜的是,它们所命中的大多不过是地面上的泥土、岩块,以及林立的石蕈而已。更麻烦的是,大量被我胡乱发射的等离子束蒸发的有机质和矿物在我面前形成了一大片翻滚的浓稠烟幕,让我完全失去了目标。

"不会吧不会吧不会吧……"随着意外状况不断发生,我终于彻底乱了阵脚,甚至连更换能量电池这种已经练习过许多次、理应变成了肌肉记忆的简单动作,对现在的我而言也变得难如登天。在刺鼻的浓烟包围之下,我花了十几秒的时间才磕磕绊绊地换好了电池,而还没等我重新端起卡宾枪,一个巨大的黑影已经从浓烟中一跃而出,以一种致命的精确度扑向了我。

完了!

当寻血獒那两道锋锐的牙齿出现在离我的脸颊只有咫尺之遥的位置时,我非但没有朝它开枪,反而条件反射地丢掉了武器,同时用双手捂住了自己的眼睛——没错,我知道这种行为实在是蠢爆了,但问题是,在此时此刻,我就是怎么都控制不住自己那蠢爆了的双手!于是,除了等着颅骨被咬碎的可怕瞬间之外,我已经什么都做不了了……

但那个瞬间始终没有到来。

当我总算战战兢兢地拿开双手、睁开眼睛时,寻血獒的大嘴仍然停留在先前的位置上。只不过,那两排锋锐的利齿再也不可能咬合了——就在我差点儿被咬烂脑袋的一刻,已经解决了自己负责的目标的小音将一把硕大的动力破障斧直接劈进了这怪物的嘴里。在装在斧柄内的电机的驱动之下，斧刃上的数十枚锋锐锯齿不断“嗡嗡”地高速旋转着，以不可阻挡之势在几秒钟内切掉了寻血獒的下颌，大量银灰色的黏稠“血液”随着她的动作洒满了大货车的车体。接着，腾出手来的伊斯坎德尔也朝着这头遭受重创的怪物补了一枪，战斗就这样结束了。

“我……我很……很抱歉……”惊魂甫定的我支支吾吾地说道，“我刚才……呃……”

“没关系，至少我们活下来了。”伊斯坎德尔双手一摊，又伸手拍了拍我的肩膀，做出了安慰的姿势。但这并不能纾解我的内疚和失落——毕竟，无论以什么标准来看，我刚才的表现都只证明了一件事，那就是我距离成为一名“可靠的同伴”还差得相当远。

而那正是我目前努力的目标。

2

在入夜之前两个小时,我们就在一片石蕈林地旁边停止了前进。

通常而言,行旅商人们对于时间的变化相当敏感。除非有现成的安全地点可供使用,否则那些有经验的商队绝对不会等到天色变黑之后才开始安营扎寨——毕竟,坦塔罗斯星干旱的荒野中危机四伏,要想安全过夜,准备工作是必不可少的。

当我还住在醴泉镇时,“荒野中的危险”对我而言不过是镇上商人们日常闲聊时的谈资,以及记载在书中的故事而已。不过,离开醴泉镇后,在与伊斯坎德尔和小音共同旅行的两个旬日里,那些过去遥不可及的猎奇故事全都变成了每天必须面对的现实:即便在行旅商人们经常行走的所谓“大道”上,也不是随便哪儿都能获得食物和饮用水补给,而当伊斯坎德尔决定离开大道抄近路之后,就连在相对平坦的地面上行驶都成了奢望。“堤丰号”的三对轮式履确实为它提供了比普通轮式车辆强得多的越野能力,但无法让我们免受颠簸。而即便在被晃得七荤八素、眼冒金星的情况下,我们也还得时刻警戒着四周,提防随时可能到来的危险。

或许是装在驾驶室上面的那门虽然压根儿打不响、但至少看上去非常吓人的火炮的缘故,虽然好几次我们的视野中都出现了疑似盗匪的人物,但并没有人敢于在光天化日之下前来打劫——当然,倒是有一拨人尝试着在夜幕降临之际对我们展开袭击,但当小音在夜视瞄准仪的帮助下打爆了他们首领的脑袋之后,剩下的人就哭喊着作鸟兽散了。比起盗匪,反倒是那些根本认不得大炮是什么东西的野生动物更加危险,我们曾经数次遭遇过饥饿的野犬群的追踪和袭击,也曾被一只潜伏在盐沼里的角鳄突袭。有一天晚上,一只魔毯兽趁我放哨时打瞌睡的当儿悄悄溜到了营火旁,要不是小音当时恰好来和我换班,我很可能会在睡梦中被它的消化液溶掉半张脸,而各种各样携带着花样百出的毒素的小型生物,更是让我们吃够了苦头。

"说实话,如果让我来负责制定邦联的地球化改造规范,我肯定会下令永远禁止向作为改造候补对象的黎明世界输送这些害虫!"虽然拥有比我更加丰富的野外生活经验,但在下车时,伊斯坎德尔还是不慎踩上了一只颜色与灰色石头地面极为相似的鞭挞蝎,后者发射的乙酸酸雾让他的小腿肿起了一大片,"天知道那些生态学家到底是怎么想的,非要把这些鬼东西弄得满宇宙都是,就为了让他们打算居住的地方看上去更像地球一些!"(这种说法其实并不完全准确:虽然名为"地球化改造",但在许多情况下,投放于殖民世界生态系统中的生物并非都源于地球,其他行星上的碳基生物也可能被列入候选物种，只要构成它们遗传信息的碱基对与地球生物足够相似就行。比如，特别喜爱人类柔软的面部组织，并会给粗心的旅人送上“热吻”的魔毯兽就是源自米兰达十一号星的掠食者。——编者注）

“嗯，虽然我也不知道那些生态学家到底在寻思些啥，但往好处想，至少这些玩意儿只不过是动物而已，”正在检查“堤丰号”状况的小音语气冷淡地答道，“相较之下，人类科技的造物可比自然环境下进化出来的动物可怕多了……比如咱们今天撞上的那些。”

“这倒也是……”历史学家一边用稀释过的草木灰溶液清洗着皮肤上的红肿部位，一边轻轻地咬着下嘴唇。在与伊斯坎德尔共处了一段时间后，我逐渐注意到了他的某些下意识的身体语言，“在感到不快或者焦虑时会咬嘴唇”就是其中之一。相较之下，小音却几乎没有类似的习惯，无论是一切顺利还是麻烦不断，伊斯坎德尔的这位保镖兼驾驶员总是显得冷漠而迟钝，就像是一台在只读程序操纵下运转的机械，只有在与自己的“雇主”拌嘴争吵时，才会偶尔显露出一些情绪来。“虽然我这些日子里见到的奇怪情况也算不少了，但就像杏子小姐说过的，寻血獒成群结队且有组织地攻击人类，理论上是不会发生的。”

“但事实上，这事就是发生了，”小音一边在打开的工具箱里搜寻着什么，一边说道，“而这就意味着两种可能：要么我们很不幸地居然出现了集体幻觉，要么就是那啥‘理论’错了。”

“从你现在的样子来看，第一种可能性显然不成立，”历史学家干笑了两声，“那么，答案就只有一个了……杏子小姐，你知道寻血獒是什么吗?”

“大致知道一点儿。”面对这个有些出乎意料的问题,我回答道。虽然我也是在今天才头一次见到这种怪物,但之前我就已经从书上读到了许多关于它的信息,“传说,它们虽然看上去像是生物,但事实上是人类技术的造物,是一种没有灵魂的机械。只不过,在被造出来之后,制造它们的人却因为某些缘故而对它们不太满意,因此,寻血獒被放逐到了荒野之中游荡。书上说,它们虽然没有生命,但是会像活物一样贪食血肉,甚至会互相攻击和猎杀同类……我以前还以为那是夸大其词。”

“这些传说里只有一个明显错误:寻血獒的创造者对它们可没有什么不满,”伊斯坎德尔一边小心翼翼地往营火里放入燃料,一边说道,“事实上,这玩意儿甚至曾经被称为‘杰作’来着。”

“没错,那玩意儿确实是杰作,但对它们的对手而言可就是彻头彻尾的灾难了。”小音嘀咕道。

“那为什么会有人设计出这么可怕的东西来呢?”我困惑地问道。

“寻血獒的诞生和导致坦塔罗斯星进入隔绝时代的那场战争有关,”历史学家思考了一会儿,似乎在小心地甄选着词汇,“在三个世纪前,这颗行星还是雾礁星区里的‘黎明世界’之一:它的环境适合人类居住,但本地生命还处于非常原始的形态。不过,由于本地海洋中的单细胞生物已经拥有了光合作用的能力,并完成了大气圈的初步氧化过程,这让地球化改造变得相对轻松。因此,生态学家们只需要进一步提高氧气的占比,清除存在于陆地上、可能危及人类的微生物,然后直接引入完成生态地球化所需的物种即可……当然,那些害虫除外。总之,当战争爆发时,这个世界的地球化初期工作几乎已经完成,第一批殖民者也已经站稳了脚跟,一切看上去都很好——然后太空汪达尔人就来了。"

"我不太了解太空汪达尔人的事情,"我歪了歪脑袋,"只知道他们是一群凶恶的入侵者,会肆无忌惮地掠夺并破坏被攻占的每一个世界,却不会在被占领的地方久留,就像是一群群四处流窜的蝗虫。"

"大体而言,你说的都是事实,"历史学家说道,"但里面漏了一点:与太空汪达尔人的直接接触是一种禁忌。因为某些原因,只要是太空汪达尔人占据的地方,无论是太空站内部还是星球表面,都会被划为危险区。这些区域通常严格限制普通人类进入,以免……呃,以免发生某些糟糕的事情。换言之,如果邦联打算主动将太空汪达尔人逐出他们占据的行星,而不是等他们把一切拆光抢光之后自行离开,那么就只有两种办法:要么利用天基打击手段或者地表远程火力直接轰炸敌占区,要么投放战斗机器人部队进行地表争夺战。在太空汪达尔人撤离后的世界,往往也会投放类似于寻血獒的人造物,用来清扫可能残留的敌人。"

"我听说,坦塔罗斯星也曾经被太空汪达尔人入侵过,"我点了点头,"这就是寻血獒存在于这个世界上的原因吗?"

"确实。由于坦塔罗斯星的重要位置,当初邦联可是投入了大量作战部队进行地面争夺战……但功亏一篑。虽然太空汪达尔人最终被击败了,但这颗行星随后还是被宣布隔离,就此与外界彻底断绝了联系，”历史学家继续说道，“顺带一提，寻血獒严格来说不是一般的战斗机器人，它们是所谓‘类生命机械’，游离于作战体系之外，担任袭扰者和斥候的角色。在一系列古老法律与条约的限制下，邦联战斗机器人部队的自主性受到了严格的约束，必须时刻听命于舰队的控制系统，但寻血獒却处于独立行动模式。在这种模式下，它们就像真正的掠食性野兽，会自主潜伏、杀戮和破坏，扰乱敌人的日常活动并制造混乱。不过，这也意味着寻血獒无法合作行动，除非接收到更高级的控制系统的指令，否则在独立行动模式下的寻血獒甚至会把同类视为敌人和攻击目标。”

“所以说，我们今天遇到的情况其实并不正常咯？”我问道。

“是的，正常状况下，寻血獒不会如此有组织地行动，但即便在单独行动的模式下，它们仍然是麻烦的对手。这些玩意儿体内的纳米机械体液可以将‘吃’下去的各种东西，从金属、岩石到生物的血肉，都转化为能量储备和自我修复用的材料，让它们像真正的生物一样愈合伤口、恢复体力，在理想状况下，其续航能力接近无限。”

“除非被其他人干掉，”小音补充了一句，“顺带一提，那些纳米机械体液就算在它们的体外，也可以在一定时间内保持活性，并且分解各种各样的东西——尤其是分子结构相对简单的无机物，比如机械装置。所以说，在和这些家伙发生冲突时，必须尽可能注意别让那些体液溅落到机械设备上。”

“啊啊，这么说的话，我们的车……”我突然打了个激灵——在之前的战斗中，因为我的犹疑和惊慌失措，本该由我负责解决的那只寻血獒扑上了“堤丰号”，而在它被小音干掉时，我就看到不少“血液”从它体内流了出来……“呃，应该没事吧？”

“当然有事。”小音说道，“那些垃圾纳米机械在失去活性之前严重破坏了几处重要的管线与零件，现在它们已经完全无法使用了。如果后面还想让这辆车动起来的话，我们就必须找到替换零件才行。”

“如果找不到呢？就没有别的什么替代手段吗？”伊斯坎德尔问道。

“有，你们可以试试下车推着走。”小音耸了耸肩（在这里，我认为我有必要告诉读者，根据对相关技术资料的查证，一辆未经改造的“堤丰”型货车的空载重量大约为十四吨。——编者注）。

“好极了，但现在我们前不着村，后不着店，你倒是说说，这替换零件到底要去哪儿找？”历史学家又一次咬了咬嘴唇。

“我认为，这个问题应该由那个害我们落到这种前不着村，后不着店的境地的家伙回答，”小音哼了一声，“话说，当时是谁为了‘节省时间’选择抄这条近路的？又是谁说‘离遗迹近一点儿没什么大不了’的？”

“呃……欸……那个啥……今天晚上的天气真好啊……”伊斯坎德尔尴尬地笑了两声，开始盯着天空装傻。

“看来你们遇到麻烦了啊。不过别担心，我想我应该能帮得上忙。”就在我们的谈话行将陷入僵局之际，一个带着几分兴奋的、陌生的声音突然插了进来，打断了我们的交谈。

3

“谁?”在听到这声音后,我和伊斯坎德尔都没反应过来,愣了片刻之后,才下意识地扭头望向说话者的方向;而小音的反应则更加直接,在一次呼吸的时间之内,一支等离子卡宾枪已经出现在了她的手中,辅助瞄准的激光束直接对准了来客的额头。

“放下武器、举起双手,否则我就开火了!”历史学家的保镖冷冷地说道。

“欸?! 我、我没有敌意! 真的,请相信我!”或许是没料到自己会被如此对待,刚才还带着一股子兴奋劲儿的不速之客一下子慌了神,颤抖着举起了双手,“我我我……我没有武器!”

“别激动,小音,我认为这位小姐确实没有敌意。”在举起一盏提灯,看清了来者的面孔后,伊斯坎德尔说道。

这名来访者是一位年轻女性,或许是长期进行体力劳动的缘故,她的身材比大多数女性都更高大、结实一些,与那张稚气未脱的娃娃脸形成了鲜明的对比。与我一样,她也是一名卫兰人，有着微微露在嘴唇之外、散发着掠食动物气息的犬齿，以及长着灰色绒毛、酷似野狼的耳朵和尾巴。从那对在黑暗中散发着浅绿色幽光的瞳孔来看，她应该拥有与我类似的夜视能力，因此才没有随身携带照明工具——这也是我们刚才没注意到她接近的原因。

“请问尊姓大名？”

“我叫枫糖，是一名机械师，同时也……算是个行旅商人吧。我的主要业务是收购和贩卖旧纪元的技术设备。”在确认小音已经将手中的等离子卡宾枪放低之后，来客松了口气，“虽然我知道这听起来有点儿夸夸其谈，但我能够维修大多数现在还能使用的旧纪元机械设备，无论是武器、通信设备，还是交通工具，只要手里有零件和必要的工具，我都能轻松搞定。”

“那么，很抱歉，你现在派不上用场，”小音不耐烦地摆了摆手，做了个逐客的手势，“如果有零件的话，我自己就能修了。难道你打算告诉我，你正好带着一堆‘堤丰’型全地形货车的零件不成？”

“我当然没有，但倒是有些别的好东西，”枫糖微微一笑，随即打了个响指，“香肠先生，过来！”

在一阵节奏独特的“哼哼”声中，一个四脚走路的影子从枫糖身后移动过来。接着，我和伊斯坎德尔不约而同地发出了吞咽口水的“咕嘟”声——被枫糖称为“香肠”的那家伙，居然是一头身材滚圆的巴克夏猪！这家伙肩膀和脑袋的皮毛是纯黑的，肩部之后的躯干则是带着黑斑的白色，看上去有点儿像古地球传说中某种罕见熊类动物的模样。这头肥猪的背上用帆布束带固定着大包小包，很显然，那是枫糖的全部行李，但我们的视线并没有集中在那些包上。

“枫糖小姐，难道你所说的‘好东西’指的是……”伊斯坎德尔紧盯着那头油光水滑的大肥猪，双眼几乎要放出光来了。虽然我们这一路上每天的伙食里都有肉，但也仅限于又干又硬的罗非鱼和沙丁鱼鱼干，以及口感类似于脱硫橡胶片的熏制惰兽肉片而已。自从八天前离开最后一个有人居住的村落之后，新鲜肉类就已经从我们的菜单上绝迹了。“呃，你手头该不会恰好还有新鲜蔬菜吧？如果有的话那可就再好不过了。不过，就算没有蔬菜，直接用炭火烤也……”

“噫！”枫糖似乎被我们的反应吓着了，她连忙侧身护在了同样惊恐不已的“同伴”身前，努力用肢体动作安抚着畏缩不前的香肠先生，“那个……呃……香肠先生可不是储备食物，它是我的朋友和同伴！总之，无论如何，我都不会允许你们把它做成烤肉的！”

“确实。”从来不怎么讲究吃喝的小音点了点头，同时敲了一下伊斯坎德尔的脑袋，“请原谅我的……雇主。他，还有我们的这位新合作者有时候会因为无聊的个人欲望而胡说八道，你只需要无视这种愚蠢言行就行了。”

“就是！更何况，香肠先生的肉质也不适合拿来烧烤，”枫糖说道，“如果非要吃掉它不可的话，我还是认为做成香肠最合适——这样不但吃法更多，而且风干之后还能长期保存，可比烤肉要好多了。”

“刚才那句话我收回。”小音说道，“不过，你的‘好东西’到底是什么？我们现在需要的零件可不那么容易找……”

“是这个啦。”枫糖动作麻利地从正在瑟瑟发抖的香肠先生背上取下了一个皮革小包，从里面取出了一根长长的透明试管。在看到这根试管的同时，我发出了一声轻轻的惊呼：装在那里面的银灰色黏稠流质，和之前被干掉的寻血棄体内爆出的“体液”看上去几乎完全一样！

“噢噢，不错嘛！你居然能搞到这种东西！”与对那些银灰色物质感到惧怕的我不同，伊斯坎德尔显然很清楚那到底是什么，“我已经很久没见到过万用应急零件了！”

“那是什么玩意儿？”我困惑地问道。无论怎么看，管子里的东西都不像是“零件”。

“这是一种高技术产物，在太空汪达尔人入侵雾礁星区之前的几年才刚刚投产。如果我没弄错的话，当时被紧急改造为军工世界的坦塔罗斯星也建立了几条试验性生产线，但没过多久，这里就遭到了太空汪达尔人的进攻，并在遭到地面入侵后被隔绝了。所以我一直以为，这玩意儿的存世量应该不大。”

“这么说倒是没错，”枫糖说道，“这些是我偶然……不，其实是香肠先生偶然发现的。当时我们在下维尔德湾的遗迹附近寻找可以当晚餐的食用真菌，结果香肠先生却找到了一个密封容器。这些万用零件就是我们在那里面找到的。”

“这东西……真能用来修车吗？”我看着管子里的那些古怪物质，挠了挠头。

“当然可以。”这次说话的是小音——她已经不知从哪儿找出了一张纸，用石墨笔在上面画出了几幅零部件立体素描图，并以一种特殊的字体标上了零件各部位的规格数据。接着，枫糖将透明试管举到了纸片前，轻轻晃了晃，又取出了一只类似反应釜的阔口容器，将试管里的银灰色液体倒了进去。在接下来的几十秒里，这些半流体物质像是有生命一样开始蠕动、翻滚、变形，并最终凝固成了特定的形状……与小音画出来的那些零件的形状一模一样。

“这简直是魔法……”在所有零件都定型之后，我小声嘀咕了一句。

“这是科学，杏子小姐，”伊斯坎德尔解释道，“万用应急零件技术与寻血獒的纳米机械体液其实是同源的，它的生产初衷是为了能在瞬息万变的战场上随时对设备进行维护，不必因为零部件不足陷入困境，或者被迫拆卸其他同类装备。当然，只要有必要的材料，许多纳米机械都能制造出大型构件，像寻血獒这种玩意儿的自我修复能力就是个典型，但万用应急零件最大的优势是‘万用’——它们自身就拥有一定程度的智能，理论上，只要提供必要的技术参数，哪怕是像小音刚才那种直接画在纸上的鬼画符，它们就可以生成几乎一切形态的机械零件。”（当然，这仅限于“理论”。在实际使用中，许多粗心大意的前线大头兵往往无法提供准确的零件参数，造成了严重的浪费：万用应急零件一旦成型，就无法还原为半流质状态，也无法进行规格调整。很多技术人员都抱怨，用规格错误的零件进行应急维修造成的事故数量，要远超过它们所解决的问题的数量。——编者注）

“你说谁鬼画符呢？！”小音又一次敲了伊斯坎德尔的后脑勺，“不过，说是‘一切形态’也不太对。万用应急零件无法生成高度精密的装置，比如微电路或者高灵敏度的传感器，除此之外，因为要兼顾过多的用途，与许多‘原装’零部件相比，它的强度和使用寿命都远远不如前者，只能在短期内应急，这也是它没有被大规模使用的原因。”

“也就是说，我们现在只是暂时恢复了行动能力，最后还是得换上真正的零件才行？”我问道。

“当然啦！”枫糖点了点头，“不过这不是问题，我知道在什么地方可以搞到你们需要的零件。从这里往东北走十千米左右，有一座旧纪元的大型综合性遗迹，通常而言，这种遗迹里肯定会有储备各种物资的仓储设施。只要能抵达那里，我想应该就能找到你们需要的零件了。”

“对于你提供的帮助，我们深表感谢。”当小音开始动作麻利地为“堤丰号”更换零件时，伊斯坎德尔说道，“虽然我很想向你支付相应的费用，不过据我所知，万用应急零件的市场价格相当昂贵。目前我们手头的资金恐怕有点儿……”

“我不要钱，”枫糖摇了摇头，打断了历史学家的话，“当然，别的报酬我还是需要的——在你们前往那座遗迹时，请务必带上我一起行动。那儿有一些东西，我一直很想去……亲眼确认一下。”

“带上你？你难道不能自己……呃，难道你的意思是，去那儿的路上很危险？”

“对我而言是这样。”枫糖点了点头，“从很久以前开始，那座遗迹的附近就一直有寻血獒出没，任何接近它的人都可能遭到袭击，而在最近这几年里，那些寻血獒的数量持续增加，甚至出现了有组织活动的迹象，害得人们更不敢随便接近了。但根据我过去这两天对你们的跟踪观察来看，像你们这样的勇士，应该是有可能突破寻血獒的封锁，成功进入那座遗迹的。”

“哈？你的意思是，你这两天一直在跟踪我们？嗯……算了。”伊斯坎德尔和我交换了一个眼神，然后支支吾吾地说道。无疑，就像我一样，他肯定想起了这几天里突然出现并且反常地合作行动的寻血獒。说实话，如果可以选的话，我可一点儿都不想再和那些鬼东西碰面了，但考虑到目前的状况，我们显然没有别的选择。

“好吧，我们接受你的委托，枫糖小姐。欢迎与我们同行。”

4

枫糖加入我们队伍后的第二天早上，我是在一阵音乐声中醒来的。

我必须承认，从小到大，我都对音乐这东西没啥兴趣——虽然作为醴泉镇的居民，在跳蚤市场和泉水广场上总是会聚集大量跟随商旅而来的流浪乐手与杂耍艺人，用月琴、鼓或者笛子在街头表演讨钱，一些有点儿才艺的商人也会通过演奏的方式招揽顾客。但就像我妹妹茉莉常说的那样，我是个生来就没有什么“音乐细胞”的家伙。对我而言，无论是哪种音乐，都和街边的吆喝声或者其他日常生活中的噪声毫无区别，至于故事里经常出现的被音乐“打动心扉”的说法，在我看来更是无稽之谈。

但是，这个早晨，当我在熹微的晨光之中睁开双眼时，我意识到，之前的那些想法只是我自己孤陋寡闻的结果。

呃，我要怎么形容当时我听到的那些乐曲呢？这实在是不太容易。毕竟，就像一个天生未曾见过光明的人无法描述色彩一样，对我这种平日里对音乐无感的家伙而言，要说明自己听到了什么样的音乐，也是件相当困难的事情。但无疑，我听到的是一种复杂、明快、充满节奏感的乐曲，远非寻常街头艺人或商家那拙劣的吹拉弹唱可以比拟。即便是我这个音乐白痴也能感受到其中燃烧的激情、喜悦与蓬勃向上的情感，这种感觉就像是在雨季湿冷的夜里喝下肚的一杯烈酒一样，让我在尚未完全清醒之时，便已经沉浸在了如沐春风般的愉悦之中。

自然，我在睁开双眼后下意识做的第一件事，就是去寻找音乐的来源。结果并不出人意料——考虑到过去这些天里，伊斯坎德尔和小音都没有听过音乐，“嫌疑人”显然只有一个……

“你醒啦!”在与我的目光相交之后，枫糖微笑着朝我挥了挥手，同时举起了手中的那台机械。据说，在某些设法保存了一些工业技术的城镇里，当地人仍然能够少量生产被称为无线电收音机的装置(事实上，作者的这一描述准确与否，取决于对“生产”这一概念的定义。如果你把“用回收的零件拼凑组装出成品”称为“生产”的话，这么说倒也没什么错。——编者注)，但很显然，枫糖手里的这台像是书写板一样的设备绝不可能是我见过的任何一种收音机。

“这是啥?”

“多功能影视终端，旧纪元的一种娱乐设备，”枫糖解释道，“这是我在香肠先生发现的一处地窖里找到的。它原先的主人把它保养得很好，而且精心埋藏在了足够安全的储存环境中，所以我找到它时，它仍然处于可以使用的状态。”

“有意思，那么这是里面储存的……录像吗?”正在篝火旁烤着双手的伊斯坎德尔好奇地凑了过来，盯着那台终端的屏幕，在那上面，几个穿着打扮得相当可爱的女孩正在舞台上蹦蹦跳跳，也不知道在表演些什么节目。“如果是的话，这可是相当有价值的考古资料了。毕竟三个世纪之前的……”

“那个……不是的。”

“哈？”

“这其实是实时播出的节目，才不是什么录像呢。”枫糖继续说道。

“喏，这是多少？”伊斯坎德尔抬起一只手，在枫糖眼前伸出三根手指。

“三。”

“三加三等于几？”

“比你这只手的指头的数量多一。”

“今天和明天哪个好？”

“明天会更好。”

“我是谁？”

“一个错误地认为我精神不正常的大笨蛋。”

“嗯……”伊斯坎德尔又一次习惯性地咬紧了上嘴唇，“那个……既然你自称为机械师，那应该知道‘实时播出的节目’意味着什么吧？”

“嗯。”枫糖点了点头，但视线还是紧紧地“粘”在屏幕上——当然，我也一样。虽然作为一个货真价实的音乐艺术白痴，我从不认为自己在欣赏音乐舞蹈方面具有什么特殊天赋，但正如我曾经读过的一本小册子里说的那样，任何艺术形式所具有的价值，首先应当基于它对其服务对象的吸引力进行评价。而在这一点上，这台设备目前正在播放的节目完全符合这一标准……至少对我而言是这样的。

“我很清楚。”

“也就是说……”

“这些节目有一个持续播送它们的信号源，”枫糖说道，“而这台设备可以接收它发出的信号。”

“呃，这种情况……这些节目信号是来自行星之外的吗？难道是超空间实时通信?！不，这不可能……就算以邦联现在的技术，要用这么小而简单的设备来实现……”在接下来的几秒钟里，伊斯坎德尔不断地嘀咕着我听不太懂的内容，他的脸色就像风暴月中的雨季天空一样迅速地转变，“那么，难道这个节目信号的播送源在坦塔罗斯星上?”

“是的噢。”枫糖点了点头，“而且，我之前就已经确定了信号源的位置……它就在我们要去的那座遗迹里！”

“有意思。”伊斯坎德尔朝着正在准备早餐的小音比画了一个手势，后者立即配合地将一副望远镜递给了他。接着，历史学家动作麻利地攀上了“堤丰号”的驾驶室顶部，靠在那门无法使用的主炮旁，举起了望远镜：“嗯……我还真看到了，你所说的信号源就是中间那座高塔状的建筑物，对吧?”

“嗯嗯。那应该是一座信号塔。”

“好极了，看来我们确实没有白跑这么一趟。”在放下望远镜后，伊斯坎德尔脸上的不安完全消失了，取而代之的是按捺不住的兴奋，“那座遗迹里还在运转的东西比我想象的更多！里面甚至也许还有人住！以仁慈的地球的名义……我现在可是等不及要赶快进去了。”

“但在进去之前，我们得先料理这儿的麻烦。”伊斯坎德尔刚把话说完，小音就丢了一支等离子卡宾枪给他，“运动传感器发现了一批新的目标，总共六个，两两一组活动！从质量和移动速度推测，判定为寻血獒。”

“好极了。”伊斯坎德尔嘟哝道，“看起来，这些家伙总是能在最合适的时候冒出来把气氛给炒热。枫糖小姐、杏子小姐，你俩能参加战斗吗？”

“我不行。”枫糖把脑袋摇得活像是个拨浪鼓，“我可是非战斗人员！再说，如果我身上沾染了太多暴力气味的话，香肠先生会讨厌我的。”

“哼哼哼！”听了自己饲主的这番话，香肠先生立即尖声应和道。虽然不知道它老人家到底是什么意思，但我觉得，这大概不是在鼓励枫糖参加战斗。

“我……可以。”虽然在回忆起昨天的遭遇之后，我忍不住打了个哆嗦，但还是点了点头——对于伊斯坎德尔和小音两人而言，要同时对付六只像那样的怪物实在是有些困难，如果要生存下去，我就必须战斗。况且，对于我而言，这也是一个努力战胜自身恐惧的机会。如果想要成为伊斯坎德尔所说的“可靠的同伴”，我就必须做到这一点。

于是，我鼓起勇气，再一次拿起了等离子卡宾枪，准备直面那些可怕的存在。而这一次，下定了决心的我终于……呃……又失败了。

十分钟后，当一同袭来的六只寻血獒全都变成岩石地面上冒烟的残骸时，我有些尴尬地看了看闪烁着红光的数字“0”的能量电池计数器，又看了看一脸无奈的伊斯坎德尔和露出一副“我就知道”的神态的小音——就像上次战斗时那样，我在看到寻血獒出现在视野中之后就陷入了极度紧张状态，并在慌乱之中把等离子卡宾枪拨到了连发模式，一口气打光了整个能量电池。到头来，虽然有那么一两发等离子束侥幸命中了冲来的寻血獒，但没有对其造成致命伤，倒是周围的花花草草们连带着遭了殃，被我毫无准头的射击汽化掉了不少。

当然，正如我之前所料，单靠伊斯坎德尔和小音两人确实没法儿解决如此数量的对手。不过，小音似乎早已针对这一点做了准备——在我们的临时露营地周围，她提前埋下了十多枚反步兵定向雷，两只躲过火力拦截的寻血獒还没来得及尝到我们血肉的滋味，就被这些破坏力惊人的武器爆炸所制造出的钢珠与弹片当场打成了筛子。而当战斗结束，我们准备拔营前进时，小音回收了剩下的那些定向雷，枫糖在看到这些威力十足的爆炸物之后，脸色瞬间变得像是被冻死的人的脸一样惨白。

“我我我……我昨晚居然是从这么可怕的东西之间走过来的吗?!”

“当然，但请放心，我对它们的传感器进行过设置，只有质量与速度达到一定阈值的目标，才会触发引信。”小音解释道，“嗯……当然，你和香肠先生昨晚既然能这么摸进来，说明我也许有必要重新调整这些数据……”

“呜，千万别!”枫糖又一次紧紧地抱住了香肠先生。

在这一天接下来的行程中，我们没有遭遇任何敌人——或许是寻血獒们不同寻常地成群结队在这一带出没的关系，其他的危险野兽和人类盗匪早已经识趣地溜走了，这在某种程度上倒是好事。除了轮流到驾驶室上方警戒之外，旅途中的大多数时间我们都会待在“堤丰号”的驾驶室内，如果在平时，我会把这些时间花在阅读上，而伊斯坎德尔则会整理他的笔记，或者摆弄一些我不太明白用途的小装置。

但今天，我们的注意力全都被枫糖的那台多功能影视终端吸引了过去。

除了早晨的那个音乐节目之外，这台终端还能接收到好几个不同的频道，其中一个频道是关于自然知识的纪录片，另一个频道则是关于美食的，还有一个频道播放着动画，另外一个频道则是一个关于机械维修技术的在线讲座——枫糖花了不少时间观看最后这个节目，甚至还非常仔细认真地做了笔记。

“虽然我之前的猜测不完全准确，但也应该没差太远，”在吃午餐时，伊斯坎德尔评论道，“虽然这些节目并不是设备本身存储的，但它们肯定是很久以前的录像。只不过那座信号塔目前还在循环播送就是了。”

“你凭什么这么认为?”我问道。

“对于从没看过电视的你而言，这或许有点儿难以理解，但像我这种……呃，那个……像我这种通过历史资料对‘电视节目’这一概念有所了解的人很清楚，正常的电视节目不应该是这样的，”历史学家伸出一根食指，在我眼前晃了晃，“就算除去商业电视台常见的广告，也还有一种节目是必不可少的，而枫糖收到的这些节目里却完全没有。”

“是什么?”

“新闻节目,”伊斯坎德尔答道,“无论是否以盈利为目标,这都是一切世界的电视节目中必然会有的,但是,你根本收不到任何种类的新闻,对吧? 因为这种节目的时效性最强,不可能提前录制。”

“呃……”有那么一瞬间,我还以为枫糖会回答“是”,但出乎我意料的是,她却只是摇了摇头,“如果说时效性的话,这些节目里确实有时效性足够强的啊。”

“啥?”

“……各位观众,现在是邦联标准历431年11月9日,本地历迷雾月7日,现在播报大陆东部地区未来24小时内的天气情况,目前坦塔罗斯星北部正处于雨旱交接季中,受不断南下的北温带低压影响,大陆东部区域将普遍呈现干冷、少雨状态,其中局部地区会有大雾,沿海山脉以东部分地区有小雨和冰雹,其中……”在枫糖摁了几下按键后,终端屏幕上出现了一个打扮得一本正经、穿着一件黑色工作服的女人,在她身后则是一幅坦塔罗斯星主大陆的地图,地图上方还叠加着大片大片动态的白色云层图案。

“标准历11月9日……就、就是今天?!”这下子,伊斯坎德尔总算露出了惊讶的神色,“这……”

“而且这些天气预报还是很准确的,”枫糖得意地点了点头,“在遇到你们之前,我已经有好几个月都在依靠这些天气预报规划行程了,而且从来没出过错。”

“好吧，我承认，这确实是一种高时效性节目，”伊斯坎德尔耸了耸肩，“但恐怕这还不能说明什么问题：只要依靠自动气象站和轨道上的气象卫星，要获得实时天气数据并进行预报并不困难——就我所知，坦塔罗斯星上其实还残存了不少这类设备。至于气象分析本身，在有可靠数据的情况下并不是什么复杂的事，靠一个专用人工智能就能搞定，而且只需要再对既有的几段旧录像进行一些重复编辑，就足够批量制造出新的天气预报节目了。这点你想必也明白吧？”

“噢……”枫糖的得意表情一下子凝固了。不过，这个问题只困扰了她很短的一段时间。“好吧，也许光是天气预报确实还不够。但我还有别的证据，可以证明这些节目绝对不是录像！”

“什么证据？”

“锵锵！”枫糖迅速打开了另一个节目，并启动了一个选项，“是实时评论和弹幕哟！”

5

“什么？有弹幕？从哪里打过来的?!”

让我有点儿意外的是，第一个因为这个词而做出反应的，居然是正在开车的小音。她几乎是条件反射地猛踩了一脚刹车，同时将放在座椅旁的备用防弹头盔扣在了自己头上，又把另一个递给了我。

虽然我的反应没小音那么激烈，但也确实感到了一阵恐惧：在我的词汇列表里，“弹幕”这个词只有一个含义，那就是由大量曲射火力构成的、如同帘幕般密集的火力网。根据我读过的那些书里的说法，这种东西存在的目的，无外乎是将某一区域内的敌方目标彻底摧毁，或者阻止敌方的战斗纵队从特定方向朝前推进……不过，无论即将砸到这儿的弹幕到底是出于哪个目的，对我们的生命财产安全而言，都绝对不是什么好事。

“啊啊？你们这是怎么了?”或许是被我们的反应吓了一跳的缘故，枫糖愣了一小会儿，然后才连忙朝我们挥手示意，“别担心！我刚才不是这个意思……”

“但我明明听到你说什么有‘弹幕’……”小音说道。

“那是……这个……欸……不是那种意思!”枫糖的脸颊因为尴尬而涨得通红,她支支吾吾了好一会儿,试图找出合适的词汇来说明自己的意思,可惜却未能做到。最后,枫糖只好把手里的终端直接递给我俩:“你们……嗯……总之,你们自己看看就知道啦!”

“看啥啊?”我和小音先是大眼瞪小眼地相互盯着看了几秒钟,然后才共同将视线转向了终端的屏幕:那上面正在播放着的是一部通常被分类为“特摄片”的影片,内容似乎是几个拥有变身能力的女孩子组成队伍对抗各种各样的巨大怪兽这种无聊玩意儿。我倒是不排斥那些穿着五颜六色的洋装、挥舞着神奇魔杖的魔法少女,但不幸的是,剧中的怪物实在是不太合我的口味——它们看上去都臃肿、笨重、迟钝,只会被各种花里胡哨的招式打得抱头鼠窜,或者以各种各样难看的姿势被击倒在地。或许有些过惯了和平生活的无聊家伙会对这种场面情有独钟,但对已经见识过了醴泉塔地下水道中的防卫无人机,以及荒野中各种各样的真正危险的我而言,这些所谓“怪物”看上去只是些荒唐可笑、令人尴尬的玩意儿罢了。

“你说的弹幕是这个吗?”当那些穿着无论怎么看都很不适合战斗的高跟鞋,以及更不适合战斗的蓬松连衣裙的魔法少女们开始朝着一头像是鬣蜥和乌龟杂交后代的怪物打出五颜六色的光弹时,我指着屏幕问道。

“才不是呢,是这个!”

“呃?”

在朝着枫糖所指的地方仔细看了好一阵子之后,我才总算明白了她所说的“弹幕”究竟指的是什么:那是一行行细小的、从右到左移动着的文字,不断穿过画面的上方。这些文字的内容大多只是些毫无营养的“打得漂亮!”“好,太棒了!”或者“干掉那只怪物,用脚后跟踢!”之类的短语,而且还夹杂了一些乱七八糟、色彩斑斓的图案,也不知道究竟要表达些什么意思。

“就这?”小音的表情也和我一样困惑,“这些乱码有什么特别含义吗?”

“这才不是乱码！是观众们的评论,是评论啦!”枫糖说道,“根据专家的说法,这可是源自古地球时代的高雅艺术品味！作为同好的大家正是通过这种方式表达热情、互相交流看法,并且共同……”

“专家？哪位专家？是你的老朋友香肠先生吗?”小音用略带不屑的语气说道,同时从驾驶室后面的窗口朝后瞥了一眼——虽然“堤丰号”的驾驶室颇为宽敞,但内部空间也不是无限的,而它的空气循环与净化系统的效率更是相当堪忧,因此,香肠先生被我们安排在了车厢里,成了这辆车运送的“货物”之一。和它那精力过分充沛的主人不同,这家伙在上车之后就立即缩成一团沉入了梦乡,倒是替我们省了不少事儿。

“那是当然……才怪啦！反正……反正就是很权威的专家说的就是啦……”枫糖对着手指,有点儿心虚地暂时避开了小音的目光,“总之这不重要！最重要的是,这些弹幕,还有下面的评论都在实时更新,尤其是这部最受好评的《闪烁！星屑少女》的弹幕，是数量最多、更新速度最快的！这就很能说明问题了！”

“确实……”伊斯坎德尔说道，“这也许意味着，这颗行星上还有一些人能够使用过去的设备收看节目，甚至还能进行实时通信……嗯，考虑到这里当年被临时改造为军工世界时引入了大量自动维护机器人，一部分精密设备的长期维护完全是可能做到的。但这并不能说明这些特摄剧本身也是新拍摄的……”

“哦，那你可就错了。”扬扬得意的表情又一次回到了枫糖脸上。她打开了一个对话框，然后将它放大到了全屏模式，“来，看看这是什么？”

“实时……在线投票？”我、伊斯坎德尔和小音都露出了惊讶的表情，“这啥鬼？”

“这是一种让真正热爱节目的观众们可以直接参与其中，并且使得节目通过大家的评价和建设性意见而不断变好的做法噢！”枫糖解释道，“根据观众们的意见，每一集新节目制作之前，都会进行一次投票，而新节目的内容将基于多数观众的意见来决定！无论是主角的队伍要遇到什么样的对手，抑或她们会觉醒哪种全新的强大力量，制作组全都会按照具体的投票结果来设置！”

“还真是……挺有意思的。”在枫糖兴致勃勃地解释的同时，我听到伊斯坎德尔小声嘀咕了一句，“你难道真的参加了这些投票吗？”

“我怎么可能不参加呢？！”枫糖用理所当然的语气答道，“我可是桃色璐璐萌的头号铁杆粉丝！当然一定必须以及肯定要为她争取尽可能多的高光时刻啦！而且我还是一个有三千人的粉丝协会的组织者噢！你可千万不要小看我拉票的能力！我这就让你瞧瞧……”

在之后的大约三十个小时里，除了短暂的吃饭睡觉之外，枫糖一直在我们耳边聒噪着，不是反复念叨她所追捧的角色（我是一点儿都喜欢不起来）的光辉事迹，就是嘟哝着她如何组织粉丝们造势刷票的那些无聊破事儿。如果不是看在她确实帮了陷入困境的我们一把，而且接下来还能为我们带路的分上，我说不定早就忍不住一脚把她从车上给踹下去了。

不过，在某种程度上，枫糖的说法确实没错——就在这短短的一天之中，她正在追的那部特摄剧的新一集评论区中的内容几乎翻了一番，弹幕数量更是扩增到了可以让密集恐惧症患者晕厥的程度，而且其中的大多数内容似乎已经变成了针锋相对的叫骂和诅咒——那些留言者似乎分属于两个不同的阵营，各自倾向于主角队伍中的某位成员，并且对于对方所心仪的角色缺乏好感。虽然在我看来，为了这种纯属虚构的无聊故事斗气实在是愚蠢之举，但那些家伙显然全部乐在其中，并且挖空心思地发明了各种各样的谩骂、口号与挖苦讽刺对方的段子。

“说实话，要是这些家伙把这方面的创造力好好用在正道上的话，我们的日子应该会比现在好过得多。”第二天下午，当小音停车开始宿营准备工作时，我小声对伊斯坎德尔说道，“不过，我还是头一次知道，这个世界上居然有这么多无聊的家伙。我一直以为，就算是醴泉镇那种太平地方……”

“这意味着多种可能性，”在朝死死盯着终端屏幕的枫糖瞥了一眼，确定对方不会听到他说话后，历史学家才小声对我说道,“由于目前的技术手段有限,我们无法获得太多的信息进行进一步判断,因此,我提出了几种假说,其中一种是:在坦塔罗斯星上,并非所有地区都在三个世纪前的战争及之后的对外隔绝状态中出现了技术倒退,仍然有一些地方保存了原有的技术……至少是部分地保存了下来。这也让他们保留了一定程度的原有生活水平,当然,也包括了原本的文化娱乐活动。”

“而那地方……”

“有可能就是那座矗立着信号塔的遗迹。”历史学家展开了一张粗糙的手绘地图,用指节敲了敲位于地图右上角的一个代表遗迹的圆圈。这幅没有比例尺、精确度相当“感人”的地图是我们在上一个市镇里买到的唯一一幅与这一带有关的地图。按照那个地图商人的说法,虽然这一带有一座值得探索的大型遗迹,但由于它附近遍布着难以取得干净饮水的盐沼,再加上四处出没的寻血獒,因此一直没有人来进行正式勘探与测绘工作。

“如果是这样的话,我们这几天的遭遇也就说得通了。”

“你是指……”

“寻血獒这种东西,在普通的自主行动状态下确实是不会合作的,甚至可能会攻击同类,但它们毕竟是由人类创造出的兵器。因此,只要有人重新为它们编组程序,或者直接对它们下达指令,那么,寻血獒完全可能形成有组织的猎杀分队。”历史学家说道,“假如那座遗迹内部仍然存在着一个技术水平较高的人类社会的话,这就说得通了:这些寻血獒其实是当地居民刻意派出的卫兵,用于消灭任何敢于接近的不速之客。”

“但他们为什么要这么做呢? 我是说,如果住在遗迹里的人们还拥有旧纪元的技术，那么他们就算不主动征服其他市镇和城邦，也犯不着害怕其他人啊，"我困惑地问道，"何必一定要阻止人们进入遗迹呢？"

"这又意味着不止一种可能性。或许他们只是害怕与其他人接触，或许他们不清楚外部世界的状况，又或许，他们拥有的技术并没有我们想象的那么多，"历史学家说道，"在极端情况下，他们在军事技术方面的水准或许仅限于少量生产和操纵寻血獒——换句话说，只能勉强自保而已。"

"这……不太可能吧？"

"怎么不可能？"伊斯坎德尔挑起了一侧的眉毛，"从理论上讲，你难道不是也'掌握'了净化水的技术吗？但除此之外，你对于其他的旧纪元技术一无所知，这也是事实。"

"那个……"我下意识地想要反驳，但最后却什么也没说。确实，那一天，我在醴泉塔的下方的确"掌握"了与水循环和净化系统相关的一切知识——或者更准确地说，是那些知识与记录自动"流"进了我的脑海之中，让我在一瞬间觉得自己如同一名无所不知的神灵。但是，当我离开醴泉镇后，曾经充斥我大脑的巨量信息就像一个被淡忘的梦境一样迅速消失了，剩下的只有一些模糊不清的印象，以及一些零散的知识点。

"确实。但那天到底是怎么回事？你在我身上究竟做了什么，那些知识又是……"

"这个嘛……我暂时还不能告诉你，"历史学家对我露出了一个促狭的笑容，"毕竟，你还没能证明自己是一名可靠的同伴，对吧？"

“呜……好吧。”我的情绪一下子又低落了下去，或许是察觉到了我的不快，香肠先生凑到了我的身边，用硕大的鼻子轻轻碰了碰我的胳膊。

“我会努力的。”

6

虽然我们与枫糖相遇的地点离那座遗迹的直线距离并不太远，但由于一路上密布着盐沼，因此，在朝目的地前进的过程中，我们不得不绕了许多远路——这一带相当接近大陆东部的海岸山脉，许多发源于山脉顶端、流向大陆深处的内流河都在这一地区渗入地下，并与沙土中的盐碱充分混合，最终形成了这些又咸又苦、对大多数生命都非常不友好的肮脏沼泽。对徒步旅行者而言，这样的地形已经堪称噩梦，而我们则更是需要像在雷区中前进那样步步小心——即便那些宽大的轮式履赋予了“堤丰号”还算可以的越野能力，但它的自重仍然是个大麻烦，一旦陷在这地方，我们可就真的要走投无路了。所幸的是，枫糖的“朋友”香肠先生之前接受过嗅探含盐地下水的训练，因此，在它的带领下，我们这一路的行动速度虽然只能说堪比蜗牛，但起码还算是有惊无险。

除此之外，本着严肃认真的敬业精神，寻血獒们仍然不断三五成群地出现，平均每天都至少会来找我们一次麻烦。在白昼攻击失败之后，它们便转而开始了夜袭，之后又选择了人类最容易松懈的黄昏与拂晓时刻发动攻击。不过，由于盐沼限制了它们的速度和机动性，再加上小音一直保持着高度警惕，这些攻击全都无果而终。在大多数情况下，寻血獒们甚至不会再像之前那样死战到底，而是会在遭遇射击或者引爆第一枚定向雷后就主动逃走，当然，这也让我迟迟没能得到证明自己是“可靠的同伴”的机会。

在我们的整支队伍中，唯一一个既不关心糟糕的路况，也不在乎虎视眈眈的寻血獒的人，就只有枫糖了。虽然前往那座遗迹的点子最初是由她提出的，但一路上，她把大多数精力都用在了那些特摄片评论区的“热情互动”中。只有当那台终端电量耗尽、不得不用“堤丰号”上的发电机重新充电时，她才不得不暂时停止“奋战”。虽然无论枫糖怎么吹嘘，那些特摄片都只会让我感到强烈的尴尬与不适，但这几天下来，我也被动了解到了一些其中的门道。

就像枫糖是那个名叫“桃色璐璐萌”的角色的粉丝群体的首领一样，他们的对手，也是“桃色璐璐萌”的竞争对手——“心跳紫色”的海量拥趸们也有一个名叫“拉尔夫”的头头，这家伙与枫糖互相攻击的频率和烈度，即便以“白热化”这个词来形容，都着实显得有点儿温和了——有些时候，在稍微浏览过评论区的内容后，我甚至觉得，就连和寻血獒的战斗都没有那么“刺激”。

“所以说，你之所以想去那座遗迹，其实是为了见到那部特摄剧的制作组，对吧？”在驶向遗迹的第五天中午，随着“堤丰号”

成功穿过最后一片荒芜而危险的盐沼，一直替我们勤勤恳恳探路的香肠先生总算完成了它的工作，并被小音提溜回了车上。“你想要当面对他们提出……呃，建议，让他们按照你的想法去安排后续剧情……”

“胡说八道！我怎么会干这种下作的事情呢?!”正把一根萝卜喂给香肠先生的枫糖立即义正词严地抗议道，“对偶像的爱是要真真切切地通过粉丝们的投票反映的！堂堂正正地赢得胜利才是我们的风格！呃，当然，要是制作组的大家被我的热忱打动的话，那自然是更好了……”

“所以你就是想见制作组嘛。”

“那、那只是我的目的之一啦，”枫糖又一次对起了手指，“自从成功定位了信号源之后，我就一直想要到遗迹里去看看——毕竟，那里很可能生活着许多人，许多过着以前那种充裕、富足而文明的生活的人。作为一名古代技术的探究者，我当然有义务与这些人取得联系，运气好的话，他们也许能告诉我们，应当如何取回那些失落的知识和技术……”

“其实我……”有那么一瞬间，我突然产生了想要向枫糖坦白自己的经历的冲动，但话到嘴边，却又被我自己咽了下去，“其实我也对失落的知识特别感兴趣。以前住在醴泉镇时，我曾经读过许多书，其中不止一本提到过隔绝时代之前的生活。所以我经常会幻想，如果自己能离开镇子到处旅行的话，一定要到那些遗迹里亲眼看看……”

“那你现在就可以这么做了，”伊斯坎德尔说道，“两位小姐，我们到目的地了。”

“哇——真的!”一直紧盯着终端屏幕的枫糖和我这才注意到,我们身边的景物已经变了样:原本龟裂的、充斥着令人不适的灰白色的盐碱泥地已经变成了铅灰色的铺装路面,而石蕈林、耐盐灌木丛和盐沼则被一座座巨大的半球状建筑物,以及圆锥状的高塔所取代。虽然建成之后已经过去了漫长的岁月,但无论是路面还是建筑都基本完好,很少有破损崩塌的迹象。当年建造这里的人们显然希望自己的家园能够尽可能长久地屹立下去(事实上,情况恰恰相反。作者描述的是黎明世界在殖民初期常见的临时建筑形式,早期殖民者的居住区采用半球状穹顶结构是为了抵御地球化改造过程中常见的极端天气现象。讽刺的是,因为设计得极为坚固,这类“临时”设施反而更容易长久留存。——编者注)。

“说实话,我这辈子还是头一次见到这么大规模的遗迹,”我一边惊奇地环视着周围的景色,一边自言自语道,“我以前一直以为,醴泉塔已经够壮观了呢。”

“嗯,这是因为人们把一切隔绝时代之前残留的设施都统称为‘遗迹’,”枫糖耸了耸肩,解释道,“事实上,不同遗迹之间的差别非常大。比如说你们镇上的醴泉塔,其实只是一座单独的‘设施’而已。如果我的推测正确,它应该只是某座计划建立的城市的配套设施,只是因为后来发生的战争,那座城市并没有开工建造,所以才留下了孤零零的水循环设施。”

“看来你对这方面很有了解嘛。”伊斯坎德尔点了点头。

“那是当然的!我好歹也是一名有不止一次遗迹探索经验的机械师,怎么可能不知道这些知识!你们把我当成什么了?”

“满脑子只想着白痴特摄剧和动画片，以及和其他白痴吵架的傻瓜，”驾驶座上的小音说道，“哦，对了，在很久以前，人们似乎管这种生物叫作‘死宅’。”

“这么称呼我也太过分了吧？呃……虽然我承认你后半句话有点儿道理，”枫糖习惯性地摇晃着尾巴，又开始对起了手指，“拉尔夫那家伙确实是个白痴。”

“我看你也差不多……算了，你们几个，都去抄家伙！到车上头去警戒！”小音说道，“一有风吹草动就先开火！”

“欸？先开火？！”伊斯坎德尔倒是立即拿起了武器，我和枫糖却对这突如其来的要求感到困惑，“这么做不太……妥当吧？万一误伤了住在这儿的人呢？”

“我不觉得这地方真的住着什么人——就算有，那些家伙对我们恐怕也没有什么善意，”历史学家的保镖冷冷地说道，“这里的情况很不正常。”

“确实。”伊斯坎德尔朝着四周张望了一圈，点了点头，“虽然大多数居民生活的居住区应该位于那些半球状穹顶建筑内部，但在正常情况下，这外面也不应该一个人影都没有，更不该看不到任何交通工具或者还在运行的公共设施，甚至在我们这些外来人已经进入遗迹内部之后，都没人出来看一眼，这可相当不对劲儿。而且，我还有种相当不妙的感觉……”

“怎么个不妙法？”我问道。

历史学家没有回答——当然，他也用不着回答。因为，他还来不及开口，一大群蠕动的黑影就从那些巨大的穹顶建筑中蜂拥而出，像是嗅到了蜜糖气味的蜂群一样朝我们冲来：这些玩意儿都是寻血獒,但数量却足有好几十,不,或许是上百之多。我怀疑,在今天之前,整个坦塔罗斯星上恐怕也没几个人见识过这等“壮观”景象。毕竟,单独游荡的一只寻血獒就足以成为探险者与行旅商人们的大麻烦;像我们先前那样遇到的几只一起发动攻击的状况,对大多数人来说更是堪称灾难;而几十倍于之前数量的寻血獒则意味着……

“我、我们该怎么办?”枫糖问道。

“对准它们,然后扣扳机,不然还能怎么办?”小音朝我们撇了撇嘴。

或许是因为目前的糟糕状况已经远远超出了之前最为极端的预测,我的大脑负责感受恐惧的那部分非常“恰到好处”地“宕机”了。在之后的一段时间里,我觉得自己就像是在梦游一般,在一种浑浑噩噩的状态中“旁观”了接下来发生的事:或许是由于恐惧感失灵,我的双手不再不受控制地颤抖,呼吸和心跳虽然仍旧非常急促,但至少已经不会影响我的具体行动了。当然,我的思维状况仍然算不上很清晰,不过,之前在小音的指导下反复进行的武器操练总算是发挥了作用,在纯粹的肌肉记忆引导下,我用还算流畅的动作打开保险、调整射击模式、瞄准射击,并在能量电池计数器变成“0”之后按部就班地更换电池,继续开火。通常情况下,光是这样很难打倒寻血獒——毕竟,它们的灵活身手足以让最敏捷的猫咪都自叹弗如。但此时此刻,情况却完全不同了。

由于成群拥挤在狭窄的道路上,寻血獒们最大的优势——灵活性与反应能力,此时此刻几乎完全派不上用场。当它们试图规避迎面射来的等离子束时，要么会和在旁边奔跑的同伴撞在一块儿，要么就会绊倒紧跟在后的同类，并引发更加严重的混乱。因此，我每次用杀伤力最强的“出力四”朝它们开火时，炽热的等离子团都会在成群的寻血獒之间生生犁出一道冒烟的灰烬胡同，将不止一只这种怪物烧得灰飞烟灭。

有那么一小会儿，我似乎看到了战胜这些家伙的曙光——但很快，更多的穹顶建筑中也开始拥出了成群的寻血獒，从不同的方向朝着正在全速奔逃的“堤丰号”追来。虽然它们的庞大数量造成的高密度极大地提高了我们的射击命中率，但不幸的是，AR-G型等离子卡宾枪枪管散热系统的工作效率终究是有限的，尤其是在以单发最大威力模式开火的情况下。很快，位于光学瞄准器左侧的过热警告灯就开始频繁亮起，我们也只能像远古时代地球上那些用前膛炮射击的炮手一样，在每次开火后等待一小段时间，好让等离子卡宾枪将新的压缩冷却液注入枪管内的毛细管中，带走过剩的热能。而蒸发的冷却液则在我们身边形成了一片诡异的迷雾，并随着大货车的前进变成了拖在车后的一条浅灰色“尾巴”。

“这样不行！”随着等离子卡宾枪的射击速度衰减到和我平时用惯的双管猎枪相去无几的程度，枫糖嚷嚷了起来，“我们要死了要死了要死了哇啊啊啊啊——”

“别说这些有的没的！”小音朝她喊道，“继续打！就算你不想着你自己，难道不为你的朋友香肠先生想想吗?!”

“对对对！哪怕是为了香肠先生，我也一定要坚强！坚强，坚强，坚强……但这支枪现在根本不顶用哇啊啊啊啊——”

“那就把它放下！”伊斯坎德尔突然急切地说道，“把你的终端拿出来。”

“啥？”

“照我说的做！”当几只寻血獒追到离“堤丰号”只剩十几米远的地方时，历史学家朝它们丢出了两枚白磷手榴弹，这些怪物的躯体旋即被爆起的火焰完全吞没，接着又变成了熊熊燃烧的障碍物，暂时阻滞了它们的同类。“然后打开你最喜欢的那个白痴……啊不对，特摄片，找到那下面的实时评论区。”

“已经找到了！”虽然一脸大惑不解的神情，但枫糖还是照着做了，“然后呢？”

“直接给那个叫拉尔夫的家伙发私人信件，内容……随便你怎样写都行！但最好是能刺激到他的！”

“明白！这个我最擅长了！”枫糖立即开始了“工作”，“但是……呃……这么做有什么意义？”

“只是一个实验而已，继续！”历史学家没有解释，而是取出了一件像是小型鱼骨天线一样的设备，将它举了起来，同时看着与其相连的显示屏上的读数，“对，很好，就是这样……”

虽然我们身后还有数量高达三位数，而且每一只都能轻轻松松把我们撕成肉碎的寻血獒紧追不放，但枫糖还是迅速地沉浸在了另一个世界里：她开始以惊人的速度发出信息，用各种各样不重样的词汇与我看不懂的古怪缩写咒骂与挖苦那个“拉尔夫”，而后者也立即进行了以牙还牙式的猛烈回击。双方的骂战在终端上以惊人的速度展开，与此同时，对我们紧追不放的寻血獒群似乎变得越来越……迟钝了。它们不再试图从周围的小路绕道拦截我们，也不再徒劳地尝试规避我们的射击，此时此刻，这些家伙看上去更接近于一群呆头呆脑的虫子，只会一门心思地紧追在我们身后。

“很好……好极了……我果然没有猜错。”随着历史学家手中的“天线”开始有了反应，他的嘴角也缓慢地扬起了一个弧度。接着，他爬到了车顶那门应该只是摆设的大炮后面，拉动了一侧的机械手柄，在辅助电动机的低沉嗡鸣声中，火炮的炮管缓缓扬起，并对准了位于远处的信号塔——那是整座遗迹中最高的建筑物。

“欸，等等，那门炮不是根本不能用吗?!”我问道。

“对。它作为一门‘火炮’确实不能用，”历史学家点了点头，“但我可从没说过它没有别的用途。”

7

三个小时后。

由于信号塔内部的电梯因为受损而发生故障，我们不得不花了相当长的时间，才总算气喘吁吁地沿着螺旋状阶梯攀上了这座高度超过一百米的巨塔。虽然整座信号塔的结构呈下粗上细的圆锥状，但塔的顶层却是一处宽敞的“飞碟”形空间。这里的墙壁由整块的巨大落地玻璃窗构成，身处其中的工作人员在忙碌之余能够眺望整座遗迹……不，应该说是“殖民点”的景色。只不过，在我们抵达此处之前，占据着这里的只有区区一人而已。

这是一个穿着浅蓝色工作装、戴着一顶有些破旧的宽檐帽、相貌相当普通的男人。从他几乎遮住了大半张脸的蓬乱头发和更加油腻脏乱的胡须推断，这人大概已经有很长一段时间没有好好打理过个人形象了。在原本摆放着员工用座椅的地方，我们看到了一只恶臭袭人的毛织睡袋，以及肮脏不堪的简易炊具、旧纪元生产的便携式食物包装袋、塑料水瓶和大量生活垃圾，当然，还有好几十张画工拙劣的手绘图画，描绘的似乎是“心跳紫色”，也就是枫糖最喜欢的那部特摄剧的主角的竞争对手。

除此之外，这里没有别人。没有其他工作人员，没有剧组，也没有本地居民。在我们的下方，数以百计的寻血獒正在街道上相互撕咬着——自从伊斯坎德尔朝着信号塔顶“开炮”之后，这些人造怪物就放弃了追击我们，转而将自己身边的同类当成了敌人。

“如果就这么放任不管的话，它们最后应该会战斗到把身边的同类全部干掉为止，”在朝下瞥了一眼之后，小音用冷淡的语气说道，“要是我们运气好的话，这些鬼东西会同归于尽；如果运气稍微差一点儿……算了，到时候也不过是再花点儿力气收拾掉剩下的几只而已。”

“但要是刚才我的动作再晚一点儿，一切可就会完全不同了。”伊斯坎德尔在摆满各种各样仪器的塔顶转悠了一圈，最终在这里唯一的居民——或者准确地说，“前”居民——身边蹲了下来。这人身上没有明显的外伤，但嘴角散发着一股非常糟糕的味道，很显然，他在绝望之中用毒药或者其他类似的玩意儿结束了自己的生命。在他那件又脏又旧的衣服上，我发现了一块写着“拉尔夫”字样的胸牌。

“可惜了……要是这家伙还活着的话，我应该能从他嘴里问出不少有用的信息来。”

“考虑到当时的状况，我们能完完整整地活下来就已经很不错了。”小音耸了耸肩，“多亏‘说服者’的功率比我们想象的要强，在那种距离上居然也能如此有效地压制目标。”

“说服者”，这个略带些许讽刺意味的名称，是伊斯坎德尔对他安装在“堤丰”号上的秘密撒手锏的称呼。这玩意儿的真实身份据说是一门“武器级电磁脉冲定向发射器”，可以摧毁一切无防护或者只具备基础防护手段的精密电子设备。虽然我一度以为，他把这东西藏在那门没有炮闩、无法使用的火炮里是为了混淆对手的判断，但伊斯坎德尔却坚称，这纯粹只是因为车上的空间有限，这么做比较方便而已。

当然，无论他这么做的真正目的究竟为何，就结果来看，这玩意儿的效果是毋庸置疑的。尽管小音事后声称，当时伊斯坎德尔的“开火”距离实在有些过远，难以保证杀伤效果，但这一“炮”确实终结了躲在信号塔里的这家伙对寻血獒们的有效控制。在我们进入这里后，在室内发现的电子设备全都已经变成了无法使用甚至无法修复的废金属，这让兴致勃勃地想要大捞一笔古代技术遗产的枫糖瞬间陷入了无底深渊。

“可惜……太可惜了……”在从一台又一台散发着被烧焦的电子设备特有的难闻气味的古老造物前走过之后，枫糖的表情从最初的不安变成了失望，又从失望变成了恼怒，看上去像极了去年我见到的一个打算与爱人私奔，结果到了约定地点却谁都没有遇上的女孩。甚至连跟在她身后的香肠先生也是一样——这家伙刚进来时曾经兴致勃勃地用它硕大的鼻子嗅了嗅其中一台报废设备，结果它灵敏的嗅觉立即遭到了“重击”，在痛苦的惊叫声中缩到了枫糖身后。

“你可别这么盯着我！如果不是迫不得已的话，我是不会这么做的。毕竟，如果有可能的话，我也很想把这些宝贵的设备保留下来啊。”在看到枫糖朝自己投来的、简直能把太阳给冻住的冰冷目光后，伊斯坎德尔连忙辩解道。接着，他的目光突然落在了混在地面上成堆垃圾中的一本笔记本上，并迅速弯腰将它拾了起来。“等等，这里似乎有什么东西。”

“那是什么？”我问道。

“是日记。”历史学家打开笔记本，匆匆翻了几页，又朝着死去的男子瞥了一眼，“而且，应该是这位拉尔夫先生留下的。”

“里面写了些什么？”

“呃，这个嘛……从时间来看，最初的记录是三年前留下的，”伊斯坎德尔看着那本日记，“从日记的内容来看，这位拉尔夫先生应该来自大陆的南方，他原本的职业和枫糖小姐一样，是一位机械师兼行旅商人。在学成出师后的几年里，他一直独自行动，依靠替人维修机械设备或者兜售从遗迹里找到的古代装置为生，直到有一天，他因为迷路而进入了这一带的盐沼，并遭到了一只游荡的寻血獒的攻击。”

“之后呢？”我问道。

“拉尔夫先生成功逃脱了——当然，不是凭他自己。有几个戴着面具、打扮得非常诡异的人突然出现，击退了那只寻血獒。作为营救他的报酬，这些人希望他参与他们的一个实验，他们说，这个实验一旦成功，就能‘实现他最隐秘的愿望’。”随着笔记本被一页页翻开，历史学家的眉毛缓缓地皱了起来，双眼中隐约地流露出了一丝不安的神情，“日记里没有记载实验的具体内容，但在实验结束之后，拉尔夫先生发现，自己已经拥有了过去完全无法想象、本不该属于自己的巨量知识。"

"哈啊?"听到这句话,我的耳朵和尾巴都一下子支棱了起来。但站在一旁的小音随即将一根手指放在嘴唇上,对我做了个"噤声"的手势——很显然,她和伊斯坎德尔现在还不希望枫糖这个"局外人"得知伊斯坎德尔对我做过的事。

"之后呢?"枫糖问道。

"在获得这些知识之后,拉尔夫先生获得了这座遗迹内还在运转的设施的控制权。在战争开始前,这里原计划被建成一个功能完善的定居点,但完成建设的只有这座预定作为本地信息网络节点的信号塔。除此之外,在战争中,这里被邦联武装部队征用,作为武器生产基地,其中就包括一条寻血獒的组装线,"历史学家继续翻阅着日记,"于是,拉尔夫先生决定放弃旅行,在这里定居下来——反正仓库里剩下的物资足够他生活一辈子,还绰绰有余。而且这里还存在着一些让他非常感兴趣的东西。"

"但他为什么……啊,等等,难道他就是那个……"枫糖小声嘟哝道,"那这一切……"

"没错,当拉尔夫先生还是机械师学徒时,他就对古地球上的流行文化着了迷,其中也包括了某些相关的……呃……衍生文化,"在继续翻动日记的同时,历史学家的表情略微由兴奋变成了尴尬,"这座信号塔的设备中恰好储存着大量相关资料,包括大量的古代影片和其他作品,这对他而言显然是一座无价的宝库。但拉尔夫先生并不满足于此,他希望的并不仅仅是安静地欣赏古老地球的遗产,而是像古代人那样真正体会'参与'的感觉。"

“呃……”

“不过，就连这个看似很不讲理的愿望，在这儿居然也能实现，”说到这儿，伊斯坎德尔咂了咂嘴，也不知是要表达惊讶还是不屑，“在这座信号塔的主计算机系统里，储存着一套专门的全自动程序，这套程序通过对储存的巨量古代文艺作品的分析与重组，可以‘创造’出新的作品，甚至还能直接模仿过去的作品受众们，在平台上进行互动。对于这些程序模板的来源，就连继承了这座遗迹相关知识的拉尔夫先生自己也不知道，但根据我的猜测，它们最初很可能来自古地球上一种被称为‘水军’的、极为恶劣的东西。”

“那……那种东西怎样都好啦！”不知为何，在听到这句话后，枫糖的脸颊突然红了起来。

“我猜，这些程序应该是在坦塔罗斯星殖民初期，由最初负责建立本土广播电视网络的那些人特地准备的——毕竟，在地球化改造完成之前，这个世界的居民数量不会太多，不足以支撑起成规模的艺术创作，更别说围绕这些艺术产品的各种活动了。因此，这些程序的存在，不但能在一定程度上满足为数不多的早期殖民地居民们的娱乐需求，而且还能营造出假象，让他们暂时摆脱身处银河荒凉角落的孤寂感——这对于人们的心理健康是很有好处的。有趣的是，即便在战争发生、坦塔罗斯星遭受入侵并被隔离后，这些程序仍在运作。就算没有了观众，新的‘影视作品’仍然被一部接一部地拼接生产出来，只存在于信息网络中的数字幽灵们仍在评判和追捧这些作品、互相攻击咒骂。虚假的观众围绕着虚假的舞台，就这么热闹欢腾了足足三百年……但在拉尔夫先生和你因为机缘巧合而开始收看节目之前，这个世界上甚至没人知道它们的存在。"历史学家轻轻摇了摇头，"这还真是够……呃……没意义的。"

"也就是说……我之前做的一切……我一直相信的……"枫糖看上去快要哭了。

"我很抱歉，但还请你接受事实……啊，也许大哭一阵会让你觉得舒服点儿。"伊斯坎德尔叹了口气，"顺带一提，这座遗迹里的武器生产线被设定成了一旦其所有人意外死亡，就会迅速自毁的模式。换句话说，这附近以后应该不会再有新的寻血獒出现了。"当几道浓烟从远处腾起时，他朝着冒烟的方向望了一眼，有些无奈地摇了摇头，"这是战争时期留下的应急程序，目的大概是防止敌人夺取这些设施吧。"

"那我们修车用的零件……"

"别担心，这里的仓库里倒还存了一些我们需要的零件。虽然只有原本储量的零头，但已经足够用了。"小音说道，"窝在这里时，拉尔夫那家伙一直利用这里储存的零部件生产更多的寻血獒，并让这些怪物在遗迹周围巡逻。一旦有人接近，他就会远程操纵寻血獒展开攻击。我想，这或许是为了保证他的'天堂'不被任何人打扰吧。"

"这……我能理解。"枫糖抱着香肠先生，在那个初次谋面的枯瘦男人身边跪坐了下来，"我知道那种感觉——拉尔夫先生恐怕比我更加依赖'那个世界'，所以才害怕遇到其他人，害怕任何变化。因为他害怕有人告诉他，他必须回到'这个世界'生活。"

"'那个世界'？你指的是特摄片里的世界吗？"我问了一句。

“不，是那个看特摄片、发弹幕的人们所生活的世界。那个曾经真实存在过，但和这个世界完全不同的世界，”枫糖摇了摇头，“你们……你们是不会明白的。”

“幸好，那个世界应该没有消失，”伊斯坎德尔环视着身边那些已经彻底毁坏的器材，露出了颇为复杂的神情，“虽然这一层的设备已经毁了，但它们大多数是用来控制寻血獒的遥控装置，以及一些备用通信装置。通信塔的主计算机系统位于下面的楼层内，应该没有受损。另外，这儿的生活物资也非常充足，如果你打算留下……”

“留下？不，我希望继续和你们一起行动。”枫糖思考了一会儿，然后轻轻地摇了摇头，“我并不是拉尔夫先生。虽然‘那个世界’确实对我很有吸引力，但我能感觉到，你身上有着某些对我而言更……有趣的东西。”

“比如说呢？”

“那个……我不知道，”枫糖“嘿嘿”地笑了两声，“不过，只要继续和你们待在一起，我总有一天会弄明白这个问题的吧。”

在她脚边，香肠先生抬着脑袋，朝着我欢快地哼唧起来。毋庸置疑，这是在表示赞同。

嗯，这就对了。

第三章　地雷之村

1

“喂！你们几个！一个人多少钱?!”

我必须承认，当那个气势汹汹的魔鬼在用废金属制成的路障前气势汹汹地拦下“堤丰号”，并朝着我们大声喊出那句话时，我差点儿就被吓得惊叫出声。虽然我之前曾在书上读到过，在这片大陆的某些角落里，有一些孤立而野蛮的社区会将人类作为“商品”公开贩卖，但亲身遇到这种事情，对我而言还是太过于骇人听闻了。

好吧，拦下我们的其实并不是什么魔鬼。这个身高接近两米、浑身上下满是虬结肌肉的男人其实与我一样是一名卫兰人。只不过，无论是他脸上的大量卷曲胡须还是那双有着方形瞳孔的血红色眼睛，都散发着一股充满压迫感的气息。这一切再配上那对从太阳穴上方伸出的骨质弯角，以及腰间挎着的一把能将人拦腰斩断的阔斧，更是让他在乍看之下和图册中描绘的那些地狱居民不分伯仲。

“你说什么？”在踩下刹车之后，伊斯坎德尔立即跳出了驾驶室，快步走到了那名壮汉的面前，虽然他的身高比对方足足矮了四十厘米，但至少在此时此刻，这位历史学家兼行旅商人在气势上一点儿都没有输给对手，“给我再说一遍！”

“我说，你车上的那些人，一个人多少钱？”长着角的男人果然重复了一遍。

“不——卖！”伊斯坎德尔立即用不容讨价还价的语气答道，那张经常被误认为女性的清秀面孔上充满了决绝的神色，“这些都是我的女人，怎么可能随便卖给你这种来路不明的浑蛋！”

然后他就被揍了。

“什么叫你的女人啊？”第一个敲了历史学家脑袋的是枫糖，虽然她小小的拳头没什么威力，但握在她手中的那把多功能扳手的分量可着实不轻，“给我注意点儿用词！”

“就是，我们只是这家伙的同伴来着，不是他的私人财产。”在从惊吓中稍微缓过劲来之后，我连忙开口说道，“顺带一提，我可不打算出售自己，再多的钱也不卖。”

“我是这家伙雇用的保镖，”最后说话的是小音，“虽然不是伊斯坎德尔的私有物品，不过我确实有义务保护他和其他合作者的安全。所以，如果你们有什么不轨的意图，我会在第一时间断然对你们采取措施，而且不排除使用致命性武力。”

“啊……那个，等等，你们是不是搞错了什么？”羊角男人似乎没有料到我们的反应会是这样，露出了有些慌张的神色，“我什么时候说过要买人啦？”

“那你突然问那种话是什么意思？”伊斯坎德尔捂着被敲疼的脑门儿问道。

“我是要雇人！雇人啦！”

“雇人？这里有什么工程很缺人吗？”我问道。有时候，一些地方在建设大规模工程但人手不足时，确实会雇用恰好经过的外来者。但直到被拦下来之前，我都没有发现这附近有什么大兴土木的痕迹。

“不是工程……其实是准备作战啦。”羊角壮汉摇了摇头，“我们正在招募一支义勇军，目前急需任何拥有军事技能或者能够使用武器的人。那个……所以……”

“义勇军？”

“我来介绍一下吧，这家伙是来自南方的白沙镇的保民官塔克。”就在羊角壮汉还在笨拙地试图组织语言时，一名女性走到了他面前，代他向我们解释道。虽然同为有着弯角和方形瞳孔的山羊型卫兰人，但或许是身材娇小，还有着一副精致可爱的面容的缘故，这名女性身边环绕着一种羊羔特有的、很容易激起他人保护欲的气息，而非壮汉那种仿佛魔鬼般的威压，就连我都在看到她的瞬间产生了想要凑上去摸摸抱抱的冲动。“我是来自西边的峭岩镇的美咪，原本是镇上的商业公会负责人，目前在义勇军里担任行动协调员。”

“我叫伊斯坎德尔，是一名行旅商人兼历史学家，这几位是我的保镖、机械师与同行者，还有储备食……啊！不对，动物朋友。”出于礼貌,伊斯坎德尔也开始了自我介绍。在将视线转向香肠先生时,他原本似乎打算说出“储备食物”这个词,但在枫糖凌厉的瞪视之下,还是在最后一秒钟改换了说法,“我们不是雇佣军,也没有携带超过自卫需求的武器装备,对于本地发生的政治冲突没有任何兴趣,更不希望被牵扯进去……当然,各位要是希望购买我们携带的货物的话,我倒是非常乐意打五折出售最近从北方地区入手的贝壳项链和石雕护身符。你瞧,这些石雕护身符的做工非常精美,全部出自极具潜力的新星雕刻家之手,升值空间不可估量。而且,一直戴在身上的话据说还能招来好运哦……”

“这个白痴,又在推销这些没用的玩意儿了。”小音用只有我们几个人能听到的声音低声念叨道。之前,由于卖掉了从那座满是寻血獒的废墟里回收的技术遗产和物资,我们一度发了点儿小财。可惜的是,这并没有让我们过上几天宽裕日子——在手里有了钱之后,伊斯坎德尔突发奇想,打算趁机做点儿艺术品生意……然后果然成功地被人欺骗,高价购进了一大堆鬼知道究竟有什么价值的“潜力艺术品”,并让我们“在接下来的日子里过上好吃好喝的生活”的伟大愿景变成了梦幻泡影。

“我们这儿没有发生任何政治冲突,当然,目前恐怕也没人有买石雕或者项链的闲情逸致。”美咪晃了晃长满白色绒毛的大耳朵,轻轻叹了口气,“倒不如说,因为最近出现的大麻烦,这一带各个村镇之间原本存在的冲突全都消失了。所有人都齐心协力、相互合作,试图解决眼前的问题。”

“看来你们暂时还没成功,”历史学家说道,“那么,能说说你们到底遇到了什么问题吗?”

“从你们的路线来看,各位应该是打算从这一带进入深渊之桥,穿过日暮海峡前往火烧湾南方的沿海城镇群行商,对吧?”美咪问道。

“啊,没错。”历史学家点了点头。确实,美咪刚才所说的路线与我们目前的旅行计划基本上相差不远。在坦塔罗斯星主大陆的南方腹地,存在着一座名叫“火烧湾”的巨型封闭海湾。根据最初抵达这个世界进行勘探的地质学家们的说法,这儿原本是一片内陆盆地,在数十万年前的海进运动中,大海从大陆东海岸群山的一个豁口涌入了这处盆地,形成了占据大陆五分之一面积的庞大浅海。在之后的岁月中,随着气候重新开始变得干冷,这片巨型内陆海开始持续萎缩、变浅,并因为某些原因而变成了火焰般的红色(基于生态学常识判断,这很可能是高度封闭海域因高蒸发量而陷入缺氧和高盐度状态,并导致厌氧耐盐微生物大量繁殖所致。——编者注),与大洋的连接部位也逐步变得狭窄,最终变成了一条只有十余千米宽、被最初的殖民者命名为“日暮海峡”的狭窄水道。自然,对于任何打算前往火烧湾以南的人而言,穿过这处海峡都远比沿着海湾绕行数千千米要靠谱得多。

更何况,因为深渊之桥的存在,穿过日暮海峡并不是一件困难的事。

根据那本已经被我翻烂了的《远足者的远足书》里的说法,深渊之桥是坦塔罗斯星的第一批重要交通设施之一。虽然现在的人们称其为“桥”,但它其实是由两条约五千米长、将南北两侧的陆地与海峡中央的一座小岛连接在一起的海底隧道组成的。虽然已经有三个世纪没有进行维护,但这些隧道至今仍然保持着相当完整的状态,为成千上万的旅行者提供了方便。

“那么,我不得不告诉各位一个相当遗憾的事实,”美咪说道,“深渊之桥在半个月前已经被关闭了。”

“什么?”第一个惊呼出声的人是枫糖,“这怎么可能?!我去年还从那里走过一趟! 深渊之桥的内部结构都非常完整,根本没有龟裂渗水的——”

“出问题的不是隧道,是黄昏岛,”美咪摇了摇头,“就是海峡中央的那座岛屿,那里是连接两条海峡隧道的中转区域。”

“这我知道,”我说道,“请问那里出什么事了?”

“呃,发生在这里的破事大概可以追溯到两个月前,”一直被晾在一旁的保民官塔克重新接过了话茬儿,“当时,有一些怪物突然出现在了黄昏岛附近,并且袭击了岛民们的渔船。根据幸存者的证词,这些怪物来自火烧湾的西侧海域,它们看上去很像是鱼类和大型爬行类的混合体,还能喷射水柱。总之,完全不像是他们之前见过的任何一种生物。”

“这可就怪了。”伊斯坎德尔说道,“我听说,因为缺氧和含盐量太高,在火烧湾的西侧,甚至连比手指头更长的鱼都没有几条。怎么会……”

“谁知道?而且问题还不止这些:一开始,袭击只是隔几天发生一次,但很快就变成了每天都会发生。岛上的渔船几乎全都遭到了破坏。为了保护渔民出海,岛上的人雇用了猎人来对付怪物。”

“猎人啊……”历史学家点了点头。

在许多城镇里，都存在着名为“猎人行会”的组织，那些除了玩枪之外就一无所长的家伙大多聚集在里面。这些家伙虽然自称“猎人”，但除了猎杀害兽之外，也担任个人保镖、商业场所保安或者商队护卫之类的职务，和我看过的幻想小说里的“冒险者”倒是有几分相似。在没钱维持常备武装力量的地方，猎人们往往是出现危机时第一批被动员起来的作战力量。

“他们干得怎么样？”

“以他们拿到的薪水而言，还不错。在一开始时，猎人确实射杀了好几头那种袭扰渔船的……东西。但是，怪物们的数量很快就超过了少数几名猎人的对抗极限，最后，猎人也开始出现伤亡，而且，有些怪物甚至开始登陆岛屿……”

“然后岛屿就被这些怪物攻陷了，导致深渊之桥无法继续使用，而这显然严重影响到了本地的经济状况——毕竟，深渊之桥吸引来的商旅人士，可是本地非常重要的经济来源，”我提出了合情合理的推测，“于是，为了夺回岛屿，恢复正常交通，你们开始组织义勇军……”

“你的推论的后半部分基本上是正确的，”塔克说道，“我们确实是为了夺回岛屿而组织了义勇军作战，但占据岛屿的并不是那些怪物——虽然有些棘手，但在得到了使用自动武器和爆炸陷阱的许可之后，各城镇派出的猎人们也许仍不足以保护所有出海的渔船，可抵御怪物袭击岛屿还是没问题的。在接连击退了几次登陆的怪物后，他们报告说，那些生物的数量已经有所减少。”

“也就是说,不是怪物吗? 那到底是……”

“阻断隧道交通的,是那些‘爆炸魔’,”塔克摇了摇头,“这些突然钻出来的家伙才是真正的大麻烦。”

2

“那个，说起来，我们似乎没有义务参加这种行动吧，”当“堤丰号”在两队义勇军步兵的簇拥下缓缓驶入位于海底的隧道之中时，紧紧抱着香肠先生的枫糖小声抱怨道，“我们只是普通的行旅商人和机械师而已，没有必要替别人打仗吧？尤其是我们这次的对手还是所谓的‘爆炸魔’。虽然我不是很清楚那是什么东西，但光是听这个名字就让我觉得超级不舒服……”

“安静，看你的动画片去。”伊斯坎德尔不耐烦地冲枫糖努了努嘴。在上次的事件中，由于那座信号塔里的主要设备并没有被破坏，那些古老的系统仍在日复一日地“生产”着除了新闻之外的一切节目，因此，在我们旅途的大部分时间里，枫糖仍然可以沉迷于那个被她称为“二次元”的虚拟世界之中。“你这次不需要参加战斗。”

“《闪烁！星屑少女》是特摄剧，不是动画片啦……至少理论上是这样没错。”枫糖嘀咕了一句，“不过话说回来，如果那个大块头说的话没错,我们今天这一趟可是凶多吉少。毕竟他们之前夺回岛屿的作战尝试已经失败了两次了……”

“这倒是。”我将头探出车窗,打量着那些在两侧负责掩护的义勇军。在他们之中,有差不多四分之一的人身上带着轻伤,其他的人看上去也都斗志消沉、情绪低落。“据说,专业的战斗人员在第一次行动中就伤亡严重,所以现在只能用这些‘志愿者’凑数……虽然我觉得他们更像是胡乱拉来的壮丁。”

“壮丁? 这倒不至于。”驾驶座上的小音瞥了一眼那支混杂着不少半大孩子和头发斑白的中年大叔的队伍,“明明他们连这些不壮的人也都拉进去凑数了。”

好吧,这个笑话可真是让人笑不出来。

“正因为目前这种糟糕的状况,所以我们才更有必要协助他们,”伊斯坎德尔叹了口气,“因为水深不足、容易搁浅,火烧湾上没有轮渡。如果是徒步旅行者,以前好歹还可以雇用渔船渡海,但因为那些奇怪生物的袭击,现在就连这也做不到了。我们要么在干旱的荒漠无人区里跑上三千千米绕过整个海湾,要么就必须打通深渊之桥隧道,没有第三个选项! 更何况,美咪小姐已经保证,只要我们愿意帮忙,除了参战的佣金之外,他们乐意集资购买我带来的所有艺术品,尤其是那些石雕护身符。”

“你居然还提了这种条件吗?!”

“这可是一件双赢的大好事,毕竟根据我的专业观点,那些艺术品的升值空间非常大。我可以保证,比起某人沉迷的那些由老掉牙的古旧程序拼凑出来的虚拟文艺作品,这些雕刻工艺品才是真正具备——噢!”

枫糖的扳手又一次砸到了历史学家的脑袋上。

“总之，所谓的‘爆炸魔’到底是个啥？”我问道，“塔克先生之前一直没有说清楚，他只说它们是一些能够四处移动的小东西，在半个月前突然出现并阻断了隧道的出口。只要有人接近到一定范围内，就会突然爆炸……”

“这个嘛，我认为那可能是坦塔罗斯星在战争中被改为军工世界之后，为邦联武装部队生产的某种半自律型智能武器。换句话说，它们和那些寻血獒其实是类似的玩意儿……”历史学家一边揉着脑门儿，一边解释道，“当然，从本地人的描述来看，它们可能更接近于能够在复杂环境中自主行动与索敌的爆炸物，比如……”

“大家当心！前面有动静了！”

还没等伊斯坎德尔把他的“比如”说完，塔克洪亮的声音已经从前面传了过来。这位保民官的手里也攥着一台似乎是某种探测器的设备，而现在，那台探测器正在发出短促的蜂鸣报警声，就算是对这类玩意儿七窍只通六窍的我也明白，这只可能意味着——麻烦马上要来了。

“按计划准备战斗！”小音低声说道，同时将驾驶的工作交给了伊斯坎德尔，自己爬上了驾驶室的顶部，坐到了这辆车唯一的一件固定式武器后面——虽然伊斯坎德尔对外宣称，这只是一门炮闩被拆除、也没有炮弹可用的老旧火炮，唯一的价值只是用来恐吓可能袭击我们的不逞之徒，但事实上，他在这玩意儿的炮管里暗中安装了一门被称为“说服者”的武器级电磁脉冲定向发射器。在对付某些特定目标时，这玩意儿的效率高得惊人。

而伊斯坎德尔似乎相信，本地人所谓的“爆炸魔”也属于“特定目标”的范畴。

“在那里！”

当一堆位于隧道角落中的瓦砾突然发出“哗哗”的响声时，一个年纪四十岁左右、穿着一件迷彩工装裤的男人率先向他的同伴们发出了警告：从那堆碎砖烂瓦里钻出来的，是一个有着四条细腿、外形看上去像是吸血蝻虫般的小东西。即便算上那四条腿，这玩意儿身体的宽度也不会超过一个普通成年人的手臂长度，高度甚至只能勉强超过大多数人的脚踝。它的“躯干”是个轮廓相当简单的圆盘状结构，上面装有一些似乎是简单的传感器的东西，看上去就像是……

嗯，就像是地雷。

“那就是传说中的‘爆炸魔’吗？”

“要怎么办？”

“现在这种距离是不是很危险？”

“要不还是先撤退？”

在“堤丰号”周围，注意到那玩意儿出现的义勇军成员们纷纷议论起来——由于大多只是没有任何战斗经验、临时武装起来的平民，而且先前更不可能见过像这样的东西，因此，就算在出发前被告知过作战计划，他们仍然陷入了迷茫与不安之中。

“不用担心！出现这种东西的话，直接在远处射击就行！”位于队伍前面的塔克举起一支口径大得几乎可以称为反器材步枪的狙击枪，直接朝着那东西开了火。点50口径的子弹直接把那只四条腿的小怪物从中间削成了两半，它的残骸在子弹的冲击力作用下朝后飞出了一段距离，然后才掉落在了满是瓦砾的地面上……当然，并没有发生爆炸。

“这是……”我下意识地看了一眼伊斯坎德尔。

“很正常，为了避免在运输和储存状态下殉爆，这类过去生产的爆炸类兵器全都填充着相当安全的惰性炸药，”历史学家看上去倒是一脸毫不意外的模样，“也就是说，要引爆它们，需要能满足苛刻条件的特制引信才行。只是像这样挨上一枪的话，还不至于让里面的装药爆炸。”

“嗯，这倒是件好事儿。”我点了点头，与此同时，更多像这样的小怪物开始从隧道的黑暗之中出现，接连朝着我们靠近，“但这些东西到底是哪儿来的？”

“不知道，之前美咪小姐不也说了吗？根本没人知道这些东西是从哪儿冒出来的，”历史学家有些不耐烦地摇了摇头，“他们只知道，在半个月前，当驻扎在黄昏岛上的武装猎人们与前去接替他们的同行换班时，一大群像这样的玩意儿突然出现，封锁了隧道，并且炸伤了好几个人。而在这之前，虽然偶尔会有渔民在捕鱼时捞起一些外形类似的残骸，但还能动弹的，至少这一带从来没有人见过。”

“有意思……”正在调试那门“说服者”的小音嘀咕道。

“不过，我已经基本判断出这些东西的型号了:MI-90X‘蝎’式智能地雷，也可能是它的某个变形或者升级款。在过去的行星表面作战中，邦联太空军和航空军都很喜欢大量用这种小东西实施攻势布雷，干扰敌方后勤或者进行战场遮断，”历史学家说着，也将手中的等离子卡宾枪调整到了“出力一”模式，“要对付它们并不算难,只要待在它们的起爆范围之外开火就是了。"

"看来确实没什么难的。"在仔细瞄准目标并扣动扳机后,我自言自语道——与那些生存能力强到令人郁闷的寻血獒不同,这些小玩意儿在中弹后的表现只能用"不堪一击"来形容。不仅仅是塔克先生的大口径狙击枪子弹,就连最低威力的等离子卡宾枪速射,或者普通义勇军成员手持的小口径自动步枪发射的8毫米弹药,也能在仅仅命中一两发的情况下解决掉这种东西。

当然,这些小玩意儿也并没有坐以待毙。在遭到当头痛击后,它们竭力地迈开粗短的四条小机械腿,试图从迎面而来的火网中逃脱。可惜的是,这些家伙的移动速度并不算快,这些徒劳的躲闪腾挪除了为我们的射击增添了些许乐趣之外,并没有任何意义。很快,最初冒出来的那几十枚智能地雷就全部变成了无法动弹也不能起爆的垃圾……呃,它们到底该算是可燃垃圾还是不可燃垃圾来着?

"这些东西应该算是可燃垃圾吧。"或许是我不小心念出了心里想着的话的缘故,历史学家说道,"等把这档子事搞定,里面的惰性炸药可以取出来。虽然不会爆炸,但它们可以当作助燃剂使用,这样露营的时候生火就容易多了。"

"还有这种好事?"听了这话,枫糖的双眼立即冒出了兴奋的光芒——除了追那些奇奇怪怪的电视节目之外,这家伙最大的爱好就是用篝火烧烤各种各样的小零食了。不止一次,我甚至看到她把苹果、萝卜和香菜切过之后串在火堆上烤。由于我们接受不了这种神奇的饮食习惯,她吃不完的那些烧烤食物最后都会与我们制造出的其他剩菜一道进入香肠先生的肚子里去,至少从节约粮食的角度来看，这倒不是什么坏事。

“但前提是我们要把这儿的事搞定，”伊斯坎德尔强调道，“现在我们的工作不是还没干完吗？”

确实。就在第一批智能地雷被全部击毁后，新的一批立即就冒了出来，数量比前一批更多，几乎铺满了整条隧道，简直让人联想起某些源自古地球、号称全宇宙最大恐怖之源之一的蜚蠊类昆虫倾巢出动的模样（我认为作者此处指的大概是白蚁，毕竟这种生物已经对至少三十个殖民世界的森林造成了威胁，并严重影响了地球化进程和木材生产。但我的研究伙伴塞斯先生却执拗地认定，作者指的是栖息在人类居所内的各种蟑螂，虽然我完全无法理解，为什么会有人害怕几乎无法造成威胁的昆虫。——编者注）。而它们的细腿与地面刮擦发出的“沙沙”声，更是让人打心底里感到毛骨悚然。

虽然这一次，它们大幅度增加的密度让哪怕枪法最差的义勇军成员也可以轻而易举地射中它们，但这些家伙的数量已经增长到了我们难以拦截的程度。毕竟，无论是射弹式步枪的弹匣，还是等离子卡宾枪的能量电池，全都有其容量上限，而当我们忙不迭地更换弹匣，或是插入新的能量电池时，更多的智能地雷已经爬过了被摧毁的同类的“尸体”，开始继续朝我们逼近。就连几名资深猎人丢出的破片手雷，也并不能有效地延迟它们的行动。

“后退！有序后退！”塔克大声下达了命令。从目前的情况来看，这显然是最合适的指令……

假如不考虑与我们并肩作战的这帮“义勇军”的“成色”的话。

“塔克先生让我们撤退!”

“哇——快逃啊!”

“头儿说顶不住了! 大家快跑!”

“噫——别丢下我啊!”

“我就知道……”当那些被临时拉来凑数的乌合之众开始争先恐后地奔逃时,我总算亲身体会到了为什么“有序撤退”会被认为是最困难的军事行动:在几十秒时间内,我们身边的上百名义勇军成员已经跑了个一干二净,只剩下了塔克先生带着的十来名骨干和资深猎人,以及待在“堤丰号”上的我们几个。

“这下麻烦了呢。”历史学家说道。

“我就说我们不该来的!”枫糖一边大声抱怨,一边下意识地用双手遮住了香肠先生那豆子般的小眼睛。

“但还在我们能够控制的范围之内!”小音说道,“‘说服者’准备就绪!”

“很好,听我命令,射——”伊斯坎德尔用一只手挂着倒挡,另一只手则高高地举过头顶,大概是打算在喊出“射击”的同时摆一个帅气的动作。可惜的是,他还来不及体验发号施令的快感,小音就已经启动了“说服者”。

与一般的火炮射击不同,“说服者”在“开火”时只会发出一阵电容器充能的刺耳嗡鸣声。这股嗡鸣在脉冲发射的瞬间攀升到了顶峰,然后瞬间安静了下来……当然,一起变得安静的,还有那些智能地雷的短小机械腿爬行发出的窸窣声。

“作战成功,目标已经无害化。”当近百枚智能地雷都像被晒死的螃蟹一样瘫痪不动后,小音用例行公事式的平稳语气说道,而塔克和他的部下们则纷纷发出了胜利的欢呼。不过,他们的喜悦只持续了很短的一段时间:很快,伴着地表的震动,一阵沉闷的爆炸声就在我们脚下不远处响了起来。

“怎么回事?”枫糖问道。

“这……不妙!”回答问题的是小音,而且,她这次罕见地露出了惊慌的神色,“马上离开这里!爆炸点既然在我们下面,那恐怕——”

“呀——!”在下一秒钟,我被另一次震动直接抛出了没有关上车窗的驾驶室,尖叫着朝隧道的地面砸去。但更让我吃惊的是,在震动中,由强化材料筑成的隧道地面居然也出现了裂纹,并在随后迅速地塌陷了下去!而出现在那个坑洞之中的,是一汪如同烧开的巧克力般翻涌的泥水。

这下真的麻烦了。

我从未学习过游泳。或者准确地说,没有机会去学习。毕竟,我的老家醴泉镇位于干旱的荒漠地带深处,虽然名字与水有些关系,不过,除了深度稍微超过成人膝盖的水渠,以及那些又浅又咸、满是淤泥的盐沼之外,附近基本不存在成片的地表水体。虽然我读过的书里也约略提到过几种游泳的方法,但当我的肌肤与冰冷肮脏的水面接触的一瞬,这些知识就全都从我的脑海中“隐形”了。

完蛋完蛋完蛋要死要死要死……

就在我的脑子被这些绝望的念头充斥之时,一个身影突然从“堤丰号”上跳了下来。紧接着,我感觉到有什么重物跃入了水中……

3

“我说,这东西真不是人吃的啦!”

在把铝合金餐盒放下之后,我长长地叹了口气——自从加入伊斯坎德尔的商队之后,我们几个人一直以天为单位轮流承担炊事工作。不幸的是,今天又轮到了小音做饭。当然,我承认,这家伙在战斗方面确实是行家里手,在驾驶技术和机械维修这两点上也和枫糖那家伙不分伯仲,但是,正如我读过的某本散文集里的一句话描述的那样,命运对绝大多数人都还算公平。每个人所得到的恩赐,会在别的方面以某种形式支付代价……而小音付出代价的方式实在是有点儿令人遗憾。

“这东西当然是人吃的。”对于我的抗议,小音说道,“我在其中加入的所有原材料都无毒无害,且含有人体必需的营养成分与足量能源。而且我可以保证,根据我学习过的安全烹饪技术手册,这些材料全都没有烹饪过头或者不足之虞,易受高温破坏的材质全都是在烹饪后期放进去的,可以保证……”

“所以这就是你把硬面饼、萝卜、干肉和糖渍泡菜一起炖的理由？而且还把柠檬汁往里面倒！我以前从没见过这么做料理的！”枫糖恼火地喊道。

“那你现在算是见过了。”小音语气冷淡地说道。

“呜……天哪，这味道根本一言难尽嘛。干肉的味道、柠檬的酸味、糖渍腌菜的甜味……全都混在一起了啊……说是味觉领域的地狱绘图也不为过嘛。”我尝了一口，然后又忍不住抱怨了起来。

“吃不下去也得吃！”小音语气强硬地把餐盒推到了我的面前，然后强行把里面的玩意儿灌进了我的嘴里，“浪费宝贵的食物是最大的罪恶！你必须吃！吃！吃……”

“呜啊啊啊啊！”

在小音的强灌之下，我终于把嘴里的那些东西吐了出来……不过却没有任何怪味儿。事实上，我刚才喝下去的似乎只是普通的热水而已。接着，当睁开双眼时，我才注意到，朝我嘴里硬灌东西的并不是小音（虽然那浑蛋完全做得出这种事就是了），而是一个我不认识的浅色头发的女孩。

“欸？你谁啊？”我问道。

“你又是谁啊？”女孩反问道。

“你连我是谁都不知道，就往我嘴里灌东西吗？”我问道。

“这是当然的，对落水的人应该喂热水、保持身体干燥，这难道不是常识吗？”女孩说道。

“呃，这倒是……”摆脱了噩梦的我这才注意到，我之前穿着的贴身夹克、腰带、旅行长裤和连帽斗篷已经全部被从身上扒了下来,目前正被悬挂在一侧的火塘旁烘烤,取而代之的则是铺在我身下木板床上的稻草褥子,以及一床散发着发霉稻草味的棉被。虽说对嗅觉有点儿不太友善,但至少确实让我暖和了起来。

“那个……谢谢。”

“不用谢了,其实,我现在更希望你能帮上我们的忙呢。”

“帮忙?”

“这里是黄昏岛上的白鱼村,我已经有半个月没看到外面来的人了。”女孩说道,她看上去比我要年幼得多,有着一张稚嫩而惹人怜爱的面孔,但说话的语气却透着一股与外貌很不相称的老成,“你应该是从外面来的,对吧?”

“没错。”我点了点头,接过了对方递来的第二碗热水,慢慢地喝了起来,“我……我叫杏子,只是个行旅商人,参加了前来救援黄昏岛的义勇军。结果……呃,这位小姐,你是在哪儿找到我的?”

“隧道下面的维修通道出口,那儿恰好位于被‘爆炸魔’封锁的区域之内。”女孩解释道,“还有,我叫鲁娜,请不要再叫我‘这位小姐’了。”

“明白了,鲁娜小姐。”

“叫我鲁娜!”

之后,在鲁娜的耐心解释下,我大概弄明白了自己能够抵达黄昏岛的原因:在深渊之桥的下方和周围,似乎还存在着一些规模较小的隧道,在过去被用于通风和维修,而我落入的那条隧道就是其中之一。无疑,在与我们的交战中,那些该死的智能地雷在我们能看到的主隧道内接近我们,以吸引我们与义勇军的火力和注意力;而真正负责攻击的那些家伙则沿着那条维修隧道悄悄来到了我们脚下,并引爆了自己。由于对此毫无防范,我们这一仗吃了大亏,而我也落进了那条维修隧道之中,还好那条隧道内早已积满了水,我才幸免于难。

“顺带一提,和你一起来的还有一头猪先生哦,”鲁娜补充道,“在昏迷的状态下,你差不多一直抱着它,否则你说不定已经被淹死了。”

“噢噢,那是香肠先生,我的朋友。”我点了点头。看来,我落水之后,是枫糖的这位“同伴”跳了下来,在危急之中搭救了我。话说回来,我之前一直不知道猪这种动物居然如此擅长游泳,当然,也可能是枫糖那家伙对它进行了特殊训练,或者香肠先生本就是某种游泳特化的基因改造产物,毕竟,我那些沉迷于基因工程“艺术”的祖先们除了拿自己的碱基对开刀之外,也在其他方面为我们这些后人留下了丰厚的“遗产”(虽然听起来不太可能,但作者的猜测也许是正确的:在古地球的东亚地区留下的史料中包含了所谓“江猪”的记载,虽然主流观点认为那是某种水栖哺乳动物,但也有一部分学者相信,这种记载或许指的是经过基因改造后水栖化的猪……当然,由于古地球历史记载的稀缺,任何进一步的考证目前都是不可能的。——编者注)。

“你的朋友还不少呢,”在说出这句话后,鲁娜突然露出了忧伤的表情,接着,她打开了挂在室内火塘上的铁锅的盖子,舀出了一碗香气四溢的肉汤,“来,尝尝这个。”

“非常不错,可以打一百二十分!”在轻轻啜饮一口后,我猛地打了个激灵,浑身上下剩余的寒气与疲惫感在这一瞬间完全不见了。虽然那碗汤里并没有加入什么特殊的调味料，顶多只放了一点儿盐和红糖，但它的炖煮时间、肉的软烂程度、油脂被加热后的香气都把握得非常精准，简直就像是将具象化的幸福放到了舌尖一样。

“我以前从没吃过这么好吃的炖肉汤……嗯，这简直……欸，等等，香肠先生呢？”

“它啊，已经不在了。”鲁娜若无其事地答道。

“等等！难……难不成这汤是……是……是用香肠先生……完蛋了死定了彻底惨了啊……枫糖这次肯定一定以及确定会干掉我的……”

就在我放下碗、摁着太阳穴开始抓狂时，有什么东西拱了拱我的后背——是香肠先生。这头前半身黑色、后半身白色的巴克夏猪嘴里正叼着一大块似乎是某种植物根茎的东西，一边盯着我，一边“咯嘣咯嘣”地畅快咀嚼着。

“欸?!”

“我刚才的意思是，香肠先生自己跑出去找吃的了。”鲁娜摇了摇头，“它又不是我的财产，在得到真正所有者的许可之前，我是不会宰掉它的。”

“什么时候都别宰掉它。”我提议道，然后看了一眼铁锅，“那这些肉是……”

“其实是腌制过的鱼肉……这种大型温血鱼被我们称为‘猪鱼’，因为它的红肉和脂肪煮熟后尝起来像是猪肉。”

“命名好随便！”

“我最喜欢猪鱼了……可惜猪鱼肉的存量现在越来越少，当然,村里的其他粮食储备也是,”鲁娜继续说道,“毕竟,这座岛上的耕地其实很少,不足以养活村里的所有人。我们一直都是靠着捕鱼和为穿过海峡的旅客提供寄宿服务赚的钱来购进粮食的。但现在,因为那些突然出现的‘爆炸魔’,我们既没法儿出海,也没有人再来了,这样继续下去的话……”

“也就是说,不仅外人进不来,而且你们也没法儿出去,是吗?”我挠了挠脑门儿,“这可真是个大问题……那么,你知道这些‘爆炸魔’是哪儿来的吗?”

“呃,是村子附近的遗迹。”

好吧,我就知道。

在醴泉塔下方,以及上次那座废墟里发生的事件之后,我对遍布坦塔罗斯星各处的“遗迹”的印象已经有了改变:在过去,我和绝大多数人一样,仅仅把那些遗迹视作散落着各种古代技术产品的废墟,是勇敢的探险家们展示勇气、获取财富的场所;但现在我已经知道,生活在这个时代的人也有可能以某种方式与遗迹进行互动,甚至按照自己的意愿向那些古老的设施发号施令。不过,由于伊斯坎德尔一直不愿意告诉我更多细节,我并不太了解具体应该怎么样才能与遗迹进行互动,但很显然,有某个人激活了黄昏岛上的遗迹,导致那些智能地雷被源源不断地制造出来,最终封锁了整座黄昏岛,让村里人陷入了困境。

“不过话说回来,那些‘爆炸魔’的出现其实也有些好处,”鲁娜继续说道,“在它们占领了黄昏岛的海岸线之后,之前袭击我们的那些海怪就再也过不来了……要不是岛上的食物不能自给自足的话,现在这样子也不算糟糕。”

“不不不，就算岛上的食物充足，这种情况也是很糟糕的啊！”我连忙摇头道，“被困在这么小的地方，而且还一直出不去。像这样的事情，无论怎么想都实在是太可怕了。”

“是吗？可我不觉得黄昏岛很小哦，”鲁娜摇了摇头，“我绕着整座岛走一圈，要花整整半个小时呢。”

“那不就是很小吗！”

“而且，我这辈子从来都没有离开过岛……爷爷说了，外面的世界非常危险，留在岛上至少比较安全。”

“这个……”我下意识地咽了口唾沫——严格来说，这种说法倒也不算全错。在坦塔罗斯星的大多数地方，安全即便不算是奢侈品，至少也不是俯拾皆是的免费赠品，而作为交通枢纽的黄昏岛在某些方面很像醴泉镇。在被海怪和智能地雷莫名其妙地袭扰乃至封锁之前，这里的安全想必是非常有保障的。但即便如此，我也不认为一直被困在这里是什么好事。“我知道这里很安全啦，但就算这样，想到自己一辈子都出不去，难道不会觉得很痛苦吗？”

“不会哦，”鲁娜说道，“因为爷爷说过，在这个世界上，甚至是整个宇宙里，一辈子待在自己的家乡、很少离开的人才是大多数，会四处旅行的人少之又少，所以，就算知道自己能离开，大多数人也不会这么做，那和没法儿离开又有什么根本区别呢？”

“不不不，那肯定不一样啦！那个，呃……”我原本打算反驳，但话到嘴边，我才发现，自己其实并不知道“不一样”的地方究竟在哪儿。毕竟，就像鲁娜说的那样，在遇到伊斯坎德尔和小音之前，我从没有离开过醴泉镇超过十千米远，但那时的我也确实没觉得这种生活有什么糟糕的。可是,即使亲身经历过,我仍然无法说服自己赞同鲁娜爷爷的那套逻辑。“总之,请不要担心,我一定会帮助你们的村子摆脱目前的困境的。”

“但愿如此。”鲁娜小声说道。不过,从这语气来看,她显然对我的保证没什么信心……

虽然我自己也没有就是了。

4

在意外抵达黄昏岛后的那段时间里，我一直借住在鲁娜的家中，一方面是因为她家里只有她自己一名女性，我住起来不会有太大问题；另一方面则是由于，当我带着香肠先生去拜访白鱼村里的其他人时，他们对香肠先生投去的目光都着实有些……太热烈了一点儿。为了避免下次与枫糖见面时难堪，我只能将它寄放在鲁娜那儿。

我从其他村民口中了解到的信息，与鲁娜的说法并没有太大差别：所有人都一致声称，在整个村子一夜之间突然被他们所谓的“爆炸魔”封锁之前，那座黄昏岛上唯一的古代遗迹一直都非常“安静”。不但从没有任何奇怪的东西从里面钻出来过，甚至连遗迹内部也没有任何危险。“说实话，我小时候也曾经下去玩过好几次呢，”村长在与我谈到那座遗迹时，用略带怀念的口吻这么说道，“里面其实……呃，也没什么特别值得注意的。除了几座空荡荡的仓库，就是一些空无一人的走廊和废弃的升降机井之类的,一些房间里也许还有东西,但它们的门一直被锁得严严实实的,所以我们也没在意。”

“那么,你们那时候就没见过任何智能地雷或者其他会攻击人类的自动化机械装置吗?许多古代遗迹里都有还在运转的设施。”我问道。

“当然没有!要是有的话,我们哪儿敢把那地方当成自己的秘密基地啊?”在说出这句话时,这个显然已年逾不惑的男人露出了一抹害羞的笑容,“呃,没错,那座遗迹下面有几条地下隧道和地下室,虽然里面没什么东西,但我们这些半大孩子可喜欢待在里面了。有好几次,我们惹火了父母之后,索性就在那里头待一整晚,围着篝火烤樱桃虾吃,那可真是令人怀念……”

“在封闭、狭窄的地下空间烧一整晚的篝火,亏你们没有出现缺氧或者一氧化碳中毒的情况啊……”我咂了咂嘴,“呃,等等,这岂不是说明,就算在那个时候,那座遗迹的地下部分至少也还有能够运转的通风系统?所以你们才可以在那下面安全地生火?”

“应该是,”村长点了点头,“但那座遗迹里的其他设备要么已经坏了,要么至少处于休眠状态。毕竟,我们白鱼村的人大概是在一个世纪前搬到这座岛上建村居住的,但在这一百年里,村里没有任何人发现那座遗迹有异样,就连鬼故事都不会把那儿作为故事背景……事实上,大家都管那儿叫‘啥都没有的遗迹’或者‘无聊的遗迹’来着。”

“居然是这样的吗?”

“没错。”

“那我现在能去遗迹看看吗?”

“可以,但只能接近到离遗迹大约一百米远的地方,不能再靠近了。”村长说道。

“为什么?”

“你去看过之后就知道了。”

或许是认为我这个外来者没准儿能想出解决问题的法子,又或许只是因为反正就这么闲着也是闲着。总之,村长很快便招来了几名武装村民,与他们一道护送着我离开村子,前往那座曾经什么都没有的遗迹。

作为日暮海峡中唯一的岛屿,面积不大的黄昏岛有着泪滴形的轮廓,而岛上唯一的一座小山则位于这颗“泪滴”的东侧边缘,那座所谓的“啥都没有的遗迹”就坐落在这座小山的顶部。虽然被本地人称之为山,但根据我目测的结果,这座小土丘的高度顶多只有五六米,而位于山顶的遗迹的地面部分反倒比山本身更高一些——那是几座方方正正、毫无特点,用预制混凝土板像搭积木一样叠成的粗糙建筑,无论是规模还是建造水平都完全无法与我以前见过的大型遗迹相提并论,更像是仓促建起的某种临时性设施。在小山周围则是一大片石蕈林,这些坦塔罗斯星最为常见的本土陆生植物就像一群卫兵一样,将古老的遗迹包围得严严实实。

“停下。”就在我试图从石蕈林中找出一条路时,村长大声提醒了我一句,“不要接近石蕈林,那里很危险。”

“危险?”我用力揉了揉眼睛,仔细地打量着那些比人还高的大“蘑菇”,却没有发现任何反常迹象,“哪里危险了?”

“你再仔细看看，那边，还有那边，”村长取出一支手电，朝着石蕈林中的几个位置照了照，“看到了吗？”

“嗯……好像确实有点儿不对劲儿。”虽然我的观察能力从来都不算优秀，小时候玩儿“找不同”时，几乎没有一次能够找齐过，但在村长的指点下，我还是勉强看出了不正常的地方：在看似只有不起眼的腐草败叶、沙砾碎石的地面上，有一些物体的轮廓似乎有点儿微妙……而跟着我过来的香肠先生也发出了一阵刺耳的尖叫，显然是嗅到了什么让它不安的味道。

“是光学迷彩吗？”我思考了一小会儿，然后想起了这个小音曾经对我提到过的概念：在旅途中无聊时，伊斯坎德尔的这位保镖曾经对我讲过许多关于军事技术的事儿，其中就包括与光学隐身技术相关的常识。按照她的说法，过去的许多先进武器装备都可以选择性安装光学曲折力场，通过制造微型引力透镜效应来躲避基于可见光、红外线和紫外线波段的探测，但由于力场发射器造价不菲，因此，更多的廉价装备——比如大批量生产的战斗机器人，或者一次性的自毁式兵器——会采用更加廉价的光学迷彩。虽然这种隐蔽手段相对不那么有效，甚至有可能被肉眼观察识破，但要坑一把那些不太聪明的家伙（比如说我）基本上足够了。

“我不太清楚什么是光学迷彩，不过应该是这样没错，”村长点了点头，“反正，正如你所见，在‘那一天’之后，这座遗迹附近也被爆炸魔给层层包围了。而且这些爆炸魔还能拟态成周边景物的模样，让我们难以发现。到现在为止，村里总共有四个人因为它们而丧命，还有两个人受了伤……”

“是三个!”一个略带恼怒之意的声音突然插了进来。

“鲁娜,你还在想你爷爷的事吗?”在抬头瞥了一眼说话者后,村长用不耐烦的语气问道,“我很遗憾,但他恐怕确实是……凶多吉少。”

“胡说!我爷爷才没有死!其他死掉的人的尸体都已经被发现了!但到现在为止还没人见到过我爷爷的尸体!”鲁娜大声喊道。

“嗯,是这样没错。但你爷爷现在还活着的概率仍然低到令人绝望的程度。”村长耸了耸肩,“想想看吧,在‘爆炸魔’突然出现、封锁村子的那天,你爷爷‘恰好’失踪了,而最后几个见到他的人都说,他当时正独自一人朝着遗迹的方向走去。这只意味着一件事……”

“但那天没有任何人听到爆炸声!”鲁娜打断了村长的话,“其他因为‘爆炸魔’而死的人,在遇难时都发生了爆炸,可是那一天……”

“也许吧,但我之前就告诉过你,那天的情况很乱,什么事都有可能发生。”村长有些不耐烦地摆了摆手,“也许当时确实发生了爆炸,只不过村里人没有注意到而已,但就算没有,你爷爷现在也是凶多吉少。他有可能落进了海里,也有可能被困在了遗迹里,但就算是后一种情况,都过了半个月了,他根本不可能生还了——大家都知道,那里面什么都没有!没有食物,没有水,也没有……”

“呃,抱歉,请问鲁娜刚才说的话是什么意思?她爷爷难道在遗迹里吗?”我插话道。

“这个……说起来就有点儿复杂了，”村长先是看了看鲁娜，又看了看我，似乎有点儿拿不准是不是应该把话说下去，“鲁娜的爷爷，呃……其实是个挺不错的人，在我出生之前他也曾经是白鱼村的村长。但是，唉……他的脾气有点儿……有点儿……古怪。”

我原以为鲁娜会愤怒地反驳，但她却意外地什么都没说。看来，“鲁娜的爷爷脾气不大好”已经是这座村子的共识了。

“大体而言，白鱼村的村民们虽然也都很喜欢我们的故乡，但通常我们并不排外——毕竟，生活在像这样的交通要道上，要是一天到晚净想着怎么避免和外人接触，反而不太现实。更别说很多人家里也兼营外来旅客的住宿业务，或者依靠与他们做各种各样的交易来赚钱，”村长叹了口气，继续解释道，“但是，鲁娜的爷爷并不喜欢外来人。有人说，这似乎是因为他在当村长时与外面来的人发生过一次家庭纠纷，也有人说，这纯粹就只是因为他生性顽固又排外罢了。”

虽然我很想知道“与外来人发生家庭纠纷”到底是个什么纠纷法，但考虑到鲁娜就在一旁，因此我最后还是聪明地保持住了沉默。

“总之，在担任村长时，鲁娜的爷爷就好几次在村民大会上提议，要求对造访这里的外人进行限制，但因为绝大多数人都不同意，所以只能作罢。后来，他生了一场大病，之后行动变得很不方便，也就辞去了村长的位置，开始常年窝在家里，如果没有必要，甚至不会离开家门，以免和每天都会通过黄昏岛的外人发生接触。”

“但既然他连家门都不太喜欢出，为什么又偏偏选择在那些智能地雷出现的时候跑到遗迹里去呢?”我问道。

“谁知道?”村长双手一摊，“嗯……对了，之前似乎确实发生过一件可疑的事情来着。在那些海怪刚出现之后不久，鲁娜的爷爷曾经有几天离开过家，带着猎枪跑到村子的码头，帮助村里人守卫渔船。幸运的是，码头在那段时间里没有遭到攻击，但有人看到，他在独自从码头回来的途中，遇到了几个来自岛外的陌生人。”

“呃，他没直接朝对方开枪吧?”

“这倒还不至于。”不知为什么，村长的这句话说得不怎么有底气，也许在他看来，鲁娜的爷爷就算真的做出了见到陌生人就扣扳机的事儿，也是不值得惊讶的。“按照当时碰巧撞见这一幕的人的说法，那几个陌生人浑身裹得严严实实，一看就不对劲儿。他们似乎用某种方法取得了鲁娜爷爷的信任，还和他交谈了一阵——啊，对了，那些人似乎自称为什么‘启迪者’来着。”

“听上去好可疑!”我嘀咕道。在我过去读过的故事书里，那些怀着各种各样不可告人目的的邪恶组织似乎都很喜欢用“启迪”“引导”之类的词汇来称呼自己。“之后呢?”

“之后? 目击者说，那些人似乎在得到鲁娜爷爷的允许之后，在他的后颈上做了些什么……虽然他也不知道那些人究竟在干什么。在那之后……”

“我那天留在家里，所以不知道爷爷身上发生了什么事，”鲁娜插话道，“但他回家之后不久，就开始生病发烧了。又过了两天，有一只海怪攻进了村子里，猎人们花了很长的时间才制服了它,战斗时的声音吵醒了正在昏睡中的爷爷。之后爷爷突然对我说,他要去担起责任,保卫我们的村子,然后就冲出了家门,之后……那些‘爆炸魔’就出现了。”

“谢谢,我明白了……”在听完两人的叙述之后,我下意识地做了个深呼吸。无论怎么看,发生在鲁娜爷爷身上的事情都与我之前的经历太过于相似了。诚然,伊斯坎德尔比那些藏头露尾的“启迪者”要光明正大……大概或许要光明正大一点儿吧,而且我在接受了他所谓的“微创手术”之后也没有发烧生病,但如果我眼前的这座遗迹之所以突然恢复运转,真的是因为鲁娜的爷爷的话,那么,可能性就只有一个了。

“鲁娜,听我说,你的爷爷有可能真的还活着哦,”我对鲁娜说道,“而且,我也许知道该怎么打破村子的封锁了。”

5

“不行。”

“这下不行了。”

“我就说了没有用啦。”

当一声沉闷的爆炸突然从前方的石蕈林中响起，将那只追踪着我们抛出的胡萝卜的可怜硬毛巨鼠炸成一团四散飞溅的血肉之雾时，我的身后传来了一阵丧气的叹息声：残酷的事实最终证明，我之前所制订的那个看上去很一厢情愿的计划，事实上确实只不过是我的一厢情愿而已。

“别太伤心了，鲁娜。这些地雷还在运转，至少说明你爷爷很可能还活着，”虽然提出这个计划的人是我，但在那只可怜的大型啮齿动物惨遭横死之后，我还是第一时间安慰了鲁娜，“既然目前的计划不行，那我们换一个就是了。无论如何，最后总有办法救出你爷爷的。”

“我……我知道啦……”鲁娜很懂事地点了点头，不过，她的声音里却听不到多少底气。没办法，毕竟我从一开始也就只想出来了这么一招，仓促之间要找到别的办法，还真不是什么容易的事儿。

由于无论是我还是白鱼村的居民们，都既没有专业的扫雷与拆弹设备可用，也没有接受过相关的专业训练，因此，在决定展开进入遗迹、找到鲁娜爷爷的行动之后，我第一时间想到的只有最为原始的办法：设法诱爆位于遗迹附近的智能地雷，在雷区中制造出一个缺口。

在行动的最初阶段，我让协助我的村民们用弹弓和投石索朝雷区所在的位置投射砖头和石块，但什么事都没发生；接着，我们又放出了几只老鼠和一只兔子，不过事实证明，那些智能地雷确实有点儿智能，这些小动物并不被它们视为目标；之后，我们又用一只鸡、一条小狗，以及一个用木棍和旧棉布做成、画上了滑稽可笑的“人脸”并装上了轮子的粗糙假人继续展开试探，结果还是毫无动静。

“好极了，”当那个假人被村民们扯着绳索拉回来后，我用胸有成竹的语气对在场的其他人说道，“这么一来，我基本上摸清楚这些玩意儿的设定模式了：许多在隔绝时代之前设计的智能兵器都可以对目标阈值进行自定义，其中一些非常宽泛，任何不能提供正确敌我识别码的东西只要接近，都会被视为消灭对象；另一些则相对精准得多，只有在确实探测到敌对的人类或者特定型号的武器设备后才会激活。”

“你懂的还真不少啊，杏子小姐。”村长一脸钦佩地点着头，完全不知道我只是在复述从小音那儿听来的零碎知识罢了,“那么,你的意思是……”

“刚才的试探结果表明,这些玩意儿的目标阈值设定显然不是‘宽泛’模式。这么做的好处是地雷不太容易被随意诱爆,可以节省弹药;但坏处则是更容易被真正的目标成功骗过去……当然,这对我们而言可就是好处了,”我继续搬运着小音的知识,“从刚才的情况判断,这些智能地雷的触发条件应该是‘轮廓与真正的人类高度类似、无法提供正确敌我识别码的大型生物’。”

“呃……那这不就是我们吗?”村民中的某人插话道,“那你打算怎么做? 让我们排队冲上去把这些鬼东西都引爆吗?”

“当然用不着这么干。既然知道了对方的目标阈值设定模式,那么我们完全可以用更和平的办法解决问题,”我朝着提出疑问的那家伙露出了微笑——老实说,这种“放心,一切都在掌握之中”的感觉可真是不错,“比如说,采取一些伪装。”

“伪装?”

“没错,比如让像我这样身材苗条的人穿上动物的皮毛,四肢着地爬行,只要小心一点儿,被识别成‘非人类’的概率应该很高,”我提出了具体的计划,“现在,我需要志愿者……”

“等等,既然这样,那先用这家伙试试!”之前提出问题的那名村民打断了我的话,接着,他跑回了家里,并在几名亲戚的帮助下运来了一只笼子,装在笼内的生物是一只硬毛巨鼠——一种浑身长着深褐色刚毛的大耗子。虽然在醴泉镇并没有这种原产自古地球加勒比地区的动物,但在大陆的东南沿海区域,它们的数目却很是不少。在坦塔罗斯星的生态地球化改造过程中,这些家伙被作为食物链的一环引入，并以远超那些生态学家预期的效率适应了本地环境，长得比在地球上时还要大得多，比如我眼前这头膘肥体壮、油光水滑的家伙的体型，就已经与香肠先生差不多大了。

当然，由于它们的皮毛和肉质都实在不尽如人意，而且对于破坏菜园这种事情有独钟，因此，当人们在自家菜地附近的陷阱里抓获这些又脏又臭的巨大啮齿类时，通常只会因“能拿这家伙怎么办”这个问题而感到头大。不过，这一只硬毛巨鼠却要比同类幸运得多——它光荣地成了我们用于确保安全的最后一位探路先锋……

并且以同样光荣的方式送掉了性命。

“看样子，我的猜测似乎出了点儿偏差……”当爆炸的硝烟散去之后，我一边躲避着那些从天而降的血肉残片，一边小声嘀咕道，“从目前的情况来看，这些地雷的设置恐怕是‘炸掉一切和人类差不多大小的活物’，要靠伪装成动物的法子混过去大概是……呜……”

“好了，看来今天只能到此为止了。”村长叹了口气，而楚楚可怜的鲁娜的脸上已经落下了两行泪水——毕竟，既然诱爆地雷和靠伪装蒙混过关都无法实现，那么，我们眼下确实已经束手无策了。如果像之前的义勇军那样选择发起强攻，直接摧毁地雷的话，那些智能地雷多半会转入攻击状态，主动用它们的四条短腿接近我们，而既没有“说服者”也没有义勇军们那么强的火力的村民根本不可能应对这种局面。但如果不这么做，我又完全想不到接下来还能有什么选择。从上空过去？但这座岛上根本不可能有飞行器，而我也不认为有人敢使用撑竿跳之类的方式挑战这些地雷。从地下挖隧道？且不说岛屿的地下是坚固的基岩，就算真的侥幸挖穿，智能地雷的传感器也很可能探测到传来的震动，并直接把挖洞者埋葬在被炸塌的地洞里……

“呜啊——烦死了根本想不出办法啊……”当除了鲁娜之外的村民们全部垂头丧气地散去，一切试图寻求答案的思考活动也都以碰壁告终之后，我沮丧地坐在了地上，开始抱着脑袋苦恼地念叨起来。不过，这种苦恼并没有持续太久，因为一直在周围拱着地面、试图从泥土中找出食物的香肠先生突然冲我疾奔而来，开始用鼻子顶我的胳膊。接着，鲁娜也跑到了我身边，并抓着胳膊把我拉到了一旁。

“欸？怎么了？”

“快点儿躲开！‘大家伙’出来了！”

“大家伙？”我愣了一下，不过，一阵电动机特有的低沉嗡鸣声很快便替鲁娜回答了我的这个问题——在那座遗迹所处的小山丘上，一台硕大的四足机械正在摇摇晃晃地穿过密布智能地雷的石蕈林，朝着我们走来。从外观来看，这家伙大致上就是普通智能地雷的放大版，它站立时的高度接近三米，四条机械腿也被加粗、加长，以确保能够支撑起庞大的身躯。从它“躯干”的体积推测，这玩意儿的装药量就算没有一吨，少说也得有个七八百千克，如果起爆的话，后果绝对肯定以及必定是不堪设想的……“糟了，我们得赶紧告诉村里人——”

“用不着。”鲁娜说道，“大家都知道。”

“都知道？但这么大的地雷……”

“不是哦。”鲁娜摇了摇头，“这个不是‘爆炸魔’啦——它刚出现的时候，村里的大家确实也非常惶恐，以为整个村子都会被炸掉，但后来才发现，这种大家伙只是和一般的‘爆炸魔’外形相似而已。事实上，它只是一种运输工具。”

“用相同模板设计的装备吗？”我自言自语道。在伊斯坎德尔卖给我的书里，有本书曾经提到，过去的机械设备模板具有高度通用性，许多模板只要简单地对参数进行修改，就可以生产出不同的设备来。

“里面运输的是什么？难道……”

香肠先生又一次发出了我熟悉的尖叫，只不过，这次它冲着的正是那台从我们身边摇摇晃晃地走过的大家伙。“好吧，我明白了。原来隧道内和海边的智能地雷是这么来的。这倒也不奇怪——要是靠它们自己爬到指定部署位置的话，恐怕有些困难，毕竟距离实在是远了些。”

“是的。”鲁娜答道，“每当外面的人发动攻击之后，这种‘大家伙’就会出来一次。不过，我们最好还是离它远点儿，虽然这东西不会主动攻击人，但如果试图阻挡它前进的话，藏在它里面的‘爆炸魔’就会……”

“这点我还是清楚的，”我点了点头，同时轻轻抚摸着香肠先生的后颈部位，好让它放松下来，“那么，只是跟踪它的话应该没问题吧？”

“这我不清楚，因为大家都不敢接近它，”鲁娜摇了摇头，“但我想，只要注意保持距离，大概就不会有事。”

“很好，那我们走。”在估计那只“大家伙”已经走出数十米远之后，我和鲁娜立即蹑手蹑脚地跟了上去。至于香肠先生，由于只要靠近那玩意儿就会因为嗅到它的某种味道（至少我猜是这样）而陷入不安，因此我只能把它暂时留了下来。

如我所料，这台“大家伙”的目的地正是早些时候被义勇军攻击过的深渊之桥隧道口。在那场战斗中，虽然义勇军未能成功取得突破，但也确实消耗掉了数以百计的智能地雷。如果持续发动几次相同的攻势，完全有可能在付出足够多的代价后重新打通与黄昏岛的联系。

但是，当上百枚智能地雷像是刚从卵囊里孵化的小蜘蛛一样爬出那台“大家伙”，并纷纷拥入隧道时，我知道，这种可能性已经不存在了。

“好了，我们上！”在那台“大家伙”投放完所有地雷之后，我拍了拍鲁娜的肩膀。

“你要干什么？”

“搭便车。”我说道，不过，鲁娜在听到这个词后却只是露出了困惑的表情——看来，既不像我这样有着很大阅读量也没有离开过黄昏岛的她并不理解这个词的意思，“算了，跟着我来就是啦！”

“好、好的。”

我们是在“大家伙”完全卸下所有存货之后跳上它的机械躯体的。老实说，在这么干时，我的心里确实有那么点儿……呃，也许不止有点儿……发虚。毕竟，虽然表面上看不出来，但还是不能完全排除这家伙携带着自卫武备的可能性，而且，它的程序里说不定也包含了用物理冲撞之类的方式解决不速之客的部分。但无论如何，我很清楚，现在就是我能抓住的最好机会了。

“当心它的腿！跳上去！”

与那些体型小得多的“亲戚”不同，这家伙的“躯干”内当然没有装药和引信之类的要命玩意儿，取而代之的是一个用来装运“货物”的开放式收纳箱。在抓住这家伙的躯体边缘之后，我和鲁娜都毫不费力地爬到了它的上方，跳进了收纳箱内。整个过程相当顺利，这台庞然大物既没有伸出武器朝我们射击，也没有挣扎扭动、试图把我们抛下去。唯一美中不足的是，由于用于驱动那四条腿的电动机、控制系统和供能设备占据了相当一部分空间，这处收纳箱的空间其实并不像我想象中那么大，我们两人只能采取跪坐的姿势，才勉勉强强将身体都塞了进去。

“现在怎么办？”在坐稳后，轻轻喘着气的鲁娜问道。

“就坐在这儿，什么都别干。”我言简意赅地答道，“运气好的话，我们这次应该能够进入遗迹了。”

“但是……”

“这台设备既然是专门用来往遗迹之外的地方运送智能地雷的，那么，它肯定有正确的识别码，可以被地雷识别为己方目标，”我解释道，“从理论上讲，只要乘着它，我们也有可能被当成‘友军’而放行。”

“我不喜欢‘有可能’这个说法……”鲁娜说道，“这也意味着有别的可能性……”

“确实，”我有些紧张地舔了舔嘴唇，“毕竟，这东西虽然算是那些智能地雷的‘友军’，但说到底不过是台没什么价值的自动化设备而已。以前伊斯坎德尔说过，很多智能设备的作战程序里有‘优先度’这种设定，如果消灭敌人的优先度高于保存己方……呃，当然，也可能那些地雷根本就没有这么复杂的程序就是了。对，它们肯定是没有的，毕竟只不过是地雷而已，怎么可能有那种多此一举的……呃……”

虽然我竭尽全力试图说服自己（当然，还有鲁娜），但随着我们的这台临时“座驾”逐渐接近遗迹，数量远超我预期的汗珠还是从我浑身上下冒了出来，就连在蒸汽浴室里，我的出汗速度都没这么快。而鲁娜的情况也不比我好到哪儿去，在这段不算太长的行程之中，她的双臂一直神经质地紧紧抱着膝盖，仿佛生怕自己的双腿会不听使唤、擅自带着她逃跑似的。

就这样，在仿佛走向刑场般的惊惧不安中，我们被这台“大家伙”载着，穿过了之前我们观察遗迹时所站立的地方，进入了遍布智能地雷的石蕈林内。

下一秒钟，什么都没有发生。既没有爆炸的火光亮起，也没有刺耳的巨响钻透我的耳膜。

“我……我们成功了吗？”鲁娜有些困惑地问道。

“当然！我们现在已经在雷区里了，但什么事都没有！”我兴奋地点了点头，“看到了吗？我的猜测果然是准确的！只要有这东西在，我们就用不着担心——欸？”

就在我完全放下对于随时可能发生的爆炸的恐惧之心的那一瞬间，一场爆炸毫无预兆地袭击了我。

6

“噢……痛痛痛痛……”

虽然在我们的“座驾”重重倒地之前，我和鲁娜已经预感到了这种状况，并且及时地缩起身体、抱住脑袋，做好了迎接冲击的准备，但真的挨上这么一下子仍然不是什么好受的事儿——冲击结束之后，我持续好一阵子都处于眼冒金星、耳鸣不断的状态，而鲁娜的状态也没比我好到哪儿去。更糟糕的是，在我们身边，像刚才一样的爆炸还在接连发生，甚至越来越密集了……

这又是怎么回事？

无疑，从爆炸的烈度判断，刚才炸断了我们“座驾”一条腿的爆炸是一枚智能地雷的杰作，但为什么它直到现在才起爆，而不是在我们刚接近石蕈林的时候就立即发难？而且，如果这些地雷真的是在探测到我们之后才被引爆的，为什么在离我们明明有一段距离的地方，也传来了爆炸声？

虽然这么做相当危险，但为了弄明白状况，我还是寻机将上半身探出了侧翻的收纳箱。而就在我这么做的一刹那，又有好几枚相隔遥远的地雷发生了爆炸，强烈的冲击波不但击碎了附近的石蕈，还把更多尚未起爆的地雷吹飞了出去，让它们就像台球一样相互撞击（台球是一种目前已很罕见的古代球类运动，玩法是以不同的硬质球互相碰撞。有学者认为，这是一种用于模拟在受到扰动的行星系内发生的天文灾难的仪式。——编者注）。不过，无论在哪一处爆炸点，我都没看到会被这些智能地雷视为目标的人类，或者与人类大小相近的生物的踪影。

“上面！上面！”

就在我百思不得其解地挠着脑袋时，鲁娜伸手指了指我的头顶方向——在正被爆炸所产生的浓烟逐渐染黑的空中，有一只小小的降落伞正在缓慢地向下飘落。在这只降落伞下方，还悬挂着一只比我的拳头略小一点儿的灰色圆球，虽然我不太清楚到底该怎么称呼这东西，但毋庸置疑，它的出现和那些地雷的自爆脱不了干系。

除了突然爆炸之外，剩下的地雷也出现了稀奇古怪的反常状况：它们的光学迷彩纷纷失效，有些开始伸出短小的机械腿四处乱爬，还有些则闪烁起了红色的告警灯光、发出了刺耳的蜂鸣声。见此情形，我和鲁娜都傻了眼，既不敢随便接近这些表现怪异的地雷，也不敢随便移动，只能像两只被吓呆的耗子一样畏缩着待在原地。

不过，情况很快就有了新变化。

“干扰持续不了太久！快干掉这些东西，开辟出安全通道！”就在几枚像没头苍蝇般四处乱撞的地雷被闪烁的等离子束击中、变成闷燃的半熔化金属残骸的同时，我听到了一个冷静而不带感情的声音——对于这个声音，我可实在是太熟悉了。“塔克，你和枫糖负责右侧！伊斯坎德尔先生，我们负责肃清左边的……喂！枫糖，你这是在干什么？快回来解决这些鬼东西！”

“欸……抱歉，但我刚才看到了香肠先生……”

“待会儿再去找那家伙也不迟！它聪明伶俐得很，不会随便往危险的地方跑的！”小音的声音变得恼火了起来，“还有……啊，等等，那台步行运载机是怎么回事？”

“那里面好像有人！”随着我俩周围的最后一枚智能地雷也被一枪击毁，伊斯坎德尔来到了我身边，他的身上穿着一件来不及脱下的封闭式潜水服装，可以直接从水中析出溶解氧的呼吸面具就挂在腰带上。早些时候，我曾经在“堤丰号”的货架上见过这些从遗迹里回收的潜水服，虽然功能完整，但因为我们之前走过的地方极少有人有潜水的需求，所以，就像伊斯坎德尔进的其他许多货一样，它们迟迟没能找到愿意掏钱的下家，结果却在今天派上了用场。

“哎，杏子？好吧，这倒不奇怪。”

“什么叫‘这倒不奇怪’？你好歹说一句‘幸好你没事’之类的话吧？”我抱怨道。

“像你这样运气不错的人，一般来说都会没事的吧？”历史学家耸了耸肩。

“这样也行吗？欸，等等，你们到底是怎么到岛上来的？”

“和你一样，”历史学家答道，“谢天谢地，那些智能地雷的防水功能不太好，所以我们从被水淹没的维修通道里成功潜入了这儿……可惜潜水服就只有这几套，所以没法儿一次带来更多的人。”

“那这又是……”我指了指已经非常接近地面的降落伞。

“多功能干扰弹，我只有这么一枚，不过把它卖给我的那人看来是说了实话，这东西确实好使，”历史学家扬扬得意地笑着，与小音一起把我和鲁娜拉了起来，“现在，我们只需要去接管那座该死的遗迹，就应该可以让这些混账地雷乖乖服从我们的管束了。”

“呃，但待会儿还请你们小心一些，”在跟着伊斯坎德尔一行人冲向位于山丘顶部的遗迹时，我说道，“鲁娜的爷爷可能也在遗迹里，我希望你们保证他的安全。”

“我们会尽力而为。”小音答道。

在突破石蕈林中的雷区后，我们再没有遇到任何麻烦：正如之前村长对我说过的那样，这座遗迹的规模并不大，即便算上地下部分，内部空间也不算宽敞。因此，我们只花了不到一分钟的时间，就在它那由预制板搭成的地表建筑中找到了前往地下部分的入口。

“这扇门后有能源反应。”在把一件像是单片眼镜一样的装置戴在右眼上后，伊斯坎德尔朝着塔克挥了挥手，这位壮硕得如同魔鬼般的保民官立即从背后取下了小音曾经用过的、带有电动链锯结构的破障斧，狠狠地劈到了门锁上。几秒钟后，那扇门就轻而易举地投降了。

“看来这地方当年建得挺仓促。”小音嘀咕道，“正常的安全门可没法子像这样突破。”

“在太空汪达尔人降落到地面、开始地表作战后，坦塔罗斯星增建了许多用于应急生产的小型工厂，”历史学家点了点头，“这些小型工厂生产的主要是用于防御与迟滞作战的轻型武器装备……比如说这里生产的智能地雷。当然，因为是临时建造的，这类小型设施里基本没有安保系统或者别的麻烦东西，对我们而言倒是好事。”

“要毁掉吗？”随着那扇门被突破，塔克脸色冷峻地扫视着门后房间里一座座正在运转着的智能地雷组装设备，“我想一点儿炸药应该就够了……”

“不用。如果可以的话，我不希望无谓地破坏仍然可用的设备，”历史学家挥手阻止了他，“只要找到控制者，问题就解决了——虽然有些遗迹一直都在运转，但在大多数情况下，处于休眠状态的遗迹必须有一名与其适配的控制者发号施令，才会‘苏醒’。塔克先生之前告诉我，这一带过去从没有智能地雷出现的记录，所以肯定是后一种情况。”

“你是说我爷爷是‘控制者’吗？”鲁娜问道，“但这不可能，我爷爷是个好人！他不会故意让这些地雷去伤害村里人的！”

“抱歉，我不清楚你爷爷的事，现在也没空去了解，”伊斯坎德尔头也不回地快步走过了那些组装地雷的设备，“不过我很确定，那位对地雷下达指令的人就在这儿。”在抵达位于房间尽头的另一扇小门后，他又一次朝塔克做了个手势，而这一回，房门同样没有挡住破障斧的重击。

“爷……爷爷？”

在整座遗迹中，这个房间是面积最小的，很可能也是唯一具有一些生活色彩的房间。房间内摆着一张简单的病床,上面躺着一位形容枯槁、披散着苍白头发的老人。在他枯皱如干树皮的皮肤表面,一大堆管子和线路就像是榕树上的气生根一样密密麻麻地探出,与一台有着轮式底盘的机器连接在一起。虽然房门在被劈开时弄出了很大的响动,但老人却仍然紧闭着双眼喃喃自语,似乎完全没有注意到我们的出现。

“别过去! 当心脚下!”伊斯坎德尔对鲁娜大声喊道。

“脚下怎么——哇!”在听到警告后,鲁娜愣了一下,结果不小心一脚绊上了某个东西,重重地栽倒在了地上。更糟糕的是,绊倒她的东西不是别的,正是一枚智能地雷!

“呜哇——”

这下子,不仅仅是鲁娜,就连我、伊斯坎德尔,甚至是看上去天不怕地不怕的塔克先生,都发出了绝望的惊叫声——由于误以为石蕈林里的雷区就是最后一道防线,我们在进入遗迹之后就过早地放下了心,完全没有仔细观察周围的情况,而现在,我们终于要为自己的托大付出代价了。

在老人所躺着的房间之内,地板上密密麻麻总共堆放了二三十枚智能地雷,单就对付有生目标而言,这杀伤力已经显著过剩了。一旦这些要命的玩意儿全部起爆,不但鲁娜绝对不可能幸存,甚至我们都会被崩塌的天花板全部活埋,运气好的话,我大概会被直接砸断颈椎而丧命……但这起码比运气不那么好、不得不遭受缓慢窒息的折磨来得强。

但最后,哪种情况都没有发生。不知为何,鲁娜身边密布的地雷并没有哪怕一枚起爆。

“难道是这些地雷出故障了吗?”我嘀咕了一句,下意识地想走进那座房间,不过,伊斯坎德尔眼疾手快地把我拦了下来。“别乱动,”他对我说道,“要是你走进去的话,没准儿就不会这么幸运了。”

“为什么?”

历史学家没有回答我的问题,而是从挂在腰间的小包里取出了一支只有成人食指粗的微型注射器,直接将它隔空抛向了鲁娜,“拿着这个!”

“这是什么?”鲁娜接住了注射器,却不知道该怎么办。

“来不及解释了,马上把里面的药剂注射给你爷爷,直接注射进颈部后侧的肌肉组织就行!”

“照他说的做!”见鲁娜露出了迟疑的表情,我连忙喊道。拜这段时间与我共处培育出的信任所赐,她虽然不明就里,但还是选择了乖乖照做。

不到一分钟后,一直处于昏迷之中的老人睁开了眼睛。

“爷爷?!”

“鲁娜,是你啊……”形容枯槁的老人在孙女的帮助下挣扎着坐起身来,然后立即被铺满房间的地雷给吓了一跳,“呃……这些东西……是什么啊?”

“这大概得问您自己吧。”伊斯坎德尔说道,“如果我的推断没错,它们都是由您下达指令制造并部署的。”

“可我完全没有这方面的印象……”老人摇了摇头,“不对……好像……我之前觉得自己像是做了个梦……我梦到我下令保护村子,把大家都保护起来……还梦到了鲁娜。那难道……”

“那可不是什么梦。”历史学家摇了摇头，“当然，在解释这些问题之前，请您先解除岛上所有智能地雷的引信，让它们返回休眠状态——具体办法，您只需要想一想就知道了。”

“好的。”老人说道。一分钟后，困扰着黄昏岛和日暮海峡两岸居民们的“爆炸魔”事件就这么结束了。

7

“所以说,你们希望我们不追究他的责任?”

当天晚上,在村长家的火塘前,查清这件事前因后果的伊斯坎德尔向白鱼村的村长和村民代表们进行了汇报。虽然与本地人非亲非故的我们不太容易取信于人,但幸运的是,自告奋勇一起参加行动的保民官塔克同意为我们做证,而他的证言在这里是不容忽视的。

“是的,老先生这次完全是出于好心,之所以发展成这种状况,纯粹是意外,”历史学家耐心地解释道,“整件事要完全解释清楚就太复杂了,而且没有必要。简而言之,在这个世界上,有一部分隔绝时代之前留下的遗迹并没有完全丧失功能,它们仍然可以被某些特定的人所唤醒并控制,其中就包括了黄昏岛上这座用于生产地雷的小型设施。而鲁娜小姐的爷爷之前遇到了几个自称‘启迪者’的人,他们向他保证,可以让他获得设施的控制权限来击退从海里冒出来的怪物。为了村子的安宁,他同意进行尝试。”

“之后呢？”

“手术本身自然很成功，让本就具有‘资格’的老先生获得了控制权限，但可惜的是，那些‘启迪者’的工作相当粗糙，甚至忘记了必要的创口清洁和消毒，”历史学家耸了耸肩，“因此，在按照他们的指点前往遗迹后，鲁娜爷爷的创口发生了感染，并因此开始发烧，陷入了精神恍惚的状态。虽然遗迹内保存的自动照料机器人被激活，为他提供了生命支持，让他的情况不至于恶化，但这些机器人所存储的药剂已经过期很久，有效成分不足，因此他始终没有完全恢复。在半梦半醒、意识不清的状态下，他开始无意识地发布指令……”

“之后的事情就很清楚了，”我接着说道，“你们也知道，鲁娜的爷爷很不喜欢外面的人，甚至害怕和外界接触。在神志不清时，这种潜意识中的厌恶不再受到控制，因此，他索性将整座岛屿给封锁了起来。而这种对外界的不信任也让他非常缺乏安全感，所以，他才会下意识地在遗迹周围，甚至是自己的卧室里布满了地雷。幸运的是，至少他在半昏迷状态下还没有忘记自己的孙女，把鲁娜列入了‘不得伤害’的范畴，否则我们可就真的完蛋了。”

“这倒是……可以理解。”村长沉吟片刻，然后点了点头。

“那么，剩下的地雷该怎么处置？”塔克问道。

“它们会被用来防卫来自海上的怪物，我已经拜托鲁娜的爷爷重设了地雷的目标识别标准，”伊斯坎德尔说道，“遗迹内储存的剩余零部件和其他材料还能组装数百枚新地雷，应该足够保证岛上的平安了。”

“好极了。”村长微笑道，“那么，为了报答各位的帮助，我们也会购买你们的存货……不过，你们要不要在村里多待几天？外海的香蜡鱼和猪鱼鱼汛马上就要来了，这两样东西在海峡那边的城邦里非常受欢迎……”

“不必了。”历史学家摇了摇头，“接下来，我会暂时改变行动路线，恐怕不会有太多时间去做买卖——我打算稍微花点儿时间，去调查袭扰黄昏岛一带的那些怪物的来历，并且找到那些自称为‘启迪者’的家伙。”

在伊斯坎德尔说出最后一句话时，我在他的双眼中瞥见了半是激动、半是决绝的目光。不知为何，这种目光让我感到了一阵奇特的……不安。“是的，尤其是那些‘启迪者’，我一定会把他们找出来，”历史学家一边说着，一边转过头来，望着我的眼睛，“我想，作为一名可靠的同伴，你也是这么想的吧，杏子小姐？”

“啊……呃……当然，”我用力点了点头——无论如何，“可靠的同伴”这个词组我可不会听漏，“就是这样！”

第四章　竞技游戏(上)

1

火烧湾,坦塔罗斯星主大陆上面积最大也最为著名的海湾。这座巨大的内海又被称为“大陆的胃袋”,因为它的轮廓与人类的胃极为相似:整座海湾唯一与泛大洋相连之处,便是我们前些日子曾经路过的日暮海峡,除此之外,两者再无联系。虽然在海峡附近,尚算清澈的海水里仍然栖息着不少诸如鱼虾之类在地球化改造过程中引进的海洋生物,但在稍微远离大洋的区域,举目所及就只有一摊咸腻、黏稠、臭气熏天的红褐色糊糊,活像是从什么死了许多天的生物尸骸里流出的脓血。

从理论上讲,由于缺氧和高盐度,绝大多数小型无脊椎动物和鱼类难以存活,进而无法支撑起复杂的食物链,这种布满厌氧微生物的高浓度卤水里根本不应该有任何大型动物存在。但奇怪的是，在不久之前，这一看似颠扑不破的理论却被打破了：位于日暮海峡中央、作为连接两段深渊之桥咽喉要道的黄昏岛毫无预兆地遭到了一群来自火烧湾深处的“海怪”的攻击，并因此陷入了严重的混乱，之后更是在一系列机缘巧合之下，海峡两侧交通一度陷于瘫痪。虽然这一问题最终被我们解决，但伊斯坎德尔也因此临时更改了目标，决定对这些神秘怪物的来源，以及另一群被称为“启迪者”的人展开调查。

“事实上，我怀疑我们并不是第一次遇到与‘启迪者’有关的事件或者人物，”在穿过海峡后的第一天晚上，当枫糖正忙着将她刚刚做好的烤串插到篝火边时，伊斯坎德尔对我们说道，“枫糖小姐，你还记得那位居住在信号塔里的‘拉尔夫’先生吗？”

“我怎么可能忘得了呢？”枫糖有点儿哀伤地摇了摇头说，“虽然这人是我一生的劲敌，但没了他，我还是觉得有一点儿……空虚。”

“我认为，他可能也像鲁娜小姐的爷爷一样，遇到了‘启迪者’——虽然在留下的记录里没有明说，但我认为，这种可能性相当大，”历史学家一边解释，一边伸手拿起了枫糖准备的烤串，“毕竟，让拥有资质的‘候选者’与‘奥兹曼迪亚斯’链接的微创手术设备应该已经非常罕见了，知道如何使用它们，又该怎样确保手术起效的人更是几乎不可能存在。至少我一度以为，在这颗星球上，能做到这事的也就只有我本人而——呸！这是啥鬼？毒药吗？！”在咬了一口刚刚拿起的烤串后，历史学家立即表情痛苦地把嘴里的东西吐了出去。

“你怎么能这么说？”枫糖露出了不快的神色，“这就是普通的烤香菇加熏鱼片啊。”

“对,但你肯定在里面加了别的什么糟糕的东西对吧?”

“糟糕?没有啊。我就只加了点儿海水而已。我看过的美食类节目上说,海水本身所含的氯化物形成的天然咸味是一种非常不错的风味,如果尝试不用其他调味料,而只是将新鲜食材泡在海水中的话……”

“以仁慈的地球的名义!拜托你动动脑子,我的大小姐,这里的海水是能随便拿来泡食物的吗?!”伊斯坎德尔打了个寒战,随即不由分说地把所有烤串都投向了不远处那片被厌氧微生物染成红色的卤水,然后用一只手扶着自己的额头,露出了几乎可以称之为绝望的表情,“真可惜,要是鲁娜也能跟我们一起来就好了,她至少知道什么东西不会毒死人。”

“这倒也是。”我点了点头。枫糖在处理与食物有关的问题时经常“脑子掉线”,小音只会一门心思地做出“可食用”级别料理,伊斯坎德尔对烹饪是一窍不通,我只学过如何制作烤饼,可我在白鱼村结识的新朋友鲁娜则不同,她的厨艺相当优秀,优秀到就算去醴泉镇的旅店里应聘厨师都不为过的程度。可惜的是,虽然与我们的相遇很大程度上让她破除了对岛外世界的成见,但因为还有爷爷需要照顾,鲁娜最终没能加入我们的队伍,只能在告别时依依不舍地与我们约定“以后有机会再到岛外面看一看”。

“嗯,总之,刚才说到哪儿了?”在奋力把嘴里的东西吐光之后,历史学家又用宝贵的淡水漱了漱口,然后才重新回到了原先的话题上,“哦,对了,手术。嗯……杏子小姐,你之前应该一直很想知道，我在醴泉塔的地下到底在你身上做了什么，才让你拥有了能够驾驭整座遗迹的力量吧？”

我点了点头。

“这一切都得从坦塔罗斯星的开发过程说起了，”历史学家说道，“虽然人类摆脱古地球引力的桎梏、开发其他世界的历史也许已经有数千年之久，但是，早期的外星开发其实并不顺利——这主要是因为运力不足。在超光速航行技术取得突破之前，人们只能依靠名为‘蒲公英’的亚光速舰队进行跨星系投送。因为相对于人类的寿命，亚光速航行所消耗的时间实在太长，因此，这类舰队到后期逐渐不再运输成年乘客，转而运送胚胎。在抵达目的地之后，这些胚胎会在舰上的人造子宫中被培育成人，然后由舰载教育AI负责照管……”

“我在书上看到过这些知识，”我说道，“不过，这和坦塔罗斯星应该没什么关系吧？根据我从书上看到的知识，这个世界被发现的时代相对比较晚，当时超光速航行技术早已成熟了，根本不再需要什么‘蒲公英’舰队。”

“啊，你说的没错，”伊斯坎德尔微笑着点了点头，似乎为我知道这些历史知识而感到高兴，“确实，在坦塔罗斯星被列入邦联的‘黎明世界’清单，并出现在地球化改造任务列表上时，‘蒲公英’舰队确实已经变成了一个过时的历史名词……但亚光速殖民时代留下的一系列历史经验，却在我们的文化中传承了下来。其中就包括了我刚才提到过的‘奥兹曼迪亚斯’系统。”

“我也在几本古代技术资料抄本里看到过这个词，但没找到详细解释，”枫糖说，“那到底是个啥玩意儿？”

“那是一种……遗留下来的过时技术,可以这么说吧,”历史学家伸出两根纤细的手指,“在亚光速时代,新开发的殖民世界往往在数代人里都不可能再见到别的人类,因此,他们不得不从头开始独立发展自己的科学技术体系。但是,这一过程往往会受限于严重的人口不足。即使‘蒲公英’舰队通过运载人造子宫和胚胎,而非成人舰员的做法将殖民地初期的人口总量提升到了极限,但最初几代人口的极限也不过区区数十万人,其中能够完全脱产的科研人员和知识分子的比例通常相当低下。这点儿人很难支撑起足够复杂的现代科技体系。即便‘蒲公英’移民船的舰载资料库里存储了全套的相关知识,往往也不足以确保殖民地能发展顺遂。在建立初期,许多殖民地往往因为一点儿意外就偏离了正常发展路线,导致殖民者的后代沦为蒙昧、野蛮的土著。为了避免这种状况,一部分殖民地开始使用禁忌的强人工智能,将殖民地科技领域内的一切都交给‘无所不能’的超级AI执行官。通常而言,这么做的效果不错,但也出现过几个不受约束的强人工智能出于‘善意’而在殖民地肆意妄为、造成人道主义悲剧的事例。”

“也就是说,这两种办法都不完美。”正在对我们所有人的枪械进行例行保养的小音言简意赅地总结道。

“对,所以‘奥兹曼迪亚斯’体系就诞生了,”历史学家点了点头,“在这种体系下,人工智能被限制在学习能力与自主权极为有限的级别上,作为纯粹的辅助力量存在,但殖民地的居民也无须从头开始学习知识和技术——通过专门设计的无线脑机接口,他们可以直接与各种工业设施的内部数据库和辅助人工智能一体化。换句话说，这些设施的数据库中的知识就是他们的知识，而辅助人工智能会实时地协助他们决策，不过，最终唯一具有决定权的仍然是自然人。虽然在超光速航行变得普及后，大多数殖民世界已经无须这么做，只要依托已经发展成型的世界进行正常建设即可。但是，一些世界仍然保留了‘奥兹曼迪亚斯’系统——当然，这已经纯粹是因为经济利益了。”

“经济利益?”我有点儿不明白。

“即便因为技术进步，行星系间旅行的难度显著下降了，殖民一个新的世界仍然需要相当程度的资本，因此，大多数民间殖民团体都需要向各个航运殖民公司贷款。而为了减少风险，某些公司便打起了这套已经开始过时的技术的主意。他们提供给殖民者的技术体系全都与‘奥兹曼迪亚斯’系统绑定，一旦殖民世界违约或者故意不偿还贷款，他们就可以禁止当地人使用特定的技术，而殖民世界的居民是无法绕开这一技术限制的。除此之外，为了避免对方擅自转让殖民权限，或者违约将设备租赁甚至卖到黑市上去，‘奥兹曼迪亚斯’系统还被加入了基因锁定功能。换句话说，只有具有特定基因特征的人，才能在移植无线接口后访问特定的设施——当然，这种锁定功能其实是可以通过后台指令解除的。因此，你们可以认为，在一个拥有‘奥兹曼迪亚斯’系统的世界中，所有经过移植手术的人其实都拥有系统所存储的一切知识和技术……只不过，要想切实地使用它们，就必须付费解除由基因锁确保的权限限制。”

“我明白了……”随着醴泉塔下那些令人不快的回忆重新涌入脑海，我恍然大悟地点了点头，“当时你在我身上做的……”

“就是通过微创手术植入临时性无线脑机接口单元——当然,和某些蠢蛋不同,我的操作非常规范,创口也好好地处理过了。”历史学家颇为自豪地说道,“当然,由于基因认证锁定,这种改造起效与否,在一定程度上也和血统有关:包括你在内,许多醴泉镇镇民显然是过去水循环系统技术员们互相通婚留下的后代,因此,分析结果表明,你们大概率具有能控制设施的‘天赋’。虽然你的朋友紫菀小姐在这方面比你更合适一些,但当时的情况……”

“过去的事就不用说了。”我摇了摇头,“但是,你又是怎么得到这种技术的?又为什么会知道谁拥有‘天赋’?”

“暂时保密,”历史学家朝我摆了摆手,“但想必你也看到了,除非迫不得已,否则我绝对不会擅自赋予任何人对遗迹发号施令的能力——这么做是极为危险的。别忘了,在陷入封锁与隔绝之前,坦塔罗斯星曾经在与太空汪达尔人的战争中被临时改建为一个军工世界,大多数建设完成度和保存状况较好、可以被重启的遗迹,都与军事工业有关,信号塔附近的寻血葵生产线,还有黄昏岛上的那处智能地雷工厂,在这类设施里压根儿排不上号。想想看,如果这种东西被随意启动,会发生什么?但不幸的是,那些被称为‘启迪者’、到处替有‘天赋’的人做手术的家伙似乎并不在乎这个问题。他们的做法简直就是把炸弹起爆器交给街上的小孩,而炸弹就埋在大街的路面下……”

一阵寒意突然攀上了我的脊梁,让我不由自主地打了一个哆嗦。

“除此之外,一些设施还能生产生物兵器——我很怀疑,之前骚扰黄昏岛村民的怪物，也许就是类似的设施被启动后意外制造出的东西。"历史学家叹了口气，从旅行斗篷内侧缝着的兜里取出了一张折叠的纸片，那上面是一幅黄昏岛居民用炭笔画下的素描，描绘了一头被射杀的怪物的模样。这生物的躯干看上去有点儿像是传说中游弋在古地球大海里的鲨鱼，但长着蝾螈一样的古怪短腿，一溜细小尖锐的棘刺沿着它的脊椎从颈部一直长到尾巴尖儿上，而它的脑袋则类似于某些凶猛的龟类，有着一副看上去气势骇人的尖锐骨质喙，以及一对……似乎是角的东西。总之，如果让一个欢乐的五岁小朋友描绘"心中的怪物"的话，最终成果大概就是这么个玩意儿。

"众所周知，在坦塔罗斯星的本土生物里，最复杂的不过是石蕈和海洋里的巨型囊泡藻类而已，而在地球化改造引进的生物中，绝对不存在这种天知道究竟是个啥的玩意儿。因此，它是某种人造的'奇美拉'生命体的可能性极大。"（根据史学界主流看法，"奇美拉"是古地球上被称为"古希腊"的文明制造的一种基因工程生物，用途不明。当然，也有个别科技史研究者认为，基因科学的萌芽远在古希腊时代之后，但因为史料缺失，这一假说目前尚无可靠证据。——编者注）

"它被造出来的目的……"

"不知道，"历史学家耸了耸肩，"但我可以确定，这些怪物的出现，极有可能与遗迹有关——这也意味着，与那些'启迪者'有关。为了坦塔罗斯星未来的安全着想，我认为有必要尽快查清他们的来历，并且阻止他们。"

"不过，那些人也有可能会发现我们，并且先下手为强。"枫糖一边说着,一边试图把她手头最后剩下的一根烤串喂给香肠先生,可惜的是,这头巴克夏猪显然嗅到了某种不对劲儿的味道,因此竭尽全力地左躲右闪,就是不肯张嘴。“比如说,他们有可能派人袭击我们。”

“当然,他们也可能用别的手段人为设计意外,”历史学家说道,“比如说,那些被制造出来的生物兵器就是非常适合用来制造‘意外’的——当心后面!”

“欸?”面对历史学家的警告,反应总是在关键时刻慢半拍的枫糖露出了困惑的神色。不过,当一条带刺的触手突然从后方卷住她的腰部时,她的困惑立即变成了惊恐。“不会吧? 这到底是什么啊——”

“我讨厌猜中糟糕的事情。”伊斯坎德尔从小音手里接过了一支刚刚保养完毕的等离子卡宾枪,同时小声嘀咕道,“尤其是像这样的破事。”

2

在离开黄昏岛前，不止一位村民曾对我们提到过，那些莫名其妙从火烧湾里出现的怪物在外形上存在着相当显著的差异，而正在我们眼前袭击枫糖的这货充分地证明了村民们在这点上并没有信口开河。眼下，突然从海水中冲出来袭击枫糖的怪物就和伊斯坎德尔拿到的那幅画像长得不太一致——它的脊背上并没有刺，取而代之的是四条半透明的凝胶状触手，看上去有点儿像是水螅和章鱼的混合产物。而它的脑袋上也没有长出适合撕裂猎物的喙，取而代之的是一张从中间竖着裂成四瓣的古怪大嘴，里面密密麻麻全都是尖锐的牙齿。

好吧，至少这东西的长相已经不是小朋友能画得出来的了。起码我想象不出哪个小朋友能画出这么恶心的大嘴。

不过，虽说长着一副足以对人造成精神污染的尊容，但这家伙的生存能力却并没有因此得到任何提升：在兜头吃了一发最大出力的等离子射击后，它的小半个脑袋直接变成了冒烟的炭化大洞，而那些抓住了枫糖的半透明触手也……呃……它们不但没有松开，反倒越缠越紧了。

“呜……好难受，我快……快不能呼吸了……帮帮我……”被紧紧缠住的枫糖面色涨红，耳朵与尾巴上的绒毛全都竖了起来——这是她陷入惊慌不安的典型表现。为了让那鬼玩意儿尽快松开她，我们又朝着那头被烧掉半个脑袋的怪物连开了好几枪，这一次，我们的努力总算获得了一些回报：被打得千疮百孔的怪物突然像触电一样颤抖了起来，接着，有一团像是巨型水母般的半透明活物撕裂了它的背部皮肉，从残躯之中钻了出来。

“这是个啥？”我几乎不敢相信自己的眼睛，甚至连一贯如机器般冷静的小音，也短暂地露出了惊愕的神色。在我们反应过来之前，一发大口径子弹已经打穿了那只从怪物体内钻出的半透明生物的躯体，它在眨眼间爆炸成了一堆湿淋淋的碎末，同时也让紧紧纠缠着枫糖的触手瘫软了下来。

“有些怪物身上的古怪攻击器官其实是与它们共生的其他怪物，在这种时候，必须连续攻击至少两次才行，”一个陌生的声音对我们说道，“第一次攻击先干掉宿主，等到共生生物试图脱离时，再像刚才那样干掉它。”

“你谁啊？”我扭头望向说话的人——这是一名体格瘦小、看上去更像是个男孩子的普通人类少女，修剪得参差不齐的浅褐色乱发上扣着一顶大得有些过头的旧鸭舌帽，身后背着的那只鼓鼓囊囊的帆布行囊看上去甚至比她的身体还要重，让人不由得担心这玩意儿会不会在下一秒钟直接把她给压垮。就像帽子和行囊一样，穿在她瘦弱身体上的短袖上衣、工装裤、橡胶防水靴和子弹带全都比她的体格大了足足一圈,显然不是量身定做的物品……甚至也不是女性应该穿的服饰。在这些玩意儿的衬托下,她怀中抱着的那支大口径猎枪反而显得不那么突兀了。

“本大爷的名字是青柠,都给我记好咯!将来本大爷会成为整个火烧湾最优秀的猎人!”瘦小的女孩一手拄着猎枪,努力挺起胸膛,大约是想要给我们一个威风凛凛的第一印象……可惜无论怎么看都算不上成功,“倒是你们几个傻瓜这是要干什么?这种时候居然还敢在海边露营,是想要找死吗?!”

“呃,我必须承认,在选择露营位置这件事上,我们确实有些……疏忽,”伊斯坎德尔微笑着朝这位自告奋勇前来助战的少女挥了挥手,“总之,多谢你的及时协助。”

“别搞错了,我只是来狩猎这些怪物赚取赏金的,可不是为了帮你们的忙。”青柠撇了撇嘴,快步走到了那只死去的怪物身边,用一把她的小手只能勉强握住的大号猎刀动作麻利地割下了怪物的尾巴,以及与它共生的那只水母状生物的某个似乎是腺体的器官——这大概是领取赏金时需要提交的证据。“这些家伙每一只都值一个当五十的大银币,如果有共生体存在,额外付一个当二十的小银币。怎么样,很不错吧?”

“我不是很了解猎人的收入水平,不过听上去确实不少了,”伊斯坎德尔诚实地答道,“之前我们在穿过深渊之桥时,也曾经遇到过一个被这种怪物袭扰的村子,他们……”

“海峡那边……是黄昏岛上的白鱼村吗?”青柠想了想,“没想到这些家伙都跑那么远了。我一直以为,它们只会在火烧湾的西部活动呢。”

“看来你很了解这些生物呢，小姐，”刚刚得救的枫糖说道，“那个，多谢你刚才出手相助，不过我有几个问题……”

“别管本大爷叫‘小姐’！”青柠有些恼怒地打断了她的话，“要叫‘阁下’！‘小姐’这种软塌塌的称呼根本配不上真正优秀的猎人，你明白吗？”

“啊啊，好的，总之我有几个问题想要向阁下请教，”或许是被青柠的气势略微吓到了的关系，枫糖耳朵和尾巴上的毛又一次竖了起来，“那个……呃……你刚才提到，有人会为猎杀这些怪物付赏金？”

“没错，最近这段日子里，整个火烧湾西岸的所有村子都在付钱雇我们猎杀这些怪物，”青柠点了点头，“毕竟，几乎所有村子都遭到了这些怪物的袭扰，虽然损失不算严重，但是闹得人心惶惶。有传闻说，珊瑚城里的那帮老爷要为这些怪物的出现负责，因为这些鬼东西都是他们为了进行血斗大赛而搞来的。”

“珊瑚城？有意思。”伊斯坎德尔意味深长地点了点头。

“大赛？”小音在说出这个词时，罕见地露出了一丝兴奋的神色，“什么大赛？”

“你到底是从哪个犄角旮旯儿出来的土鳖啊，小姐？居然连珊瑚城的血斗大赛也不知道吗？”青柠瞪了小音一眼，用略带不屑的语气说道。或许是因为两人的气质高度相近，她似乎对小音产生了毫无必要的竞争心理。

“所谓的血斗大赛，是这一带的贸易重镇珊瑚城举办的，有点儿像角斗、斗兽和障碍赛的混合产物，在行旅商人之间还是很有名的，”历史学家解释道，“就像醴泉镇吸引行旅商人的卖点是

‘比别处更加清洁的淡水’一样，珊瑚城也用这种比赛吸引旅客……不过这只是个次要目的。”

“次要目的？”

“是的。根据我的研究，这种竞赛的首要目的，其实是以相对和平的方式维持珊瑚城内部的权力平衡。”历史学家继续解释道，“这座城市位于火烧湾的西南部，其崛起原因与杏子的老家醴泉镇有点儿像。虽然火烧湾的水对人类而言非常有害，周围也都是以荒无人烟的戈壁荒漠为主，但那一带分布着大量战前留下的工业区遗迹，因此，许多希望能发笔横财的冒险者都会前往当地探险。而这些人很快就注意到，在火烧湾中的几座岛上，存在着一系列还能自主运转的遗迹，其中之一恰好可以过滤火烧湾的有毒海水，提供能够饮用的水源——虽然质量不如醴泉镇，但足以支撑人们的生活了。”

“在那之后，人们开始在水源附近定居，从遗迹里发掘出的古代技术产品让这个定居点迅速繁荣了起来。因为遗迹所在的岛屿恰好是珊瑚岛，所以那里就被称为珊瑚城了。”枫糖补充道（我认为这里有必要再补充一点：栖息于古地球的珊瑚虫从未被作为地球化改造物种引入任何黎明世界，迄今为止也只存在于少数世界的水族馆里。在坦塔罗斯星这类世界，主要造礁生物是各种厌氧菌，将它们制造出的叠层石称为“珊瑚”只不过是一种语言习惯而已。——编者注）。

“但好景不长，来自不同地方的人们很快就在珊瑚城里确立了自己的势力范围，最终形成了好几个相互竞争的公会。”历史学家接着说道，“在建城大约半个世纪之后，当地发生了一系列小规模冲突,一度接近引发内战的边缘……不过,这些危机最终还是通过谈判化解了。作为一种折中方案,不同公会之间开始举办竞技赛。在竞技赛中取胜的公会,可以在之后一段时间的贸易额分配等方面得到优待。顺带一提,参与竞技赛的人员并不限于当地人,拥有必要技艺的外地人同样也可以报名参加。”

“听上去挺不错呢。”小音用力将双手的指头交握在一起,让关节发出了一阵轻微的“咔吧”声。

“但像你这样的人可未必够格哦,小姐,”青柠冷笑着瞥了她一眼,“像那样真正上档次的比赛可不是寻常的小游戏,一个不小心的话,甚至连送命都是有可能的。”

“那么,敢问你在这方面又有多少经验呢?”小音反问道。

“本大爷可是火烧湾沿岸最优秀的猎人,竞技场里的常胜将军!”青柠用力将那把大匕首抛到了空中,然后用右手的食指和中指稳稳当当地夹住了落下的刀刃,“呃……至少以后肯定会是这样。”

“以后?”

“这……这原本是我的死老爹的愿望啦……”青柠的脸突然变红了,“他从很久以前就一直在为这个愿望努力,只不过愿望还没实现,他就突然从家里失踪了……所以只好由我来替他达成这个愿望。”

“那你之前究竟参加过几次竞技赛?”枫糖追问道。

“还……还没有啦。但本大爷现在不就在做准备吗?虽然没有人引荐,不能被公会邀请,但只要再猎到几只这种怪物,拿到的赏金应该就足够付清自主参赛的报名费了,到时候他们自然会见识到……”

“你不需要付这笔钱了,青柠小……呃,阁下,”历史学家突然插话道,“我们替你付。”

“哈？这是干啥？是本大爷救了你们的谢礼吗？不过我可得先说明白,干掉那怪物只不过是为了领赏金而已,根本不是特地要救……”

“不,我的意思是,我们正好也想去珊瑚城参赛,”历史学家解释道,“如果可能的话,我们希望能和你组队行动。不知阁下意下如何?”

3

一个星期后。

“哈，这只归本大爷！”当那头像是传说中栖息在古地球荒漠中的鸵鸟般的生物中弹倒地之后，青柠先是吹了吹从她的大口径猎枪“蕾妮”的枪口冒出的青烟，然后又用力亲了亲她这位“青梅竹马”的枪机，“这样就是八比五了！目前领先的——”

“不好意思，现在是八比八。”在以最大射击出力发射出一团等离子束后，小音用略带调侃的语气插话道——她刚才的这一发直接打穿了三只，而不是一只“鸵鸟”。与弹无虚发的青柠不同，小音先是用最小射击出力恐吓和驱赶自己的猎物，“操纵”着它们的逃生路线，接着再抓住它们恰好处于一条直线的瞬间，用一次射击同时拿下了这三个战果。虽然她嘴上不说，但包括我在内的所有人都清楚，这种做法并非必要，反而有着相当浓烈的炫技意味——小音想要用这种方式向青柠表明，即便在对方引以为豪的方面，她也能够做得更好。

“打得……嗯……不错嘛，但最后成果总数最高的才是赢家，而赢家只能是本大爷！”面对小音神乎其技的一击，青柠先是愣了一下，但她旋即用力拉动枪栓，然后将又一发大口径子弹填进了“蕾妮”的枪膛里，“剩下的都留给我！”

“留给你？那你也得有那能耐才行！”在青柠重新端起“蕾妮”的同时，小音也举起了手中的等离子卡宾枪，“今天赢的人肯定是我！”

“嗯，她俩今天还真有干劲啊。”就在这场竞争接近白热化的同时，代替小音坐在“堤丰号”驾驶座上的伊斯坎德尔嘀咕道，“杏子、枫糖，你俩最好也学学这种干劲。”

“才——不呢。”我和枫糖一同摇了摇头，甚至连一旁的香肠先生也模仿着我们的动作，灵活地转动着它那粗短的脖子。“这么做根本没必要吧？反正离委托规定的时间还有一整天，就算她们不那么急，要解决这档子事也一点儿难度都没有。”

“但我们早一个小时解决完这些家伙，就能早一个小时继续往珊瑚城前进啊，”历史学家说道，“我有一种感觉，只要能尽快抵达珊瑚城，我们就有可能逮住那些‘启迪者’，并且弄明白这一切后面到底隐藏着……”

“你有证据吗？”枫糖问道，“我的意思是，有什么证据能够证明，只要及时抵达了珊瑚城，我们就一定能找到那些家伙？”

“嗯……这个嘛，暂时还没有，但我的感觉就是这样。”历史学家耸了耸肩，“相信我，我的感觉一直都非常准确……”

“鬼才信你呢。”我和枫糖又一次异口同声地说出了相同的台词。

当然,虽说我和枫糖并不急于完事跑路,但互相竞争的青柠和小音却在以相当高的效率痛宰着在“堤丰号”前方奔逃的那些长腿生物——几天前,这些来路不明、过去从没有人见过的“鸵鸟”突然出现在了这一带,并开始频繁地袭击村民们的农田,甚至导致了好几名试图驱逐它们的村民负伤。无奈之下,村民们只得贴出悬赏,花钱让恰好经过此地的猎人们去猎杀这些四处乱跑的讨厌鬼。

而在看到村民们的悬赏之后,一路上一直明里暗里互相竞争的青柠和小音立即将它当成了又一个“决出胜负”的机会。

“现在的比分是十比九,胜负马上就要决出来了!”当被“堤丰号”追逐着的“鸵鸟”群数量变得越来越少时,青柠激动地大喊道,“喂,等我赢了之后,你可得遵守约定,把所有奖金都交给本大爷啊。”

“这话应该是我要对你说的吧?”小音反唇相讥。在青柠与我们同行的这几天里,这位平时沉默寡言、似乎对宇宙中的一切都缺乏兴趣的保镖变得活泼了许多,这在某种程度上大概是件好事,“现在我就——哎?”

虽然之前一直遭到我们单方面的猎杀,但是,这些类似鸵鸟的生物也并非毫无还手之力——在被“堤丰号”驱赶进一处由峭壁形成的死胡同之后,它们立即意识到了自己已经无路可逃的事实,并转而朝着“堤丰号”冲了过来。

虽然这些生物身高接近两米、肌肉虬结,而且还像真正的鸵鸟一样,有长着锐利的巨大钩爪的腿,但比起前些日子曾经袭击过我们的寻血獒的合金利齿与切割爪还是逊色了不少,至少对于坐在“堤丰号”有装甲板保护的驾驶室里的我们而言，这些家伙完全构不成任何威胁。但是，对站在这辆大卡车顶部、身边没有任何掩护物的两位“参赛选手”而言，这些蹦跳能力惊人的家伙的威胁却是实打实的。经过一段助跑之后，发起绝地反击的“鸵鸟”们接连跃到了空中，朝着夺去了它们众多同类性命的两人扑去。

“来得好！”

“就是这样！”

透过驾驶室顶部的强化玻璃天窗，我看到小音和青柠同时露出了兴奋的微笑。紧接着，大口径猎枪的轰鸣和等离子卡宾枪低沉的“嗞嗞”声同时响起。冲在最前面的两只怪物在离开地面的一瞬间便已经命丧黄泉，其中一只的胸口被撕开了一个大洞，另一只的脖子则被烧成了焦炭。不过，它们的死亡倒也并非毫无意义——多亏了这两只倒霉鬼挡下了子弹与等离子束，跑在它们后面的几只同类的存活时间得以延长了那么零点几秒。而这点儿时间已经足以让它们跃上“堤丰号”的顶部，并用长着利爪的脚奋力踢向对手。

“来得好！”在堪堪避过第一次踢击之后，小音用卡宾枪的折叠式枪托直接砸在了离自己最近的“鸵鸟”身上，虽然这些怪物身体表面覆盖的不是羽毛，而是形如细小骨瘤、看上去颇为坚硬的鳞甲，但她的这一击还是在转瞬之间夺去了第一个对手的行动能力。而在对方摇晃着栽下卡车的同时，她已经顺手将等离子卡宾枪调到了连射模式，虽然这一模式的威力和精度都相对不足，但在需要撂倒好几只同时发起攻击的对手时，却实在是再合适不过了。相较之下,青柠的情况就差了很多。她的“蕾妮”固然威力惊人,但因为射击速度的限制,在接近战中根本来不及装填第二发子弹,而她似乎也不太乐意将这位“伙伴”当成近战兵器挥舞。无奈之下,青柠只能抽出那把对她而言有点儿大得过头的猎刀,在第一只“鸵鸟”伸腿踢向她时眼疾手快地斩断了对方的踵部筋腱,但是,由于挥砍动作太大,当第二只“鸵鸟”从另一个方向攻向她时,青柠已经来不及保护自己了。

“伊斯坎德尔!”看到这一幕的枫糖大声喊道。

“明白!”历史学家立即将方向盘朝右侧用力转到了底,然后又重重地踩住了刹车。原本正打算给青柠来个开膛破肚的“鸵鸟”完全没料到还有这招,顿时站立不稳,被猛地从车顶上甩飞了出去。青柠虽然也一同失去了平衡,但她及时抓住了位于车顶边缘的栅栏,并抢先捡起了“蕾妮”,装进了一发新的子弹。

“你死定了!”

“咕噢——!”

在青柠朝着掉下车的对手开枪的同时,那只古怪的生物也张开了锯齿状的利喙,在生命的最后一瞬间吐出了一大团黄褐色的东西。虽然拜常年狩猎锻炼出的反应速度所赐,青柠及时地做出了闪避动作,但那团物质还是堪堪擦过她的耳边,并在转瞬之间将她的帽檐和一小撮头发腐蚀成了灰烬。最后,那玩意儿粘在了车顶另一侧的栏杆上,铝合金栏杆在冒出一阵白烟的同时像被烤软的蜡烛一样塌了下去。

“这……这又是什么鬼?”我小声问道。

“我不知道,但看起来可能是某种高温腐蚀性物质,”伊斯坎德尔耸了耸肩,“真是可怕。”

“这些怪物是怎么把这么可怕的东西装在身体里的？这根本不合常理吧?”

“这倒也未必,”历史学家说道,“二元式化学武器就可以做到这点。”

“二元式?”

“没错,就是将两种相对无毒无害的化学物质分别存储,在需要使用时临时混合,形成真正的化学武器并发射出去。在生物界里,这种情况其实还挺常见的,古地球上的某些昆虫就有类似的能耐。”

就在我们说话的同时,车顶上的战斗已经完全结束了。虽然围攻小音的几只“鸵鸟”也使用了类似的攻击手段对付她,但是没能伤到她分毫,反而在迎面而来的等离子束雨中被一举全歼。“全部搞定,十六比十一,是我赢了!”

“你……你这根本是作弊嘛!”青柠气鼓鼓地将离她最近的“鸵鸟”尸体踢下了车顶,“你刚才完全是仗着武器比我的要好,才能——”

“啊哟哟,是哪位大人物之前说了‘本大爷只要有“蕾妮”就好,不需要你们那种花里胡哨的破枪’呢？恕我直言,按照需要正确地选择武器,也是一种非常重要的能力。”小音一手握着等离子卡宾枪,另一只手伸向了青柠,“还是说,你打算要赖不认账？虽然就算你现在就趴在地上打滚哭喊,我也不会感到意外就是了……”

“胡说八道！本大爷怎么可能要赖?！不就是那么点儿赏金

吗？给你就是了！”青柠恼火地喊道，“反正在珊瑚城的竞技赛上，我会加倍赢回来的！”

“那可真是令人期待。”小音微笑着说道，“不过很不幸，根据我以前听到的传闻，所谓的血斗大赛似乎也没有太大难度。光靠暴打弱鸡就想要分出高下，恐怕有些困难啊。”

“我不这么认为。”伊斯坎德尔突然插话道，“事实上，我希望你们届时尽可能小心一些。毕竟，珊瑚城的状况极有可能比我们想象中的更加复杂。”

“更加复杂？”

“是的，我原本的推测是，在珊瑚城附近的遗迹中，存在着某种可以生产生物兵器的设备，而当地人在最近突然拥有了启动这类设备的能力，并为了竞技活动而恢复了生物兵器的生产，这才导致了这些怪物的出现。但就目前的情况来看，我认为，之前的推测和事实也许存在着微妙的……偏差。”

“偏差？”我困惑地问道，“你是说，这些生物不是人为制造出来的？”

“不，它们当然是。真正的问题是，作为生物兵器，它们实在是有点儿……不够格，”历史学家摇头道，“之前那些从海里出现的怪物虽然给黄昏岛造成了一些麻烦，但在附近城镇的猎人们带着轻武器投入战斗之后，它们的袭扰就被击退了；而我们这次遇到的怪物，能造成的危害至多也不过是破坏村里的田地，并且弄伤了几个普通农民而已，哪怕只是我们几个人也能轻而易举地狩猎一大群。没错，这些家伙是比一般的动物更强一点儿，但在与持有武装的、有组织的人类交战时并没有太大优势，如果要作为战斗兵器投入战场，哪怕只是对敌人的后方进行破坏和骚扰，它们也是不够格儿的。”

“这么一说，倒也确实有点儿……”我点了点头，“可如果不是兵器，那它们又是什么？”

“某种更糟糕的东西，意味着某些非常糟糕的可能性，”历史学家说道，“等到了合适的时候，我会向你们解释的。但在那之前，请千万不要把我刚才提到的事告诉其他人——尤其是住在珊瑚城里的人。否则我们很可能会摊上大麻烦。”

“好极了。”我耸了耸肩，“我讨厌麻烦。”

4

“……坐落在火烧湾西南浅海中的珊瑚城是一座新兴的贸易城市，也是坦塔罗斯星主大陆腹地最富庶的城市之一，因为其闻名遐迩的血斗竞技活动，它又被称为‘血斗之城’。”在解决掉那群“鸵鸟”并从村民们手里领到赏金后的第二天晚上，我们终于抵达了这段旅程的目的地。而更凑巧的是，在这天早些时候，闲得无聊的我恰好从“堤丰号”上的存货中翻出了一本由某个旅行者写下的手稿，里面记录着不少关于珊瑚城的事儿，倒是恰好可以作为我们行动的参考，“珊瑚城的另一个称号是‘不夜城’，因为这里的经济非常发达，即便到了夜间，一部分城区仍然照常运转，来自四海八方的商人们彻夜地进行着会谈和交流，试图在这片充满机遇的土地上找到发财的可能，而数量更多的冒险者们则因为珊瑚城周围数量众多的遗迹而被吸引来此，街道上永远都能看到熙熙攘攘的人群，以及……”

“那个，虽然我不太想这么讲，不过你读的东西好像和我们看到的情况……不太一致啊。”就在我忙着埋头读书的同时，枫糖突然在我耳边嘀咕了一句。

“呃……还真是。”我放下那本手稿，透过大卡车的车窗朝着周围的街道扫视了一圈，然后有些不情不愿地点了点头——虽然无论是这份手稿，还是我们在进城时看到的宣传牌都宣称，珊瑚城是一座充满了商机的繁荣城市，但此时此刻，映入眼帘的景象却让我联想起了之前水源发生问题时的醴泉镇：虽然用硬石板铺成的宽阔街道两旁布满了鳞次栉比的商店和旅舍，但不幸的是，接近一半的店铺正处于打烊状态，另一半虽然不至于落到门可罗雀的境地，但从上门的客人数量判断，大多也只是能够勉强维持而已。街头虽然不至于空空荡荡，但也和传说中永远人潮涌动、喧哗热闹的情况相去甚远，就算是对这儿不甚了解的我也能轻易地看出来，这地方似乎……出了点儿问题。

“奇怪，我上次来的时候，这里的生意应该比现在要好得多啊，”枫糖环视着街头稀稀拉拉的人群，有些困惑地挠了挠毛茸茸的耳朵，“而且，现在一年一度的公会血斗大赛应该已经开始了才对，这种时候，珊瑚城明明应该热闹得像是圣诞节一样。”（圣诞节是一种据称源自古地球时代的重要节日，以互相赠送礼物和装饰圣诞树而闻名。不过，部分民俗学家认为，圣诞节实际起源于某些遭遇过严重灾害的死亡世界，是当地人对邦联运送人道主义救援物资的一种纪念活动，“驯鹿与雪橇”是对运载物资的穿梭机的浪漫化描述，而装饰着灯具的圣诞树则象征着空降场的助降用灯光。——编者注）

“我不太清楚圣诞节是什么，但这儿的情况确实够古怪的啦。”只要没事就小心翼翼地保养着“蕾妮”的青柠一边为抱在怀里的大枪慢慢上油，一边嘀咕道，“希望别是今年的竞技赛取消了啊……要是这样的话，本大爷可是会很困扰的。”

“说起来，你为什么要那么自称啊？”我忍不住吐槽了一句，“你是女生耶！不喜欢被人称作‘小姐’也就罢了，但无论怎么说，这么称呼自己实在是太别扭了点儿吧？”

“本大爷喜欢这样，不行吗？”青柠瞪了我一眼。

“这算哪门子理由啊？”所有听到这话的人(香肠先生除外)都异口同声地问道。

“啊啊，那个……本大爷……呃……我……我这么做其实是有原因的……”有些让我感到意外的是，在听到我们的反问后，青柠突然涨红了脸，语气也相当罕见地变得吞吞吐吐起来，“其实我的死老爹当初……当初真正想要的是个男孩子。我的这些行头都是他在我出生之前，就为了自己未来的儿子和继承人而亲手制作的……”她低头看了看身上那套相较于她的身材有些过大的衣服和装备，耸了耸肩，“但最后……虽然死老爹没说，但我很清楚，他肯定希望我从没有出生过。”

“呃，之后呢？”

“之后本大爷……呃……我的母亲就去世了，死老爹说他不会再找其他女人。所以本……我就只能努力扮演他理想中的‘儿子’的角色。不过，无论我怎么做，死老爹都一直不满意，说如果他真有一个儿子的话，会比我更适合继承家业，”青柠露出了气鼓鼓的表情，“哼，明明死老爹自己也没干出什么特别了不起的事业来！他确实是个挺不错的猎人没错，但离顶尖还有点儿距离！而且他说要在珊瑚城的血斗大赛上让所有人都认可，但最后甚至都没正式来参赛过……就因为他担心在大庭广众之下失败会让自己出洋相！到了最后，那家伙甚至还丢下我跑了！到现在我都不知道他在哪儿！”

“所以你才一门心思希望在大赛上好好表现，来证明你并不比你父亲理想中的那个儿子差？”小音问道，“真是够蠢的。”

“你敢说我蠢？”在下一个瞬间，那把硕大的猎刀已经出现在了青柠的手中。

“我当然要说你蠢。”伊斯坎德尔的保镖冷哼了一声，“蠢透了。你知道吗？无论你是故意还是下意识这么干的，但事实是，你不是你那个鬼知道跑到了什么地方的老爹的儿子！你就是你自己！你老爹根本没有这么个儿子，这也意味着你压根儿不需要和一个从来就没存在过的人竞争！明白吗？！对任何头脑正常的人而言，如果非要和谁竞争的话，至少也应该选择一个实际存在的对手才行，比如说我——虽然你也赢不了我就是了。”

“什么？本大爷赢不了你？开什么玩笑！这次的血斗大赛，本大爷就要让你看看我俩真实实力的差距！到时候……呃……如果到时候大赛还会正常举办的话……”

“你们放心好了。”就在青柠露出惴惴不安的表情时，一个穿着深色大衣、戴着兜帽的瘦高个儿男人突然靠近了正以低于五千米每小时的速度在大街上缓慢前进的“堤丰号”，伸手敲了敲驾驶室的门，“今年的珊瑚城血斗大赛当然会正常举办，各位无须担心无法参赛。”

“你哪位？”

“在下是西南城区物资回收联合公会的代表,你们可以叫我托瓦,”在小音踩下刹车的同时,那人也摘下了兜帽,露出了一张干瘦得很容易令人联想起木乃伊的蜡黄色面孔,“公会派我来迎接各位。”

“你说什么,木乃……呃,托瓦先生?”我惊讶地问道,“你是特地来迎接我们的?”

“没错。各位大驾光临珊瑚城,是我们的荣幸。”

“可我们应该没有事先通知过要来吧?”枫糖皱着眉头问道。无疑,基于四处游历所积累的丰富江湖经验,托瓦这种无事献殷勤的做法让她产生了不安的感觉。“我自己以前倒是造访过珊瑚城,但也只是把一些机械回收公会不要的废旧设备当作废金属卖给你们而已。而且这次我可没有废金属要卖。”

“严格来说,我们公会要迎接的也并不是您,”托瓦先生冷冷地说道,“那边那位小姐,还有这位猎人先生,你们才是我们公会所等候的贵宾。”

“你是说我吗?”小音问道。

“那个……请问贵公会找我又有什么事呢?”伊斯坎德尔“嘿嘿”地笑了笑,“我不知道……”

“我说的是‘先生’,不是你,这位小姐。请不要自作多情。”托瓦摇了摇头,然后将视线转向了青柠。

一股强烈到让人恨不得用脚趾抠穿防弹车窗的尴尬气息随即充满了“堤丰号”。

在这之后,我们花了足足五分钟的时间向托瓦解释伊斯坎德尔和青柠的性别,并设法说服他相信。虽然看上去有一点儿,啊不对,应该说很像是妙龄少女,但伊斯坎德尔其实是一位中年男性,而青柠也并不是她那失踪的父亲真正想要的男孩。在这一过程中,伊斯坎德尔倒是保持了镇静,但青柠的脸却好几次烧得发烫,甚至让我产生了打一个鸡蛋铺上去的冲动。

"嗯,那么,请允许我为之前的错误道歉,"在解释完误会之后,托瓦"嘿嘿"地笑了起来,"不过,我们公会所邀请的确实是小音小姐和青柠……阁下。当然,作为她们的同伴,你们其他人要一起来,我们也会一同欢迎的。"

"不过你还没解释你们为什么会认识我们,"伊斯坎德尔说道,"还有,城里目前的情况是怎么回事?要是我没弄错的话,每年的血斗大赛会吸引大量观众,在大赛举行期间,珊瑚城的商业活动应该非常繁荣才对。而现在的场面似乎有点儿……太过冷清了。"

"啊啊,你们也看出来了吗?"托瓦又一次挤出了一个笑容,"这是因为本城目前遇到了一些……小麻烦。"

"难道是供水出了问题?"一种可能性出现在了我的脑海之中——作为一座坐落在浅海岛屿上、仅仅通过堤道与陆地相连的城市,除了降雨之外,珊瑚城没有任何天然水源,而周围的海水完全是有毒的卤水,因此,这里的供水显然也和醴泉镇一样,极度依赖隔绝时代之前留下的水处理系统。如果是水出了问题的话……

"城里的供水很正常,请不要担心,"托瓦立即答道,"当然,这里的水质相当一般,顶多只是'喝了不会出问题'的水平。不过,以前这儿就一直如此,所以我们早就习惯了。"

“欸……那倒也够了，”我舔了舔嘴唇，“那所谓的‘麻烦’究竟是……”

“也不是什么很严重的事情。”托瓦用略显敷衍的语气说道，似乎不太想继续谈论这件事，“只不过是食品价格上的一些问题而已。”

“只不过？”伊斯坎德尔扬起了一侧眉毛。

“是的。各位在来珊瑚城的路上想必也注意到了吧？海峡一带的渔村，以及南方的农业和牧业村落，在最近这段时间都遭到了来路不明的怪物的攻击，而珊瑚城有相当一部分食物是由这些村落供应的。因此，最近这段时间里，食品价格持续上涨，导致了连锁反应，引发了城内的经济困难，使得来访的商人和旅客暂时变少了。不过，这种问题是短期的，应该很快就能解决，”托瓦说道，“当然，城里的各个经济公会都在这些村落里派驻了代表，而你们一路上接连漂亮地完成委托、消灭怪物的优秀表现，我们的代表全都看在了眼里。因此，我们才会提出邀约，希望各位至少在今年站在我们这边参赛。无论能否取胜，我们都会为各位提供丰厚的报酬。各位还有什么问题吗？”

“当然，我想知道关于那些怪物——”小音刚想说话，却被她的雇主用一个手势制止了。“我们没什么问题了，至于你的提议，我们原则上可以考虑，”伊斯坎德尔说道，“不过，我们并不是很清楚本地血斗竞技的具体状况，也许在我们双方达成合作意向之前，你可以安排我们观摩一次比赛？”

“没问题！”托瓦兴奋地点了点头，很显然，伊斯坎德尔表现出的合作态度让他相当满意，“事实上，再过六个小时，在劲风竞技场就会有一轮预选赛。这种级别的比赛难度不会很高,我想,或许小音小姐和青柠阁下会很乐意利用这种机会来练练手?”

“哦,那是当然的。”青柠兴奋地攥紧了拳头。

“确实。”小音也点了点头。

5

过去，我曾经听人说过，早在文明初曦的洪荒时代，居住在地球上的古代人类就已经迷上了各种各样对抗性的竞技活动。而在这些竞技中，暴力元素和对抗性越是明显，就越能让观众们沉迷其中。

“要知道，人类本质上其实是一种机会主义的捕食者，”在珊瑚城的五大竞技场之一——位于城市东北角的劲风竞技场那用黑石砌成的观众席上，伊斯坎德尔对我说道，“虽然与个体寿命相比，人类脱离稀树草原上的狩猎采集时代已经很久了，超过了一万年，但对一个物种而言，这算不上什么。除了像你这样的卫兰人，因为祖先对基因工程的热衷而接受了大幅度改造之外，大多数人的基因与农业革命之前的祖先相比，几乎没有什么不同——顶多也就是敲除掉一些无效编码，去掉了一部分导致遗传病和畸形的碱基对而已。在骨子里，绝大多数人类仍然是这样的一种生物：一种以血亲氏族为核心、结成数十到一两百个个体的游群,握着石斧和骨矛在荒野中游荡狩猎,并且和其他氏族与游群相互竞争的顶级捕食者,仅此而已。所以说,当人类想要在不直接对他人实施暴力的前提下相互竞争时,像这样的‘模拟捕猎’活动就会变成首选。因为我们的基因记忆告诉我们,强大的狩猎能力和强大的竞争力本质上是一回事。”

“那我这样的卫兰人呢?”我下意识地摸了摸自己毛茸茸的耳朵和尾巴,耸了耸肩。由于坦塔罗斯星的普通人类与卫兰人之间基本处于和平状态,而且也不存在显著的生殖隔离,因此,在很多时候,我甚至不会注意到自己的这些特征。

“你们? 恕我直言,你们的产生,正是顶级捕食者这一自我定位在人类潜意识中的映射,”历史学家笑了笑,“哦,没错,当年那些基因工程爱好者们宣称,卫兰人与人类在外观上的差别只不过是一种纯粹的区分手段,用于向所有人宣告他们对于‘改造人类自己’的坚定信心。但事实却没那么简单——如果只是要从外观上区分,他们大可以制造出诸如彩色皮肤或者五花八门发色这样的遗传表征,而不是有着硕大耳郭的绒毛耳朵、夜视能力与敏锐的嗅觉,这些感官是强大掠食者的标准配置。甚至你们的动物尾巴,也很有助于在剧烈的行动中保持平衡……说白了,或许你们的先祖想的确实仅仅是‘创造一些醒目特征’,但他们还是在无意中制造出了一群掠食者。”

“也许吧,不过我对狩猎什么的确实没多少兴趣就是了。”我打了个呵欠,看着正在进行赛前准备的竞技场。按照带我们到这里来的托瓦之前的介绍,五大竞技场内的环境各有一定程度的微妙不同,但基本结构是差不多的。在竞技场中央有一座大约十米高、基座直径约五十米的圆锥形山丘,山丘顶部竖立着一座木制塔楼,上面插着一面锦旗,作为取得比赛胜利的标志。除了塔楼所在的区域之外,整个竞技场被一道巨大的带刺铁栅栏分隔成了互相隔绝的两块,按照规定,双方选手必须在各自的比赛区域中奋力前进,夺取锦旗,但相互之间不能干扰。

“比赛选手可以组队,一队最多四人,最少两人,”在其他观众陆续入座时,托瓦先生继续解释着,“在他们开始向锦旗前进时,对手会放出关在笼子里的猛兽挑战他们。选手需要击败对方放出的猛兽,并登上山丘,率先夺取那面旗帜的就是胜利者。很简单吧?”

“很野蛮。”正在用一块细抹布为香肠先生擦拭身体的枫糖说道,“猛兽的定义是什么?”

“这个嘛,没有明确的定义。如果愿意的话,你的这位朋友也能被定义为猛兽,”托瓦先生半开玩笑地说道,“无论一方派出的选手是多少人,猛兽的数量都是选手数量的两倍——不能是扮成动物的人,不能是从遗迹里发现的仿生机器,当然,如果是共生生物的话,数只共生在一起的生物也只算一头。释放猛兽的一方可以自由选择在任何时机将猛兽放入场内的任何区域,该怎么放出它们,其实也是一种学问。除此之外……啊,血斗已经开始了。”

随着一面挂在场外的巨大铜锣被人用力敲响,在竞技场的南北两端,各有一扇沉重的大门缓缓朝外打开:从靠近我们这一边的大门中走出来的是小音、青柠,以及两名属于托瓦所在公会的选手,除了坚持要穿父亲留给自己的那套行头的青柠之外,包括小音在内的另外三人都穿着只能对躯干部分提供有限防护的轻型皮甲，戴着填塞了从遗迹中发现的高分子泡沫材料、可以减轻冲击的软质头盔，显然以灵活性为主。而作为这场比赛对手的有色金属加工公会派出的则是一个三人组合，全都穿着厚重的全身板甲、戴着装有双角与魔鬼铁面具的头盔，还在肩甲、臂铠和胫甲上焊接了不少突兀的铁刺，看上去简直就像是一群金属刺猬。不过，真正吸引我注意力的，还是这些家伙手中握着的武器——他们中的一人携带着硕大的火焰喷射器，另外两人拿着的则是口径巨大、使用特制弹鼓供弹的重型霰弹枪，看上去简直就像是要去攻打某个防御严密的筑垒区似的。

"那个，带这样的装备也允许参赛吗？"枫糖露出了有些目瞪口呆的神情，"这帮人简直就是来打仗的吧……"

"当然可以，"托瓦解释道，"对于参赛装备唯一的限制就是'不能自带动力'——换句话说，无论是现代生产的战斗车辆，还是遗迹里发现的机器人与动力甲什么的，都不能使用，除此之外，一切任便。任何人都可以装备凭自己的体力能够扛得动的东西上场。"

"这……岂不是很不公平吗？"枫糖问道，"如果这样的话，装备较好的选手可以获得非常明显的优势，甚至……"

"恰恰相反，正是这样的设计，才让血斗大赛变得符合创造它的预期，"伊斯坎德尔摇了摇头，"枫糖，还有杏子，我要问你们一个问题，为什么珊瑚城会举行这样的竞赛？"

"呃……我记得是为了避免内部的流血冲突失控，让互相竞争的公会能有一个相对和平而规范的竞争渠道，"我努力回忆着之前学到过的内容,“其次才是为了吸引游客和行旅商人。”

“对,就是这么一回事儿。”历史学家点头道,“本质上,这种竞赛是为了体现出公会之间的实力差距。而能弄到更稀有的猛兽,或者为雇来的选手配备更好的装备,则是一种实力的证明。倒不如说,物资回收联合公会这边的选手装备水平反而有些太差了一点儿,这让我很在意……据我所知,你们并不是贫穷的公会啊。”

“这……该说是迫于无奈吗?”托瓦苦笑了两声,“如果就财力而言,我们倒也不是不能让选手拥有那种装备。问题不是这个,而是……”

“是什么?”

“马上你们就会看到了。”

随着悠长的铜锣声第二次响彻竞技场,比赛正式开始了。作为据说“最普通”的竞技场,劲风竞技场内除了中央山丘之外,就只有一片干燥、平坦的砂石地面,只有为数不多的坑洞和巨石稍微制造了一些地形起伏,而零零星星的耐旱灌木几乎无法为参赛者提供任何掩护。在比赛开始后,双方选手立即开始朝着中央的山丘奔去。由于装备轻便,物资回收联合公会的选手们很快就取得了领先优势……

但这种优势只持续了很短的时间。

“来了!”随着两处隐藏在沙地下的笼子门被突然开启,一阵兴奋的呼喊传遍了观众席。虽然因为目前珊瑚城经济状况不是非常景气,竞技场的观众席只坐了三分之一,但人们发出的声音仍然震得我耳膜发疼。

“猛兽!”

出现在有色金属加工公会的选手们面前的,是六只角豺——这些长着灰色皮毛的掠食者是坦塔罗斯星在地球化过程中引进的食肉动物之一,外形看上去就像是脑袋上长着尖角的大型犬,但比一般的狗更加狡猾,也更好斗。由于有着极好的牙口和比牙齿更加强韧的胃,地面上的一切活物几乎都是它们的捕猎对象。虽然不算很常见,但在大陆的各个角落,都有这种动物的目击报告,而对于落单的旅人和探险者而言,遇到成群的角豺也确实是一件相当危险的事。

“角豺吗?中规中矩的选择。”伊斯坎德尔评论道,“它们的牙齿确实可以威胁到重装甲的脆弱接合部,而且速度也足够快……但还不够,完全不够。”

就像是为了证实他的说法似的,在与那三只“刺猬”打了个照面后,角豺们立即按照本能分散开来,准备实施像它们这样的群体猎食者最喜欢的战术:大多数个体在前方牵制,而少数个体则对目标缺乏防备的后背进行偷袭。可惜的是,它们的对手当然也清楚这种招数,并迅速采取了应对措施,背靠背地组成了一个小型三角阵,直接杜绝了身后遭到突袭的可能性。

在发现自己最为习惯的战术失效之后,角豺们短暂地陷入了迷茫之中。不过,它们很快便进行了相应的调整,开始两两一组地围绕着对手高速奔跑,时而突然接近,时而快速远离,指望通过这种方式扰乱对手,从而引诱对方在仓促之中露出破绽。可惜的是,与各种通常被角豺们当作猎物的大型食草动物不同,它们的这三位对手并不是只能被动应战的孱弱目标,而是持有武器的人类。虽然狡猾的角豺们不断改变奔跑方向和速度,甚至持续做出足以乱真的假动作,但光靠这点儿招数并不足以让它们每次都逃离火焰喷射器和霰弹枪的猛烈火力。很快,其中一只角豺就被一枚霰弹的弹丸击伤了后腿,奔跑速度大幅度降低的它旋即被席卷而来的火舌所吞没,变成了一团包裹在熊熊烈焰中的焦炭;接着,另一只角豺也步了它的后尘。剩下的角豺们慑于对方的还击火力,不得不进一步与这些难缠的对手拉开了距离,但这反而降低了它们威胁对方的能力。就这样,"刺猬"三人组一边保持着戒备,一边缓步朝着插着锦旗的山丘接近,虽然速度不快,但相当稳当。

"在今年之前,珊瑚城的血斗竞技已经形成了相对固定的套路,"托瓦说道,"虽然对猛兽的种类没有任何硬性规定,但事实上,适合用于血斗的猛兽类型非常有限——单只陆地动物无论再怎么凶狠,对人类的威胁也相对有限,因此,唯一合适的对策就是尽量增加投入作战的猛兽的数量,这意味着只有具备群体狩猎习性,而且足够凶猛好斗的少数几种动物才能派上用场。"

"而经过这么多年,这几种动物早就已经被研究透了,"伊斯坎德尔点了点头,"每个公会的人都不约而同地发展出了稳扎稳打的针对性战术,甚至是最合适的武器配置和人员配置……就像是古代伊比利亚人的斗牛一样。"(关于斗牛运动的具体细则,因为史料的遗失,不同的历史学家有不同的说法。学术界甚至无法确定,传说中的斗牛士究竟是手持长矛、骑乘披甲战马的重骑兵,还是只携带佩剑和红斗篷的徒步战士。不过很显然,我的研究伙伴塞斯先生在论文中声称,斗牛士手持激光剑在米诺斯

迷宫里与基因改造牛头怪搏斗的说法，应该是不准确的。——编者注）

“这么说来，我上次来这儿时，似乎也听人提到过，说现在的血斗变得越来越不好看了。”枫糖补充道，“原来是这样啊。”

“是的，”托瓦叹了口气，“但今年的情况可不太一样了，看吧。”

与对面的“刺猬”们在成群角豺包围中稳步推进不同，物资回收联合公会一方的选手们面对的怪物只有一头。那是一只外形类似于蝾螈和鳄鱼的混合物、背部覆盖着带有节瘤和尖刺的皮内成骨的丑恶生物。乍看之下，它和我们在火烧湾岸边遇到的那些怪物颇有几分神似，但体型更大、防护更强，而且看起来也凶恶得多，说是后者的“升级版”也不为过。而按照托瓦方才的说法，在传统上，只派区区一只猛兽与选手对抗，是一种毫无胜算的不智之举。

但是，在面对这只怪物时，物资回收联合公会的四位选手却全都露出了不安之色。除了那两名有一定经验的老选手，甚至连头一次参加血斗竞技的小音和青柠也短暂地流露出了紧张的表情——无疑，她俩的本能已经告诉了她们，眼前的这玩意儿绝不是什么易与之辈。

在与对方对峙了一小会儿之后，队伍中第一个有所动作的人是青柠：曾经在火烧湾海边猎杀过类似怪物的她迅速端起了爱枪“蕾妮”，照着那怪物的脑门儿就是一枪。威力惊人的大口径子弹狠狠地凿进了由硬化表皮和皮内成骨构成的厚重护甲，崩碎了一大团软组织，然后……就没有然后了。

“一般的骨骼可挡不住这种口径的枪弹,是多层柔性缓冲结构？或者皮内成骨经过了特别的强化?”历史学家用一只手背托着下巴,自言自语道,“无论如何,只有一点是可以确定的——这种情况绝不自然。”

我不知道青柠和小音她们有没有看出这种“不自然”,但很显然,对她们而言,目前还有更重要的事需要关心——在挨了青柠的一枪之后,那怪物变得更加狂躁了,张开了布满钉子般尖锐牙齿的大嘴,朝着自己的对手发出尖锐的“咝咝”声,听上去就像是一条蛇正在吐信子……接着,它居然真的从嘴里吐出了一团东西。

值得庆幸的是,无论是小音还是青柠,都在这怪物有所动作的瞬间便做出了反应,及时地避开了那团恶心而危险的物质。这团黏稠的玩意儿最终落在了小音之前站着的位置后面的一丛矮灌木上,在被命中的瞬间,这株可怜的植物立即像被浇上开水的冰块一样腾起了大团大团的白色烟雾,然后便如同被高温烤化的蜡烛一样融化了。在变成一堆面目难辨的黑炭的过程中,还有好几团细小的火焰从它的残骸表面腾起,看上去颇为诡异。

“居然能喷射高温腐蚀性物质……我觉得我之前好像见过这招……”枫糖小声说道。

“没错,就是之前在那座村子破坏田地的……不过,那次使用这招的怪物和这东西绝对不是同一种。”我摇了摇头。

在第一击落空之后,这怪物又接连发射了好几发腐蚀性“弹药”,每一发的威力都足以置人于死地。而它的对手们则只能左躲右闪,陷入了严重的被动之中。“这就是你们的选手放弃了重型装甲的原因，”伊斯坎德尔看了一眼托瓦先生，“因为新出现的对手已经具备了击破原有护具的能力，如果此时继续采取强化防御力的措施，只会沦为活靶子而已。反而是轻型装甲可以带来更好的机动性，提高生存能力。”

“您说得没错。”托瓦答道，“虽然这也是无奈之举就是了。”

在一阵猛烈的“火力压制”之后，那怪物总算是耗尽了“弹药”储备，暂时停止了喷射那些可怕的高温腐蚀性物质，而小音立即抓住了这个机会，举起等离子卡宾枪对这家伙展开了一通扫射。虽然就连等离子束似乎也无法击穿这家伙的护甲，但幸运的是，它并非周身上下都受到这层“盔甲”的保护，在几发等离子束准确地击中位于这怪物脑袋两侧的眼睛之后，它爆发出了一阵痛苦的尖叫，曾经是瞳孔的地方只剩下了冒烟的焦黑空洞。

“干得漂亮！”枫糖兴奋地摇着尾巴，做出了一个用力挥拳的姿势，“不管再怎么可怕的怪物，只要看不见就没威胁了！”

“恐怕未必。”伊斯坎德尔摇了摇头。

在剥夺对方的视力之后，小音的队友之一立即选择了绕过怪物，冲向插着锦旗的山丘，但就在这时，两条半透明的凝胶状触手却从这怪物背上冒出，以闪电般的速度卷住了他的一条腿。我原本以为，这人应该会迅速采取措施摆脱困境，但意外的是，在短暂的痉挛之后，他却瘫倒在地，无法动弹了。“嗯，就连共生的触手也比我们之前遇到的要厉害吗？”历史学家小声嘀咕道，“照这情况看，这玩意儿似乎可以注射神经麻痹毒素……”

“这都是哪门子作弊能力啊？”枫糖露出了一副不知该说什么的表情。

随着那名选手失去对自己身体的控制，他握着大口径左轮手枪的手也开始猛烈颤抖起来，并且不自觉地扣下了扳机——这一枪恰好击中了对方的腹部。让我有些诧异的是，虽说手枪弹的威力和大口径猎枪子弹，以及高温等离子束完全无法相提并论，但在挨了这一发之后，那怪物却爆发出了远比之前更加凄厉的惨叫，动作也肉眼可见地变得迟缓了。小音和青柠当然不会忽视这一变化。在下一秒钟，两人已经几乎同时卧倒，并在同一个瞬间开枪击中了那怪物的肚子。

“我先打中的!”

“是我才对!”

就像平常一样，在那怪物还没完全咽气时，两人已经开始为究竟是谁打出了致命一击而争吵了起来——不过，这倒不妨碍她俩同时朝着插着锦旗的山丘之巅发起冲刺，并几乎同时伸手抓住了那面旗帜。不消说，这一事实又成了她们全新一轮争吵的焦点，甚至当宣布比赛结束的锣声响起之后，这场争吵仍在持续。

“原来这种怪物的弱点是……肚子吗?”我小声嘟哝道。

“看来似乎是这样……幸好这次我们的人及时发现了它的弱点，接下来与这种东西对阵的几个公会的队伍应该会轻松一些，”托瓦先生耸了耸肩，“不过也持续不了多久就是了。”

“持续不了多久?”

“正是，在今年的血斗季开始之前，珊瑚城里突然出现了一些来路不明的地下商人，开始推销各种从没有人见过的怪物。它们的出现完全打破了原有的血斗竞技模式，也让买到了怪物的公会胜率大增。而我们这种遵循传统、不肯做这种生意的公会只能在选手身上下功夫，寻找能够应对它们的优秀参赛者……不过，每当我们的选手发现因应之道后不久，那些商人就会带来新的怪物，让之前的经验完全作废。”

“有意思。那么，你们应该不介意我们在停留的这段时间里，对这件事进行一些纯粹基于……学术爱好的调查吧？”伊斯坎德尔问道。

“当然。”托瓦说道，“不如说，我们非常欢迎你们这么做——如果成功的话，至少珊瑚城的血斗竞技就有机会恢复正常了。”

“而你们也不需要再面对如此被动的处境。”

物资回收联合公会的代表点了点头。

第五章　竞技游戏(下)

1

平心而论，我其实是个相当不喜欢出风头的人。虽然有些人很享受万众瞩目的感觉，但不巧的是，更倾向于安静独处的我并不属于其中之一。更何况，眼下街上的人投向我的也不是什么崇拜或者钦佩的目光，反倒更接近于围观一幕滑稽剧。

“呜……像这样在街上走着，实在是让人感到……有点儿难为情来着……”

尽管我竭尽全力试图忽略来自四面八方的目光，但最终，羞耻感还是让我的脸颊涨成了红色。相较之下，我身边的枫糖倒是心平气和到了令人吃惊的程度，甚至还时不时朝围观者们挥手示意……哪怕她比我还要接近这些目光的焦点。

“那个，这其实并没有什么好难为情的，”在朝路人们挥手的同时，枫糖对我小声说道，“大家只是被香肠先生的可爱形象和高雅风度给迷住了而已——毕竟，虽然猪这种动物并不罕见，但恐怕没几个人见过像这样血统优良、风度翩翩的纯种巴克夏猪，会感到惊奇难道不是很正常吗？”

“这么说也……那个啥……大致上没错啦……”在听了枫糖的一番话之后，我居然一时间不知该如何回答。毕竟，她这番话虽然颇有些黑色幽默的成分，但又微妙地与事实大体符合——以一头巴克夏猪的标准（虽然我不太清楚这究竟是什么样的标准啦），香肠先生或许确实是血统优良、风度翩翩的，没准儿也确实有人觉得它很可爱，而街边行人们的目光也确实是被香肠先生所吸引的。只不过，在我看来，这恐怕和香肠先生自己的风度或者可爱程度没什么关系，而纯粹只是因为人们从没看过有两位少女会用绳索牵着一头猪，在街道上气喘吁吁地奔跑。

“我说，你能……能让香肠先生稍微跑慢点儿吗？”在继续朝前跑过了半个街区的距离之后，我终于忍不住放慢了脚步，开始大口大口地喘气——虽然在醴泉镇生活时，我并不是那种大门不出二门不迈的大小姐，但也确实没多少机会进行剧烈运动，而在与伊斯坎德尔一行人共同踏上旅途后，大多数时间也是乘着“堤丰号”行动，很少徒步旅行，自然也不太可能习惯长时间奔跑，“就……就稍微慢一点儿……”

“不……呼哈……不行啦……”枫糖虽然也面颊涨红、陷入了上气不接下气的状态，但还是朝着我摇了摇头，“你是知道的啦，香肠先生是……是和我们平等的伙伴，所以我们一定要充分尊重它的意愿。既然它……它认为需要快点儿跑，那肯定是有必须这么做的理由的。我们需……需要做的就只是跟上而已。众所周知,对于真正的朋友就应该无条件地信任……”

“我看你只是没法子控……控制这家伙吧?”我吐槽道。

“欸……欸嘿嘿……”枫糖傻笑了几声,试图蒙混过关——当然,这也意味着我猜中了。虽然在行动开始之前,这家伙反复声称,作为一头特殊的、训练有素的巴克夏猪,香肠先生能够极其有效地配合我们的行动,并为我们找出想要的真相,但从实际的情况来看,我很难不怀疑,她所声称的这一切到底有几分的真实性。

自从我们以物资回收联合公会“客人”的身份在珊瑚城里安顿下来之后,已经过去了五天时间。在这些天里,今年血斗竞技的预赛部分正在如火如荼地展开,而青柠和小音也如愿以偿地加入其中,开始以她俩最为擅长的方式竞争。在某种程度上,青柠的运气相当不错:今年,由于超过一半的公会都通过某种渠道购进了过去从未有人见过的凶猛怪物,因此,血斗比赛的激烈程度以及相应的危险程度都随之直线上升,同时也给了她充分“证明自己”的机会。在不止一次血斗中,她都在其他选手束手无策时成功地挽回了局势,以近乎不可能的方式干掉了对方抛出来的可怕怪兽,如果不是小音在竞技场里的表现与她平分秋色的话,青柠现在多半已经如愿以偿,成为珊瑚城本年度独一无二的明星了。当然,这种状况也进一步刺激了两人的竞争心理,并极大地增加了两人之间的火药味,有好几次,我甚至担心她们会在竞技场上“不慎”朝对方开枪……幸好到现在为止,这种最糟糕的情况暂时还没有发生。

而在青柠和小音尽情活跃、奋力竞争的同时，我们其他人也没有闲着——根据伊斯坎德尔的指示，我和枫糖开始协助他着手调查起了那些诡异的怪物的来源。在一开始时，我们试图让物资回收联合公会重新联系那些四处推销怪物的商人，并直接在商谈现场逮住他们，但不幸的是，这些商人似乎有个习惯，只要被某个公会拒绝过一次，就绝对不会重新与他们联络。于是，这一想法自然只能无果而终。而在这之后，我们又想到了贿赂其他公会的成员，请他们提供情报这一招，但很快，这个点子也被证明为根本不可行——珊瑚城里的公会比我们想象中的团结得多，我们甚至在最初的试探阶段就吃了闭门羹，当然更不可能有机会搞到有价值的情报了。

在这两个看似颇有希望的方案都无果而终之后，我们不得不祭出了最后一招：身体力行，亲自把那些鬼鬼祟祟的浑蛋怪物贩子给揪出来。当然，考虑到珊瑚城是一座有着超过二十五万人口的大城市（至少以坦塔罗斯星的标准而言，这个级别确实算是"大城市"。毕竟，根据当地不甚完整的资料记录，这一年，行星上最大的城市也只拥有三十万左右的常住居民。——编者注），进行漫无目的、逐街逐巷式的搜索需要大量人力物力，绝非我们所能做到的。不过，在拜托小音和青柠帮忙之后，这个问题得到了一定程度的解决——今天上午黑潭竞技场的血斗竞赛中，她俩趁着与对方派出的巨型龙虾状怪物搏斗的机会，切下了它的一块软组织，并将其偷偷带出了竞技场，而这块散发着浓烈腥臭气息的软组织也成了我们展开搜索工作的关键。

"你……你确定我们真的能靠……靠这种办法找到目标

吗?”当一路撒欢儿狂奔的香肠先生带着我俩跑进一条无人小巷后,我小声问枫糖。

“我说过了,香肠先生是训……训练有素的,猪的嗅觉本来就很敏锐,而作为同类中堪……堪称天才级的存在,它的嗅觉比一般的猎犬还要灵敏好几倍,”枫糖伸手抹掉了从脸颊上落下的汗珠,又一次向我强调道,“我们只……只需要信任它就好。”

“但我们还……还得这么跑多久啊?”

“我说过了,要信任……啊啊,我们到了!”

在一间很不起眼的房屋前,香肠先生停止了奔跑,转而用它硕大的鼻子用力地嗅闻起了房门,显然是在告诉我们“目标就在这里”。

“呼……看来这家伙还真有点儿能耐。”停下脚步之后,我先是靠着一面墙壁喘了好一会儿的气,在调匀呼吸之后才重新站直了身体,“话说回来,这还真是个适合偷偷摸摸搞见不得人的活动的地方。”

“确实。”枫糖赞许地点了点头。我们目前所处的这条小巷位于珊瑚城所谓的“下城区”里。当然,这个“下”并不是个方位形容词,而是指代经济与社会地位——除了位于市中心的商业区,以及各种拥有财产或者一技之长的人们所聚居的公会自治区外,这座城市的其他地方都被统称为“下城区”。这些区域内居住着大量从事不起眼的体力劳动和支撑一座大型城市所必需的服务业的人,以及数量更多的失业或者半失业人口。当然,对各种各样游走于灰色地带的三教九流人士而言,这儿也是相当合适的栖身之地。就像这条陋巷里的其他建筑一样,我们眼前的这座两层小楼也是用廉价的夯土材料制成的，屋顶则是一块从附近的某座遗迹里捡来、无法充当其他用途的高分子塑料板。灰扑扑的木制大门上满是风吹日晒所留下的裂痕，虽然姑且上了锁，但看上去只要随便一脚就能踹开……当然，我们是不会做这种既不礼貌又容易惊动对手的蠢事的。

“下面你打算怎么办？”我瞥了枫糖一眼。

“简单，直接打开门进去。”

“直接……打开门？”

“没错。”枫糖扬扬自得地摇着毛茸茸的尾巴，同时从衣兜里掏出了一支小小的、末端带有一个微型控制界面的试管。而在这支试管里装着的，是一种我颇为熟悉的银灰色半流质。“锵锵！钥匙来了！”

“万用应急零件居然还可以这么用吗？”当枫糖小心翼翼地把那些银灰色物质倒进大门的锁眼时，我恍然大悟地挠了挠头——虽然在耐用度上有些瑕疵，而且需要事先进行颇为繁琐的调试，但只要使用得法，这些从遗迹里发掘出的古老技术产品几乎可以拟态成一切质量与自身相当的机械零件，而普通的金属钥匙自然也可以被视为一种“零件”。不过，就算是最简单的机械锁，内部构造对我这种机械白痴而言也极为复杂，也只有对各式各样机械制品了如指掌的枫糖，才能如此准确地让她需要的钥匙成型。

“好了，进来吧。”在打开门之后，我俩与香肠先生一道，蹑手蹑脚地走进了昏暗的室内。屋内的空气不但沉闷，而且充斥着一种古怪的腥味，和那块怪物软组织的味道非常相似。“那个，我想我们来对地方了,”在低声对我说了这句话后,枫糖又摸了摸藏在斗篷下的小刀和自动手枪——虽然不希望动武,但在极端情况下,这会是我们最后的保险,“我感觉到……这后面有好几个人。”

“嗯,我也感觉到了。”我点了点头。作为卫兰人,我和枫糖不但具有看到部分红外光谱的能力,而且拜巨大的动物型耳郭所赐,在听觉方面也比寻常人类更加优秀。正因如此,我们可以听到从前方那道土墙后传来的低沉交谈声。

“……哈哈哈,这批新货的成色比我想象的要好嘛……”一个极度兴奋的声音说道。

“啊,那是当然的,”另一个尖细的声音说道,“您都付了那么大一笔钱了,我怎么会卖给您劣质的货物呢?”

“就是就是,对做我们这种买卖的人而言,信誉就是一切!”第三个声音急切地插话道,“您瞧瞧这些家伙,瞧瞧它们的生猛劲儿!”

“嗯,确实! 瞧这美人儿:这锋锐的爪子,强而有力的尾巴,闪闪发亮的甲壳,更别说如此充沛的活力……不错,真的不错,简直是完美……”最初那个声音“哼哼”地低笑了起来,“我要的就是这样的好东西,嗯,只要有了它们……”

我的心脏开始猛烈地泵动起来,大量肾上腺素猛地涌入了血液,让我感到一阵躁动:毋庸置疑,墙那边的这几个浑蛋正是我们这次要逮住的目标,我现在应该做的……当然是尽快联络伊斯坎德尔,将我们的发现告诉他。毕竟,无论是我还是枫糖,都不像小音和青柠那么善战,就算随身携带了必要的自卫武器,要制服几个成年男性还是有困难的。

值得庆幸的是，为了方便随时与伊斯坎德尔联系，枫糖在过去几天里设法修好了从“堤丰号”的滞销杂货堆里翻出来的几台微型多用途通信器，而她身上现在就带着一台。这些来自遗迹的古老产物虽然通信距离比较有限，不过在稳定性上却很有优势。最重要的是，在这个时代，它们几乎可以不受一切形式的干扰。“喂，快点儿！”我压低声音，对枫糖连说带比画，“通知伊斯坎德尔他们……”

“别催啊，我正在试！”枫糖一边操作着通信器，一边对我瞪眼睛，“接通还要点儿时间，不过……呜哇！”

虽然枫糖这家伙平时做事就微妙地不靠谱，但我实在是没想到，她居然能在这种时候平地绊自己一跤。在失去重心之后，枫糖下意识地抓住了我的尾巴，结果拽着我一起撞向了面前的木墙。而这面木墙本就不结实，只是一堵用来隔开房间的薄木板，在我们两人的重量面前，它立即像纸板一样轻而易举地崩塌了。于是，我俩就这么跌跌撞撞地冲进了对面的房间，并且栽进了一座在地板上挖出的硕大水池里。

“噗哇……这是……”在奋力浮出水面之后，我发现，这座水池里满是长着甲壳、有着尖锐的节肢和触须的古怪生物，看上去确实有些吓人……只不过，就算是它们之中最为庞大的个体，体长也比我的拇指指甲盖还要短。相较之下，更让我感到恐怖的，是站在水池周围的人们对我和枫糖投来的愤怒目光……

2

“所以说,你之前保证的香肠先生的‘专业素质’,最后带着你们找到的就是一池子动物饲料吗?!”

“呃……那个……我很抱歉……”在掉进那个水坑两小时后,换上了干衣服的我和枫糖在物资回收联合公会借给我们的住所的会客室里耷拉着耳朵低头正坐,抖个不停的尾巴夹在双腿之间,“我只能说,这次的情况给大家添了许多麻烦……不过我们以后会小心的,俗话不是说,‘明天会更好’吗……”

“但我还是觉得,那些小怪物也许和竞技场里的大怪物有着某些关系!”枫糖倒是继续在我身边念叨着她的白痴话,“说不定它们虽然看上去无害,但其实是那些怪物的幼体什么的。假以时日……”

“你傻啊?任何有常识的人都能看出来那是卤虫,是卤虫啦!你不知道卤虫是什么吗?”历史学家有些恼火地敲了一下枫糖的脑门儿。

“呃……不知道，”枫糖晃了晃耳朵，“我只对机械有兴趣，对动物什么的可是一无所知。”

“既然不懂，那就不要胡说八道！”历史学家摇了摇头。

当然，我是知道卤虫这种生物的——在我读过的一本名叫《坦塔罗斯星地球化改造工程引进生物名录》的旧书里曾经提到过它们。这些体长只有一厘米左右的小生物据说最初源自古地球，能在坦塔罗斯星常见的内陆高矿化度水域中生活得很好。即便是在火烧湾这种极端恶劣的环境下，它们仍然可以在接近淡水河流入海口、盐度和有毒浮游生物密度不那么高的区域大量繁衍生息，成为珊瑚城和周围村庄的养殖业饲料。但无疑，除了闻起来有点儿相似之外，它们和那些出现在竞技场里的甲壳类怪物应该不是一回事。

“这次我们可破费了不少，”在枫糖又一次垂下头之后，伊斯坎德尔继续嘀咕道，“也许我应该把香肠先生留给那些饲料商人作为赔偿的一部分。”

“喂喂喂，别就这么随便抛弃宝贵的同伴啊！”枫糖连忙喊道，“如果非要拿什么抵债，哪怕用我去抵也要比——”

“你？就算他们肯要，我还怀疑像你这种冒失鬼能不能卖出像样的价呢。”历史学家哼了一声。

“算了，我们会付清需要支付的赔偿的。”随着会客室的房门被人推开，一脸志得意满的青柠大步流星地走了进来，与跟在她身后的小音一样，在这几天接连参加比赛之后，她看上去有点儿疲惫，但这显然并不影响她高昂的情绪，“今天我们拿到了很大一笔奖金哦，其中大部分都是从观众下注的钱里拿到的抽成。”

“那倒是不错,”伊斯坎德尔点了点头,“虽然要是能顺便把这个笨蛋给卖掉那就更好了。”

“卖掉我只是顺便吗?!”

“总之,到目前为止,我们的调查还是几乎没有进展,这可不是什么好事,”历史学家没有理睬枫糖的抗议,“这情况本身就不正常。城里有一半以上的产业公会都或多或少地购买了那些突然出现的怪物,按理说这可是一项大买卖,但即使物资回收联合公会愿意提供帮助,我们还是死活找不到任何像样的线索。这要么是因为那些家伙的保密工作做得太优秀了,要么就是还存在着某些隐情……”

“但无论如何,唯一可以肯定的是,类似的交易还在继续进行,”小音说道,“在最近的比赛中,我们好不容易找出了先前经常出现的几种怪物的弱点,并摸索出了对抗方式,结果那几个公会马上拿出了全新品种的怪物,让我们之前的进展全都变成了无用功。很显然,这些家伙是蓄意这样做的,为的就是避免我们找出克制他们的怪物的窍门。”

“新品种? 这次是……”

“在乌木竞技场上,建筑业公会派出了能够发射棘刺、类似于巨型刺猬和豪猪混合体的生物,天知道到底是什么疯子造出了这种破玩意儿,它们发射的刺在近距离内简直就是穿甲弹,一般的护具根本无法抵挡,”小音耸了耸肩,“最先遭遇这些家伙的船舶维修公会和制盐联合公会的选手都束手无策,有四个人重伤,甚至还有一个人不幸丧生。要不是古德艾先生,我们恐怕也难免要吃大亏。”

“古德艾先生？那是谁？”我问道。

“那是我们队伍里的一位队员……呃，该说他是观察能力敏锐，还是纯粹运气好呢？”青柠挠着那头参差不齐的短发，解释道，“每次遇到新的怪物，他都能在第一时间发现那些家伙的弱点，有时候纯粹是瞎猫碰到死耗子式地撞大运，还有些时候则是靠着观察……”

“喔喔，我想起来了！”我用力点了点头，“上次比赛中我似乎见过那家伙……”

“对，就是开枪打中那只畜生肚子的那位，”青柠说道，“这次也多亏他在遭到那些浑身是刺的家伙攻击时，稀里糊涂跑到了它们后面，结果却意外发现这些畜生的棘刺射击不能攻击六点钟方向。接下来的事情就简单了，我轻而易举地就用‘蕾妮’干掉了它们，就像是在打野鸭……”

“那都多亏了我一直在正面吸引它们的注意力好不好？”小音立即打断了她的竞争对手的发言，“比起绕到背后放冷枪，要不断吸引它们的攻击才是最难也最危险的任务。”

“那又如何？反正最后打倒了那些畜生的人是我而不是你，而且为我们的队伍抢到了锦旗的人也是我。”青柠得意扬扬地说道，“就算你再怎么不服气……”

“够了，你们两个！”历史学家挥了挥手，“我对究竟是谁赢了比赛没兴趣，但你们刚才说，在你们的队伍里，有人总能及时找到那些怪物的弱点？”

“对。”两人一同点了点头。

“目前血斗大赛的整体情况如何？”伊斯坎德尔思考了一小

会儿,然后问道。

“这个嘛,预赛阶段应该很快就要结束了,”青柠又开始挠起了头,“按照赛制,全城十六个主要行业公会里,积分最少的那一半会在这一阶段出局,剩下的进入淘汰赛……这据说是模仿古地球时代足球赛的做法。”(关于远古时代的足球运动,历史学家们一直众说纷纭,但可以肯定的是,鉴于其巨大的社会影响,这显然不是一种单纯的体育运动,而更接近于一种“准宗教”。如果想要详细了解这一理论,可以查阅我的导师阿斯特弥翁·普罗柯比十三世的《足球:古地球的特殊崇拜行为与形而下竞技的结合形式》。——编者注)

“现在物资回收联合公会的积分位列第四,”小音接着说道,“虽然不是最高,但它是唯一一个没有购买那些怪物却还能留在前八名的公会,这在很大程度上都是托了那位古德艾先生的福。顺带一提,在之前几次血斗大赛中取得优秀名次的公会,这次似乎都没有购买怪物,也对对方派出的怪物毫无准备,因此连战连败,全都注定要被淘汰了。”

“嗯……是这样吗?”历史学家以一种可爱的方式将他清秀的眉毛皱了起来,并下意识地咬紧了嘴唇。在共处了这么长一段时间之后,我已经基本可以确定,这种动作是他陷入焦虑并开始竭尽全力认真思考时的特征。“这样的话……嗯……我想很多事都可以说得通了。对,没错,这样一来,也许我们要找的那些人其实——”

会客室的门突然被敲响了。

“谁?”

“是我，托瓦，”敲门的那人说道，“请问，各位贵客目前有空与我谈谈吗？”

“有的，请进，”伊斯坎德尔耸了耸肩，“敢问有何贵干？”

“本公会的会长王渊先生让我向各位传个话，”在推门进来之后，托瓦先是恭恭敬敬地朝着青柠和小音弯腰鞠了一躬，然后才开口道，“他代表我们物资回收联合公会，对各位在本年度血斗竞技中为本公会所提供的协助表示谢意。如果没有小音小姐和青柠阁下两位的杰出表现的话，本公会是不可能取得目前的成绩的。”

“我们只不过是做了该做的事而已。既然贵公会已经按照协议支付给了我们报酬与提成，那么，在竞技场里赢得胜利就是我们的义务，大可不必就此向我们道谢。”在客客气气地说出这句话的同时，伊斯坎德尔也和我们几人迅速交换了一个眼神——就像我们一样，他从一开始就已经意识到了，对方特地跑这么一趟，显然绝不可能只是为了代表公会说声谢谢。“请问，您还有什么事要说吗？”

“嗯，确实还有，”托瓦说道，“您之前所提到过的调查活动，不知最近的进展如何？”

这家伙到底是真不知道，还是故意哪壶不开提哪壶啊？我有些尴尬地和枫糖对视了一眼。“大体而言，情况不是很好，”我说道，“我们确实努力地进行了调查工作，但因为对珊瑚城的情况不是很熟悉，也缺乏获取可靠信息的渠道，所以到现在为止也还……呃……不是很成功。”

“这可真是糟糕，”公会的代表摇了摇头，“在最近这段时间里,那些贩卖怪物的神秘商人的活动正变得越来越频繁,因此,我们担心,珊瑚城的平衡很可能会因此被打破,甚至被他们所操纵……要是各位的调查能有所进展就好了。”

“打破……平衡?”枫糖问道,“不至于吧? 那些家伙也就是卖了一些动物而已。虽然让血斗比赛变得很不公平,但也……”

“当然会这样,”伊斯坎德尔打断了她的话,“别忘了,珊瑚城的血斗本质上是一种仪式性的‘战争’,是替代内部武装冲突的利益分配机制。干预这种活动,在本质上就是对城里的基本利益分配机制进行干预,说是插手这座自治城市的内政都不为过了。如果像我们这样,只是派出两名普通选手按规则参赛也就罢了,但大量出售战斗能力在规格外的怪物,而且还只有一个销售渠道,那意味着什么,你们能想明白吗?”

“那个……我觉得小音和青柠的水平也不能算是‘普通选手’吧……”

“这不重要。总之,目前珊瑚城的情况确实不妙——随着预赛即将结束,所有人都已经注意到了,要想进入淘汰赛阶段,购买那些‘超常规’的怪兽就是必要的,而能否在血斗大赛中成为前八名,会直接影响不同公会之间的利益分配——从新增淡水产能的分配、饲料卤虫的配售价格,到征收街道管理费和开设旅馆的权利……从这点上讲,卖怪兽的那些浑蛋的真正目的,恐怕根本不是这买卖本身的那点儿利润而已。”

“虽然这利润本身也足够高了。”托瓦补充了一句。

“总之,在目前的情况下,珊瑚城在某种意义上已经被那些浑蛋所掌控了,”伊斯坎德尔继续说道,“预赛阶段的结果大概是让物资回收联合公会的高层感到紧张的直接原因。再这么下去，那些来路不明的商人完全可以通过选择性地出售怪物，来间接影响珊瑚城的局势……而在最糟糕的情况下，这可能导致原有的血斗竞技这一用于取代直接暴力冲突的体系失灵，这意味着，也许城里又会进入冲突四起的状态，这对于一座商业城市而言可是非常要命的。”

“事实上，城里目前的情况已经很不妙了，拜高涨的食物价格诱发的物价腾贵所赐，这段时间的商业活动并没有很大起色，”小音说道，“那么，我想物资回收联合公会的人大概愿意为我们的调查提供更多协助了？”

“是的。事实上，我们已经获得了一些或许具有价值的信息，”托瓦说道，“虽然还不能确定卖家的身份，不过，我们物资回收联合公会的长期合作方——船运公会的朋友们却利用他们的情报网确认了一些信息，那就是，每个购买了怪物的公会，都多次租船去过一座叫‘巢穴岛’的小岛。”

“巢穴岛……这什么鬼名字？命名品味也太糟糕了吧？”我嘟哝道。

“这个名字似乎是来源于很久以前一小群海盗把它当作巢穴的历史，”托瓦耸了耸肩，“但那已经是一个世纪之前的事情了。在海盗被城市防卫队清剿之后，那座岛就变成了无人岛，按理说应该没有任何居民才对。但过去的两个月里，那几个公会却接二连三地雇船去岛上，而且还特别定做了大而坚固的笼子，这不禁让人怀疑……”

“我明白你的意思了，”伊斯坎德尔点了点头，“那么，这座岛就是我们接下来要调查的重点,对吧?"

"正是。但是,为了确保你们能安全而隐蔽地抵达岛上,我们还需要做一些准备工作,"托瓦接着说道,"这还需要花一点儿时间。"

"大概多久?"

"三天左右。"

3

由于有了明确的调查目标，在接下来的三天里，我们不再需要像之前那样牵着“训练有素”的香肠先生，在围观者惊奇的注视下满街乱跑，当然也更犯不着漫无目的地到处瞎找。于是，我和枫糖索性抓住这段时间好好地休息了一番，顺带到街上的书店里买了几本食谱和料理常识类的书籍——考虑到我们迟早得离开可以很容易买到便当（虽然颇为昂贵）的珊瑚城，我认为有必要为小音和枫糖准备一些必要的“教材”，以免她们以后在路上继续端出那些更适合提供给敌人的危险料理。

除了我之外，队伍里的其他人也在各自忙碌着：枫糖跑遍了城里的每一家五金店，搞到了一批从遗迹里发掘出来的合金装甲板，并把它们焊接在了“堤丰号”的车体外，将这辆古老的全地形大卡车变成了一辆看上去还算凑合的“装甲车”，就连车顶上那门被伪装成废弃火炮的“说服者”电磁脉冲发射器也被安上了两块炮盾，她甚至还打算为香肠先生制造一件护甲，只不过因为没找到合适的耐磨织物而不了了之;伊斯坎德尔则把大多数时间用于独处,翻阅着天知道从哪儿搞来的材料;至于小音和青柠两人,自然还得投入激烈的最后一轮预赛之中——就算她们所在的物资回收联合公会代表队已经确定出线,但两人仍然将每一场血斗比赛都视为一次与对方决出高下的竞争机会。

自然,作为全队中最有空闲的成员(除香肠先生外),我也去观看了这些比赛——这一次,对手派出了有着数十条细腿和覆盖着坚固装甲的球状身躯,看上去像是巨大的海蜘蛛一样的古怪生物。这家伙不但速度快,身体表面的装甲也极为结实,连小音那把威力强大的链锯破障斧也被崩飞了好几个锯齿,不过,拜观察能力和运气都好得令人称奇的古德艾先生所赐,在对方即将获胜时,她们还是及时找到了那怪物装甲外壳上的一处弱点,并成功地逆转了局势,以极为微弱的优势夺得了胜利。相较之下,另外几个没能买到怪物的公会就没这么好运了。虽然他们的选手也在奋力作战,但在从未见过、一时半会儿也没有任何针对性对策的怪物面前,即便是最优秀的猎人和战士也只能陷入苦战之中,最终全都输掉了比赛,也丢掉了进入下一阶段的最后一点儿机会。

就这样,在预赛全部结束后的第三天黄昏时分,换上了不引人注意的装束,打扮成一般的运输船船员的我们登上了一艘浅底运输船,踏上了前往巢穴岛的秘密旅程。与我之前在书本上或者现实中见过的船只不同,这种运输船非常扁平,没有甲板,看上去更像是有点儿深度的巨大木筏,长宽比也很小。不过,这艘“大木筏”却有着正儿八经的驱动系统——位于船体前后两端、可以随时按照需要立起或者放倒的风帆桅杆，以及一台小型往复式蒸汽机。被那台蒸汽机所驱动的一排明轮位于船体后部，只要一开动，就会在船后留下夸张的浑浊水花。

“这船的模样好怪。”我在跳上船之后嘀咕道。

“嗯，我看倒是挺正常的，或者不如说，在火烧湾上行驶的船只就该是这样子。”跟在我身后登船的枫糖说道。不知为何，在换上了带有条纹的短袖水手服之后，她，以及小音和青柠看上去都显得年轻了不少(虽然本来年龄也没大到哪儿去)，也比平时更有活力了。“如果不这样设计的话，反而会有问题。”

“有问题?”

“你知道吃水深度和排水量的概念吗?”枫糖问道，“当然，考虑到你的老家根本没有船这种东西，不知道也是正常的。大致而言，火烧湾虽然是一片非常宽广的海域，但同时也是极为闭塞的，所以这里的蒸发量很大，就算周边有一些河流注入，海水的深度还是相当浅，特别是在珊瑚城周围的大部分区域，从海面到海底还不到两米深。”

“这……岂不是连‘堤丰号’也可以直接开过去了?”

“理论上可以，而且这一带海底相对而言很结实，不像其他海底那样遍布淤泥——由于海水温度很高，而深度却相当有限，各种造礁微生物都在这里大量生长，所以海底满是坚固的生物礁，”伊斯坎德尔回答了这个问题，“当然，真在光天化日之下开着车过去的话，实在是太过显眼了，所以我们最好还是‘正常’地开船去岛上——不过，对于船只而言，这里的情况就不太好了，海水本来就很浅，还存在着大量礁石，吃水比较深的船只很容易触礁……虽然在这一带,就算船沉掉,也不太可能有人淹死,但被卡在礁盘上动弹不得,或者因为进水而弄坏船上搭载的货物,还是非常麻烦的。”

“呃,说的也是。”

“所以说,在火烧湾海域使用的大型运输船全都被设计成了这种浅吃水的平底船。比如我们搭乘的这艘,排水量估计有四百吨,但吃水只有不到五十厘米。反正这儿的水很浅,通常也没什么狂风大浪,所以就算是像这种没有龙骨的平底船,也可以比较安全地行驶。”

“但这种‘安全’也只是相对的,”伊斯坎德尔若有所思地将双臂环抱在胸前,“我建议各位尽可能保持小心谨慎,毕竟,就算是最平静的水面也仍然有可能淹死人;哪怕是看上去最安全的地点,照样可以埋下危险的种子。更何况,我们要去的还是不那么安全的地方……”

“这我们都明白。”我点了点头,同时再次确认了藏在身上的武器——考虑到这次我们要去的地方很可能潜伏着那些自称“启迪者”的神秘浑蛋,我们无论如何都必须做好发生流血冲突的准备。虽然我们这边有小音和青柠这两个顶级战斗力在,但随着船越来越接近那座岛屿,我还是开始感到了些许不安。

就像许多故事里的反派老巢一样,巢穴岛并不是什么风光秀丽的好地方。整体而言,这座岛屿就是一大块突兀地伸出水面的黑色岩礁,按照事先得到的信息,岛上没有淡水水源,也没有大型植被,只有在接近海岸线的地方分布着一片石蕈,以及一些稀稀拉拉的苔藓与地衣之类的玩意儿。岛上唯一的码头,或者说可以称为码头的东西位于岛东侧的一处小海湾里，周围是一些七零八落、看上去年久失修的房屋，按照公开说法，这里平时是卤虫捕捞船队用于短期休整和存放补给品的地点，但因为设施非常简陋，因此捕捞卤虫的渔民们通常都不会选择在这里过夜。

但现在，“巢穴岛上有人出售强力怪物”这事儿，已经成了珊瑚城里公开的秘密……

“抱歉，但我们只能把你们送到这儿，”当这艘本属于船运公会，不过目前被物资回收联合公会长期租用的平底船开到离那座黑石头岛还有大约一千米的位置时，船长却突然开始让船减速转向了，“接下来，我们会放一艘短艇下去，在岛的东侧沿岸有一片平缓的海滩地带，你们可以从那儿登岸。”

“欸?”我一下子愣住了，“为什么?！不是说好了把我们送到岛上……”

“王渊先生的指令是‘协助你们登岛’，并没有说要靠上码头——况且这么做也是不现实的，”船长耸了耸肩，直接搬出了公会会长也就是他老板的名头，“在第一次拒绝了那些商人们的交易提案后，我们公会的船就被谢绝登岛，而码头上可是有武装守卫的。”

“好吧，我明白了。”虽然小音和青柠看上去很想要争辩几句，但伊斯坎德尔却只是随意地将双手一摊，“多谢你至少愿意借我们一艘短艇。”

船长所说的那艘短艇被悬在这艘平底船的船尾附近，看上去就是一艘平平无奇、依靠人力划桨推进的小艇。在朝着那艘短艇的方向走去时,一阵海风突然从船的另一侧吹来,并带来了一股预料之外的浓烈腥臭气息,这股发酵产生的臭味闻上去只能用“有机物乱葬岗”这个词来形容,混合了各种各样稀奇古怪的可怕“风味”,就连平时总是处变不惊的小音,也仓促伸手掩住了鼻子,露出了些许恼怒和惊慌的神色。

“哇——这什么鬼?”要是在平时,小音的这种表现肯定会引来青柠的一番冷嘲热讽,但现在,她自己也被这腥臭味搞得十分狼狈,自然也就无暇去嘲讽竞争对手了。

“这个嘛,是本船运送的货物——从城里搜集来的泔水,”或许是已经习惯了这种可怕的气味的缘故,为我们带路的船长倒是没有受到任何影响,只是优哉游哉地对船员下达指令,让他们把短艇放入猩红色的海水之中,“有点儿味道?这是正常的。毕竟这不就是日常生活的气息吗?从某种角度而言,这气味其实还很怡人呢。”

“呃……这么说也是……”我耸了耸肩。怡人?要是香肠先生也在这艘船上的话,它可能会这么想吧。不过,考虑到这次行动中潜在的风险,我们在出发前将这家伙寄放在了城内。

接着,就在我准备离船时,伊斯坎德尔提出了一个问题:“请问,你们的这些货物要运到哪儿去?”

“呃,当然是回收设施啊。”船长答道,“物资回收联合公会的业务范围也包括回收这些玩意儿啦,有什么问题吗?”

“没有,我就是问问。”历史学家在登上短艇之前,做了个伸懒腰的动作,但我敏锐地注意到,在他做出这个动作的瞬间,有什么小东西脱手飞出,掉进了其中一只装满臭烘烘的泔水的大桶内——当然，船长和船员们都没有发现这一幕，而我也非常明智地对此保持了沉默。

但我很清楚，伊斯坎德尔刚才肯定“做了什么”。

4

虽然我和枫糖并不擅长划船，而体型如同少女般娇小的伊斯坎德尔则显然缺乏进行这种重度劳动的必要力量，但拜又一次开始竞争的小音和青柠所赐，这艘短艇还是很快抵达了巢穴岛的黑色岩石海岸。在登陆之后，伊斯坎德尔先是取出了一部带有显示屏的小型仪器，仔细地观察了一番，然后又掏出了一份地图，与装在仪器一角的指南针放在了一起。

“往这里走。”

我们的前进方向并不是朝着那座被破旧建筑包围的小小码头，而是位于岛屿中部的山丘顶端。虽然从远方望去，那儿除了黑色的石块之外什么都没有，但按照物资回收联合公会提供给我们的情报，在山丘的内部，存在着一系列错综复杂的地下隧道。在过去，占据岛屿的海盗们就曾经将这些隧道当作自己的藏身之处，而现在，那些神秘的怪物贩子很可能也藏身于其中。

我原本以为，这些隧道的入口应该会被严密地隐藏起来，以防外来者发现才对,但有些出人意料的是,或许是认定不会有人误入此处的缘故,在沿着山脊前进了一小段距离之后,我们很快便发现了一个接近两人高的山洞。在山洞的门口,两个看上去不太聪明、一脸百无聊赖模样的家伙正盘腿坐在一张棋盘前,摆弄着一堆黑白双色的棋子(由于缺乏进一步的细节描述,作者这里提到的游戏可能是围棋,也可能是五子棋。根据主流历史学家的意见,围棋是古地球上的一种活动,其发明者可能是某个崇拜电子产品的教派,旨在通过对平面几何图案的复杂布局来模拟计算机程序的运行状态。只不过,由于这种模拟并不成功,因此围棋在大多数殖民世界上都被更加简单、适合人脑算力水平的五子棋取代了。——编者注)。

“他们的防备居然松懈成了这样吗?”我有点儿不敢置信地舔了舔嘴唇。眼前的这两个家伙虽然各自带着一支步枪,但是非常随意地把这唯一的武器丢在一旁,和脏兮兮的饭盒、满是污垢的被褥,以及其他看不出模样的生活垃圾胡乱堆积在一块儿,这表明他们在这儿大概已经生活了很长一段时间。

“可能他们一直以来都没有遇到任何意外状况,也没有图谋不轨的人来打扰,”青柠推测道,“时间一长,再怎么警觉的人都会松懈……当然,像本大爷这样的除外。”

“这么说倒是非常合理,但是……我还是觉得有什么地方不太对劲儿,”小音说道,“不过算了,无论如何,现在先把他们搞定再说。”

在说完这句话后,她和青柠就像两只掠食动物一样,悄无声息地迅速接近了两名守卫,说实话,如果这两人在岗位上认真地瞭望警戒的话,要轻松搞定他们反而不太容易——毕竟,这附近的山脊是几乎没有土壤沉积的荒山秃岭,视野相当开阔,而且没有任何大型植被可以提供掩蔽。不过,既然他们没有好好尽到自己的职责,那可就怨不得别人了。

当然,考虑到对方与我们无冤无仇,小音和青柠在下手时也都留了点儿分寸,只是用力击中两名守卫的后脑勺,让他们失去了意识,而没有索性干掉他们。接着,在把这两个倒霉的家伙结结实实地绑起来之后,她们又花了点儿时间仔细检查了一阵洞口,确定已经没有可疑的地雷、绊线或者其他麻烦玩意儿后,才不约而同地朝队伍中其余的人点了点头,示意这处入口已经安全了。

在我的想象中,这些隧道应该会像我曾经踏足过的那些遗迹一样,拥有标准的照明系统、通风设备、坚固的气密门、用于信息交互的终端机,以及平整的地面和墙壁。但事实上,这些隧道不但黑暗、潮湿、坑坑洼洼,还散发着一股令人不安的臭味,闻起来像是野兽和昆虫的混合味道。无论怎么看,这儿都更接近于天然形成的山洞,而非人工开凿的设施。

“呜,我有一种感觉……”在转过第一个弯道时,我小声嘀咕起来。

“不用说了,我知道你有什么感觉……这感觉我也有。”走在我前面两米左右的小音打断了我的话。她的额头上绑着一盏头灯,可以勉强照亮前方的一片空间,以防万一,她的等离子卡宾枪上也装了一支战术手电,甚至在背着的链锯斧的斧柄上还加装了第三支……虽然我实在想象不出来她打算怎么使用这支电简就是了。“这地方怎么说也不像是座遗迹，至少看不出诸如工厂或者实验室之类设施的影子，就只是个普普通通的……地洞而已。”

“但这说明不了什么，”大概是与小音拌嘴成了习惯，在听到小音开口之后，跟在我后面的青柠立即说道，“本来，任何稍微慎重一点儿的人都不会把自己的据点当成交易场所的……所以多半这里只是那些浑蛋商人们临时存放他们‘货物’的地点罢了。既然这样，那这里看上去不像是遗迹，也就不足为怪了。”

“话是这么说没错，”位于队尾的伊斯坎德尔说道，“但我的直觉告诉我，这里的情况很可能远没你们想象的那么简单。”

“直觉？论起直觉，本大爷的直觉才是最准确——嗯？”在又往前走了一小段路之后，青柠头灯的光束照在了一个东西上面，“有……有人！”

听到这话，我打了个哆嗦，同时下意识地将手伸向了腰间的手枪和匕首，不过，下一秒我就意识到自己多虑了——在前方的隧道中确实有一个人没错，但那个穿着一件破旧的码头工人衬衫、看上去毫无起眼之处的男人目前正趴在凹凸不平的潮湿石板地面上，身下积了一大片血，看上去已经死了。而从血迹变色的程度来看，这人大概在十几分钟前都还在喘气儿。

“这——到底是？”

除了我之外，队伍里的所有人都露出了惊愕的表情——看到一个死人本身并不是什么值得大惊小怪的事儿，毕竟在这个世界上，生命本就十分轻贱，人们很容易随随便便地死去。只不过，此时此刻，看到有人死在这种地方，却完全在我们的意料之外，这也意味着，这处位于荒岛深处的特大号耗子洞里大概率发生了某种意外，甚至很可能影响我们原先的计划。

“有意思。这家伙……原本是这里的工作人员吗？”伊斯坎德尔用一只手握着等离子卡宾枪，在小音的掩护下谨慎地走近了那具尸体，用脚尖将它翻了过来。从伤口判断，这人应该死于一次来自正前方的枪击，几发迎面射来的小口径子弹打穿了他的喉咙和颈动脉，让他先是以后背撞上了身后的墙壁，然后再趴着倒在了地面上。而从入口处那两名悠哉的守卫的情况判断，杀死这家伙的人应该是从其他入口侵入的。

“我们要怎么办？”小音低声问她的雇主。

“继续按计划前进就是。”历史学家不假思索地说，“我现在大概已经对发生的情况有些概念了，但细节还需要进一步确认才行……各位，做好战斗准备，无论是谁出现，只要是不认识而且看上去来者不善的，一律先开枪再问话。”

“那个，都先开了枪，还要怎么问话啊？”枫糖有点儿不解地问道。

“反正你的射击技术在五米之内都未必打得到人，无所谓啦。”伊斯坎德尔不留情面地回答道。

虽然这话听上去颇有些像是开玩笑，但包括我在内的所有人还是做好了发生遭遇战的准备，并开始分别警戒不同的方向。在接下来的几分钟里，我们又见到了两个死去的人，看上去同样只是寻常工作人员，遭到的射杀方式也与之前那人一样。除此之外，这些地下隧道里别无长物，人工物品仅有一些被褥、洗漱用具、杂物箱、生活垃圾堆，以及几只仍然残留着令人不快的腥臭味道的大铁笼——它们的存在倒是表明，这里和神秘的地下怪物贩卖业并非毫无关系，我们起码没有完全来错地方。

随着我们继续前进，大铁笼的数量变得越来越多，而当我们踏入一处较为宽阔的地下大厅之后，又看到了一些别的东西——一堆摆放在角落里、不知道有什么用途的仪器，显示屏明灭不定，仪表上的数字不断跳跃闪烁，上面还连着一大堆看上去如同疯长的藤蔓般的管线，不过，在这些设备附近，我们并没有发现任何可疑人物的踪影。“这都是什么玩意儿啊？完全看不懂，”在凑上去观察了一会儿之后，身为机械师的枫糖表示，“感觉好……乱七八糟。”

“应该是和那些怪物有关的生产设备吧。”我说道。当然，这并不是因为我比枫糖更了解这些设备，而仅仅是因为在那些乱七八糟的仪器和管线之间，还摆着几个储存有液体的大罐子，其中悬浮着几只我们曾在竞技场里见过的怪物……或者更准确地说，应该是它们的幼体才对，而在这些罐子旁的墙壁上则写着一行大字：“生物兵器制造车间”。

虽说眼前的发现非常重要，但不知为何，在看到这一切之后，我心里却萦绕着一种说不清的失落感，总觉得那些为许多人制造了无数麻烦，还在珊瑚城里造成了巨大骚动的怪物居然是从这么个不怎么起眼的地方被造出来的，实在是太有点儿让人……失望了。

“等等，这里好像还有些别的东西，”在迅速检查了那些生产设施一遍之后，枫糖突然露出了非常惊讶的神色，并抓着我的胳膊向后退去，“是爆炸物！”

“炸弹？这里?!”

“大家退开,找掩护!”枫糖迅速翻出了一个随身携带的工具包,开始对付起了她在一台仪器后发现的那些危险玩意儿。虽然这家伙平时总是迷迷糊糊、隔三岔五脑袋脱线,但在解决与机械相关的事情时,却意外地专业。没过多久,她就长出了一口气,将一块像是无线电信号收发器的小东西丢到了我们面前,“好了,这样一来,至少遥控引爆是不可能了。”

“但究竟是谁会想着在这种地方安置炸弹啊?”我问道,“虽然我读过的小说里是有不少坏蛋们会在自己基地里准备‘同归于尽装置’没错,但现实中真有人会这么干吗?”

“大约是没有,”历史学家说道,“考虑到刚才我们遇到的那几个被干掉的伙计,有一件事是基本可以确定的——有第三方人员入侵了这地方,杀掉了他们遇到的人,还打算把这里炸毁。”

“第三方？是什么人?”

“目前还不知道,不过他们很快就会出现吧,”历史学家轻轻敲了敲等离子卡宾枪,“既然远程引爆失败,这些人多半会进来再次进行起爆尝试,到时……”

“他们来了!”

5

一个人影突然从地下大厅的某个入口现身，小音一边出声警告，一边直接照着对方脸上打出了一发等离子团。这个穿着深色长袍的倒霉鬼在一生的最后时刻只来得及看到那团朝自己逼近的炽热闪光，然后他的脑子就跟着半个头颅一起被蒸发了，而他握在手中的步枪和提灯也掉在了地板上。

不过，这家伙并不是孤身一人。还没等他缺了半个脑袋的尸体倒在地上，另外几个家伙也出现在了入口，不由分说地朝着室内就是一通乱射。末了，其中一个浑蛋甚至还掏出了一枚珊瑚城生产的长柄手榴弹，开始从手柄里拽出拉火索。

当然，我们肯定不会给这家伙朝我们丢出这种危险品的机会——但他既然乐意拿出这种东西，那么不稍稍利用一下也太可惜了。大概是抱着这种想法，青柠一直等到那人用力拽下拉火索、将手榴弹举到耳后准备投掷的瞬间，才举起“蕾妮”朝他胳膊上开了一枪，这发威力强大的子弹就像粉碎蜡块一样轻而易举地粉碎了对方的肘关节,同时让引信已经被点燃的手榴弹“嗵”的一声掉落在了那人的脚下。

后面发生的事自然也在我们的预料之中。

当爆炸声结束时,第一批对手已经正式宣告全灭,虽然从零星的呻吟声判断,大概还有个别家伙暂时没有断气,但至少已经不再是我们需要担心的对象了。除此之外,一些细碎的小东西也被爆炸的气浪吹了过来,甚至落到了我们身边,有弹壳、碎布片、受损的锡制纽扣……甚至还有一枚徽章。

“这啥鬼?”我把那枚似乎是黄铜做成的徽章捡了起来,放在手中端详。这东西看上去算不上什么精致的产品,与许多地方流行的贱金属低价值货币一样,是用整块金属片在简单的模具里直接打制出来的,因此,上面的图案看上去简单而模糊,只能勉强分辨出似乎有锤子、铁砧、熔炉之类的图案轮廓。

“嗯……我倒是认识这东西。这是珊瑚城的公会徽章,每个行业公会都会发放——但只限于资深会员,”枫糖说道,“这个徽章应该是有色金属加工公会的。”

“哈?我好像听说过这个公会?”

“那也是购买了怪物的公会之一……而且还是我们在参加血斗竞技后第一个遇到的公会,”小音说道,“你还记得他们的队员吗?”

“那倒是忘不掉。”我点了点头,毕竟,那三个打扮得活像是刺猬的重甲选手无论怎么看都实在太让人印象深刻了,“但这些家伙为什么要炸掉这里呢?这可是他们获得那些怪物的唯一来源啊,难不成……”

“我倒是大概知道他们想干什么，毕竟，整份拼图只差最后一片了，”伊斯坎德尔说道，“不过现在来不及解释了，我认为，那些家伙肯定不止这么点儿人……”（拼图是一种古老而小众的娱乐用具，其主要玩法是将碎片化的图画重新拼凑完整。我的研究伙伴塞斯先生曾在论文中提出假设，认为这种娱乐可能是古地球时代文物修复专家的一种训练手段，只可惜该论文迟迟未能通过同行评审。——编者注）

就像是为了证明他的说法的正确性似的，还没等伊斯坎德尔把话说完，又有一大群隶属于有色金属加工公会的家伙从不同的通道里钻了出来。与之前那一票人不同，这些家伙对我们的存在显然已经心知肚明，而且打一开始就决定把我们统统干掉。在遭到我们的火力阻击之后，他们就蜷缩在了相对安全的位置，开始朝着地下大厅里一个劲地猛丢手雷——不过，或许是吸取了之前那些倒霉家伙的教训，这些被扔进来的手雷并没有装填炸药，而是塞满了发烟剂。

“浑蛋，来这一手吗？”当具有强烈刺激性的烟幕腾起之后，历史学家短暂地露出了不快的神色，不过，他很快就摇了摇头，同时瞥了一眼之前一直摆弄着的那部仪器，“算了，该在这里搞明白的事情已经差不多都清楚了，现在我们只需要离开就行。”

“那个……抱歉，但我还是不太清楚呢。”我说道。

“而且我们要怎么离开啊？”青柠一边用一块手帕掩住口鼻，一边问道。

“走这边。”历史学家没有多话，而是直接朝着地下大厅的一角指了指——那儿有一扇很小的门，高度只够让一个成年人弓着身子爬进去。不过,从它的位置判断,这扇小门大概根本就没打算让人通过,而是一处用来抛弃垃圾的竖井,也不知是人为开凿还是原本就存在的天然地质结构。

“呃……你是要我们从这里下去吗?”当小音一脚踢开那扇小门之后,我朝着里面看了一眼。除了一条黑洞洞的竖井之外,那扇小门之后真的什么都没有,不但看不到扶梯之类的设施,甚至连一根可以抓着滑下去的绳索都不存在。“要怎么下去?”

“像这样下去。”在又一次取出那部小型仪器、按下了几个按键之后,历史学家抓住了我的手,然后就这么拽着我直接从那条残留着让人一言难尽的垃圾气味的竖井里跳了下去!

“嘎啊——”

尖叫声在狭窄的竖井里回荡着——当然,不止是我的尖叫,毕竟,在被骤然下坠所产生的失重感攫住时,大多数人难免会有些惊慌失措。不过,让我感到有点儿意外的是,就连青柠居然也爆发出了一阵叫声。好在,坠落并没有持续太长时间,很快,我的后背就与一个柔软但很有韧性的东西发生了接触,并且停止了下坠。

“呜……这是……”

接住我的是一只几乎塞满了竖井底部的充气筏,从周围传来的水声判断,这座竖井的底部显然直接通往火烧湾的海面,或许是海水侵蚀并淹没了一部分海拔高度较低的隧道的缘故。还没等我反应过来,其他几人也接连落在了这只筏子上,其中,枫糖的掉落位置几乎就在充气筏的边缘,险些直接让这只筏子翻过去。

“呼……好险啊，幸好这里有这东西……”惊魂甫定的我嘀咕道，“不，等等，像这种地方怎么会有……”

“这只充气筏是我之前在尚顿城买到的，虽然看上去不起眼，但好歹也是邦联行星卫队使用的制式救生器材，无论是坚韧程度还是弹性都非常不错，当然，它还有个好处，就是可以从远处遥控启动，”历史学家朝我微笑道，“当时小音还抱怨说花钱买这东西根本没用，但现在看来，似乎并非如此。”

“呃……但我的意思是，这只充气筏又是怎么到这儿来的？它应该没有自主航行的能力吧？”

“那是当然不会有的啊。”历史学家说道，“也用不着。对了，还记得枫糖小姐之前对你说过的话吗？”

“哈？”我愣了一下，不过，接下来发生的一幕立即帮助我回忆起了之前与枫糖的那次交谈——在离充气筏不远处的水面上突然冒出了一个方方正正的大玩意儿，那是我们的“堤丰号”！

“嗯，不错，看来我最近替这伙计安装的遥控驾驶装置也还算管用，”历史学家满意地点了点头，随即从救生筏上取出了一支短桨，慢慢划向了那辆被枫糖加装了一大堆附加装甲板的大卡车，“嗯，车里的水密状态也很好，”在攀上驾驶室顶部并打开位于“说服者”炮位后方的舱盖后，他那满意的神色变得更加明显了，“一切都和计划一样。”

“呃……我不太明白，你难道在来这儿之前就预料到……”

“是的，虽然没有确切证据，但我的直觉和推论告诉我，有必要做好这种程度的准备，”伊斯坎德尔点了点头，“刚才发生的事情已经证明，我的推测是正确的。现在，我们要去真正的目的地了。”

“真正的目的地？”

“没错，现在已经知道那些怪物是在哪儿、由谁制造出来的了，”历史学家坐上了驾驶座，“如果运气好的话，我这次应该能找到‘那些家伙’。”

6

虽然我从书本上读到的许多故事中都提到过那种被称为“潜艇”的交通工具，但坦塔罗斯星并没有这种东西。虽然在遥远的殖民初期，负责制定地球化改造方案的专家们曾经派出众多无人深潜器，对行星的大洋进行了必要的地质、水文和生态学调查，不过，在那之后，这颗行星上就再没有潜入海底的需求了。因此，虽然我曾经梦想着能乘着潜艇在海底游弋，但从未认为这个梦有可能变成现实……

直到现在为止。

当然，在真的开始海底之旅后，我才发现，这种旅行其实……蛮无聊的。火烧湾的海水深度相当之浅，即便目前正处于涨潮阶段，最深也不过四五米，只能勉强没过“堤丰号”的车顶，因此不至于像深海一样黑暗，但充斥着海水的巨量浮游微生物却让水质变得极为浑浊。因此，透过“堤丰号”的防水驾驶室的风挡，举目所及几乎只有一片污秽的红褐色，完全看不出任何有意义的变化。

不过,这种状况并没有对伊斯坎德尔的驾驶造成什么阻碍——靠着手中的那部仪器,他非常轻松地控制着这辆大卡车在海底岩礁上行驶。虽然有些时候,卡车的轮式履会在碾过凹凸不平的礁石时产生严重的颠簸,但还不至于影响车辆的前进。我曾经担心过车顶上的那门“说服者”是否会因为浸水而受到影响,但从小音和伊斯坎德尔脸上平静的神色判断,答案多半是否定的。

“我们这是要去哪儿？还有,你到底是怎么判断行驶方向的?”虽然不太愿意打扰正在驾驶的伊斯坎德尔,但最后,我还是忍不住问出了问题。

“目前我们的目的地位于西北偏北方向七千两百米处,”历史学家答道,“那地方没有正式名称,不过在物资回收联合公会内部被称为‘第一厂区岛’,是一座规模比巢穴岛更小一些的岛屿。这座岛是物资回收联合公会的私有财产,岛上的情况是公会内部的机密……当然,我知道那里有些什么。”

“你知道?”我正要继续问下去,但一阵震动突然沿着海床传来,让车上的所有人都吓了一跳,“这是——”

“大概是有色金属加工公会的伙计总算成功炸掉了那堆废铜烂铁吧,”伊斯坎德尔耸了耸肩,“我猜,物资回收联合公会的头头们,比如亲爱的托瓦先生,还有他们的会长王渊先生,现在应该会非常心满意足……无所谓,就让他们暂且高兴那么一会儿好了。”

“这到底是什么跟什么啊?”我更搞不懂了,“为什么那些家伙要炸掉卖给他们怪物的商人的秘密据点？没有了新的怪物来源,对他们不是更不利吗?”

“错。事实上,这对他们而言是相对有利的。原因很简单,因为有色金属加工公会是珊瑚城主要公会中财力最弱的。为了购买用于血斗竞技的怪物,他们已经在之前耗尽了自己的预算,因此,要想在接下来的比赛中得到有利的名次,最合适的方法莫过于让那些还有钱的公会也无法获得怪物……当然,可惜的是,这些家伙并不知道,他们炸掉的那些破烂就是个幌子。”

“幌子?”

“是的,我们在地下大厅里看到的那些设备不过是用来欺骗外行人的装饰品,根本没有任何实际用途。换句话说,它们根本就没法儿制造出什么生物兵器!”对机械设备相当熟悉的枫糖解释道,“当然,有色金属加工公会的人根本意识不到这一点,而我们之所以‘恰巧’在他们准备炸毁那儿时被送到岛上,恐怕也是有原因的。”

“难道……”一种可能性突然出现在了我的脑海中,让我不由自主地打了个寒战,“不可能吧……”

“不,这当然可能。”历史学家又瞥了一眼那部仪器的显示屏,然后冲我和其他人点了点头,“各位,抓紧点儿,车马上就要到站了!”

在以最大功率运转的电动机发出的刺耳嗡鸣声中,我感觉到了“堤丰号”的加速。而当这辆大卡车又一次脱离水面时,随着周遭阻力的骤然消失,它的瞬时速度更是提高到了(当然,是以这辆车的标准而言)前所未有的水准,就像一头发狂的河马一样呼啸着朝前方冲去(河马是一种古地球动物,以造成大量人员伤亡而恶名昭彰。但奇怪的是,古地球人却对这种动物情有独钟,并大量在名为“动物园”的场所饲养它们,没有人知道这到底有什么意义,据推测,可能是为了炫耀,或者体现勇气。——编者注)。

由于环境变化得太过突然,当我回过神来时,周围早已经陷入了一片嘈杂喧哗之中。刺耳的警报声就像夜鸮的尖叫,透过包裹着驾驶室的装甲板和防弹玻璃传入车内,惊慌失措的尖叫与各种各样的叫喊、质问、咒骂混合成了一种诡异的和声,很快,我听到了一种类似于雨点打在屋顶瓦片上时所发出的声响,而在几秒钟之后,我才意识到,这其实是子弹击中包裹着“堤丰号”的装甲板所产生的声音。

虽说在浑浊的水下,枫糖擅自装在驾驶室周围的那些装甲板并没有对伊斯坎德尔的驾驶造成什么干扰,但当“堤丰号”离开火烧湾的浑浊海水之后,这些额外装甲导致的视野问题立即就显现了出来——无论朝前方还是两侧,车内的人都只能通过几条宽度不足一掌的观察窗朝外窥视,因此,我只能确认,“堤丰号”冲出水面的地方并非露天海滩,而是一处密闭空间的内部,或许是某种出口被刻意开在水下的洞库。而且与之前在巢穴岛上的隧道不同,这座地下建筑显然是由人力建成的。

而且,这里确实有很多人。

或许是我们突入得过于出人意料的缘故,这处地下空间内的人群全都没有来得及做出反应。大多数人只是像受惊的耗子一样,惊慌失措地从可能遭到“堤丰号”冲撞的区域逃开,纵然有些人携带着武器,但在震惊之中也根本无法反应过来,遑论向我们发起还击了。事实上,少数射向我们的火力几乎都来自飘浮在空中的几台自动无人机——与醴泉镇地下那些火力强大的“人造幽灵”相比,这些家伙显然要“业余”得多,不但块头更小,还装着许多与作战无关、更像是用于维护修理工作的机械臂。它们正是在用这些机械臂抓着各种各样设计给人类使用的枪械朝我们仓促射击,所以自然是没有太大效果。不过,它们似乎也具有一定的学习能力——见小口径枪弹奈何不了“堤丰号”,其中一台立即退回到角落里,并在几秒钟后取出了一支反装甲火箭筒。

“啊,烦死了,都快点儿给本大爷退场吧!”在看到小音作势要打开驾驶室顶部的舱盖后,意识到她要做什么的青柠抢先一步从那儿钻了出去——或许在她看来,这也是两人竞争的一部分吧。虽然不如小音熟练,但她还是迅速启动了那门“说服者”,并将炮口朝着四周以最快速度旋转了一圈。接着,那些试图抵抗我们的古老机器就像触电的小虫一样,接二连三地摔落在了地上。

与此同时,“堤丰号”也停在了一扇相当普通的房门前。

“就是这里!”在停车的瞬间,伊斯坎德尔喊道,“抓住里面的人,动作快!”

“我先来!”

“你闪开啦,本大爷才是第一个!”

“该闪开的人是你吧!”

就算在这种场合下,小音和青柠还是相互竞争着。最后,虽然是小音率先开枪打爆了那扇门的门锁,但把门一脚踢开的则是青柠。下一秒,两人几乎同时开火,各自击中了一个躲在门后、试图朝她们开枪的武装守卫。

“欸? 这是……古德艾先生?”

在看清其中一个中弹倒下的男人的脸后,天不怕地不怕的青柠突然打了个哆嗦——她显然没有想到,自己居然会在这种地方遇到一直在血斗竞技中并肩作战的队友。这短暂的迟疑让另一个藏在角落里的家伙得到了机会,举着霰弹枪瞄准了她,不过,小音甚至没有动用手中的等离子卡宾枪,而是随意飞起一脚就踢飞了这人的武器,然后,她又单手举着卡宾枪指向背后,看都不看地随意开了两枪,将试图从她的六点钟方向突袭的最后一个敌人干净利落地撂倒在地。

“好了,这次是谁赢了呢?”

“嗯……我刚才有那么点儿……呃……状态不好。”面对着无可否认的战果差异,青柠只好心不甘情不愿地承认了自己的失败。

在所有持有武器的守卫都被打倒之后,这扇门内只剩下了几个看上去很不寻常的家伙。其中一人是个穿着布满繁复银线和金饰的黑色天鹅绒大氅的老人,虽然服饰华丽,但长着一副尖嘴猴腮、气度狭小的模样,看上去倒更像是个寻常的小店主。另外几个人则穿得异常诡异,从头到尾包裹着厚重的长袍,没有一寸皮肤裸露在外,整张脸被厚重的面罩遮盖得严严实实,看上去像极了地球中世纪那些戴着鸟嘴面具的医生(伊斯坎德尔曾经对我提到过这种人物)。更夸张的是,这些家伙的面罩甚至没有装空气过滤器，而是直接在气阀上接了一根蛇形软管，软管的另一端则插在了背后背着的几只储气瓶内。

“这、这些人是闹哪样啊？”在跳下车之后，我有些傻眼地看了一眼伊斯坎德尔。

“我不是很清楚，但无疑，这些人是所谓的‘启迪者’，”历史学家耸了耸肩，“恐怕，物资回收联合公会正是在他们的协助之下，才得知了这些设备的新使用方式。”

“这些设备？”

“新使用方式？”

一直没能参加战斗的我和枫糖好奇地打量着这群人身后的那些设备。和早些时候在山洞里看到的那堆乱七八糟、充满了拼凑气息的废铁不同，这些东西显然处于可以正常运作的状态——上百个硕大的圆形巨缸在这座地下建筑内一列排开，机械设备运转的低沉嗡鸣声不断从中传出，一起传来的还有大量有机物同时发酵所散发出的热能。一些与在外面拦截我们的玩意儿同型号的自动无人机在这些巨缸上方飞舞着，似乎在从事各种工作。

“你……你们是怎么找到这里来的？”老人喊道。从他大氅上的金质徽章判断，这人显然就是物资回收联合公会的会长，也是我们目前在理论上的雇主。

“很惊讶吗，王渊先生？”历史学家问道，“啊，你当然应该感到惊讶——毕竟，按照你的计划，我们现在本该已经在巢穴岛的地洞里被有色金属加工公会的那些蠢货炸成碎片，永远埋葬了，而不是到这儿来叨扰您，不是吗？”

“嗯……呃……哪儿有此事!”老人连忙试图否认,“我不明白你们在说什么……”

“不,你当然明白,既然我们现在有不少空闲时间,而且也不会有其他人试图打扰我们,那我就慢慢聊一聊这事也不错。”历史学家说道,“当然,因为整件事稍微有那么点儿复杂,我就先从结论说起好了。”

“结论?”我看了看一脸惊慌的老人,又看了看伊斯坎德尔。

“最简单的结论如下:王渊先生,您在最近一段时间内一直与这些‘启迪者’合作,并得到了他们的协助,利用这座遗迹里的有机垃圾回收装置与食物生产装置来制造怪物,并将它们用于血斗。”

7

“什么?!”在听完伊斯坎德尔的话之后,包括我在内的所有人都陷入了面面相觑的状态。虽然我们早已知道,这档子事的来龙去脉大概率不会很简单,但是,伊斯坎德尔所抛出的这个结论还是完全超出了我们想象的极限。

“那个,我有个问题,”最先开口的是枫糖,“如果那些怪物真的是王渊先生生产的,为何在血斗竞技中,物资回收联合公会连一次都没有用上它们?反倒是他们的对手能够买到这些怪物?”

“对对!”原本还不知所措的王渊连忙点了点头,活像是抓到了救命稻草,“而且,这里虽然确实是一座还能运转的遗迹,但它的功能只是回收有机垃圾,并且提供食品而已。从我们公会成立开始,这里生产的东西就只有最普通的营养糊,这一点所有公会的人都知道!怎么可能制造什么怪物?”

“说得不错啊。”历史学家露出了一抹可以称之为……呃……妩媚的微笑,“我一开始也没有往这方面联想,以为那些怪物也许是某种生物兵器。不过,在确认了两个事实之后,我知道自己错了:首先,虽然那些怪物在战斗中对人类而言确实很强,但那仅限于对付人数有限、只携带了轻型装备的人类,而在过去的真正战争中,这种级别的生物兵器几乎可以说是不堪一击的……就算是最起码的骚扰破坏任务,也得有寻血獒那样的战斗能力才能做到,因此,生物兵器的可能性可以排除。而第二个事实则是,在血斗活动举行期间,珊瑚城的商业活动反而肉眼可见地萎缩了——当时,托瓦先生声称这是因为突然出现的野兽骚扰了周围乡村,导致食物难以运入,引发了连锁反应。但根据我的观察,这种骚扰破坏的影响远不足以达到目前的程度。”

“呃呃……”王渊的脸色开始变得相当糟糕,显然,他已经无话可说了。

“在进一步调查之后,我注意到,食品腾贵确实发生了,只不过,其直接原因恰恰是物资回收联合公会无法按照原先的标准提供足量的营养糊——过去,你们一直回收城里的泔水和其他有机垃圾,经过处理之后送入遗迹,转化成营养糊,而用这种营养糊制造的食物块,则以几乎白送的价格分发给珊瑚城的赤贫人口,或者制成家畜用的饲料。这些廉价食物虽然劣质,长期以来却也起到了城市食品价格稳定器的作用,并进一步‘锚定’了城里的物价。相反,如果没有足够多的食物块和营养糊饲料,城内的食品就会涨价,并迅速通过市场机制传导,导致城市经济不景气。”

“这倒也是呢。”我点了点头。

“那个……营养糊的生产不足是因为……因为……”

“因为回收物资不足吗？很抱歉，没这回事，”历史学家冷笑了一声，“根据我获得的数据，今年城里运出的泔水和有机废料并没有显著减少。而所谓的‘怪物袭扰城外农场’，损失也很有限。”

“嗯……呃……”物资回收联合公会会长的脸涨得通红，显然，他终于不知道该用什么托词继续辩解了。

“综上所述，我不难判断出，是某些‘别的因素’导致了食物供应的减少——比如说，生产怪物。毕竟，用于培育这些怪物的有机质不可能凭空产生，考虑到它们的块头和数量，要消耗掉大量有机物也在情理之中。而且，‘生产营养糊’说到底不过是这种多功能食物生产装置最低级的默认功能罢了。”

“呃……也就是说，这种设备还有其他高级功能是吗？”枫糖问道。

“没错，”历史学家点头道，“很多对遗迹有一定理解的人都误以为，所谓的多功能食物生产装置只是一种吃进有机废料、合成营养糊的简单机器，但事实上，这种理解与事实存在着颇为严重的误差——这些设备其实是一种生物培养装置，而且，它可以说是能在遗迹内发现的古代设备中，应用最为广泛的一种。”

“应用广泛……也就是说，这些设备的功能其实是可以……自定义的？”

“你说对了，”历史学家露出了赞许的微笑，“而且这几乎可以说是必备的功能。即便‘可供殖民’的世界本身已经有相当苛刻的标准，但仍然没有任意两个世界的自然条件是完全一样的，自转速度、重力、大气成分、恒星光谱、地磁场……在很多时候，一点儿微小的条件差异,就可以导致同一种作物或者牲畜出现巨大的生产效率差别。因此,从最低级的‘营养糊’——那其实是一种经过充分改造的单细胞原生生物——开始,这些装置可以为使用者提供广泛的自定义选项,从数以万计的基因表征中寻找出合适的,并将其结合到特定的生物身上。比起在刚刚建立的殖民地里回收有机废物、生产应急食品,为将来自给自足的殖民地准备最适合当地自然环境的作物和牲畜,才是它们的首要任务。我应该没说错吧?”

“呼……你究竟是什么人?居然知道这么多?”出乎我预料的是,率先开口的居然是那几个把周身上下包裹得严严实实的古怪家伙中的一个,“本地人不可能会具备这种程度的知识……不,难道你是……是……”

“我只是个普通的历史学家罢了,”伊斯坎德尔耸了耸肩,“好了,让我继续把这个故事说下去吧。在一个世纪前,当珊瑚城刚建立时,你们物资回收联合公会的人意外地发现了这处位于海岛上的遗迹,并注意到它还能够运转。不过,因为没有人能够对设备下达指令,因此,你们能做的只是从城里回收有机废物,在粗加工之后送往这里,然后通过这套设备的默认模式生产出营养糊,仅此而已。但是,在不久之前的某一天,一切都改变了——”他伸手指了指其中一个神秘人,“这些鬼祟的家伙突然出现,并且找上了你们。我不是很清楚他们具体对你们提出了什么条件,但拜他们所赐,你们终于知道了,这些设备并不仅仅能够生产营养糊而已……于是,你们开始制造怪物,并通过安排好的中间人将它们销售给你们在血斗竞技中的对手。当然,因为缺乏系统的理论知识，你们无法确认哪些改造才是最符合需求的，因此只好制造了数量众多的试验体进行反复测试。在完事之后，这些失去价值的生物被你们随意抛弃到火烧湾周边，让它们给附近的村子制造麻烦，这样你们就可以用'农村被袭扰导致食物运输不畅'来解释珊瑚城食品价格反常上涨的现象，避免遭到怀疑。"

"可这么做的意义是什么?"我问道。

"这是最聪明的做法。如果只有物资回收联合公会自己不断地掏出新怪物来，虽然能在血斗中赢上几场，但多半很快就会引起怀疑，并且成为全城的众矢之的。不过，如果把怪物卖给自己的对手——严格来说，是对手中原本比较弱的那几个公会，那么，所有人就会在第一时间排除物资回收联合公会的嫌疑。而这些买卖可以大幅度加强这几个公会的竞争力，让它们淘汰掉那些原本实力最强、最有可能取得好成绩的公会。至于物资回收联合公会自己，却不会受什么影响。"

"因为……他们故意在这些怪物身上留下了弱点，对吧?"小音瞥了一眼被击倒在地的古德艾——在之前的一连串血斗竞技中，这个人总能发现或者无意中找到对方派出的怪物的弱点。"然后，只需要在比赛中偶然'发现'……"

"就能确保晋级，"历史学家点头道，"当然，这生意没法儿一直做下去——就算掩饰得再怎么成功，也总会有人起疑。因此，当有色金属加工公会的财政出现困难，无法继续购买怪物之后，王渊先生看到了机会。他设法怂恿那些家伙去袭击表面上的'怪物生产设施'所在地，同时把正在进行调查、对他而言已经变成不稳定因素的我们几个也送到岛上，这样一来，如果运气好的话，我们会‘恰好’和那些假生产设施一起被炸个粉碎，没有新怪物的几个公会注定将输掉淘汰赛，而物资回收联合公会也注定不会被任何人怀疑……就算进行调查，线索也会在‘有色金属加工公会袭击摧毁了生产设施’这一步彻底断掉。”

“我……我不是故意……我是说……”王渊的脸色从通红变成了惨白，开始仓促地试图寻找借口，“这只是误会……完全是偶然，我也很……很意外……”

“哦，这事当然可以是偶然的，”历史学家的回答很有些出乎我们的预料，“谁还能没有几次‘不小心’呢？”

“呃？”

“当然，只要你回答我的问题，我可以在返回珊瑚城后为你保守秘密，”伊斯坎德尔说道，“如果我没猜错的话，这些人应该就是所谓‘启迪者’吧？他们对你做了什么？又告诉过你什么？你知道多少关于他们的事？”

“这些事情，我们直接问那些浑蛋就好了啦！”青柠掂了掂手中的“蕾妮”，“干吗问这个糟老头？”

“因为我希望从不同渠道获取信息，进行比较……另外，我怀疑这些家伙有可能不太乐意与我们合作，”历史学家瞥了那几个“启迪者”一眼，“至少，我的直觉是这么告诉我的。”

“没错，你刚才说的都是事实！”在短暂的犹疑之后，王渊总算下定了决心，开始向我们坦白，“这几个家伙在大概三个月前找上了我，当时，我们公会正在为可能输掉这次血斗竞技，并在未来的城市收益分配中陷入不利地位而困扰。他们……对我做了一些我不明白的事情，然后我就发现，自己突然了解了关于这里的设施的一切。只要走进这里，就能随时获得所有相关信息，并了解应当如何创造和改造生命……”

“那么，这些人对你提出了什么要求吗？”

“呃……没有，他们说，我可以做任何我愿意做的事情，”王渊说道，“这些人唯一的要求是允许他们在场观察和记录，仅此而已。”

“他们说过关于自己的事情吗？”

“没有……不，我曾经偶然听到过他们的交谈，他们说……咕……咕呜呜呜……”

在下一个瞬间，王渊的声音突然变成了鲜血从破裂的喉管中涌出的“咕嘟”声——在那几名看似赤手空拳、毫无抵抗能力的“启迪者”中，有一人居然直接冲到了他的身边，并以我们看不清楚的速度伸手将他半个脖颈的软组织都给撕裂了。虽说这可怕的力量绝非人类所应当拥有，但这家伙就是使了出来。

小音和青柠几乎同时扣下了扳机，等离子束和大口径子弹打在了那人的身体上，穿透了他的厚重外套，并留下了致命伤。可惜的是，就连对外科医疗基本一窍不通的我也能看得出来，物资回收联合公会的会长已经彻底没救了。紧接着，另外几名赤手空拳的“启迪者”突然尖叫着朝我们冲来，而在看到王渊的惨状之后，我们已经不敢对他们再掉以轻心。

小音和青柠花了大约半分钟时间才搞定这些家伙。与之前那人一样，这些人的力量和速度都显然优于常人，就算她俩都全副武装、战斗经验非常丰富，与这些家伙的缠斗仍然费了不少工夫。其间,一个家伙甚至成功击飞了小音手中的等离子卡宾枪,并且差点儿扼住她的喉咙。还好,小音及时拔出了随身携带的链锯破障斧,在来不及启动电机的情况下直接用斧柄打中了他的腹部,然后反手一击,干净利落地结果了他。

“都……干掉了。”当最后一个“启迪者”也不再动弹之后,青柠有些心有余悸地喘了口气,“呼……这些人简直就是在故意找死。不,他们真的是人吗?我总有种感觉,这些人和正常人类相比,实在是有点儿不太对劲儿。”

“我觉得他们确实是人。而且你说得没错,他们刚才的行动的目的,就是打算让我们杀死他们,”伊斯坎德尔扯下了其中一名死者的呼吸面具,让藏在下面的那张苍白如纸的脸暴露了出来。除了严重缺乏血色之外,这就是一张普通人类的面孔,既没有长出尖牙锐角,也没有其他“非人类”的特征。接着,他又小心地脱下了这人密不透风的长袍、大衣,以及穿在里面、看上去像极了潜水服的紧身衣,但露出的也只是一具瘦弱、苍白的普通人类尸体,只有一支连接在大腿动脉上的微型注射器看上去有些诡异,刚才这些人所表现出的可怕力量,似乎就是靠这玩意儿注射药剂获得的。

“有意思……很有意思……”他取出了另一台像是手持式扫描仪一样的装置,在几名死者身上逐一扫描了一阵。在看了看读数之后,他又取出了一件类似于探针的东西,插进了死者的血管和肌肉组织。

“呃……最近的历史学家都是这么做研究的吗?”青柠和枫糖全都因为他这番操作傻了眼。不过,伊斯坎德尔并没有回答她们。

“你有头绪了吗?”小音问道。

“是的,”历史学家说道,“虽然这些浑蛋做事非常谨慎小心,但还不至于把所有线索都抹掉。或者更准确地说,有些东西,是无法完全抹去的。”

“那么,我们接下来要去哪儿?”

“往东走,去焦灼之野。”

第六章　进化之药(上)

1

“你们知道吗？本大爷这辈子最痛恨两件东西，”当“堤丰号”在一丛枯死的灰色灌木前猛地刹住它的三对轮式履，扬起一大团混杂着盐碱的呛鼻尘埃之后，坐在副驾驶座上的青柠用指节敲了敲她的“青梅竹马”的枪管，语气阴沉地说道，“首先，是错误的地图；第二，是蠢到花钱买下错误地图的白痴；第三，是这些倒霉的灰尘。”

“喂喂，你刚才总共说了三件东西哦。”一旁的枫糖有些紧张地摇晃着毛茸茸的尾巴，小声指正道。

“那也许我可以把这三件东西变成两件——反正这并不困难，只需要拜托‘蕾妮’替我‘修正’一下就行了。”青柠朝着枫糖露出了恶狠狠的笑容，“你说对吧？”

“那、那我看还是把你痛恨的东西保持在三件吧。”枫糖的耳朵耷拉了下来，浑身颤抖着下意识地朝我怀里靠。由于我们卫兰人的体温本就比正常人类偏高一些，她的这一举动让本就在驾驶室里闷热得够呛的我更不舒服了。

“够了，你们几个。”就在我试图和枫糖保持必要的社交距离时，刚刚踩下刹车的小音有些无奈地叹了口气，“枫糖的那份地图有不准确的地方很正常，毕竟那玩意儿是在隔绝时代之前出版的。在那之后，太空汪达尔人的入侵改变了许多地方的面貌……尤其是这一带的。别忘了，我们现在可是位于‘星坠原’的深处。”

“所以，传说在古代的大战中被毁灭性的流星雨所摧毁的地方……就是这里吗?”青柠双臂抱胸，打量着那条横贯在我们前方的巨大沟壑，“嗯，这‘流星’可真是够吓人的。”

“是啊，真难想象过去的人们到底面对着多么可怕的敌人……”我一边自言自语，一边掀开了“堤丰号”驾驶室的顶部舱门，从车顶俯瞰着那道骇人的天堑。虽然在之前的旅途中，我已经见识过了许许多多的高山深谷，但在离开珊瑚城，向东前进整整两周后遇到的这道深渊，还是让我受到了不小的震撼。我们目前所处的区域是一片由坚实的玄武岩构成的荒原，按照伊斯坎德尔的说法，在很久以前，这里曾经是一座巨大的盾状火山，火山的喷发物凝固之后形成了极为坚固厚实的基岩层，这片荒原上的居民就连挖掘水井都非常困难。但是，我眼前的这条沟壑却深入岩层足有百米之深，长度更是不下十几千米，就像某个巨人用带着烈焰的巨斧硬生生地劈穿了地表，直接将被我们选作前进路线的那条古旧高速路截成了两段。沟壑两侧,大片大片的焦痕及残骸碎屑在地表砸出的弹坑仍在无声地陈述着当年的恐怖景象,即便已经过去了数个世纪,这一带干燥贫瘠的土壤中仍然只生长着些许耐旱矮灌木与地衣,显然,就连大自然的力量也无法在短期内弥合如此骇人的伤痕。

“这真的是太空汪达尔人入侵时留下的痕迹吗?”

“没错。只不过,如果单从军事角度上讲,太空汪达尔人根本就不算什么强敌。他们中的绝大多数都只是被裹挟的普通民众,既没有充足的正规军事装备,也缺乏有效的组织和训练,”就在我长吁短叹时,伊斯坎德尔语气平淡地插话道,“至于前面的这条沟,从规模来看,多半是某艘改装过的、中等大小的民用运输船在迫降失败后造成的,这船顶多也就是一千五百到两千米长,空重五百万到七百万吨的水平罢了。”

“欸? 这……这都只算是‘中等大小’?”虽然作为醴泉镇上首屈一指的读书家、大名鼎鼎的重度文字中毒者,我前半辈子确实读过不少隔绝时代之前的书籍,但伊斯坎德尔这种轻描淡写式的表述还是让我感到颇为惊讶。

“以太空舰艇的标准而言,确实如此,”身材娇小的历史学家一边用一把乌木梳子打理着他的淡银色长发,一边耸了耸肩,“过去的大中型太空舰船可都是在行星高空轨道的微重力船坞里建造的,在没有重力束缚的情况下,要把船造得多大都没问题……当然,太大的构造物也会面临被自身重力压垮的风险就是了。总之,当年入侵坦塔罗斯星的太空汪达尔人大量使用的,就是像这样的民用船舶。虽然在经过改装后,它们多少有一些武器系统，但也不是邦联太空军正规战舰的对手。”（这种说法并不完全准确，至少，邦联的小型巡逻舰和护航舰在火力上经常被太空汪达尔人的大型武装货船压倒。不过，这类没有跨星系超光速航行能力的小型战舰通常隶属于星系防御部队，而非太空军。——编者注）

“那邦联怎么还被打得那么狼狈？”我问道。

“因为太空汪达尔人真正可怕的地方，在于他们的‘同化’能力，”历史学家用一只手托着下巴，眼神变得有些空虚，“最初的太空汪达尔人出现于第一邦联，也就是所谓的‘旧邦联’时代。当时，一些来路不明的古代亚光速移民船突然出现在了已经成为历史保护区的太阳星域附近，并被安保舰队拦截了下来，由于历史记录在圣体兄弟会掀起的叛乱中大量丢失，在这次所谓的‘初次接触’事件中具体发生了什么已经无人知晓。但在那之后，数十个行星系接连发生了暴动和内战，叛乱者们会毫无征兆地攻击自己的同胞，并在夺取行星控制权后发疯般地建造或者抢夺航天器，像迁徙的旅鼠群一样蜂拥离开自己的家乡。当时很多人都以为，这也许是卫兰人制造的某种实验性生物兵器失控的结果。”

“喂喂，我们卫兰人招你惹你了？”枫糖有些恼火地龇出了她的两对犬齿，“干吗出什么事都要怪罪到我们头上？”

“呃，我只是复述当时的人的看法而已——毕竟，卫兰人在生命科学上的……大胆尝试一直都是出了名的。但回收了战场上的太空汪达尔人尸体后，人们很快发现，这些人与其他邦联公民并没有什么不同，都只是非常普通的现代智人，或者其他非人类智慧种族。他们身上没有变异,也没有被感染或者寄生的迹象,换句话说,这些可怜的家伙只是单纯地‘发疯’了而已,”历史学家解释道,“太空汪达尔人从来不在乎战争的胜负,严格来说,他们甚至不认为自己在打一场‘战争’,而只是在完成他们所谓的‘神圣征途’。除了少数特例之外,绝大多数人只要和他们接触一段时间,就会感染上他们的这种‘疯狂’,转而加入他们所谓的‘神圣征途’之中。甚至就连长期与他们交战的人,也有可能突然对自己人倒戈相向……因此,一旦太空汪达尔人突然出现,而且没能被及时扑灭,那么,他们将会在很短的时间内裹挟数以亿计的平民,并用造出或者抢来的舰船拼凑出一支破破烂烂的超级舰队。且不说许多地方的防御舰队官兵根本无法对这些理论上的平民下手,就算真的实施拦截,势单力孤的防御者也很难将数量庞大的太空汪达尔人一网打尽。而四处流窜的零散舰只一旦在有人生活的行星上着陆,很快就会引发新一波暴动和大迁徙……”

“会不断滚雪球的敌人吗? 这听上去可真是让人头疼,”青柠咂了咂嘴,“幸好那些家伙最后还是被打败了。”

“这……算是吧。”在小声说出这句话时,历史学家那宝石般的双眸中短暂地闪过了一丝暗淡的神色,“总之,我们目前所处的‘星坠原’,就是上次太空汪达尔人入侵坦塔罗斯星时,他们的舰队,或者说舰队里残存的舰艇着陆的区域。在着陆过程中,有不少舰只因为故障或者地面防空火力而坠毁,结果造成了迄今都未能恢复的生态崩溃,正因如此,这里也被称为‘焦灼之野’。”

“嗯,以前我在书上读到过关于这一带的记录,”我点了点头,“无论是地理书还是游记,都对这地方语焉不详,因为这里不但非常荒凉,而且据说还有被称为‘食腐族’的危险盗匪在古代废墟里游荡……总之,任何头脑正常的人都会尽可能地远离这一带。”

“但我们现在却主动跑到这鬼地方来了,”怀抱着“蕾妮”的青柠哼了一声,“你确定那些所谓的‘启迪者’真的躲在这种苍蝇都不屙屎的烂地上?”

“是的,”历史学家点了点头,“如果你不相信的话,大可以自行离开。反正你也不是我们的正式同伴,并没有义务陪着我们继续——”

“没错,但本大爷……我来这里可不仅仅是为了帮助你们,”青柠摇了摇头,“我还有一些……个人目的。”

“哦? 什么样的目的?”

“你这是老年痴呆还是闹哪样? 这件事本大爷不是说过好几遍了吗?”青柠不耐烦地嚷道,“我的目的是找到我的老爹啦!一年前,那家伙的一个老朋友告诉我,他最后一次出现时,正在朝着这鬼地方前进,而且还说要见什么‘启迪者’!”

“哦? 你父亲也在找那些家伙? 你知道他这么做的目的是什么吗?”

“不知道……不过要猜出来也不难就是了,”青柠耸了耸肩,“无非是‘获得勇士应有的力量’之类的。没准儿他是被某个江湖骗子给诓了,所以才会稀里糊涂地跑到这种地方吧。但就算是这样,本大爷还是有义务把那老家伙找回来……要是他还活着的话。”

“不过话说回来,我们目前看来得绕路前进了,”驾驶座上的小音说道,“考虑到我们缺乏有效的定位手段,在离开道路行进时,迷路的危险性是不容小觑的。如果这附近有定居点和村落什么的就好了。”

“我买来的这份地图上倒是注明了好几个定居点来着,”枫糖说道,“但这份地图已经过时好几百年了,这些陈旧信息恐怕……欸?”她突然抽动了一下鼻子。

“怎么了?”

“我刚才好像闻到了某些……不太妙的味道,”枫糖有些紧张地舔了舔嘴唇,“有血的味道,还有燃烧的味道……有什么东西被点燃了,而且……”

“好极了。”小音说道,“看来我们已经可以确定下一个目的地了。”

2

自从与伊斯坎德尔和小音一同踏上旅途之后，我们曾经不止一次经过发生武装冲突的地区，也看到过许多被战火破坏的村落与定居点——除了像醴泉镇和珊瑚城那样的少数例外，暴力和流血在坦塔罗斯星上几乎是家常便饭，虽说没有枫糖那样灵敏的嗅觉，但随着经验的积累，我也逐渐对血与火的气味变得敏感了起来。根据我的经验，只要循着这种味道前进，最终映入我眼帘的都只会是燃烧的残垣断壁、支离破碎的人类残骸，以及被死亡的气息引诱来的食腐动物与蛆虫。

但这一次，我没有见到上述这些东西中的任何一样。

“嗯，这地方看上去……还挺不错的。”在驾驶着大卡车接近目的地之后，小音露出了略显意外的眼神，同时小声嘀咕了一句。与我们的各种悲观想象不同，前方这座由数十座介于窝棚与平房之间的简陋建筑组成的小村落并没有任何遭到屠杀或者破坏的迹象。至于枫糖方才嗅到的气味，其实是从村子中央的小广场飘出来的——在这片空地上,村民们用一大堆柴草与晒干的粪便燃起了巨大的篝火,并在附近竖起了几根粗大的金属杆,上面用绳索固定着两只体长超过五米、长着短小的带蹼四肢和硕大的鳄鱼状嘴巴的四足动物。几个村民正用弯刀奋力剥下这两只动物滑溜溜的胶状表皮,并将下面的肌肉组织分割成适合烘烤的长条状。而另一些负责打下手的人则举着木桶和陶罐,小心翼翼地收集着从这些生物颈部的切口流出的血液,或者用钳子将它们锋锐的牙齿从血盆大口里逐一拔出。

"有意思,没想到在如此干旱的内陆地区,居然还能抓到这么大的潜泥螈,"在看到那两只四足动物后,博闻强识的伊斯坎德尔立即辨识出了它们的种类,"看起来,这附近应该存在着较大规模的水源地……欸,你这又是怎么回事?"

"潜泥螈……啊,潜泥螈的肉超级好吃的,"青柠不停吸溜着从嘴角淌下的唾液,露出了一脸沉醉的表情,"我老爹曾经说过,如果有人愿意请他痛快吃上一顿潜泥螈烤肉的话,他可以替那人去杀五个,不,十个人;如果在烤之前留下表皮并且用麦酒预先浸泡一段时间,那就更……"

"你老爹的价值观到底是怎么一回事啊……"小音摇了摇头,不失时机地露出了鄙夷的神情,"哦,对了,在考虑怎么吃烤肉之前,我建议你最好还是先想想,该怎么做才能不让自己也变成烤肉。"

"你们,什么人?"就在我们交谈的同时,二三十名村民已经从不同的方向包围了我们。虽然这些人大多只装备着长矛、大砍刀和做工粗糙的自制枪支,无法对待在"堤丰号"内、有着厚实装甲板保护的我们构成多少威胁，但我也注意到，并非所有人都只有这些质量低劣的武器。

“带头的那人有一把激光手枪，可能是GP-70型，这东西可是邦联特战军跳帮战时使用的反装甲武器，还有至少三个人带着等离子卡宾枪，很可能都还能使用，”观察能力比我更敏锐的小音迅速数出了对方手中可能对我们构成威胁的武器数量，“呃，还有一个人的腰带上挂着穿甲热熔手雷，这东西只要一颗，就能把我们连人带车全报销掉。”（从技术上讲，GP-70激光手枪其实被分类为自卫枪械，只不过，因为其供能单元设计相当不稳定，在以特定方式发生短路后会导致极具毁灭性的爆炸，所以这种武器一直恶名昭著，直到某个特战军的士官在一次乱战中灵机一动，首先将它当成反装甲手雷使用为止。——编者注）

“嗯，看来这会是一场比较……平等的对话。”伊斯坎德尔点了点头，主动推开车门，同时将双手举过肩膀的高度，以示自己没有敌意。或许是因为他那看上去人畜无害的外貌，再加上充满和平意味的姿态，围住我们的村民似乎也稍稍降低了警惕。

“这位小姐，你是谁？”那个腰间别着激光手枪、看起来孔武有力的男人率先开口询问道，“你们是从哪儿来的？来这里有什么目的？”

在听到“小姐”这个词时，枫糖忍不住“噗嗤”笑了一声，但历史学家立马转身给了她脑门儿一记手刀。“各位，我得更正一点，那就是你们最好称呼我为‘先生’——没错，叫我伊斯坎德尔先生就行了。我们来自西边的珊瑚城，是人畜无害、热爱和平与商业交流的普通商人。我本人同时也是一位历史学家，在行商的同时,顺带对我们脚下这片美丽的土地那迷人的历史进行研究与记录……”

在听到这番话后,包围我们的人群也爆发出了一阵笑声。看来伊斯坎德尔这家伙要是转职去当搞笑演员的话,没准儿赚钱要比像现在这样做买卖快得多。“‘美丽的土地’？哈！哈哈哈哈哈！我还是第一次听到有人用‘美丽’这个词来形容我们脚下这片活见鬼的烂地!”为首的那人用一只手捂着小腹部位,歇斯底里地大笑起来,遮住他大半张脸的肮脏乱发随着他的笑声左右摆动,露出了掩盖在下面的好几道显眼疤痕。“你们这些家伙比我想象的还有趣……不过,我还是觉得你们压根儿就不是一般的商人。”

“为什么?”

“我从没见过有拥有像这样强大的武力的商人,小姐。你的这辆战车就算放在许多城邦的卫队里,都算得上是件王牌装备了,”村民首领伸手指了指焊着大量龟壳般的附加装甲,还在驾驶室顶部装着一门看上去十分骇人(当然,在某些情况下确实也威力可观)的火炮的“堤丰号”,“当瞭望哨刚发现你们时,我们还以为你们是那些‘进化者’的同伙,打算入侵我们和平村呢。”

“都说了我不是什么‘小姐’了啊!”历史学家又一次更正道,脸颊变成了羞怯的绯红色,“至于我们的这辆卡车,请您尽管放心,它的武备仅仅是基于最基本的自卫用途的,我们绝对无意威胁贵村的安全……除非各位主动攻击我们。”

“哦,我们当然不会主动攻击你们——我的直觉告诉我,你的同伴里有不止一个厉害角色。”村民的首领说道,“我叫铁火,是和平联盟自警团的大团长和首席猎人，这些好伙计都是我最信得过的弟兄，在过去这一年里，我们一直在对付那帮子‘进化者’的袭击。”

这番话的信息量倒是真不少，无论是“和平联盟”“自警团”，还是听上去就诡异得不行的什么“进化者”，全都是我过去闻所未闻的新名词——不过话说回来，由于过度荒凉、危机重重，大陆其他地区的人本来就极少踏足这片“焦灼之野”，对这地方也不甚了了，出现几个新名词本身并不让人意外。

“如果我没理解错的话，所谓‘和平联盟’，大概是以贵村为首组成的某种本地集体自治组织吧？”历史学家说道，“嗯，考虑到这里还存在着统一的‘自警团’，这一‘联盟’应该还具有共同防卫的功能。至于‘进化者’，我承认过去从没听说过这个名词，但我个人对此有一些推测……”

“你说得没错，”铁火点了点头，“‘和平联盟’是以和平村为首的七个村庄共同组成的自卫同盟。在过去，这一带虽然荒凉，但因为离食腐族们出没的黑山脉比较远，除了偶尔出现几个袭击落单旅人的小蟊贼之外，人们要担心的也就只有某些危险的野兽而已，”说到这儿，他扭头看了一眼正在广场上的篝火旁被解体的两头潜泥螈，“但是，在大约一年前，情况发生了变化，我们被迫开始联合起来保护自己。”

由于确认了我们并非威胁，在铁火与伊斯坎德尔对话的同时，原本包围着“堤丰号”的村民们也解除了包围圈。接着，几名有着浓厚的东部地方口音、只能勉强和我们交谈的村民引导着“堤丰号”朝着村子中央继续行驶了一小段距离，最后停在了一座由木柴与干草堆成的“小山”旁。在下车之前,我注意到,村里大多数建筑所使用的建材都并非常见的夯土和木材,也不是火烧湾沿岸常见的珊瑚石,或者醴泉镇的建筑师们喜欢使用的花岗岩,而是某种灰白色的复合材料。在思考了一阵之后,我才意识到,这些建筑材料看上去很像是我曾在某些古老的绘本上看到的、在太空舰船上使用的强化陶瓷板,而在许多建筑的房门和窗口处,我还发现了被制成装饰品的控制面板、指示灯和花花绿绿的电缆绝缘材料。

“你们一直在从坠毁的古代飞船上拆解材料吗?”我对铁火提出了这个问题。

“当然。否则你以为在这种只有石头和灰尘的鬼地方,为什么会冒出这些村子来?”铁火反问道,“除了一些脑子被灰尘塞满、一门心思要到这地方‘避世隐修’的宗教狂之外,星坠原,或者西边那些城里人所谓的‘焦灼之野’的第一批居民,都是古代大战结束后的拾荒者——虽然战后坦塔罗斯星就和外面的世界断了联系,也没人能再制造飞船了,但那些飞船上残留的物资,还有它们的残骸本身,都还能派上不少用场,其中一些甚至价值不菲。最初来到这里的拾荒者里不乏有赚了大钱、飞黄腾达的,而这个消息传出去之后,大陆各个犄角旮旯儿里的穷小子都像是闻到蜜糖味儿的蚂蚁一样爬到了这片烂地上……结果却只是把自个儿困在了这里。”

“哦?”

“别忘了,来这地方的路费和装备费用可不便宜,至少不是一般的穷小子能付得起的,”铁火抓了抓脸上的伤疤,冷笑了一声，“那些满脑子发财梦的可怜家伙只能从有钱人，尤其是珊瑚城的富商手里借高利贷，一门心思指望着能在发财之后连本带利把贷款给还上。然而结果呢？等他们千辛万苦爬到了地儿，却发现最值钱的那些东西——完整的武器、高价值的工具、药剂和用贵金属制造的零部件——老早就被捷足先登的家伙弄走了，他们只能干干拆废铁的活儿。这活儿虽然也不是没有赚头，但对大多数人而言，搞到的钱顶多只够付付贷款的利息。于是，那些可怜虫就这么被困在了这片烂地上，成了任凭债主宰割的肉畜……倒是和那家伙差不多。”铁火瞥了一眼恰好在这时从“堤丰号”驾驶室里钻出来的香肠先生，随即条件反射地咽了一口唾沫。

“欸？不行啦！香肠先生可不是给你们吃的！”枫糖见势不妙，连忙把她这位四条腿的“同伴”抱了起来。

“但我们可以付钱……”铁火还没放弃。

“多少钱我都不卖啦！”

“好吧。”铁火有些遗憾地叹了口气，“我刚才说到哪儿了？对了，那些倒霉的穷小子被债务困住之后，就这么祖祖辈辈在这鸟不拉屎的破地方住着，一直干着拆卸那些古代飞船的活儿。幸运的是，因为那些飞船足够大，就算连着拆了几代人，剩下的东西也还多了去了……一直以来，我们都靠着出口这些回收材料来从西边换取生活必需品，但那些‘进化者’的出现把一切都毁了。”

“你所谓的‘进化者’是一个组织吗？或者说，是对具有某种特征的人的专门称呼？”伊斯坎德尔问道。

“这个……两种都沾点儿吧，”铁火说道，“那些家伙勉强可以算是一个组织，毕竟他们总是为了共同的目标一起行动。但他们同样也全都不是普通人。”

“哪里不普通？”

“力量、速度、敏捷度……还有……特殊能力。当然，他们的长相也相当有……呃……辨识度，任何人只要看上一眼，就能明白他们有多么特别。总之一句话，这些所谓的‘进化者’全都强得不像是正常人，在过去的一年里，他们不断劫掠本就数量不多的商队，甚至袭击村落，抢劫从粮食、酒、布料到药物和武器在内的一切有价值的东西。为了应对这些浑蛋，荒野上的各个村落才联合了起来，共同组建了我们的自警团。”

“也就是说，这不过是一帮稍微厉害一点儿的盗匪罢了，”已经停好了车的小音把玩着一把多功能匕首，加入了谈话，“如果方便的话，我们也不是不能顺带替你们解决掉他们。”

“顺带？别说笑了！”听了小音的这番话，不止一个自警团成员摇起了头，“你们要是真见识过那帮家伙的手段，就不会说这种大话了。光是击退他们都不是件容易的事，更别说……”

“够了。”铁火举起了一只手，示意其他人安静，“无论如何，这几位远道而来的朋友愿意与我们并肩作战，本身就是相当勇敢而无私的行为。而且，我的直觉和经验告诉我，他们也许真的能帮助我们战胜可恶的‘进化者’。”他想了一小会儿，随后将目光转向了历史学家，“如果各位真的能击败那些恶徒的话，我们‘和平联盟’愿意为你们提供力所能及的报酬与帮助。无论是金钱、物资还是信息，只要你们想要，我们都会尽可能满足……”

“很好，”伊斯坎德尔并没有推辞，而是点了点头，“那就一言为定？”

“一言为定。”

3

在同意协助“和平联盟”对付所谓的“进化者”之后，我们只在和平村里休整了不到两天时间，就接到了第一个任务：那天凌晨，一名骑着大角兽的信使在熹微的晨光之中跌跌撞撞地冲进了村子，将一封紧急信函交给了正在用树枝蘸着岩盐清洁牙齿的铁火，而后者在看过信函的内容后，立即唤醒了仍在睡梦之中的我们。

“嗯……怎么了？天还没亮呢，请原谅我没有晨练的习惯……”在睁开眼睛后，我昏昏沉沉地嘀咕道。

“是啊，但今天我们可不是去晨练——这次是要来真的，”已经整装待发的铁火对我说道，“麻烦来了，而且还不小。”

“怎么说？”比我先一步钻出睡袋的伊斯坎德尔问道。

“北边，我们的哨兵发现了‘进化者’活动的迹象，”铁火答道，“而且规模相当不小。从他们的前进方向判断，这次攻击的目标大概是位于北边的荒沼村——那里刚和西边的城镇进行了一次贸易，存储了比较多的粮食，这大概就是那些混账家伙发起攻击的原因。”

“明白了。”历史学家与他的保镖交换了一个眼神，后者立即从衣袋里取出了一份地图，并确定了铁火提到的村落的位置。与之前枫糖在珊瑚城的古董铺里买到的那份地图不同，这份地图是小音通过咨询本地居民自行绘制的，虽然看上去有些粗糙，但准确性却要高得多。“这座村落位于东北偏北三十九千米，西、北都有古代飞船坠落形成的陨击坑和沟壑，地形较为封闭，附近没有具备硬化路面的古代铺装道路。‘堤丰号’在越野状态下大约需要四十分钟才能抵达，算上准备时间……最快一小时后可以投入战斗。”

“足够了。”铁火点了点头，“根据发现敌方踪迹的哨兵的判断，‘进化者’抵达荒沼村的时间大约是两小时后。而且，他们这次所出动的兵力比往常要多，提前进入战场、取得主动权对我们而言极为重要。”

“有多少？”扛着“蕾妮”赶来与我们会合的青柠问道。

“两百人以上……”

“喔喔，听起来似乎有场好架可打了！”

“但其中大多数是非战斗人员，包括一些之前被俘虏的村民。他们的任务多半只是作为苦力，为那些‘进化者’们搬运劫掠到的粮食和物资，”铁火补充道，“真正会参与袭击的‘进化者’大概有八到十人。”

“八到十人……就这？”青柠先是看了看铁火，然后又看了看被她视为竞争对手的小音，“才这么几个家伙怎么够杀！起码也得来个二三十号人,才够让本大爷和这家伙分出胜负嘛。”

“是吗?”铁火似乎想要说些什么,但最后,他只是摇了摇头,与他的部下们一同登上了“堤丰号”的运货车厢,“那么,有劳各位了。”

虽然根据情报,我们这次要对付的敌人数量还不到两只手,但和平联盟的自警团却高度紧张,不但特别抽调了和平村里的自警团精英,还临时动员了周边数个村的武装村民,最终在荒沼村的入口处集结了超过一百五十人的兵力。拜“堤丰号”提供的机动性优势所赐,由铁火亲自率领的二十名自警团成员比来袭的“进化者”提早一小时抵达了目的地,并随即与武装村民们一道,开始了紧锣密鼓的布防工作。

荒沼村正如其名,是位于一大片沼泽之间、由一条夯土堤道与外界相连的小村落。在当年的太空汪达尔人入侵中,几艘被击毁的飞船直接撞裂了这一带的基岩层,让岩层下方的承压水沿着裂缝涌出,最终形成了在这片荒野中罕见的泥沼与泉水群,并为各种水栖动物提供了家园与庇护所。在我们抵达和平村当天,村民们捕获的那两只巨大的潜泥螈就来自这些淡水沼泽。而拜这些泥沼所赐,荒沼村整体上相当易守难攻,袭击者要么选择从受到严密监视、几乎没有任何掩蔽物的堤道进村,然后遭到迎头痛击;要么就得冒着陷入淤泥溺毙的风险,强行涉渡沼泽。至少在我看来,在人数有优势的情况下,要守住荒沼村根本没有任何难度可言。

“铁火先生,你怎么看接下来的战斗?”在将“堤丰号”停在村子的入口后,历史学家先是和小音一道,从卡车车厢的杂货堆里搬出了几只箱子，将它们摆在了堤道旁，然后向刚刚吐了个够的铁火提出了问题——大概是很少乘坐机动车辆的缘故，铁火和他的多数部下都出现了显著的晕车症状，有接近一半的人在下车后的第一件事就是把上车前吃的早饭全部吐了出来。“你觉得，那些所谓的‘进化者’会采用什么样的战术？”

“还能有什么战术？我猜那些家伙肯定会选择涉渡沼泽搞偷袭啦。”在抱着香肠先生离开驾驶室后，枫糖立即跑到了伊斯坎德尔搬出来的那些箱子旁，她一边掀开箱盖，以资深机械师特有的娴熟手法捣鼓起了里面的东西，一边对我们说道，“目前人数和火力优势在我们这边，就算那些家伙手里有可以投入使用的装甲车辆，甚至是从飞船上发现的动力甲，要从堤道强攻也是根本不现实的。而且之前铁火先生和他的部下也提到过，‘进化者’的身体素质要显著优于常人，对他们而言，合理的做法肯定是从广阔的沼泽里潜入村子，发起突袭。”

“那样就有趣了，对吧？”青柠一边用抹布擦拭着自己的“青梅竹马”，一边露出了一个充满掠食者气息的微笑。

“那是当然的。”枫糖点了点头，停下了手上的活儿，接着，几个看上去相当眼熟的身影接二连三地从那些箱子里钻了出来，悄无声息地没入了不远处的沼泽之中，“这些家伙要是想穿过沼泽进行渗透，就肯定会收到这些‘惊喜’。”

“但恕我直言，他们收到你们所谓的‘惊喜’的可能性恐怕不会太高，”一旁的铁火并没有被两人的乐观情绪所影响，而只是摇了摇头，“从过往的战斗经验来看，这些家伙不太喜欢，不，严格来说是不屑于使用偷袭之类的伎俩，对他们而言，‘堂堂正正’

地从正面突破就足够了。”

“哦?”青柠扬起了一侧眉毛,双眼中短暂地闪过了些许期盼的神色,“为什么?”

“因为那些家伙有这个自信,”铁火说道,“呃,他们来了。”

虽然照耀着坦塔罗斯星的恒星已经跃出了东方的地平线,不过,在这片富含湿气的沼泽地里,氤氲的白雾仍然让能见度处于相当低下的水准。纵使卫兰人的视觉比未经基因改造的寻常人类要优越得多,我也只能勉强看到数十米外的物品轮廓,不过,我的嗅觉和听觉倒是提前让我感知到了这帮不速之客。

有一群人正在沿着沼泽中的堤道朝着村子接近。

“那个,我……我觉得情况有点儿不、不对劲儿……”随着沉闷的脚步声,以及空气中那股诡异而刺鼻的气味变得越来越无法忽视,刚才还一脸轻松的枫糖现在已经变得脸色苍白,毛茸茸的尾巴也被夹在了双腿之间,而香肠先生更是不断在原地转着圈,同时惶恐不安地小声哼哼着。“这些、这些家伙……真的是人类吗?”

“这个嘛……‘人类’这个概念是很宽泛的。”历史学家打开了手中等离子卡宾枪的保险,在一处位于堤道末端的掩体后蹲了下来,“要知道,自从人类离开太阳系后,我们这个物种在几十个世纪中已经发生了巨大的变化——既有因为外部环境选择而积累的基因漂变和各种因素诱发的突变,也有自行进行的基因剪辑,甚至各种更加粗暴的改造。事实上,有一段时间,邦联超过一半的殖民世界甚至不把卫兰人视为真正的人类呢。”(伊斯坎德尔在这里的描述有些不准确,事实上,除了少数意识形态特殊的世界外，绝大多数殖民世界在法理上都赋予了卫兰人与其他自然人相当的权利，所谓的区别对待主要集中于医疗及选美比赛等少数领域。毕竟，卫兰人与普通人类的生理结构并不一致，而让一群有着兽耳与尾巴的选手参加选美活动，在很多情况下已经构成了不正当竞争。——编者注）

“不过，我还是不觉得这种家伙能被视为人类……”当几个充满威压感的庞大身影终于从雾气之中浮现后，枫糖响亮地咽下了一口唾沫。虽然因为空荡荡的堤道上缺乏参照物，我无法在第一时间准确地判断出这些来客的体格，但即便是基于最保守的估算，这些人的身高也肯定超过了三米，与其说这些家伙是人类，倒不如说他们更像是古地球传说中的巨怪或者食人魔。

“这这这……这什么鬼？”就连已经见惯了各种大场面，还曾经在珊瑚城里的血斗竞赛里干翻过各种怪物的青柠，在头一次看到这些玩意儿时也露出了惊愕的表情，不过，好斗性格早已渗透进骨子里的她很快便冷静了下来，最初惊慌的神色也变成了带着些许狂热的欣喜。“嚯，难道这就是所谓的‘进化者’吗？看来是很有趣的对手呢。”

“而且也是很危险的对手，”藏身于一旁的木制拒马后的小音补充了一句，“你可别一不小心，把小命给玩儿丢了。”

“这话应该是本大爷对你说的才对！”青柠哼了一声，斗争心显然已经被完全激发了，“你待会儿只需要就这么躲在一边，看着本大爷怎么收拾掉那些傻大个儿就行了。反正他们的数量这么少，我一个人解决已经绰绰有——”

“那边那个，你说，你要，解决谁？”

一个低沉、嘶哑、有点儿结巴,令人联想起某种野兽咆哮的声音从浓厚的雾气之中传来,让不止一名正在戒备的自警团成员下意识地发出了惊慌的呜咽声。即便在这群大块头之中,这名巨人也是体格最为高大强壮的,在接近到能够被勉强看清的距离后,我才发现,这家伙不但用左手举着一面用整块飞船防爆门制成的重盾,而且浑身上下都被严严实实地包裹在用回收的强化陶瓷装甲板拼成的重甲之中。对于寻常人而言,要披挂这重达上百千克的护甲根本就是不可能之事,但这家伙却似乎完全感受不到身上的负担!

基于一贯的行事风格,青柠压根儿没打算和这个对手废话,而是直接举起“蕾妮”,照着对方的面门就开了一枪——或许是因为找不到有机防弹玻璃之类的材料,这个披着沉重“乌龟壳”的家伙周身上下最显眼的破绽就是头盔的眼窗,虽然对其他人而言,要在这种距离上用一支做工简陋、唯一的优点就是射击威力巨大的滑膛枪准确击中那条缝隙并非易事,不过,青柠这家伙却完全有这个自信。

“这就干掉一个了!”在扣下扳机之后,青柠用带着几分炫耀成分的语气对小音喊道……但后者却只是摇了摇头,而接下来发生的事情直接让青柠傻了眼:在发现她开枪的瞬间,那个大块头居然直接举起了用整扇防爆门改装的盾牌,轻而易举地挡掉了那发子弹。虽说用这种大盾护住头部只是个简单动作,但考虑到那面盾牌的重量和体积,要在几分之一秒的时间里完成这个动作可绝对不简单。

“你,第一个,就要死。”壮硕无比的怪物用磕磕巴巴的声音说道,同时用没有持盾的右手举起了一件圆筒状武器,指向了我们的方向。在刚看到那东西时,我下意识地以为那也是一把枪,直到刹那之后才意识到了自己的错误。

只是由于持有者那庞大的身材与之形成的对比,我才会在第一时间将它误认为“枪”。那……那根本就是一门口径与我的拳头相去无几的火炮。

“死吧!”

4

与青柠那显得有些寒酸的攻击不同,“进化者”一方的“见面礼”着实气势惊人。至少有五名站在前排的“进化者”用手中的火炮朝我们打出了一轮齐射,虽然这些炮的口径充其量只有五六十毫米,而且不过是结构简单的原始前膛炮,但炮管里装填的却并非炮弹,而是大量碎石、铁砂和各种各样不规则的金属破片。这些原本毫不起眼的垃圾在火药燃气的加速之下,迅速变成了一片毁灭性的死亡风暴,席卷了位于堤道末端的自警团防御阵地。

“呜,来这一出!”

如果不是伊斯坎德尔及时地抓住我的胳膊,将我拉倒在一堆沙袋工事后面,我很可能会像站在身边的两名自警团成员一样,被直接卷入这场充满危险碎屑的硝烟风暴之中,然后落得个碎骨断筋、皮开肉绽的下场。值得庆幸的是,或许是之前遭到过类似攻击的缘故,大多数自警团成员都在第一时间找到了掩蔽物,除了那两个反应迟缓、当场丧生的人之外,其余的自警团成员顶多受了点轻伤。不过,前来助阵的武装村民们却没有多少相关经验,当硝烟散去时,至少有十来个人像被击倒的保龄球瓶般浑身是血地倒在了地上,其中一些已经没了气息,另一些则还在痛苦地挣扎扭动着(保龄球是一种已经失传的古地球运动,根据古代文艺作品里流传下来的片段,这种运动很可能源自军事训练,是对于在战场上投掷热熔手榴弹攻击敌人的一种模仿。——编者注)。

"可恶!"耳膜仍在嗡鸣着的我摇摇晃晃地站了起来,"这些浑蛋……"

"就是现在,抓住机会开火!"与不知所措的我不同,铁火、青柠和小音等人已经早早地切换到了"战斗模式",在炮击结束后立即钻出了掩体,率领自警团成员们朝着巨人们展开了猛烈还击——那些原始的前装填火炮虽然在开炮时声势浩大,但要重新装填弹药却是件相当麻烦且耗时的工作。因此,对方齐射之后,正是还击的绝佳机会。

"进化者"们显然也明白这点,在射出第一轮炮弹后,他们立即举起盾牌,组成了一道盾墙。虽然我们这一方手中有不少诸如等离子卡宾枪、激光手枪之类的高技术单兵武器,但这些浑蛋的盾牌也都取材于飞船残骸中的防爆门与船体装甲,在设计时就考虑了对于轻型能量武器射击的抵御。因此,绝大多数等离子团和激光束都不疼不痒地在巨盾的表面炸散开来,或者被毫无威胁地散射掉了,而威力等而下之的普通枪弹更是连在这些盾牌上制造出凹痕都很困难。更糟糕的是,还击无效的事实对那些本就缺乏战斗经验与意志的村民们造成了严重的负面影响，许多人露出了动摇的神色，甚至有人开始试图偷偷从阵地上溜走。

“混账！吃本大爷这招啦！”见之前的攻击全无效果，青柠突然一个箭步跳上了沙袋工事，把一个闪烁着橘红色光芒的物体奋力抛了出去。这件小东西旋转着飞过了“进化者”们举着的大盾，落到了其中一个家伙的头上，接着，这浑蛋的身上立即腾起了火焰。

“嘎啊——*烫烫烫烫烫！*”虽说这班“进化者”那夸张的浑身重甲确实很难对付，但作为手工制品，它们并不能像工业设备制造出的标准护甲一样具有气密性，因此，当燃烧瓶砸碎在盔甲表面后，起火的燃料迅速从盔甲缝隙流了进去，将这身重甲变成了死亡烤箱。

“烧烤愉快哟！”青柠露出了一个甜美的笑容，目送这人哭喊着滚入了沼泽，然后立即被一头潜伏在泥水中的潜泥螈张嘴咬住，消失在了黑色的水面下。见这种攻击有用，包括小音在内的几个人立即依样画葫芦，也朝着对方投出了燃烧瓶，只可惜，他们的臂力和投掷技术都远比不上青柠，这几枚燃烧瓶全都落在了离对方有一段距离的地面上，仅仅制造出了一道没有太大威胁的火焰障碍而已。

“略——”见小音的表现比自己略逊一筹，青柠转过视线，打算朝她扮一个鬼脸。但在下一个瞬间，伴着重物破空的声响，几个硕大的筒状物突然从“进化者”们的队伍后方飞出。其中之一直接命中了一名打算悄悄脚底抹油的武装村民，像打断一根蜡烛一样直接砸断了他的脊椎,另外几只圆筒倒是没有砸到人,但在看到它们燃烧着的引信之后,所有人都暗叫了一声不好。

“躲开！找掩护!”

在历史学家喊出这句话后不久,一连串威力惊人的爆炸就吞没了自警团设在堤道末端的大半个阵地,将所有没能及时撤出杀伤范围的自警团成员与武装村民们都卷了进去。用来阻断道路的拒马和栅栏被轻易击碎,沙袋就像碎纸团子一样飞上了天空,而还没等躲过一劫的幸存者镇静下来,已经为手中的前膛炮装填好弹药的“进化者”们又立即朝我们进行了第二轮齐射。

自警团的防线旋即崩溃。

我必须承认,那一天,我之所以能够侥幸捡回一条命,在很大程度上得益于卫兰人那源于基因工程的优秀求生本能——在“进化者”朝我们投出那些装满了爆炸物的圆筒时,我恰好身处于其中一枚圆筒的落点附近,更糟糕的是,在砸进地面时,那玩意儿的引信已经几乎烧光,留给我的时间只剩下短短几秒而已。在我身边,几名武装村民不是因为惊恐而陷入了动弹不得的状态,就是下意识地转身狂奔,并在奔逃途中被裹挟着大量危险碎片的冲击波命中后背,而本能却让我在第一时间找到了唯一可行的逃生方式——既不留在原地,也不徒劳地试图逃跑,而是直接藏进一具死于炮击的自警团成员的尸体下方,同时将双臂压在胸口和小腹部位以减少冲击。之后的事实证明,这些做法确实是有效的:至少,当爆炸声消散,随后的炮击也结束后,藏在那具不成人形的尸体下面的我甚至还有力气自行爬出来。

“那是……是杏子吗?”在呛人的硝烟之中,有两个影子冲到了我跟前,其中一个还用某个湿漉漉、热乎乎的部位拱了拱我的脸,而我花了一点儿时间才睁大了双眼,看清来者是枫糖与香肠先生。

“你、你还活着……”

“是啊,生龙活虎的。”我甩开了不合时宜地试图和我亲热的香肠先生,又四下环顾了一圈,这才意识到情况已经糟糕到了何等地步——在“进化者”们的炮轰与重磅爆破筒的联合攻击下,我们简陋的防御阵地上已经鲜血淋漓、烈焰熊熊,弥漫的硝烟与太阳升起后蒸腾的雾气混杂在一起,让周边的能见度降低到了令人发指的地步。虽然从不同方向传来的零星射击声、惊慌的呼喊声,以及垂死者的呻吟声都表明,除了我和枫糖之外,周围应该还有不少人活着,而且还在进行抵抗。但我的理智告诉我,这处防线多半是不可能守住了。

“哈啊,看我,找到了什么?”

当一个庞大的身躯在我身边投下阴影时,我听到了那名“进化者”充满恶意的声音。这家伙已经放弃了那扇巨大的盾牌,像古代亚洲传说中的恶鬼一样用双手握持着那门粗糙的前膛炮,从炮身上沾着的半凝固血迹来看,他显然把这东西当成了棍棒或者战锤使用。

“卫兰人,毛茸茸的小东西,比别的家伙,好吃。”另一个家伙用仿佛牙牙学语的婴儿般笨拙的语调说出了令人毛骨悚然的言辞。虽然在刚听到这句话时,我的理性把这归结为“夸张”和“恫吓”,但我的潜意识却告诉我,这些家伙的话很有可能正是字面含义。

“麻烦告诉我你刚才是在开玩笑。”我紧张地舔了舔嘴唇。

“玩笑？我，不开玩笑。”巨人朝着我伸出了一只手，试图直接抓住我的胳膊。幸运的是，虽然浑身上下疼得活像是刚被人用擀面杖揍了一顿，但我还是用最后的力气躲开了那只大手。“别跑，小家伙。自从，吃了‘进化之药’，之后，我，就一直，觉得饿。越来越饿，特别想，吃肉。”

“那滚回家去吃你自己啊！”我大声喊道，“要么你吃香肠先生也行！至少那家伙的祖先是为了食用被培育出来的。”

“喂喂，香肠先生可不是食物！”枫糖连忙喊道。

“难道你，想，让自己变成食物？”另一个“进化者”握着一把大得吓人的粗糙砍刀，从烟幕中走到了我们身边，“我可，不反对，这么做。”

“谁想啊！”枫糖朝对方啐了一口，“杏子，替我争取半分钟时间，就半分钟！”

“欸？好、好的。”虽然在队伍中，我平时的任务主要是干干杂活、打打下手，很少被要求参加战斗，但在目前的情况下，我实在是别无选择了。值得庆幸的是，作为卫兰人，我的祖先所进行的那些无责任基因改造让我拥有了远超常人的敏捷性，在和这帮大块头周旋的同时，甚至还有空闲用等离子手枪进行还击。虽然头几发高温等离子团打在了这些家伙用回收的战舰装甲层制成的面甲与臂甲上，没能造成任何有效伤害，但最后一发倒是命中了其中一人没有装甲保护的指尖，让他爆发出了一声惨叫。

“小畜生！我要，活剥了你的皮！”

在高声吼出这句话后，那名“进化者”发疯一样朝我冲了过来……然后又一次被我闪过了。接着,由于脚尖恰好绊上了一只被炸飞的沙袋,这家伙顿时重心不稳,一头栽了个狗吃屎。而当他站起来时,却惊讶地发现,不知何时,自己的后背上已经莫名其妙地多出了一只有着好几条机械腿的小玩意儿。

“咦?这是,什么?”

说实话,作为遗言,这句话无论怎么看都着实有一些黑色幽默了。

虽然身披足以抵御小口径枪弹和轻型能量武器射击的厚重盔甲,但在零距离上吃上一发聚能爆破装药,即便对这些强壮得骇人的“进化者”而言也足以致命。当那只像是昆虫般的小玩意儿自爆之后,那个刚才还叫嚷着要拿我打牙祭的浑蛋的胸口便开出了一个大洞,而遭到这种下场的家伙还不止一个。

当然,我很清楚这些小东西的威力有多么可怕——毕竟,上次在日暮海峡的那座小岛上,我们一度被这些智能地雷祸害得不浅。在问题最终得到解决之后,枫糖收集了不少还算完整的智能地雷零部件,并把它们打包装上了“堤丰号”,当时我还以为,她只是打算用这种方式收集一些能拿去卖的废金属,没想到这家伙却真的把这些玩意儿修复到了能用的程度。

虽说一开始枫糖激活这些地雷只是为了防范“进化者”们涉过沼泽发动袭击,但拜对方在进攻时制造出的大量烟幕所赐,她成功地用遥控手段在“进化者”们毫无防备的状态下让智能地雷悄悄爬出了沼泽,并为它们设置了全新的攻击程序。自以为胜券在握的“进化者”一方对此毫无准备,而等到发现这些危险的小东西突然朝自己冲来时,一切都已经晚了……

“干……干掉了吗?”在智能地雷此起彼伏的爆炸声停歇之后,我自言自语道。

“大概……是吧?”枫糖丢下了手里的遥控器,露出松了口气的表情,但在下一个刹那,她突然冲向了我,“当心!”

“啥?”

在我反应过来之前,一把沉重的砍刀已经劈在了我刚才站着的位置,在地面上留下了一道深深的斩痕,如果不是枫糖及时将我拉开,这一刀也许会把我从头到脚直接劈成两半。接着,一声熟悉的枪响在不远处响起,沉重的弹丸似乎击中了什么坚硬的东西,发出了令人牙酸的“锵”的一声。由于混杂在一起的硝烟和浓雾尚未散去,我只能勉强看到,有一个我熟悉的娇小身影正在与一个比自己庞大得多、挥舞着长度与我身高相近的大砍刀的影子周旋。与其他那些完全依靠惊人蛮力战斗的“进化者”不同,这个大块头的动作更加敏捷,打斗也显得颇有章法,而不是一味乱敲乱砸。就算因为糟糕的能见度而看不清楚,我也可以确信,这是一场势均力敌的战斗。

娇小的身影在力量上自然无法与那名巨人相提并论,不过速度和敏捷性弥补了这一劣势,让她在躲过对方一次又一次势大力沉的攻击的同时,还能依靠手中的猎枪和猎刀不断寻机反击,但是,凭着浑身上下沉重的甲胄,她的对手并不惧怕绝大多数攻击手段,因此,各种见缝插针的突袭虽然看似凌厉,却都不疼不痒,双方就这么陷入了时刻都在进行的看似惊险万分、但一时间谁都奈何不了谁的僵持状态。

“各位,那边!那边还有一个‘进化者’!”最后,打破这种僵持的,是铁火仓促集合起来的幸存自警团成员们。多亏枫糖的智能地雷解决掉了大多数攻入阵地的"进化者",原本必败无疑的他们才得以幸存,并循着打斗声赶到了这里。在发现眼前还有一名残敌后,子弹、霰弹甚至等离子束自然也就劈头盖脸地招呼向了那个持刀的大块头。不过,即便在遭到密集火力攒射的情况下,这个家伙仍然没有陷入绝境,相反,靠着虽然不及对手但仍然与庞大身躯完全不符的灵活身法,他轻易地躲闪开了大多数攻击,并且趁着我方开火的空当转身跳入了不远处的沼泽之中。

"溜了……吗?"我小声嘀咕道。在见识到了刚才的战斗后,我的直觉告诉我,这显然是个不可小觑的家伙。"这浑蛋……和其他'进化者'似乎不太一样。"

"没错,"半跪在地面上,大口大口喘着气的青柠答道,"因为……那是我的老爹。"

5

虽然整场战斗打得有些难看，但出乎我预料的是，在荒沼村保卫战中，我方的伤亡意外地小——这在很大程度上要归功于枫糖。除了她带来的智能地雷在混战中成功突袭了“进化者”们，让我们避免了被全歼的厄运之外，她之前出于防患于未然的考虑而为“堤丰号”增加的那些附加装甲也起到了很大的作用。在席卷防御阵地的炮击和爆炸中，包括伊斯坎德尔在内的许多人及时地躲进了这辆大卡车，从而成功逃过了一劫。因此，整场战斗中只有十一个武装村民和七名自警团成员阵亡，另有四十多人不同程度地负伤。

而“进化者”们的死亡人数恰好是我方的一半——换言之，在十名进攻村子的“进化者”中，只有一个人侥幸逃脱。

不消说，对在过去一年里苦于“进化者”侵袭的和平联盟而言，这是一次货真价实的大胜。因此，在打扫完战场、安葬了阵亡者，并且修复了堤道的工事后，自警团的成员们随即在和平村中央广场上点燃了篝火,开始了欢快热烈的庆祝仪式。人们拍打着覆盖有潜泥螈皮革的陶罐鼓、摇晃着沙锤与铜铃,将“进化者”硕大畸形的头颅悬挂在战旗上,并在举行宴会的同时,朝着这些骇人的“战利品”投掷包括骨头、鱼鳞、烂菜帮子在内的各种污物,以此宣泄对“进化者”的愤怒与憎恨。

“对于各位的大恩大德,我们和平联盟将永远铭记。”在庆祝活动进行到高潮之后,铁火亲自举着一个放满酒杯的托盘来到我们面前,恭敬地为所有人都呈上了一杯不知用什么玩意儿酿造的深褐色酒浆,“根据过去搜集的信息判断,‘进化者’的总数只有八十到一百人,虽然有时也会得到补充,但数量很有限,因此,你们在这一战之中,很可能已经消灭掉了他们十分之一以上的有生力量。”

“原来那些家伙只有这点儿人吗?”我自言自语了一句,然后又摇了摇头——这片老早就被坠落的飞船和惨烈的战火变得千疮百孔的废土本就无法承载太多人口,组成和平联盟的那些村子加在一起也就只有四五千人。考虑到“进化者”表现出的骇人战斗力,近百个这样的畸形巨汉在这地方已经算是一支可怕的力量了,而这一战之后,那些家伙多半已经产生了警惕,要对付他们恐怕会更不容易。

“别怕别怕,只要有我们在,那种‘垃圾’来多少就能收拾掉多少。你们只需要看着我怎么把他们统统变成香肠先生的点心就是啦!”与蹙眉沉思的我不同,枫糖似乎还沉醉于之前的胜利之中,语气中充满了自信,“那些肌肉脑袋除了块头大一点儿,根本一无是处,要解决他们的办法多了去了……”

“你确定？”伊斯坎德尔冷冷地瞥了她一眼，“现在我们手里的智能地雷还剩几枚能用的？”

“这个……目前处于完整状态下的大概还有一打吧？”枫糖愣了一下，然后才给出了答案，“不过，其中有一两枚的传感器与行走装置一直有问题，恐怕只能拆了当修理备件。至于处于分解储存状态下的，倒是有很多。不过要把引信、能源和装药分别装上，还需要一点儿时间。”

“很好，那除了这些东西之外，你还藏着什么可以对付那些家伙的秘密绝招吗，我亲爱的机械师阁下？”

“嗯，让我想想……”枫糖似乎没听出历史学家语气中的讥讽之意，侧着脑袋思考了起来，“我还有几枚在止水城用旧数据板换来的微型巡飞弹，其中至少一枚应该是能飞的；一座‘蝮蛇’自动武器站，自带一支大口径磁轨狙击步枪，不过目前缺乏弹药；大概半打带光学迷彩伪装的高级反装甲诡雷，带有等离子热熔破甲战斗部，可以绊发、压发或者遥控引爆……可是我现在没有配套的遥控器。另外还有一枚处于可用状态的‘湮灭者’准战略级中子地雷，是我一年前偶然在西北的热砂丘陵里找到的，中子辐射理论有效杀伤半径一千四百米……”（上述武器都曾经是邦联武装力量的制式装备，中子地雷除外。根据现有资料推断，这东西大概是坦塔罗斯星本地人为了抵御太空汪达尔人的登陆而临时设计的。至于是否曾在战争中发挥作用，那就不得而知了。——编者注）

“我的天！”虽然那帮在我们身边载歌载舞、痛饮狂欢的村民听不懂，但伊斯坎德尔、小音和我都惊讶得倒抽了一口凉气，“你还带着这种危险的东西?!”

“其实没那么危险啦……”枫糖挠着毛茸茸的尖耳朵,“这东西似乎是几个世纪前仓促造出来的应急武器。从制造到现在过了这么长时间,我其实根本就不知道它还能不能用——至少里面的氢同位素材料肯定已经衰变得差不多了。就算真能勉强起爆,顶多也就是颗威力大点儿的炸弹。”

“嗯,这倒也是。”历史学家耸了耸肩,露出了“我本该想到这茬儿”的表情,“总之,你手里的那些个古代玩具应该还能给我们的‘进化者’朋友带去一些惊喜,但也仅此而已,在不考虑那件实际威力存疑的大玩意儿的前提下,我不认为它们足以歼灭所有敌人。”

“呃……”枫糖这时候才意识到,自己刚才似乎有点儿自信过头了。

“另外,我们的这次胜利其实也有很大的侥幸因素在内,”青柠接着说道,“如果我没猜错的话,这次攻击中,那些‘进化者’派出的大多并不是他们最优秀的战斗人员,而几乎全都是新手。至于真正厉害的家伙?根据我的观察,只有一个而已。”

“哦?你怎么能确定?”历史学家问道。

“怎么确定?本大爷还不至于看不出经验丰富和缺乏经验的人之间的差别,”青柠哼了一声,似乎觉得这是个蠢问题,“如果那些来进攻荒沼村的家伙真的有足够的战斗经验,他们应该会在攻进来之前花更长时间轰击我们的防御阵地,尽量减少我们的抵抗能力;而在攻入阵地之后,也会至少两两结成战斗小组,时刻防备可能的突袭与反击,而不是抱着凌虐弱者取乐的心态随意破坏。否则他们也不可能在智能地雷爬到脚下时仍旧全无防备,结果被轻而易举地重创。”

“我同意这一观点,”平时三天能和青柠至少拌九次嘴的小音破天荒地对她的话表示了赞同,“从敌方势力在之前的攻击中表现出的业余水准推测,他们很可能是一些没有作战经验的新来者,由一名经验丰富的战斗人员——也就是那名成功逃脱的家伙率领,而这么做的目的,大概是期望通过不太激烈的战斗积累经验吧,没想到却遇到了我们。”

“除此之外,那个有经验的家伙似乎仅仅是拥有足够多的个人战斗经验,在组织和指挥方面非常低能,”历史学家耸了耸肩,“这点从他无法约束自己的同伴,也无法进行有效指挥就能看出来。说白了,他的能耐也不过局限于个人武力罢了。”

“没错,”青柠神色复杂地点了点头,“毕竟我老爹就是这样的人啦……”

“怪不得……欸,等等,你说什么?”

“恐怕……那个逃脱的人,就是我之前失踪的死老爹……啊不对,父亲。”青柠咬着嘴唇,犹豫许久才吐出了最后那个词语。

“之前你好像也提到过这件事,”我小声说道,“你确定吗?”

“非常确定。”青柠端起了之前铁火奉上的酒杯,小心翼翼地啜饮了一口,然后立即皱起了眉头,似乎很不喜欢这种味道。不过,由于铁火在庆功宴开始前就叮嘱过,这些酒是本地人专门为真正的勇士酿制的,如果推辞不喝会显得相当失礼,因此她还是强迫自己吞下了剩下的那点儿深色液体,“我能认出我老爹的那些招式来……就算变成了这样,他喜欢用的还是那么几招。”

“那你老爸的长相还真是……奇特啊。”小音嘀咕道，同时也喝下了自己的那杯酒。大概是为了在气势上压过青柠，她硬是绷住了面部肌肉，没有露出任何不适的神色。

“他以前又不长这样！”青柠有些恼火地说道，“其实我也不知道他为什么会变成这样！但我能保证，那就是他……”

“是吗？那所谓的‘进化者’难道是……”历史学家若有所思地按着自己的太阳穴。

“没错，‘进化者’确实是后天变异而成的。至少，他们曾经都只是正常的人类，”铁火说道，“当然，自警团也是在不久之前才通过获得的情报推测出这点的。当时，我们在灰岩村附近击退了一次袭击，以二十五人牺牲的代价干掉了三个‘进化者’。在这些家伙之中，有一个人当时还剩下一口气儿。他求我们饶他一命，说自己原本只是个普通的商队杂工，后来被其他‘进化者’袭击掳走，被迫加入了他们的行列——当时被俘的人有许多，但只有他一个人被允许活下来。”

“他解释过自己为什么得到这种特殊待遇吗？”

“按照那家伙的说法，‘进化者’们留他一命似乎是因为他‘很合适’。当时，有个打扮怪异、戴着夸张面具的家伙问他，如果能活下来，他希望得到什么，而他的回答是‘足够强的力量’，”铁火花了几秒钟进行回忆，“在这之后，‘进化者’们吃掉了其他俘虏——没错，字面意义上的‘吃掉’，但放过了他。这个家伙被蒙上双眼、拴着脖子带往东方，在连续跋涉好几天之后抵达了一座似乎是山洞的地方。在那里，他看到了更多的面具人，其中之一给了他一份药剂，让他立即服用下去。”

“戴着面具的古怪人物？有意思。”伊斯坎德尔点了点头，从大氅的口袋里掏出了一本笔记本，动作麻利地翻查起了里面的内容，“我对这么一类人大概有点儿印象……但像这种情况……他们除了给那家伙吃药之外，就没干别的了吗？”

“是的，小姐……啊，不对，伊斯坎德尔先生，”铁火不小心说岔了话，好在他趁着对方注意到之前及时改了口，“当然，按照那个家伙的说法，虽然在同伴中，他是唯一的幸存者，但在那座洞窟里，他还发现了好几个像他一样被掳去的人——只不过，不知为何，另外的那几个人说什么都没办法服下那些药物，因此最终全都成了奴隶。而他在反复服用药物之后，身体开始不断转变，那些戴面具的人声称，这就是所谓的‘进化’。”

“所以说，‘进化者’这个称呼原来是这样来的。”历史学家合上笔记本，耸了耸肩。

“在‘进化’完成之后，那家伙就像之前袭击并俘虏他的‘进化者’一样，开始为戴面具的人卖命。他们被派去袭击西边的商队和村落，劫掠粮食与物资，并带回给他们的主人……当然，他自己并不清楚主人的身份到底是什么。那人还说，随着身体发生变化，他开始越来越不能反抗所谓的‘主人’，只能对后者言听计从。哪怕很不愿意，也不得不担当那些家伙的打手，为他们进行这些犯罪活动，”自警团的首领叹了口气，似乎是为那个原本是受害者，之后又被迫变成加害者的人感到悲哀，“我们原本打算再问出一些信息，比如那些在幕后控制‘进化者’的家伙的身份，或者他们的老巢之类的，但很不幸，那家伙还来不及回答，就因为伤势过重而断气了。”

“我明白了。”青柠小声说道,“恐怕……我的父亲也有着与那个人相似的遭遇吧。无怪乎他居然会与那帮‘垃圾’为伍,还对我刀剑相向。”

“我对此表示非常遗憾,青柠小姐,我能理解你悲愤的心情……”但铁火的话只说到一半,就被青柠挥手打断了。

“本大爷什么时候说过自己心情很悲愤了?”青柠问道。

“欸? 那……”

“本大爷现在很——兴——奋哦!”青柠的嘴角弯起了一个微妙的弧度,双手紧紧地攥在了一起,“终于有机会名正言顺地和臭老爹面对面一决胜负了,这难道不是件很好的事吗?”

6

虽说青柠一直嚷嚷着一定要抓住这个机会和她的老爹一决胜负，但是，或许是在蓄意躲避着她，又或许只是纯粹出于偶然，总之，在荒沼村之战后，我们就再没见过那个使刀的巨汉。更麻烦的是，其他“进化者”也开始学乖了，虽然依旧隔三岔五劫掠荒原上的村庄，但行动规模却小了许多，而且一旦遭到自警团的反击，就会立即逃走，甚至还会在村落里以纵火的方式转移我们的注意力。

“这些浑蛋，简直就像是一群章鱼一样。”在我们抵达和平村一个月后的自警团例行战术会议上，就连总是板着脸的小音也露出了疲惫的表情，“狡猾，滑溜，而且连专门在逃跑时喷墨这点都一模一样。”（章鱼是一种传说中的古地球动物，因为详细资料不可考而普遍被视为虚构动物。许多历史学家都认为，这种虚构动物很可能来自前太空时代传说中的“外星人”形象。——编者注）

“没错，自从在荒沼村遭到重创之后，他们确实变得慎重了不少。不，慎重到了这种地步，就算说是懦弱都不为过。”青柠盯着铺在自警团总部长桌上的地图，像个古代的战术家一样转动着手中的红蓝铅笔。在地图上，和平联盟包含的村子里，有一半都被画上了红圈，红圈旁还标注着一行行数字，记录了它们遭到攻击的时间，以及攻击它们的“进化者”数量。“在过去的一个月里，这些家伙对五座村子进行了攻击，还劫掠了三支商队，攻击频率足足是我们来这儿之前的两倍，最重要的是，现在他们每次攻击，参战的‘进化者’数量都低于三，明显是想要通过提高行动频率、减少单次投入的方式来减少损失。”

“而且这招到目前为止都是成功的。”小音点了点头，顺着青柠的话头继续说道。在讨论这类严肃问题时，她和青柠都很有默契，从不进行无意义的争吵。“减少单次投入人员数量的做法提升了我们防范攻击的难度，而避免缠斗、在遭遇自警团后迅速撤退的战术也避免了损失。虽然从我方损失物资统计来看，他们的大部分劫掠行动所得有限，但积少成多，最终获得的战利品数量仍然相当可观。而且，我们在这些作战中总共只干掉了三个‘进化者’，这样的交换比……”

“你们说的这些，现在所有人都已经知道了，”一名自警团的小队长不耐烦地插话道，“麻烦说点儿我们不知道的——比如说，怎么逮住那些滑溜的浑蛋，然后狠狠揍他们一顿？而不是继续像现在这样消极应战。”

“我不太清楚。”青柠说道。

“哈？你不清楚？”

“不是所有问题都有一个完美解决方案的，有些时候，看上去没什么技术含量的‘消极应战’已经是最不坏的办法了，”小音解释道，“当然，在理论上，我们可以主动出击，直接捣毁他们的行动基地和物资囤积地点，但问题是，在目前的情况下，有谁可以拿出这样的行动计划，并担保其可行性？”

没人说话。当然，这也是意料之中的——虽然和平联盟的人们已经与“进化者”缠斗了一年多的时间，但迄今为止，他们仍然没有找到后者老巢的位置，更别说主动发起攻击了。事实上，我甚至怀疑，大多数自警团的人说不定压根儿就没兴趣知道这种事，毕竟，主动穿过星坠原广阔的焦灼荒野，进攻一个满是那些危险的畸形怪物的地方，无论怎么看风险都太高了，对于那些不乐意冒险的人而言，“不知道他们躲在哪儿”至少是个避免冒险的正当借口。

“除此之外呢？我们不能设下陷阱之类的吗？”另一名自警团的资深成员试探性地问道，“比如把特别多的粮食、布料之类的堆放在同一个地点，然后设下埋伏……”

“这完全是一厢情愿，”小音摇了摇头，“这种做法太过显眼，任何有最起码智商的人都会起疑……而‘进化者’们的表现表明，他们绝对不是白痴。届时那些家伙要是不来倒也罢了，万一将计就计，趁这个机会直接把我们的物资夺走或者付之一炬，那各位下个冬天打算吃啥喝啥？”

“呃……”提出这个愚蠢点子的人低下脑袋，识趣地闭上了自己的嘴。

虽然会议尚未结束，但我还是小声叹了口气，从用飞船残骸搭成的屋子里走了出去——就目前的情况而言,“束手无策”和“被动应对”已经成了和平联盟一方与“进化者”抗衡时的“主旋律”。就算我们的加入导致双方的战斗力对比发生了微妙的变化,但战略主动权不在我们手中,这仍然是不争的事实。在这一个月里,伊斯坎德尔一直在进行着他的研究工作,包括在不同的村子里挨家挨户进行调查、研究被抛下的“进化者”尸体和武器装备,甚至是询问那些遭到“进化者”俘虏后又被解救的村民,但迄今为止,他的工作似乎也遇到了瓶颈,既没有找到更多与我们追踪的“启迪者”相关的信息,也没有发现任何克敌制胜的窍门。

总而言之,一切都陷入了令人烦躁不已的僵局之中。

为了排解这种令人胸口发闷的烦躁情绪,我在和平村的小道上漫无目的地四处行走着。一路上,遇到我的几位村民都纷纷俯身鞠躬、向我致敬——在这些从小就生活在闭塞的荒凉边境地区的人看来,我们这些驾着巨大的卡车、拿着各式各样神奇的武器装备的外来者,简直就是从天而降、对那些劫掠他们的恶徒们降下惩罚的复仇天使,就算是全队人中最没有特色,只能负责干点儿杂活的我,也是村民顶礼膜拜的对象。出于礼貌,我也努力挤出了自信的笑容,对着每个人还礼。就算做不了别的,至少,我还能设法带给人们一些名为“希望”的药剂。

就我所知,有些时候,这种“药剂”还是相当管用的。

和平村并不是什么大地方,在信步前行几分钟后,我就抵达了村子的边缘,也就是“堤丰号”停放的地方。和刚来到村子里时不同,在过去的一个月中,这辆古老但结实的全地形卡车已经通过实战充分证明了它作为运输工具兼移动堡垒的作用,因此,村民们特意用从那些飞船残骸里回收的陶瓷板和金属材料为它搭起了一座简易车库，并且派遣了武装民兵昼夜轮班驻守……至少理论上应该是这样才对。

但是，当我抵达车库入口时，却没有发现本应该待在这里的守卫。

怪了，人去哪儿了？虽然我很清楚，不能以正规部队的纪律要求这些不入流的村落民兵，但考虑到本地人对我们的卡车的重视程度，负责守卫这里的人员至少应该相对靠谱才对。难道是去方便了，或者临时有什么事儿必须处理？这倒也不是不可能。只不过，车库门口的守卫应该有两个人才对，而我不认为他们会犯下两人同时离开的低级错误。

一种糟糕的、介于恶心与惶恐之间的感觉缓缓地从我的腹部爬上了脑门儿。在这之前，我只在荒沼村之战后的庆祝宴会上有过这种感觉——当时，基于本地人的习惯，我们每人都被奉上了一杯散发着古怪味道的酒，青柠和小音倒是成功地把那玩意儿灌下了肚，但我、枫糖和伊斯坎德尔却只是勉强尝了一口，就把那味道约等于烂泥浆加臭鱼肚的鬼东西直接吐了出来，而在好奇地舔过我们吐出的酒液后，平时吃嘛嘛香、毫不挑食、完美扮演着厨余垃圾回收器的香肠先生更是直接倒地口吐白沫，过了好几分钟才缓过劲来。那时，我的感觉正是这样。

换言之，我的第六感告诉我，只要有了这种感觉，那就意味着准不会有什么好事。

马上离开这里，离这地方远远的，越远越好。在我意识的角落中，有个声音发出了警报。不过，就在我准备无条件照办时，却又突然想起了另一件事:如果我没记错的话,现在枫糖应该正在代替忙着参加那无聊会议的小音,对“堤丰号”进行例行维护。

她会不会出事了?

虽然到目前为止,我并没有看到任何暴力冲突的痕迹,也没有看到死相可怖的尸体或者淋漓的血迹,甚至连嗅觉比普通人灵敏得多的身为卫兰人的我也没有闻到半点儿血腥味,但是,我的第六感却每分钟都在升级我脑子里警钟的强度,要求我立即离开这是非之地……

我纠结了一阵子,最后将手伸到了大衣内侧,掏出了平时作为应急武器放在那儿的等离子手枪。虽然杀伤力不如更大型化的AR-G型等离子卡宾枪,但这件能量武器在十米之内可以轻易熔穿绝大多数人体护甲,足以对哪怕是最大型的野兽造成一击必杀式的打击。就算真有什么家伙潜入了村子,只要不是那些身披用飞船装甲材料改造而成的重甲的“进化者”,靠这玩意儿都有法子对付。

至少,在跨进简易车库之前,我确实是这么想的。

而在那之后,我只感觉到了来自后颈和肩窝之间的疼痛……以及落下的黑暗。

第七章　进化之药（下）

1

虽然有着“焦灼之野”这么个糟糕的别称，但星坠原其实并非一片彻头彻尾的焦土。没错，当年那些迫降和坠落的飞船确实造成了一场字面意义上的地质灾害，除了庞大的飞船造成的冲击之外，在交火中坠落的反轨道拦截制导武器，以及用于压制地面拦截火力的轨道轰炸，同样也重创了这片土地。在那之后，被摧毁的太空舰艇所释放出的大量有毒甚至是放射性物质又制造出了一片又一片荒无人烟的死亡地带，直到数个世纪后的今天，仍然罕有人敢于踏足。但是，大自然的修复力同样也在锲而不舍地发挥着作用。像荒沼村这种位于荒原边缘地带并且拥有充足水源的地方姑且不论，即便是在人迹罕至的原野深处，仍旧随处都能看到努力试图存活下去的生命迹象。

当这辆木制的大车总算暂时停止前进后,一路上被颠得半死不活、肠胃简直像是进了搅拌机的我长长地呼出了一口气,费力地在坚硬的车板上坐起了身子,大口大口地吞咽着凌晨时分充斥着湿润雾气的凉风。透过大车布制车篷上的缝隙,我大致可以确定,目前我正位于一条狭长的谷地之内,这条峡谷只有百把米宽,两侧都是如同刀劈斧削般的垂直陡崖。在山崖之下,到处都是形态古怪的巨大碎石,显然是在这条峡谷形成时由于坍塌落下的。巨石之间因为风化而形成了些许泥土,一丛丛来自古老的太阳系的苜蓿和狗尾草顽强地生长着,巨石的表面则生满了青苔和地衣——通过持续分泌酸液,这种由藻类与菌类形成的共生体会一点点地侵蚀岩石,最终让它们变成适合真正的植被扎根的土壤。而在阳光无法照射到的背阴地,一些细小的、像是古地球海洋中的珊瑚一样的真菌从腐草生成的堆肥中长出,将不规则的菌丝伸向天空,其中还点缀着几朵没有叶片、几乎透明的细小植物。

我无法确定这些植物究竟源自哪一个人类殖民世界,在当年又是基于什么样的目的被带到了坦塔罗斯星,但基于过去读过的几本植物学书籍里的内容,我可以确定,这是一些腐生植物,是无法进行光合作用、只能像那些真菌一样纯粹依靠分解有机物生长的退化物种。与阳光下那些生机勃勃的绿色植被不同,这些植物矮小而苍白,有着几乎透明、没有叶片的茎,上面开着几乎同样透明的暗淡小花,脆弱、渺小,就像是一群群不起眼的小小鬼魂。

不知为何,我突然觉得这些脆弱的植物与我目前的处境莫名地有点儿般配。

我并不清楚自己眼下的具体位置。虽然目前我大致可以确定,自己正置身于一条狭长的深谷之内,但在星坠原,这样的峡谷就像旧眼镜片上的划痕一样多如牛毛——伊斯坎德尔曾经提到,在当年的战争中,至少有两百多艘太空汪达尔人的舰艇尝试在这一带强行登陆,其中一大半被行星卫队和星系防卫舰队击落击伤,并在大地上留下了一处处陨击坑与峡谷。如果是那些熟悉这一带地形的自警团成员,或许可以通过各种细节推测出我所处的峡谷究竟是哪一条,但要让只是粗略看过几次本就不太精确的地图的我做到这种事,实在是有些强人所难。我只知道,在被那些闯入和平村的家伙俘虏之后,我就被粗暴地扔到了这辆大车上,并一直向东前进,而这趟旅程至少已经持续了三天之久。

换句话说,绑架了我的这帮浑蛋很可能正在把我带往他们的老巢!

虽说与之前见过的那些蛮力无穷的畸形肌肉怪物有些不同,不过我还是可以断定,这些袭击了和平村并且粗暴地绑架了我和枫糖的混账,多半也是“进化者”中的一员——若非如此,我实在无法解释那些家伙当时的所作所为。

在刚抵达和平村时,铁火曾经提到,除了特殊的外貌、力量与速度之外,“进化者”们还拥有某些特殊能力。在那之后的很长一段时间里,由于与我们交战的“进化者”全都只是身披重甲、外貌怪异的肌肉巨汉,因此,我也忘记了“能力”这一茬儿……直到在车库附近遭到袭击为止。按理说,作为一名卫兰人,我的种族天生拥有的灵敏嗅觉使得我足以发现绝大多数敢于接近我的袭击者，尤其是当我处于下风处时。但在那一天，那个偷袭我的家伙却正是从风吹来的方向接近了我的后背，并在我毫无察觉的状态下朝我挥出了重重的一击。（严格来说，作为一系列源于卫兰星区、具备部分动物外表特征和极强环境适应能力的基因改造人类的统称，卫兰人并非全都拥有类似的优秀嗅觉。比如目前聚居于西米里亚星区、被称为哈尔卫兰人的兔耳型卫兰人，其嗅觉就仅仅略优于人类。当然，作者本人的嗅觉确实相当灵敏。——编者注）

无疑，他的目的并非杀死我，而只是希望让我失去行动能力，并把我掳走。但是，或许是由于力道控制有点儿问题，我虽然在遭到攻击后立即无力地摔倒在地，却也没有完全失去知觉，甚至还看到了那个袭击者。

这是一个又高又瘦的男人，虽然不像那些巨怪般的肌肉大汉一样畸形到可怕的地步，但离正常人的范畴也差着很远的距离。至少，没有哪个正常人类，或者像我这样的正常的卫兰人会有着死鱼一样的血红色眼睛，没有鼻梁、只剩两条细缝的鼻子，以及只剩两个小洞的耳朵，仿佛爬行动物一般。而这家伙的身材比例也颇为诡异，又细又长的四肢让我想起了那些喜欢在阴暗角落里扎堆乱跑的盲蛛。最古怪的是，他明明是一个活人，却几乎没有散发出一点儿气味，哪怕是用棉花和木头制成的人偶都比他的味道要浓得多。

“你是……什么……”

“我，也是光荣的进化者之一。”那家伙用沙哑的嗓音回答了我的问题,“因为拥有天赋,而被我的恩主选中,并为他们服务。”

“呜……”

“不必担心,你和里面的那条小狗都很有……价值,”袭击者露出了一个勉强可以称为“微笑”的瘆人表情,“我会把你们活着带给恩主……他们一定会赞赏我的。”

“噫!”我听到了一声混合着不安与憎恶的尖叫——是从被扔在不远处的一只布袋里传出的。结合这浑球儿刚才说的话判断,枫糖那家伙显然已经和我一样着了道儿,成了他打算用来向那个什么“恩主”邀功请赏的战利品,至于总是和枫糖形影不离的香肠先生,我没有在这里看到它老人家,也不知道这家伙是恰好侥幸溜走了,抑或已经变成了装在袋子里的几扇猪肉。

“是吗?你想要从这儿带走我们的同伴,得到本大爷的批准了吗?”

在这声质问传来的同时,我听到了一声枪响——在与青柠那家伙一起旅行了这么久之后,我已经可以清晰地分辨出她那位“青梅竹马”特有的射击声了。虽然视野一片昏黑,但凭着卫兰人那天生敏锐,而且还得到了硕大灵活的动物型耳郭加持的听觉,我在转瞬间便判断出,青柠开枪的位置离那家伙绝不超过二十米。在这个距离上,她不可能射不中一个身高超过两米的目标。

但是,不可能的事确实发生了——从“蕾妮”枪管飞出的大威力子弹与那个诡异的瘦高个擦肩而过,毫无威力地飞到了一旁。这并不是因为青柠没能正确瞄准,或者“蕾妮”出现了机械故障,而是那人在被她瞄准之后及时做出了规避动作,在不过几分之一秒的时间内躲开了致命的枪弹。

由于那支老旧的敞膛式猎枪装弹麻烦，青柠没有待在原地继续装填弹药，而是直接抽出了那把大号猎刀，冲上去与……不，她根本没有冲上去，而是直接朝对方投掷出了这把刀子。由于“蕾妮”枪膛内装填的手工火药射击时产生了大量烟幕，暂时干扰了对方的视野，外加那名“进化者”压根儿没想到自己的对手居然会采取投出唯一的近战武器这种冒险做法，猎刀成功地刺穿了“进化者”的一条胳膊。还没等他从疼痛和惊恐之中恢复过来，青柠已经快步冲上前去，像是变戏法一样从袖子里变出了一把银光闪闪的刺剑。虽然那家伙仓促从腰间拔出弯刀试图抵挡，但他和青柠的格斗经验实在差了太多，后者只是随意用剑刃一荡就让他的弯刀劈了个空，然后顺手一剑捅进了对手的心口。虽说过程并不复杂，但青柠的攻击速度快得惊人，甚至远远超过了之前在珊瑚城的血斗中的最佳表现，若非我的动态视力天生优于未经基因改造的普通人，恐怕能够看到的就只有几抹残影。

“不……不可能。一个普通人如何能够跟上我的速度。这太……”在丧命之前，那个打算绑架我的浑蛋很不甘心地说出了标准的反派小头目式遗言。

“没准儿本大爷已经不是‘普通人’了呢？”青柠冷笑了一声。

“呼，光是解决这种货色就花了十五秒钟，看来你还差了点儿火候呢！”在稍远一点儿的地方，小音同样也结束了战斗。两名与那个瘦高个外貌相似的奇怪“进化者”倒在她的脚边。其中一人当胸吃了一发最大威力输出的等离子团，显然是已经没救了；另一个家伙倒是情况稍好，但也被小音手中握着的链锯破障斧生生卸掉了半条胳膊，基本失去了抵抗能力。“我这边收拾掉两个了。”

“啧，谁叫某人总能幸运地撞上好对付的软脚虾呢？”青柠颇有些不服气地嘀咕道，“附近还有别的家伙吗？”

“目前还没发现，不过这不等于没有，”小音按下开关，让破障斧斧刃上的链锯暂时停止高速旋转，同时谨慎地打量着周围，“注意到了吗？虽然杏子和枫糖这两个家伙的战斗力几乎可以忽略不计，但别忘了，她们都是卫兰人，而且枫糖还是感官最敏锐的热沃当卫兰人。按理说，光凭感官和本能，她们就几乎不可能在毫无察觉的情况下被人偷袭……而这几个来袭击的‘进化者’也够邪门儿的，虽然正面作战能力烂到可笑，但是没有任何气味，而且行动也安静得吓人，我怀疑‘进化者’的特化方向恐怕不止……”

“得了，要是他们还有同伙，刚才就该跳出来了。”青柠显然并不太赞同小音的判断。不过，在下一秒钟，她就不得不赞同了。在两人谈话时，附近一座棚屋的一侧墙壁突然“脱落”了一大块，接着我才发现，这块“墙壁”原来是一个赤身裸体的男人！与刚才那个试图绑走我的人相比，这家伙“不像人”的程度甚至还要更高一些，毕竟，正常人类可无法如此逼真地拟态成墙壁的一部分，而他看上去也不像是使用了油彩或者别的什么颜料进行伪装……在这一刻，我突然想起了古地球上一种名为“变色龙”的传说中的动物。

难道这就是所谓的“进化者”能力？太犯规了吧！

靠着这种犯规的能力，这家伙成功地打了青柠一个措手不及。两把锋锐的飞刀只差一点儿就划开了她的颈动脉。而当青柠堪堪躲开其中一把，并用“蕾妮”的枪管将来不及躲开的另一把弹飞后，另一个“变色龙”朝她脚下丢出了一枚手榴弹。

“雕虫小技。”青柠哼了一声，随意地将延时引信还未起爆的手榴弹踢回了对方脚下。但在做完这个动作之后，她的脸色立即变了——那枚“手榴弹”的尺寸显然比正常尺寸更大一些，表面也没有预刻破片槽，总之，它更像是……

“多谢了白痴！”当大量浓烟“嗞嗞”地从弹体内腾出时，两个“变色龙”已经抵达了我的身边——在观察了之前几个同伴被血虐的惨状后，他们很清楚自己无法对付面前这两个硬茬儿，因此，无论是飞刀，抑或被当成手榴弹投出的烟幕弹，都只是用来牵制对手、争取时间的方式。虽然这些手段只不过为他们争取了短短的几秒钟，不过，这点儿时间已经足够了。虽然明知对方的目的，但由于担心对手还有后招，小音和青柠都没有第一时间展开追击，而仍旧动弹不得、昏昏沉沉的我则像枫糖一样被野蛮地塞进了口袋，强行从村里带了出去，之后便是持续数日、极为不适的旅程。

而现在，当大车停下时，我突然有了一种感觉：或许，我离这趟旅程的目的地已经很近了。

“喂喂，今天的早餐呢？”虽然被用粗大的铁链拴着双脚，只能在这辆大车的角落里蜷缩着，但本着能给那些浑蛋制造麻烦就要制造麻烦的原则，我还是大声喊道，“你们是打算饿死我们吗？还是觉得卫兰人就没人权啊？”

当然,我是不指望这些家伙有什么积极反应的——在这一路上,我们每天只能得到不至于被饿死的一餐,包括一些古怪的干菜、只用劣质面粉和水烤出来的硬饼干,以及混在里面,大约或许是充当肉菜的小型象鼻虫残骸,无论成虫还是幼虫都有。至于早餐什么的,那自然是想都别想。能在太阳升起来后给干渴难耐的我们一口水喝,就算是这帮绑架犯的仁慈了。因此,每次我大叫着要吃早餐时,都只能引来押送者的一阵叫骂。

但奇怪的是,今天,我的要求居然得到了满足。

"拿去啃吧,女人。"在村里绑架我的"变色龙"之一一边嘀咕着,一边把拳头那么大的一块硬饼干像丢垃圾一样砸到了我身边,"别叫唤了。"

嗯,这些浑蛋居然会听人说话?脑子开窍了?还是突然良心发现了?不过我不觉得这两种可能性很高。果然,就在我和枫糖准备分那块硬饼干时,那浑球儿又用幸灾乐祸的语气补充了一句:"反正,这大概就是你们的最后一餐了。"

2

果然,我们已经到目的地了。

在听到“最后一餐”这个词儿时,我感到的并不是恐惧和惊慌,反倒冷静地判断出了其中隐含着的事实——考虑到那些押送我们的浑蛋一直以来的态度,无疑,他们之所以乐意提供“早餐”,无非是因为我们会在今天之内结束这趟很不舒适、极为令人疲惫,唯一的“好处”就是完全免费的旅程,因此也就不用再像之前那样等到“餐点”了。不过,在那之后,我们又会怎么样呢?难道真的会像那家伙暗示的一样,被以某种可怕的方式宰掉吗?

这当然不是不可能,但我的理智告诉我,发生这事儿的概率非常之低。诚然,在政治结构足够完善的人类国家中,将罪犯和敌人千里迢迢押送回去受审处决的事儿并不少见,无非是为了遵循传统、彰显正义或者司法体系的效力之类,但这帮子组织松散、除了身怀特殊力量和能力之外并不比一般的土匪流寇像样多少的浑蛋显然是没这种需求的。那么,难道是打算把我们变成他们之中的一员？考虑到之前被俘虏的“进化者”的说法，这种可能性倒是稍微高一些，不过我总觉得，无论是我还是枫糖，大概都不太适合成为那些“进化者”的同伴，至少不值得让他们付出牺牲自己人的代价来把我们掳走。

“恩主要见你们，女人。”或许是注意到了我露出的困惑表情，那浑蛋“变色龙”“善解人意”地对我解释道，“他们认为你们能够说出很多秘密。”

“哦，是什么样的秘密？”

“见到恩主之后，你自然就知道了。”“变色龙”冷笑道，也不知道是不愿意说明白，还是他主子压根儿就没对他说过这话。在说完这话后，他不再搭理我们，而是转身与他的同伴之一——一个非常“标准”的肌肉怪物型“进化者”一道走向了峡谷边缘的草地，开始用随身携带的短弯刀收割长在岩石间的植物、刮下石头表面上的地衣层。

“喂，呆头，动作快一点儿。”随着一声不耐烦的低吼传来，那“变色龙”对他的畸形同伴嘀咕道，“畜生们又饿了。”

“这，没法子。那些，大角兽，什么时候，吃饱过？”他的同伴用典型的肌肉怪物式结巴口语反问道。

“倒也是，这些大角兽要是能吃得像那两个女人一样少，那我们可就舒服多了。”“变色龙”耸了耸肩。在这一路上，这辆大车一直由那两头有着四条粗腿、长着古怪的颈盾和骨质尖角，看上去活像是古地球上的犀牛与三角龙混血产物的畜生拖曳着。作为大陆东南方荒漠地带最常见的力役牲畜，这些大家伙的力量是毋庸置疑的，但它们的食量也同样惊人，照顾起来并不是件简单的事儿(由于其起源世界的信息已经丢失,关于大角兽的生物学来源,学术界说法不一,人们甚至无法确定它们是否与犀牛和三角龙这两种古生物有关。不过,对大角兽的研究至少揭示了一件事实,那就是犀牛和三角龙的确不是一种动物。——编者注)。

“舒服?出门在外你还指望这个?”第三个声音说道。在听到这声音之后,我立即就分辨出,这人是“变色龙”的同伙,在之前的袭击任务中被小音用链锯破障斧砍成重伤,幸好同伙足够机灵,及时把他救了下来。虽说那种伤势落在寻常人身上搞不好会致命,但或许是“进化者”的身体更结实一些的缘故,他保住了性命,伤口也很快愈合了。“算了,喂好了大角兽就赶紧上路,只剩下这最后十几里路了,要是在这儿出了差池,恩主发起火来,你们可就别想再变回去了。”

“变回去”。在偷听这段对话的过程中,我敏锐地捕捉到了这个词语。虽然不知道所谓“变回去”具体指的是什么,但有两点是可以确认的:首先,这些家伙显然并不满意于自己目前的状态;第二,要想摆脱这种状态,他们就不得不依赖所谓的“恩主”。

不过,这一事实同样也没让我感到太过意外——之前铁火提到那个唯一的俘虏时就曾说过,那家伙自称自己是被掳去的普通人,想来加入这些“进化者”也并非出于本心。就这点来看,要终结“进化者”们对荒原上的居民们的劫掠,或许并不需要将他们统统打败,而着眼于这一点……

当然,前提是我们得能从被绑架的状态下摆脱出来。

“动作快点儿,时间不等人!你这到底是要磨蹭到——”当那个肌肉怪物用笨拙的手法将新鲜植物与地衣混进车上装载的压缩干草里,准备喂给大角兽吃时,少了一条胳膊的瘦高个“进化者”一点儿也没有上去帮忙的意思,而只是在一旁大声嚷嚷着指使他办事。不过,他的叫嚷声很快就被打断了:一支弩箭准确地穿透了他的气管,把下半句话永远地封在了他的喉咙里。

虽然在和平联盟的村落自警团中,我也见过个别用弩的人,但这支弩箭显然是特别的:它的箭头和箭身并非由常见的木材与金属造就,而是由某种强度和韧性更好的黑色物质一体塑造成型。仅此一点就能证明,它是一件来自旧纪元的高技术产物,而非这片荒野上的寻常村民能够弄到的东西。虽说在这颗曾被改造为军工厂世界、至今仍然遍布着古老的自动化生产设施的行星上,就算是在最荒凉的犄角旮旯儿里往往也能翻出把激光手枪之类的“黑科技”,但像是弩箭这种小众且功能有限的东西,当初的产量多半少得可怜,换句话说,拥有这种稀奇古怪的玩意儿的人多半是……

由于弩箭射击几乎不发出任何声音,直到那个独臂瘦高个倒下时,背对着他干活的另外两人也没有做出任何反应。而当他们意识到自己这边少了一个人时,第二发弩箭早已完成了繁琐的装填,并以接近三分之一声速的速度朝着他们射了过来。不过,“进化者”这玩意儿毕竟不是常人,在察知危险的瞬间,那个畸形肌肉大块头已经拔出了挂在腰间的一把獠牙状弯刀,在空中拦截了那支弩箭。

“呵呵。”在挥出刀子的同时,肌肉怪物低声笑道,似乎对于自己的反应速度颇为满意,但可惜的是,这笑声在下一刹那就变成了尖叫——这第二支弩箭虽然材质与第一支相同,但它的箭头却是空心的,而且里面还装了一些其他的“佐料”。在被刀刃击中的瞬间,这支箭的箭头立即碎裂开来,里面的液体喷溅而出,在惯性作用下溅了这怪物一脸一身。

虽说肌肉怪物型“进化者”靠着那骇人到完全不合常理的力量,可以浑身披挂由飞船的残骸改造而来、近乎坚不可摧的装甲,哪怕是硬吃一发等离子卡宾枪射击也没什么事(事实上,从作者对这些特殊个体体格的描述来看,“进化者”们的力量大致是与他们的体型相符的,还称不上“不合常理”。不过话说回来,人类的体格能达到如此骇人的水准,本身就已经是一件相当不合常理的事了。——编者注),但是,这玩意儿毕竟不是过去的正规动力甲与防护服,而只是些山寨手工制品,因此,它们全都留有开放式的眼窗和透气孔,对于液态和气态危险物质的防护效果也极为差劲。

而此时此刻,这头肌肉怪物亲身体会到了这一设计缺陷到底有多么严重。

“呃……咕……嘎啊……”在那些液体渗入眼窗、与皮肤接触后不久,肌肉怪物就开始疯狂扭动起了身体,活像是正在跳某种古怪的舞蹈。而在这“舞蹈”的最后,他甚至拼命扯下了自己身上的护甲零部件,撕裂了护甲下面的粗陋衣物,抓挠着自己发红起泡的皮肤——很显然,这是某种类似于芥子气那样的糜烂性毒剂,但威力不算很大,顶多只能让人暂时失去作战能力。这大概是因为使用者顾忌到附近还有人质,担心误伤。

当然,这就够了。

一旁的“变色龙”先生自然不是傻瓜。在发现两名同伴都被放倒后,他立即开始……飞快地脱衣服。虽然在看到这家伙的动作之后,枫糖立即发出了一声可爱的尖叫,但基于之前的经验,我立即判断出了他的目的:利用自己的“能力”隐蔽身形,然后伺机溜走通风报信,甚至反过来袭击试图营救人质的人。

但他的动作还是慢了一拍。

“想溜吗？你这怪物!”随着一串闪烁着白光的等离子束划过空中,我听到了小音的声音。“变色龙”先生才刚刚脱完衣服,将体色转化到一半,就被几发等离子束打了个正着,躯干和手臂部位的大块皮肉组织瞬间惨遭蒸发,只能像一条掉在地上的鱼一样痛苦地翻滚挣扎,完全失去了抵抗能力。

“呼,这样就搞定了。”在确认“变色龙”先生已经构不成威胁之后,小音快步走向已经自己扯掉盔甲的肌肉怪物身边,用等离子卡宾枪的最大射击出力模式直接了结了他。接着,她的目光转向了仍然被锁在大车上的我和枫糖:“你们没事吧？那些家伙有没有对你们做什么过分的事情?”

“我们还好啦,不过那个……‘过分的事情’指的是什么?”

“嗯,没什么。”小音摇了摇头,举起了随身携带的链锯破障斧,激活了驱动锯齿的电机,人造金刚石材质的锯齿像切纸屑一样轻而易举地切开了拴住我们四肢的锁链,“现在我们可以进入‘下一步行动’了。”

“下一步？不是回村里吗?”枫糖问道,“我还以为——欸?”

当一把匕首突然在小音身后“飘”起来时,我和枫糖的眼睛都瞪大了——直到这一刻,我才回忆起来,当时参加绑架行动的

“变色龙”式“进化者”总共有两名，虽然小音刚才靠着突袭的优势干掉了其中之一，但剩下的那家伙却趁机完成了隐蔽，并摸到了她的身后！虽说我在之前的旅途中已经反复见识过了小音的实力，也知道她在面对面的打斗中根本不怕这种杂鱼货色，但任何人的后脑勺上都没有长眼睛，面临来自身后的突袭……

“嗖！”就在我们出声示警时，第三支弩箭及时地飞向了匕首所在的位置……然后穿透空气，就这么飞了过去。与此同时，小音突然转过身去，朝着另一个方向奋力挥出了破障斧，在下一个刹那，高速旋转的锯齿咬入了血肉，一个人影就像变戏法一样凭空出现在了空气之中，并在喷溅的血雾里仰面倒地。

“呃，这是哪一出……”

“一个小花招罢了。”小音关掉破障斧的电机，伸手抓住了仍然悬浮在空中的匕首，从刀柄上扯下了几根透明的细线，以及一根与细线连在一起、用同样的透明材料制成的长杆，“这小子知道我有同伴在远处进行掩护，所以用不入流的街头戏法误导那个傻瓜。这才是他真正打算拿来突袭我的法子——”她用脚尖踢开了死者攥成一团的拳头，让一根钉子一样的东西从指缝之间掉了下来，“这东西大概是淬了毒的，像这样捏在手心里，就不会被看到。只不过，对我没用。”

“嘿，你刚才说谁是傻瓜呢？”一脸火气的青柠从一块大石头后面钻了出来。她披着一件专门的伪装斗篷，上面固定着许多簇干燥的灌木和地衣，在静止不动的情况下，倒也不太容易被发现。“本大爷可没有你的那种‘能力’好吧？更何况还隔着这么远，根本看不清楚！怎么，帮你还帮错了不成？”

小音的嘴角勾出了一丝笑意,没有说话,但我和枫糖却敏锐地捕捉到了青柠话语中最值得注意的那个词语:“能力”。在这之前,我只听说过那些“进化者”们,或者更准确地说,“进化者”中的一部分成员拥有这种东西,但她们怎么会……

“好了,动作快点儿,我现在只希望这档子破事结束得越快越好。”在青柠出现后,伊斯坎德尔以及十多名全副武装的自警团成员也纷纷从岩石后钻了出来,当然,我也毫不意外地看到了铁火,甚至是……香肠先生。“哦,对了,杏子、枫糖,你们二位在接下来的计划中,可是会扮演非常重要的角色呢。”

3

我必须承认，我这辈子最讨厌的事情有几件，其中之一就是在麻烦看似即将解决的当儿，却被告知必须马上投身于一个更新、更大的麻烦之中。当小音用破障斧劈开我和枫糖身上的铁链时，我原本以为，自己马上就可以离开这辆臭烘烘的破车，返回安全的地方吃上一顿正经饭菜，但不幸的是，历史学家接下来的发言将我的美好想象全部变成了泡影。

“我的计划并不复杂，接下来，我们会冒充成这些浑蛋。”在给我和枫糖一人递上一杯用石蕈提取物煮成的热饮后，历史学家解释道。虽然石蕈这东西在坦塔罗斯星上满地都是，但因为它们的味道非常“抱歉”，所以，只有物资匮乏的荒野地带的居民才会用这东西做饮料。不过，在尝过之后，我发现这玩意儿其实……也不是那么让人无法接受，至少它糟糕透顶的味道在提神这方面颇有效果。

“同时，也得辛苦你们两位继续扮演俘虏，方便我们混进那些浑蛋的老巢里去。一旦潜入成功,我们就伺机俘虏他们的首领,同时制造混乱,而我们的大部队会趁乱发动攻击,解救被掳走的人们。"他一边说着,一边指了指跟着铁火来到这里的大约三十名自警团成员们。

"但你们要怎么知道他们的老巢位置?"对于还得继续扮俘虏,而且还有可能真的重新变回俘虏这事儿,枫糖看上去跟我一样抵触,"我们离那地方可还有些距离呢,而你们刚才把那四个家伙全干掉了……"

"这不是问题,你是不是忘了你的老朋友了?"

"欸?香肠先生!"当那只白白胖胖的家伙跑到枫糖面前后,她露出了欣喜的神色。

"在你们遇袭时,这家伙恰好溜到村外田地里找食了,所以没有落到那帮'进化者'手里——当然,因为它拱坏了不少蔬菜,铁火先生当时真的差点儿就把它变成香肠了……还好,我们及时告诉了他香肠先生能为我们做些什么,"历史学家微笑着说道,"比如说,利用它的嗅觉带我们找到你俩。"

"嗯,我必须承认,它这次干得不错。"我耸了耸肩。上次在珊瑚城时,枫糖这家伙曾经对我保证,"训练有素"的香肠先生能替我们找出那些家伙隐藏的秘密,但最后,我们却只是稀里糊涂地背上了好几张赔偿账单,上面的数字还不小。"如果我没猜错的话,这主要是因为枫糖每天和它生活在一块儿,所以香肠先生对她的味道已经很熟悉了吧?"

"没错。"

"但问题来了,香肠先生和那帮'进化者',以及控制着他们的神秘家伙大概不熟吧？接下来的路你打算怎么——”

“你忘了这些家伙?”伊斯坎德尔指了指拉着板车的两头大角兽,这两只迟钝的大畜生也对他投去了一个好奇的眼神,“如果我的推测没错,这类牲畜应该是那些家伙常用的交通工具。而它们的味道……”

“呃,我明白了。”我点了点头。在这片荒原上,有句骂人的俗话叫“比大角兽身上的味儿还冲”,而在过去的几天里,这两头畜生的体味也是我痛苦的源头之一。“但是,你们和那几个家伙长得也不像啊。就算有易容术什么的……”

“不需要,”这一次,青柠诡异地朝我笑了笑,“你想见识见识我的‘能力’吗?”

“哈?”我和枫糖一时都不知该说些什么,不过,出于对同伴的信任,我们还是乖乖地坐回了又臭又硬的板车上,让小音用胶水将被切断的铁链重新粘了回去——当然,她用的这些胶水只不过是文具店里出售的普通品,只要有需要,我俩随时可以把这东西轻松挣断。接着,青柠、小音、伊斯坎德尔和铁火四人分别脱下了被干掉的那几个“进化者”身上的斗篷与长袍,并随意地披到了自己身上,然后又用布条遮住了脸,只露出双眼。

无论以什么标准来看,像这样的“乔装”都实在是滑稽可笑。毕竟,我们这几个人虽然称不上相貌平平,但除了看上去有点儿过分女性化的伊斯坎德尔之外,其他人起码都是些长相……还算正常的人类,而他们试图假冒的那些家伙却大多“骨骼清奇”,不是铁塔般的肌肉怪物,就是又瘦又高的“晾衣竿”,光是把他们穿过的斗篷披在身上,这种体型差就已经显露无遗,四人甚至不得不把斗篷的下摆给卷起来,才不会因此被绊倒。事实上,在我看来,经过这番打扮之后,他们甚至比那些披着普通的沙色斗篷的自警团成员们更加显眼。

他们打的到底是什么主意?难道是指望对方老巢的守卫在看到这一幕之后,会直接因为觉得太过滑稽而笑晕过去吗?

在接下来的路上,我几次三番忍不住想要就此提出问题,但每一次看到伊斯坎德尔成竹在胸的目光之后,我又下意识地把已经到嘴边的话吞了回去——不知从什么时候开始,我已经学会了下意识地对这名来历不明、浑身上下都充满了疑点的历史学家保持无条件的信任,或许,这就是所谓的“可靠的同伴”的含义吧?

不过,除了他们身上的伪装让人一百个不放心之外,接下来的旅程倒也没有出现别的问题。香肠先生尽心尽责地完成了它的向导使命,成功地带着我们的队伍穿过了一条不知已经干涸了多少年的河床,绕过了一艘被拆得活像是在河滩上腐烂了一个月的死鱼的飞船残骸,最终抵达了一座看上去平平无奇的小山附近。这座黑漆漆的岩石山丘看上去就像是一整块煤炭,除了位于山顶的一座简陋的木结构瞭望塔外,整座山上别无他物,既没有营帐与防御工事存在的迹象,也看不到堆放的物资与战利品。直到绕着小山转了一圈之后,我们才在这座山丘的西侧发现了一处洞穴。

在见识过许多处遗迹之后,我已经可以一眼分辨出天然山洞与人造设施之间的差异了。眼前这座洞穴看似平平无奇,但是有着极为规整和对称的轮廓,而且周围的花岗岩山体也看不出丝毫因为风化而破损开裂的迹象，这表明，它应该是由人力，而且很可能是用过去的工程机械所开凿出来的。在洞外，有人把一圈从飞船残骸上拆来的废金属材料插在地面上，搭建起了一道象征性的鹿寨。不过，从这玩意儿建造的粗糙和随意程度来看，就连建造者自己大概也不太指望这种“防御工事”能在真正的战斗中派上什么用场，它的存在更多地只是用来表明“此地有人居住”罢了。

历史学家拽着缰绳，控制着两头大角兽拉着板车接近了鹿寨。在这么做时，他的眼神相当平静，可事实上，透过那双足以让一大半女孩自惭形秽的精致的眼睛，我感觉到，他被布条遮盖的面孔上带着一抹成竹在胸的微笑。

“什么人？以恩主的名义，说明身份！”

如我所料，随着板车来到离山洞入口不到百米的地方，两个负责看门的“进化者”走了上来，开始了“守卫盘查”这么个固定戏码。在这两人之中，站在左边的是个典型的身披重甲的肌肉傻大个，从头到脚被五花八门的金属和陶瓷装甲板包裹得像是个超级大罐头，粗大的胳膊里抱着一门硕大粗笨的前装填火炮，而靠右侧的另一个家伙则要稍微“正常”一点儿，不过，从他那大得古怪、占据了面部近一半面积的双眼来看，这家伙应该也是个“进化者”，而且大概有着远比常人优秀的观察能力。

一种相当不好的预感就像蚂蚁一样爬上了我的脊梁。

“我们是第四突袭小队，恩主命令我们前往和平村捕获有价值的目标，”伊斯坎德尔勒住缰绳，让板车停下，然后用平静的语气说道，“这一任务已经完成，我们现在带俘虏前来报告。”

“是吗?”大眼睛“进化者”用尖细的声音说道,同时瞪大了那对畸形的瞳孔,用瘆人的目光打量着每一个人——当然,也包括被锁链“锁”在车上的我和枫糖,以及在完成向导任务后与我们一道成了这辆车的乘客的香肠先生。根据我读过的一本艺术史书籍上的说法,在很久以前的古地球时代,像这样的大眼睛曾经相当符合古人的审美观,在名为“二次元”的特殊艺术形式中尤其受到追捧,但此时此刻,我觉得那书上的言论都是扯淡。至少,在被这双眼睛盯住之后,我能感觉到的只有强烈的惶恐不安,完全无法产生所谓的“可爱”或者“讨喜”之类的感受(作者的这一想法,事实上也是许多艺术史研究者的观点:古地球艺术中对巨大眼睛的喜好,只不过是历史记载以讹传讹所致。不过我的研究伙伴塞斯先生认为,这种审美也许是存在的,并很可能来自武士阶级的图腾崇拜,“巨大双眼人物”的原型可能是蜂猴和指猴等夜行性原始灵长类动物。毕竟,在夜视仪技术不成熟的时代,拥有能在夜间视物的敏锐双眼是一种巨大的优势。——编者注)。

在与那眼睛巨大的家伙目光相接的瞬间,我身边的枫糖就开始浑身筛糠般地颤抖了起来,甚至连除了吃睡之外一概不知的香肠先生也被她的恐惧所传染,在她身后蜷缩成了一团。有那么一瞬间,我甚至产生了立即挣断身上的锁链、从这仿佛能看穿我的灵魂的目光中逃脱的想法……但在下一秒钟,我突然嗅到了一股古怪的气味。

我不知道该怎么用语言描述这种气味。不过可以肯定的是,在闻到那种味道的瞬间,我就产生了一种莫名的安心感。不知为何，我开始放松警惕，停止怀疑和思考，思维就像是被塞进了一大团泥浆，变得迟钝而缓慢。而且，那个长着巨大眼睛的"进化者"显然也受到了相同的影响，他原本锋锐的目光逐渐变得笨拙无神，最终变得和身边的那个畸形肌肉怪物一样呆滞。

"您不用怀疑我们，我们都是自己人。"青柠深吸了一口气，然后说道。诡异的是，即使对她的真实身份一清二楚，但我还是下意识地产生了一种情绪，想要无条件地相信青柠的说法。"这两位是我们捕获的俘虏，而这是我们的……呃……那个啥……对了，储备食物。"在盯着香肠先生看了一会儿后，她说道，"请让我们进去。"

"好的，我们这就放行。"大眼睛"进化者"嘀咕了一句，随即挥手示意他的肌肉怪物同伙让开了道，接着，披着拙劣伪装的伊斯坎德尔赶着大角兽，让板车进入了洞穴之中。又过了一会儿，我的思维才总算摆脱了方才的迟钝状态，恢复了清醒。

"你刚才都干了啥？"

"没干啥，试了试本大爷新获得的能力罢了，"青柠耸了耸肩，"看来，铁火先生之前告诉我们的都是实话。"

"什么实话？"我问道。

"如果能频繁击败'进化者'，就有可能获得与他们类似的'能力'。"小音解释道。

4

“你……这不是开玩笑吧?”

虽然自打与这几位同伴重逢之后,我就已经注意到,小音和青柠的身上似乎出现了一些……不太对劲儿的地方。但直到通过山洞入口的守卫之后,我才开始认真地思考起了这个问题:先前在遭到那个“变色龙”突袭时,小音的表现就已经不同寻常。那名“进化者”的拟态几乎和隐形没有差异,除非凑到近在咫尺的地方,否则几乎无法发现,而且他身上没有丝毫气味,动作也相当老练,差不多完全没有发出声音,就连身为卫兰人的我和枫糖的感官都完全拿他没辙,但小音却能轻易地将这样的对手定位并击杀。当然,这种事确实也可以解释为侥幸或者“第六感”,但青柠刚才能骗过门口的守卫,靠的肯定不是那蹩脚到让人尴尬的伪装手段,而是别的什么招数。

换句话说,虽然听起来很不可思议,但她刚才的话很可能是认真的。

“本大爷为什么要和你开玩笑?”青柠用她一贯咄咄逼人的语气反问道,“或者说,你真以为刚才发生的事是偶然?我们只是走运而已?”

“啊——当、当然不是啦!”我连忙摇了摇头,“那个……你为什么也能使用‘能力’?”

“本大爷之前说过了啊,这似乎是因为我消灭了足够多的‘进化者’,”青柠耸了耸肩,“至于详细的原理,你可以问问铁火先生。”

“事实上,我也不是很清楚,但在之前与‘进化者’的战斗中,确实有人在打倒‘进化者’后,逐渐变得能够使用‘能力’。”和平联盟自警团的首领说道。虽然我们目前正在驱车经过的这条狭长地下通道里没什么人,但为了防止有人听到我们的对话,他还是尽量压低了声音,“那些人的‘能力’与‘进化者’相似,但整体而言要弱得多,比如让肌肉力量暂时强化,或者轻微地改变某些部分皮肤的色调、深浅之类的。虽然实用性不高,但还是让我产生了一个猜想……或许,只要消灭足够多的‘进化者’,我们就也能如同他们一样使用‘能力’。”

“这听上去倒很像是电子游戏里的打怪升级桥段……”历史学家嘟哝道。

“电子游戏是什么?”我好奇地问了一句。

“一种古老的娱乐产品,它最大的贡献莫过于让许多人误认为自己这辈子总有机会可以读档重来。”历史学家摇了摇头,发出了一声莫名其妙的冷笑。

“嗯,总之,在你们来到和平村之前,这个猜想只能是猜想

——毕竟,就算在最好的情况下,我们与'进化者'之间的交换比也是二十比一,根本干不掉他们几个人。但是,有了你们的帮助,一切就完全不一样了。杏子小姐,你刚才也看到了,除了反应速度和力量方面的增强外,小音小姐的'能力'是能让自己的双眼按照需要看到更复杂的……呃,伊斯坎德尔先生之前是怎么说的来着?对了,光谱,这让大多数迷彩和伪装对她而言变得形同虚设;至于青柠小姐,她可以用某种特别的方式影响对方的情绪,让对方下意识地对她产生好感,并且相信她。"

"这种能耐也没什么特别的,也就是能分泌一点儿信息素,加上一些麻痹性化学物质罢了,"小音嘀咕道,"虽然好用是好用,但总有点儿坑蒙拐骗的味儿……"

"坑蒙拐骗?在战场上,擅长欺骗敌人可是一种优势哦,"青柠皮笑肉不笑地瞪了小音一眼,"幸好这种'能力'并不属于只知道蛮干的某人,否则的话可就完全浪费了。"

"你说什么——"小音有点儿恼火了。不过,就在她和青柠准备跳起来互相揪对方的脸时,历史学家用一个凌厉的眼神制止了她们的下一步行动。

"现在可不是瞎闹腾的时候。"伊斯坎德尔低声说道,"看看周围吧。"

没错,和之前相比,周围的情况确实已经发生了很大的变化。在刚进入那座矮山的山洞时,出现在我们面前的只有一条狭长的、倾斜向下的通道,除了乘着板车的我们之外,通道内空无一人,安静得有些令人脊背发寒。但是,在穿过一扇闸门、进入一座地下大厅之后,周围的场景立即改天换地——在这座面积足以容下整座小村庄的地下建筑内，到处都是生活的痕迹。大量装在箩筐和板条箱内的物资被摆放在大厅的各个角落，其中一些还算整齐地堆放在用回收材料搭成的简易仓库内，但更多的则被随意堆放在一起，活像是田鼠窝里的存货。肮脏的铺盖、简陋的帐篷和手工缝制的睡袋散乱地摆在大厅边缘，旁边放着造型五花八门的坛坛罐罐，甚至还搭着养牲口的棚子。在充斥着人体热量与动物臭味的空气中，我灵敏的嗅觉辨认出了谷物的味道、油的味道、排泄物的味道、发霉稻草的味道、柴火和煤炭的味道……当然，还有血的味道。

至少有好几百人居住在这个地下世界内，从分布于大厅墙壁上的诸多出入口来看，我们之前找到的山洞之所以防备不算严密，也就完全说得通了——它压根儿就只是这个巨型蚂蚁窝的许多个入口之一。在这里的居民中，最显眼的自然是“进化者”，尤其是那些外表骇人的畸形肌肉怪物。不过，以数量而论，占总人口最多的居民却并非这些引人注目的家伙，而是众多衣衫褴褛、面如死灰的普通人。在此之前，我曾不止一次地从自警团成员口中得知，每次袭击中，除了抢掠各种生存必需品之外，“进化者”们还会刻意抓捕俘虏，其中既有遭到攻击的村落里的村民，也有外来的旅客与商队成员。总之，只要袭击结束，任何没有当场被杀的人都会沦为俘虏。

没有人知道这些俘虏的命运。虽然根据早些时候那个重伤被俘的“进化者”的说法，个别俘虏会“有幸”在喝下药物后变得像他一样，而自警团的侦察人员也不止一次注意到，“进化者”们利用俘虏为他们运送后勤物资并搬运抢掠到的战利品，但与被俘的总人数相比,这些俘虏的人数还是太少了。在一些充满危言耸听意味的传说中,“进化者”会将俘虏们视为食物或者靠折磨他们取乐;另一些更不靠谱的说法则绘声绘色地宣称,这些人在诡秘的邪教仪式上被杀害,他们的灵魂被黑魔法变成了那些可以把人类转化为“进化者”的邪恶药物。不过,至少在这儿,我并没有发现任何可以证明这些说法的迹象。

“下车!”在进入地下大厅后不久,我们的板车就被人拦了下来。挡在我们面前的是两个手持狼牙棒的大块头“进化者”,以及一名身材瘦小、浑身布满夸张古怪的文身、戴着白色面具的男人。

“乐于从命,我的恩主。”在看到来人之后,历史学家立即拉住了手中的缰绳,让两头大角兽停住了脚步。接着,在我们几人跳下板车的同时,白面具男人朝着不远处的一群俘虏做了个手势,几名俘虏立即跑了过来,动作麻利地卸下了这两头畜生身上的笼头和挽具,把它们牵进了不远处的一个牲口棚里,被视为牲畜的香肠先生也被一同带了进去,另一些人则推走了板车。从这些人的反应速度和动作的娴熟程度来看,他们显然已经很习惯于在这个戴白面具的家伙手下做事了。

“你们是送俘虏来的,对吗?”白面具男人盯着历史学家,就像之前洞口的大眼睛守卫一样,这家伙并没有发现我们这一行人身上的问题——或者更准确地说,他也许确实看到了,但他的大脑却被青柠的“能力”干扰,难以理解自己所看到的东西意味着什么。

“对,我们是来送俘虏的,”回答这个问题的不是伊斯坎德尔,而是青柠,“恩主大人,这两位是你们特意要求从和平村俘虏来的外来者。"

"是吗？好，你们干得很好！"白面具男人打量着我俩，发出了阴森的笑声，"这里没你们的事了，回兵营去待着吧。我的部下会负责押送这两个小宝贝儿去接受……款待的。"

款待你个大头鬼啊！我差点儿就朝着这个猥琐的家伙吼出了声。

"恩主且慢，我现在有一事相求。"这一次，青柠并没有照对方的吩咐行动，而是朝着铁火使了个眼色，后者立即将几只手工缝制的口罩分发给了我们。这些玩意儿不但相当厚重，而且在夹层里还装填着某些味道刺鼻的药剂，让我觉得正常呼吸都变成了一件苦差事。即便如此，我还是以最快的速度戴上了它……毕竟，就算青柠没有明说，我也知道她打算做什么。

虽然隔着厚重的口罩，但那股味道还是渗了进来，就连口罩填料所散发的刺激性气味也无法让我完全忽视它。在之后的几秒钟里，我的思维又一次陷入了短暂的迟滞状态，接下来的行动、离我只有咫尺之遥的"进化者"、随时可能发生的战斗……这一切似乎都已经变得毫不重要了，我脑子里只剩下了一种诡异的安宁与喜悦，以及服从某种指引的渴望。对，不需要再费时费力地思考，只要跟随指引去做，一切就都没问题了……

欸？这样居然都还能中招吗？青柠这家伙的"能力"到底有多厉害啊?!

拜那简直要叫人窒息的厚口罩所赐，那股气息对我的影响只持续了很短的时间，接着，我的头脑就又恢复了清醒。不过，吸入量远远大于我的那个面具男可就另当别论了——虽然面具遮挡了他的五官,但从嘴角流下的唾液,以及面具眼洞里露出的那双瞳孔几乎收缩得要看不见的呆滞眼睛不难看出,他现在已经完完全全着了青柠的道儿,至少一时半会儿是挣脱不了啦。

“这两位先生,你们的工作结束了,”青柠首先对面具男的那两个肌肉怪物保镖说道,“回去好好睡一觉,忘掉今天的事。”

“是。”此时此刻,两个凶神恶煞的大块头乖得就像是两条小奶狗,就差没有摇着尾巴撒娇了……好吧,他们本来也不像我和枫糖一样长着尾巴就是了。

“至于这位恩主大人,能开恩告诉我们您的名字、职务和具体工作吗?”

“当……当然能。”面具男现在毫无反抗之力,只能对青柠的要求百依百顺,“我叫法尔克,原本是‘高贵者’中山木部族的副酋长,目前在基地里担任俘虏甄别和分拣专员,有时也负责定期联系伟大的‘启迪者’。”

启迪者！这档子破事果然和那些家伙有关!

我下意识地朝站在一旁的历史学家瞥了一眼,但后者却没有露出丝毫吃惊的表情——考虑到来这片荒野追踪“启迪者”本就是他的主意,目前的发展多半也在他的预料之中。“请继续,”在和伊斯坎德尔交换了一个眼神后,青柠继续问道,“你们与‘启迪者’之间究竟有什么关系?”

“‘启迪者’大人们赐予我们知识、力量与权柄,他们无比伟大,是智慧与真理的化身。”面具男用充满崇拜的语气说道——之前当我们刚刚遇到枫糖时,坚信自己看到的节目是由真人出演的她,就是以这种语气谈论自己最喜欢的那些角色的。“是他们指点了我们，让我们找到了这座古老的殿堂，并教授了我们其中隐藏的奥秘，而‘进化之药’也是他们赐予我们的。”

“这地方现在有多少‘启迪者’？”

“一个都没有。‘启迪者’大人们不常来这儿，”面具男说道，“他们只是下达指令让我们完成罢了。我们奉命为他们收集需要的人员、物资和其他东西，作为报酬，他们会让我们‘高贵者’在他们大业成功之后，重获应得的权利。”

“高贵者？那是嘛玩意儿？”枫糖终于忍不住低声问了一句。

“哦，这就是所谓的‘食腐族’的自称，你听说过‘食腐族’吧？”历史学家轻轻哼了一声，“如果我的研究没错，这些人原本是战争结束后盘踞在周围的城镇废墟里、依靠四处劫掠为生的一群盗匪，后来被人们驱逐，被迫逃入荒原之中，像秃鹫一样靠捡拾垃圾和坑蒙拐骗过活。不过，在他们自己的传说里，他们是被驱逐的‘贵族’，是整片大陆居民的‘恩主’，总有一天会重新恢复原有的地位……嗯，像这样的历史叙事，在人类历史上实在是太普遍了。”

“原来如此。”我点了点头。经过伊斯坎德尔这么一提醒，我才注意到，这个面具男身上的刺青看上去确实很像我过去在书中见过的食腐族部落的标志。

“对了，你是怎么和那些‘启迪者’联系的？”

“这座设施里有一间控制室。”面具男答道，“我们一直用控制室里的设备与‘启迪者’联络。”

“是吗？”青柠的脸上露出了一丝笑意——那是掠食动物找到猎物藏身之处时特有的喜悦之色，“带我们去，现在。”

5

多亏了法尔克这位自动送上门来的“向导”兼“护身符”，我们之后的行动变得相当顺利——由于这家伙的地位颇高，没有人再来检查我们的身份或者质问我们要去哪儿，而他对于这座地下建筑内的布局也了如指掌。这一切再加上青柠那足以让任何守卫对我们的可疑之处视而不见的能力，以及小音可以看透大多数伪装手段的锐利双眼，极大地增加了我们在行动中的安全系数，我一直悬着的心也总算放了下来。

或许是因为用不着继续担惊受怕，放松下来的我开始下意识地观察起了周遭的环境——这里显然是一座已经有数百年历史的古代设施，而且看上去并不像是军用地下基地或者掩体。除了那座空旷、宽阔的大厅之外，这座地下建筑群的大部分区域都由曲折的走廊和管道构成，就像是一头巨兽的腹部。而且，越是深入这些走廊和管道，我就越有一种奇特的熟悉感，仿佛我曾经来过这儿似的……

而我的本能告诉我，这种“既视感”大概不是凭空出现的。

虽然这些走廊和管道看上去都不是用来给人居住的，不过，这倒并不妨碍住在这儿的人们对它们进行各种各样的利用：一些比较狭窄的管道成了垃圾场和厕所，而宽敞一些的走廊则被各种粗陋的搭建物所占据。虽然在我的词汇库中，这些搭建物应该勉强可以被称为“棚屋”，但它们其实只不过是用棍子和绳索胡乱固定、围成一圈的废金属板，上面盖了一层粗糙的纺织物，看起来甚至还不如关家畜的圈舍来得像样。但是，就是这样的“牲口棚”里，却挤挤挨挨地住着许多俘虏。其中，老人和小孩的数量很少，大多数都是青壮年。我还注意到，虽然这些人并没有被捆绑起来，“牲口棚”也没有专门安排看守，但没有任何人表现出逃离的倾向——造成这一切的，很有可能是对那些“进化者”深入骨髓的恐惧。

“这些人要怎么办？”我小声询问着伊斯坎德尔，“你该不会打算在找到‘启迪者’的线索之后就直接跑路吧？”

“哈，杏子小姐，你把我当什么人了？”历史学家扬起了一侧眉毛，“铁火先生可是带来了自警团里的精锐，只要我们搞到想要的东西，就会发信号让他们展开突击，消灭那些‘进化者’和控制他们的食腐族浑蛋，并且把俘虏们带回联盟的控制区。”

“这听上去可不太容易啊。”我摇了摇头。在和“进化者”们打了这么久的交道之后，我很清楚他们到底有什么能耐。至少，要消灭这些家伙绝对不是什么简单的事儿。若非如此，在之前近一年的战斗中，和平联盟的自警团也不至于左支右绌、处处被动了。

“你不相信吗？嗯,考虑到你的观察能力,有这种疑虑也不是不能理解,”伊斯坎德尔对我微微一笑道,“毕竟,你大概没注意到,这下面的‘进化者’数量虽然不少,但战斗力强的家伙,其实并不多。”

“哦?”

“毕竟,大多数战斗型的‘进化者’——也就是那些用废铜烂铁把自己包裹成罐头、浑身肌肉比石头还硬的大块头——光是袭击村子和商队就已经忙不过来了。别忘了,这片荒原的面积相当广阔,比起袭击本身,他们花在来回奔波上的时间要多得多。所以,你刚才如果认真观察的话,就不难发现,除了地面入口处的哨兵,以及某些重要人物身边的保镖之外,这儿根本就看不到战斗型‘进化者’,”他朝着一声不吭地在前面带路的法尔克撇了撇嘴,“其他的‘进化者’基本上都是非战斗类型,虽然其中混有不止一个‘变色龙’,但我们这边可是有小音在,对她而言,他们的伎俩根本没用。更何况,这些人的首领很可能也在我们要去的地方。只要能把那家伙干掉或者制服,其他人就会变成一盘散沙,很可能压根儿组织不起什么像样的抵抗。”

“这还差不多。”我点了点头,加快了前进的速度。在这些曲折的地下走廊中待的时间越久,之前产生的那种“既视感”就变得越强,一开始,我还以为这不过是个错觉,但现在,我已经开始逐渐确信,自己以前真的去过与这里极为相似的地方。

但到底是什么时候……

“就是这里了。”就在我还在努力挖掘着自己的记忆时,为我们带路的法尔克已经停在了一扇在我看来相当熟悉的门前。这扇看似相当普通的房门上画着一个倒三角标记，中间还画着一个感叹号。

嗯，我似乎想起来在哪儿看过这种标记了。

“法尔克，现在还没轮到你值班——等等，你后面的那几个人是干什么的?”在门后的房间里，几名戴着白面具的食腐族惊讶地注意到了我们的出现，“这里是控制室！外人不能进入，你们是——”

“抱歉了各位，但这里现在被我们征用了!”这一次，青柠并没有再试图用自己的“能力”影响对方，而是直接亮出了“蕾妮”，她的第一枪就精准地敲掉了离我们最近的那个白面具的半个脑袋，第二枪则打断了一个试图去拿武器的家伙的脊椎。在大口径弹丸强横的动能冲击下，这个可怜的家伙直接手舞足蹈地飞了出去，又重重地撞上了不远处的一座控制台，从他的身体里溅出的血液直接在显示器屏幕上留下了一个鲜红的人体印痕，看上去活像是一只被砸烂的番茄。剩下的两个家伙见势不妙，连忙摆出了投降的姿态。

“请、请不要伤害我们!”其中一个在白面具上画着好几道活像是鸡爪子般的花纹、看上去似乎具有一定地位的家伙声嘶力竭地喊道，“我、我们愿意与你们合作！无论你们要什么，我们都乐意……”

他的后半句话被一阵痛苦的喘息声以及血液呛入喉咙的声音盖过了——当然，任何人如果被一把飞刀同时切开气管和颈动脉，他能发出的也就只有这样的声音而已。在这人倒下的同时，一支锯短了枪管的霰弹枪从他藏在身后的那只手中落在了地上。

“看来你们的合作意愿并不像嘴上说的那么强烈啊。”刚刚抛出飞刀的小音轻轻哼了一声。

“我们效忠于伟大的‘启迪者’!”见计谋已经被识破,最后那人也不再伪装,直接朝着我们抛出了一枚弹丸,同时迅速戴上了一副护目镜。当这枚弹丸仍在空中时,小音就敏锐地用链锯斧的斧柄击中了它……但这玩意儿并没有如同预期那样被打飞出去,而是在被击中的瞬间爆散了开来。

“老……咳咳咳……老套的招数。”随着一大团暗褐色的刺激性粉末在空气中弥散开来,在场所有人都陷入了泪流不止、无法视物的状态,与此同时,我的耳朵灵敏地捕捉到了一串由远及近的脚步声——趁着这个机会,那浑蛋正在朝我们冲来,而且他的第一个目标就是我本人!

糟了糟了糟了糟了!

就在我手忙脚乱地试图找点什么东西抵挡时,一阵微风伴着电机运转的“嗡嗡”声吹在了我的脸上,接着,我就听到了人类肉体被锐器劈开、筋骨折断所发出的恶心声音。当那些刺激性粉末在通风系统吹出的新风中散去,我的双眼也不再流泪时,最后那名食腐族头目已经在我脚下变成了两截,一把被削成两截的弯刀掉在了一旁,失去了皮肤与肌肉组织束缚的内脏从平滑整齐的切口中流了一地,活像是某种诡异的后现代艺术品。

“蠢货,以为我看不到就没法儿对付你了吗?”小音冷笑道,“足够了解战斗艺术的人根本不会单凭眼睛去发现敌人。尤其是在距离如此之近的情况下……不过,这家伙是永远没机会学这一课了。”

“行啦,我们还有正事要干。”或许是因为无法忍受小音的自吹自擂,青柠打断了她的话,“你们不是还要调查那什么‘启迪者’的线索吗?麻烦动作快点儿,等到完成了这档子事,我们还得收拾这下面的烂摊子……如果那个人也在这下面的话,那就更好了。”

“你说的‘那个人’,指的是你的父亲吗?”我问道,“你打算救他走?”

“救?你倒是说说,那老死鬼哪里值得本大爷救啦?”青柠反呛道。

“因为他抛弃了你?”

“要只是那样,倒也无所谓,反正男人在这方面没啥差别,”青柠摇了摇头,“本大爷真正厌恶的,是那家伙的软弱!明白吗?我们家族可以容忍无能和不负责任,但唯有软弱是不能接受的——如果那家伙出现的话,本大爷会亲手送他上路!这样对谁都好。”

“软弱?”回想起之前在荒沼村之战中见到的那个把大刀耍得虎虎生风的身影,我实在是想不明白,青柠所谓的“软弱”究竟从何说起。

“算了,现在我们得先关掉设施内的警报和自动防御系统,然后通知等在外面的自警团突击队发动进攻,”伊斯坎德尔说道,“这些设备里肯定存有与‘启迪者’的通信记录!只需要把它们提取出来就行了。虽然经过了加密,不过有操作人员配合……欸?”

直到这时，伊斯坎德尔及我们才注意到了一件事：直到刚才为止都像条宠物狗一样乖乖待在我们身边的法尔克，居然已经不见了踪影！

“可恶，大意了！”历史学家打了个哆嗦，随即露出了恍然大悟的神情，“所有人离开这里，动作快！”

“不错的主意，但恐怕你们已经来不及了。”法尔克那尖锐、带着些许讥讽意味的声音突然从这间控制室唯一的入口之外传来，与此同时，几个嗡嗡作响的影子簇拥着他出现在了那里。

我对这些玩意儿可不陌生。

“难道这就是传说中的‘人造幽灵’？不会吧？这些东西居然真的存在？”头一次见到自律型无人机的青柠用惊讶的语气说出了这个词儿，而早已和这种玩意儿打过好几次交道，并从伊斯坎德尔与枫糖那儿了解到了不少相关知识的我则只能露出苦笑。虽然这些被不了解它们的人冠以“幽灵”“鬼魂”之名、在废墟和遗迹中徘徊的古代科技造物并非全都是危险的，但眼前这几台显然属于全副武装的警卫型号。而且我相当肯定，只要操纵者有那个意思，它们随时都会朝我们开火。

“我的‘能力’居然失效了吗？”在思考片刻之后，意识到情况不妙的青柠嘀咕道，“不，不可能的，明明……”

“错。事实上，你的能力从一开始就没在法尔克先生身上起效。”还没等她把话说完，一支手枪的枪口已经抵在了我的太阳穴上，而我惊讶地发现，这支枪居然握在铁火的手中。“他在找上你们之前，就已经针对你的能力采取了必要的预防措施……在面具下增加一点儿过滤装置，在技术上可是没有任何难度的。”

“这怎么可能？除非……是你告诉他的？”

铁火微笑着没有说话。

“怪不得我觉得进来时太容易了点儿……如果你从一开始就和这里的某些人达成了合作意向的话，这也就不奇怪了，”伊斯坎德尔摇了摇头，“能告诉我你的目的是什么吗？”

“你们不需要知道，只要按照我的要求放下武器就行了，”铁火说道，“虽然就在这里处理掉你们也不是不行，不过，你们几个的个人能力和拥有的知识与技术，对我未来的事业也许会很有帮助。因此，我愿意破例赐予你们一个活下去的机会。”

“我猜，你所谓的‘事业’大概不是保卫你在名义上效忠的和平联盟吧？”历史学家冷冷地说道，“否则你也不会说那是‘你的事业’了。”

“那又如何？”

“那么，恕我们无法与你合作。”回答这个问题的是小音，而她回答的方式并不只有语言，更多的是行动——在说出这句话的同时，她已经欺身接近了我与铁火，并挥出了一记肘击，只不过，她的目标既不是铁火，也不是他手中的武器，而是被当成人质挟持的我。

“嘎呀！”

虽然我很清楚，小音的这一下子其实已经手下留情了，但就算这样，被这么打在身上也仍然相——当——疼啊——！在被她的手肘砸中后背之后，我只觉得自己肺里的空气几乎全都被粗暴地挤了出去，就连意识也模糊了好一阵子。万幸的是，我的自我保护本能倒是没有因此宕机，让我在摔倒在地的瞬间得以及时用双臂护住脸颊,避免了脸上开花的灾难性下场。

同样被这一下搞蒙的自然还有铁火——在发现人质突然从面前消失后,这家伙立刻陷入了短暂的惊愕之中,而在他反应过来之前,小音已经顺势用右脚踢中了他握枪的手腕,在一声轻微的脆响之后,随着这家伙的腕关节粉碎性骨折,那支手枪也从他彻底报废的手掌中旋转着飞了出去。

“可恶! 你——”

“麻烦再帮我一个忙。”小音用冰冷的目光盯着五官疼得扭曲起来的铁火,然后像抓起一只麻袋一样揪住了他的领口,将他粗暴地提了起来,又用力地抛向了那些守在控制室出口处的无人机。或许是因为铁火被这些玩意儿识别为“友方”,在内置程序的驱使下,它们不得不朝着铁火一拥而上,笨拙地试图将自己当成缓冲垫,阻止这家伙和坚硬地板的“亲密接触”(有必要注意的是,与功能更多样化的拟人型机器人不同,大多数功能较为单一的无人机式警卫和保安机器人并没有“保护人员”的功能,不过,作者遭遇的这几台无人机的程序很可能已经被私下改造过了。——编者注)。而小音、青柠和伊斯坎德尔当然不会错过这个机会。随着等离子卡宾枪、激光手枪,以及虽然技术水平原始但威力却足够强劲的“蕾妮”共同开火,那几台武装无人机几乎在同一瞬间变成了废铁,而令我感到有点儿意外的是,在这之后,仰面摔倒在地板上的铁火居然手脚俱全地活了下来。

“好了,我承认你之前的表演确实非常优秀,优秀到把我们全都给骗了过去,”历史学家微笑着盯着已经变成孤家寡人的法尔克,以及因为疼痛而昏迷过去、失去意识的铁火,“但很不幸,现在游戏时间已经结束了。我希望你能够如实告诉我们，你和铁火先生之间到底暗中达成了什么交易，又为什么要这么算计我们？”

“啧，别以为这样就赢了，”法尔克瞥了一眼他那已经派不上用场的同伙，下意识地后退了一步，然后抬起了自己的右臂，“最后赢的人只可能是我。阿尔法，给我上！”

在下一个瞬间，随着装在控制室天花板上的一个通风口处的金属格栅被粗暴地向下撞开，一个庞大的身影“嗵”的一声落在了我们眼前。

“来这招啊……”我听到青柠小声嘀咕了一句，“好啊，死鬼老爹，我很高兴再见到你。”

6

当还在醴泉镇上生活时，为了让一天到晚围着公共烤炉转悠、极度缺乏刺激的无聊日子变得尽可能有趣一些，我曾经刻意搜集过各种各样的冒险故事。在许多故事中，“主人公遇到身躯庞大的敌人”都是必备桥段。不过，在所有故事里，那些与主人公作对的大家伙都毫无悬念地被击败了。除了主角必然获胜这条潜规则之外，大家伙们通常会有“反应迟缓”“动作缓慢”“力大无脑”这么几个不利条件，就算再怎么皮糙肉厚、生命顽强，无敌的主角也大可以利用自己的灵活与敏锐一点点地拖垮对手。

在很长一段时间里，甚至是在跟随伊斯坎德尔离开醴泉镇，亲身参与一次又一次的冒险之后，我都一直对于故事里的这些描述深信不疑。但此时此刻，我终于意识到了刻板印象与现实之间的差异。

“可恶，这是什么速度啊！”在用手中的链锯破障斧仓促挡下两次势大力沉的横劈之后，小音的语气里相当罕见地带上了些许的惊慌，“青柠，你不是说你那老爹非常软弱吗？怎么会——呀啊！”

“软弱并不等于没有力量。”让我有些意外的是，青柠这次倒是破天荒地没有嘲讽小音的窘态。哪怕后者在仓促躲避攻击时差点儿因为失去平衡而让手中的斧头脱手飞出，她也只是默默地朝着对手展开牵制攻击，以此为小音缓解压力。“我的父亲缺乏的从来不是力量……只是他自己一直意识不到而已。当然，他现在或许已经明白了这一点，但已经来不及了。”

“你这是什么意思……算了，有能够立即解决掉这家伙的办法吗？”

“目前看来，暂时没有，”青柠非常诚实地答道，“我必须承认，死鬼老爹变得比之前更厉害了。”

眼下正在与我们对阵的这名巨汉并不是什么陌生人。在一个多月前的荒沼村之战中，这人正是那些前来进攻的“进化者”中唯一一个没有栽在枫糖的地雷陷阱这招上的。而在那时，我就已经见识过他与其他单纯依赖蛮力破坏的“进化者”截然不同的身手。但和现在相比，这家伙在荒沼村的表现压根儿算不上什么。虽然身高几乎是青柠的两倍，浑身上下披挂着厚度足以抵挡等离子卡宾枪直击的重甲，但这家伙的攻击速度与反应敏捷度居然和青柠、小音都不分伯仲，在同时与两人近身作战的状态下，仍旧可以不落下风。而根据基础物理学常识，物体的动能等于质量与速度平方乘积的一半，这家伙高速挥动着的大刀虽然不太锋利，但攻击的力道却是实打实的，可怕至极。它的第一次猛劈就击碎了我身边的一座控制台，将这台设施的坚固合金外壳齐齐削成了两半，而刚才小音勉力接下的那两次斩击，甚至在她那把破障斧坚不可摧的斧柄上留下了肉眼可见的裂痕(根据考证，小音的破障斧大概是AX-103型，作为太空船的救生设备，为降低重量，其斧柄由轻量化多孔复合陶瓷材料制成，远称不上“坚不可摧”。即便如此，这种材料也达到了莫氏硬度9，且柔韧性极高，要破坏它同样并非易事。——编者注)。

在与对方展开几轮攻防之后，青柠和小音就都意识到了一件事：在巨大的力量差异之下，要想凭借手中的武器强行格挡对方的攻击是极为愚蠢的行为，只要再硬接几招，她们就会面对要么失去武器、要么双手甚至胳膊被冲击力震伤的危险局面。于是，两人不约而同地开始避免正面接下对方的攻击，但就连我这个对于刀枪剑戟一窍不通的大外行也能看出来，这种做法大大减少了她们应对的余裕，让两人在对手大开大合的猛攻之下变得更加被动，陷入了只能勉强自保的状态。至于我、枫糖和伊斯坎德尔三人，更是完全没法儿插手这种层次的战斗，只能远远地躲在一旁观望。

更糟糕的是，与不得不“悠闲”地靠边站的我们三人不同，在我们被拖住的同时，法尔克那家伙却趁机走到了一处接近出口的控制台旁，开始输入某些指令。很快，我们身后的一系列显示屏上都浮现出了令人不安的红色感叹号标志，接着，这些标志又变成了这座地下设施的动态平面图，以及位于设施不同位置的监控摄像头拍下的画面……

注意：自动防御系统状态变更，转为人工控制，紧急激活已开始。

随着这行红字在不同显示屏上接连亮起，我注意到，越来越多的监控画面上，都冒出了那些令人不安的身影：装备着各式威力巨大的能量武器的无人机就像一群群前来索命的幽灵，悄无声息地现身于这座古老设施的各个角落中，并对一切不幸与它们遭遇的人发起攻击。无论是“进化者”还是俘虏，甚至是刚刚进入设施之内、准备策应我们的自警团突击队员们，全都被它们一视同仁地当成了倾泻火力的标靶。

面对这些突然出现的不速之客的攻击，绝大多数人，甚至包括长期盘踞在这座设施内部的“进化者”们，显然都没有准备。少数人尝试进行抵抗，但全都落得了一模一样的下场——成为散落在地板上的焦炭，而更多的人则尝试着逃跑，或者试图通过躲起来逃过一劫，不过，在这些古老的杀戮机器的无差别攻击面前，这些尝试成功的概率大多低得令人绝望。很快，因为能量武器的攻击而脱水炭化的尸骸就布满了设施的各个角落，走廊与管道内的空气中翻卷着脂肪和毛发燃烧产生的污秽烟雾。

可恶可恶可恶……这下子该怎么办？如果“堤丰号”在这里的话，我们倒是可以用它装备的那门“说服者”来对付这些麻烦的玩意儿，但不幸的是，除了正与青柠的父亲奋力周旋的小音和青柠两人之外，我们三人只有伊斯坎德尔带着一支激光枪，而更不幸的是，由于在刚才以最大出力射击了好几次，现在这件武器的能源灯已经开始闪烁起了表示“需要重新充能”的红色，顶多只能当成铁块去砸人而已。

“无论如何，在一切结束之前，我必须对你们说声谢谢，”大约是觉得自己已经稳操胜券的缘故，法尔克一边在控制台上输入指令,一边说道,“多亏你们替我解决掉部落里的那几个老白痴,我才能拿到这里的控制权。否则的话,整个计划不可能进行得如此顺利。”

“果然,你和被我们干掉的这些家伙不是一路人。”虽然暂时无计可施,但伊斯坎德尔仍在设法套出对方的话,“我刚才听你说,你是这个食腐族部族的‘副酋长’,这是内部政治斗争吗?你打算利用我们帮你夺取部落的权力?”

“当然不是。”法尔克冷笑了一声,“谁在乎当一群白痴的头头?统治几百个臭烘烘的傻瓜有多少好处?更何况,山木部族还是所有‘高贵者’部族里地位最低、最不重要的一个,连直接留在‘启迪者’们身边服务的资格都没有,只能被打发到这鬼地方来干这些杂活脏活!就算我们‘高贵者’真的掌握了这个世界的大权,我的这个可怜的部族大概也只会被那些家伙踢到一边去吃灰。”

“这种推测确实具有合理性。”历史学家说道,仿佛是在评论一个与自己毫不相干的学术问题,“所以,你决定采取措施避免这种状况?”

“当然!那些头脑简单的老家伙以为,找上我们的‘启迪者’真的是来自地下的远古神灵,不过我可是清楚得很,他们和我们一样,也不过是一些凡人罢了。”随着法尔克不断发布新的指令,这座地下设施内几乎所有区域都出现了被激活的武装无人机,这些机器就像一群群行军蚁一样,有条不紊地扫荡着不幸与它们遭遇的任何活物。与此同时,青柠和小音的情况也在逐步恶化。虽然她俩的战斗技巧比对手略胜一筹,靠着分工牵制战术,可以时不时地穿透对方的防御，突然送上凌厉的一击，但覆盖对方大部分躯体的重甲让她们的攻击无法轻易造成致命伤害，而由于天差地隔的体能差异，她们几乎必然会比对方先耗尽体力。

“这些家伙与我们唯一的不同，仅仅是他们拥有比我们更多的知识和技术，了解更多的秘密，并且获得了一些古老的宝物……比如说，‘进化之药’。”

“有时候，仅仅是认知能力的巨大优势就足以制造出‘神明’了。”伊斯坎德尔低声自言自语了一句，然后摇了摇头，“从你的语气来看，你不打算继续与‘启迪者’合作了？”

“不然呢？那些‘启迪者’可是打算在将来对大陆上的其他人类发动一场战争！到时候我们这些人肯定会被推上前线当成炮灰！我已经为那些家伙做了足够多的事情，完全有权拿上属于我的报酬走人！”法尔克用理所当然的语气说道。

“报酬？我猜，这大概指的不是‘启迪者’发给你的工资吧？”

“工资？那些家伙让我们靠劫掠自行解决衣食住行！”法尔克冷笑道，“他们说，在胜利之后，我们会拿回整个世界，这就已经是最大的报酬了！”

“那么，所谓的‘报酬’又是什么呢？”

“还没猜出来吗？罢了，你反正也用不着知道。”随着一声清脆的“咔嚓”声，小音的破障斧终于在一次被迫进行的格挡中被对方的大刀切，不，应该说是“砸”断成了两截，虽然一旁的青柠仍然紧握着那把已经出现了不止一个大缺口的猎刀，但所有人都明白，她无法靠一己之力抵抗太长时间——更惨的是，就在此时此刻，另一群被法尔克召来的武装无人机已经出现在了控制室的入口。“说实话,事情能进行得这么顺利,就连我自己也感到颇有些意外呢。”

惨了,这下可是真完蛋了……

呃,也许还有戏?

不知为什么,就在这个绝望的念头出现在我脑海中的瞬间,另一个模糊的念头也一并冒了出来。不知为何,我有种感觉,目前的情况并非无可挽回,我还能做点儿什么来扭转局面。虽然完全不清楚这种感觉究竟从何而来,但我还是下意识地朝着一旁的控制台走出了两步,接着,我的手就像有自主意识一样动了起来。

我开始动作麻利地按下控制台上的按键。

“你这是在干什么?”虽然看到了我的行动,不过法尔克似乎没有要阻止我的意思,或许在他看来,我的行为不过是惊慌失措之下的盲目挣扎罢了,“没用的,你根本不知道该怎么下达指令,就算知道,也没有授权码——只有当初找到了这处设施的那些‘启迪者’才知道这些。就连我,也是在偷到了他们的内部记录之后,才意外地发现……”

“你错了。”我朝法尔克露出了一个微笑。事实上,在输入第一行指令后,我就意识到了自己到底在干什么,也明白了之前为什么我会对这地方产生如此强烈的“既视感”。没错,我之前当然从未踏足过这里,但我也确实去过与这里极为类似的地方。

“我知道哦。”

“什么?”

在下一秒钟,正要对青柠挥下大刀的那名盔甲巨汉突然停止了动作——刚刚进入这间控制室内的那群无人机突然掉转了枪口,将他包围了起来。紧接着,正在这座地下设施的各处进行杀戮的防卫无人机也都停止了动作,关闭了发动机和武器系统,就地进入了休眠状态。

“这是怎么搞的?”法尔克大叫道,“这不可能!”

“否认既定事实是没有意义的行为,”伊斯坎德尔伸出一根手指,朝着他轻轻晃了晃,“至于你的那个问题,我也许知道答案……杏子小姐恐怕在很久之前就已经知道应该如何来操纵这些设备了。”

“是的……这里也是一座水处理设施,和醴泉镇地下的那座一模一样,”我点了点头,“只不过,直到大战开始,这座设施很可能都未曾投入使用,因为在进来时没有看到任何水源,所以我才一时没想起来这儿究竟是干什么用的。”

“那又怎么样?”法尔克继续尖叫着。

“没礼貌,我好歹也曾经是醴泉镇的‘水之圣女’啊——而且严格来说,还是历史上唯一的一个真货呢,”我用调侃的语气答道,“在那天,拜伊斯坎德尔的植入手术所赐,醴泉镇地下设施里的‘奥兹曼迪亚斯’系统把我认定成了适格者,并向我开放了查阅水处理系统的信息与档案的权限。所以说,只要我意识到这座设施的性质,就能轻易地查出授权码,以及任何别的我需要的信息。”

“那个,你说的‘需要的信息’,也包括了和‘启迪者’相关的记录,对吧?”枫糖问道。

“没错,虽然我还需要稍微花点儿时间消化这些信息就是了。”我耸了耸肩，“你们要怎么处理这个浑蛋？考虑到这家伙刚才害死了不少人，我个人认为……”

“别以为你们这就赢了啊！”就在我准备提出处分法尔克的建议时，另一个声音突然插了进来。之前被摔晕的铁火恰好在这时悠悠醒转，并对我们投来了愤怒的目光，“你们两个，干掉那个女人！”

没有任何动静。

“那个，你知不知道，虚张声势这种做法是不好的哦？”枫糖摇了摇头，对铁火比画出了一个“不乖”的手势，“‘你们两个’是哪两个啊？”

“咦……这不可能！你！还有你！给我动手啊！”铁火显然也着了忙，伸手指着小音和青柠喊道，但两人都只是露出了困惑的神色。

“这不可能……我难道不是你们的主人……”

“你大概是弄错了什么吧，而且还错得挺离谱，”在安静地看着铁火进行了一番小丑般的表演之后，伊斯坎德尔说道，“我猜，你大概真的以为，通过投放‘进化之药’就能够控制他人，对吗？”

“你怎么可能知道——”

“我好歹也是个历史学家，这一块儿正好在我的专业范围里呢。我曾经找到过一些历史资料，其中提到了一种实验性的纳米机器人。在过去的战争中，有人肆意篡改了它们的程序，让它们可以按照使用者的意愿改造其肉体，从而增强其在极端环境下的适应能力。我猜，你们的所谓‘进化之药’，指的大概就是这玩意儿吧？不过话说回来，‘进化’这个词根本就不适合用来形容这种东西——在自然环境筛选下出现适应环境的新遗传表征，这才叫进化，而通过纳米机器人群落的微观手术改变内分泌、改造人体器官的运作方式，这可不是。”

“呃……”从铁火和法尔克惊愕的表情判断，他们多半对这些事一无所知。不过，历史学家显然不在乎他们的想法，自顾自地说了下去。

“铁火先生，我不知道你是怎么和法尔克先生勾搭上的，不过很显然，在编出那套‘杀死了进化者就能取得能力’的鬼话时，你们两人就是熟人了。由于‘启迪者’交付的‘进化之药’数量有限，而且必然被严加保管，以他的地位，显然无法大量盗窃或者克扣这东西。因此，你俩就转而设法从被杀死的‘进化者’体内获取这东西——幸运的是，因为人体改造是个持续性过程，因此，新的‘进化者’在短期内不会将‘进化之药’代谢到体外，从理论上讲，要从血液、肌肉或者结缔组织里提取出那些纳米机器人并非不可能。在那之后，你尝试着让其他人服用你搞出来的提取物，但因为纯度极低，一开始的效果并不理想。直到我们到来，大量‘进化者’被杀死，你有条件进行大量提取后，情况才有了改观……”

一阵恶心感突然涌上了我的喉头，与此同时，我的脑海中浮现出了在庆功宴上由铁火奉上的那些古怪的酒液……此时此刻，我无比庆幸自己当时没能把那些玩意儿喝下去。

“你们或许会很疑惑，为什么之前法尔克先生的部落可以作为‘恩主’，轻而易举地控制那些比他们更强大的‘进化者’？不，这并不是因为所谓的‘进化之药’的作用，而只是因为他们的软弱罢了,”伊斯坎德尔继续说道,“对青柠和小音这样意志坚定的人而言,这玩意儿顶多只会赋予她们更好的战斗素质,以及某些她们认为自己能在战斗中用得上的能力,她们能够控制‘进化之药’对自己身体的改变。但在那些内心软弱的人身上,这东西却会忠实地反映他们所无法战胜、不能控制的本能欲望与冲动,然后以极端的形式表现在他们的躯体之上,而这让他们在正常的人类社会中变成了‘异类’。没错,如果是足够坚强的人,或者彻头彻尾的反社会分子,或许并不会对自己的身体表现出的差异性感到不安,但这些人不同——‘渴望更强’从一开始就只是他们掩饰自己的软弱的借口,而当他们真的得到原本不敢想象的力量时,这个借口就消失了,他们将不得不面对那个现实,那就是他们本质上不过是一群软蛋。”

“呜……”一声轻微的呜咽从与青柠对峙的大块头的头盔之内传了出来,接着,呜咽变成了低沉的抽泣。而在几步之外,青柠打了个哆嗦,缓慢地将猎刀插回了刀鞘里。

“当然,这个世界上有的是这样的人:他们幻想拥有力量,但并没有真正做好拥有它的准备,只是将这种幻想作为自我麻痹的药剂。而一旦药剂没了,他们又成了无法回归日常生活的异类,那么,冷酷的现实自然会砸在他们的脸上,”历史学家轻轻叹了口气,“到了这一步,他们自然只有两个选择:要么一条路走到黑,围绕在这帮所谓的‘恩主’身边抱团取暖;要么选择用另一份药剂麻醉自己,告诉自己‘恩主’会在一切结束之后,把他们变回原样。”

“但是……这……不可能吧?”青柠的父亲停止了呜咽,低声问道。

“恕我直言,恐怕……”

“啊——!”盔甲巨汉突然爆发出了一声愤怒的吼叫,接着,他奋力舞动巨剑,像挥动球拍一样直接拍飞了悬浮在身后的两台守卫无人机,接着,在其他无人机朝他开火之前,这人用尽全身力气,将手中的大剑奋力投了出去。这件普通人甚至无法挥动的巨大武器就这么带着破空之声划出了一道长长的弧线,像弓箭射中耗子一样直接将一脸惊讶的法尔克钉死在了控制室的墙壁上。

接着,盔甲巨汉也倒了下去——就算浑身上下包裹着重甲,他也无法在多支能量武器的近距离攒射之下幸存。在那庞大的身躯栽倒的瞬间,我没有听到遗言,甚至无法从被头盔包裹着的脸上看到丝毫表情。而当我将视线转向青柠时,她却在第一时间将目光扭向了其他方向。

“你觉得……”我做了个深呼吸,小心翼翼地问道,“你的父亲,在最后战胜了他的软弱吗?”

“我不知道,”青柠沉默了一会儿,才给出了这个模棱两可的答案,“我只希望……明天会更好。”

第八章　奥兹曼迪亚斯(上)

1

“各位,请相信我。我真的不……不是叛徒啊……”

在和平村中央的议事厅里,跪在和平联盟一干大人物面前的铁火抖如筛糠,像一只受惊的仓鼠一样缩成了一团,平日里作为自警团指挥官的气势早已消失得无影无踪。事实上,由于我已经见识过了这家伙的懦夫本性,在我看来,他现在还能够吐字清晰地说出话来,就已经算是超常发挥了。

“浑球儿,你做了这等事,还好意思厚着脸皮说出这样的话来!”一名坐在旁边的村落代表发怒了,“这次与你一同参与解救任务的自警团成员,有十一个人不幸遇难,其中三个人来自我们村子!说!他们都是怎么死的?!”

“那个……我……我不是很清楚!我……咕啊!”

另一名村里死了人的代表早已气不打一处来，跳上去给了铁火当胸一脚。这家伙被踹得就地打了个滚，顺势缩进了一旁的角落里，彻底不吭声了。

“我听伊斯坎德尔先生他们说过了，那些人都是死在你同伙召唤来的那些邪恶的‘人造幽灵’的袭击之下的，对吧？”须发斑白的老者还想再踢铁火几脚，幸好，小音及时冲上去拉开了他——在几天前，当青柠的父亲和法尔克双双死去后，能通过“奥兹曼迪亚斯”系统获取这颗行星上一切水处理设施相关信息的我轻而易举地接管了那座被“进化者”和幕后操控他们的所谓“恩主”当作基地的地下设施，并很快完成了收尾工作。由于自动防卫系统之前的那番大开杀戒，大多数敢于与它们对抗的“进化者”和食腐族都已经被歼灭，剩下的几个见势不妙，也只得逃之夭夭。而幸存的上百名俘虏则被我们救了出来，并带回了和平村。

可惜的是，虽然就结果来看，这次行动是以我们这边的胜利告终的，但参加解救行动的自警团成员却遭受了多达总人数三分之二的惨重伤亡。因此，在被押送回村里之后，被视为叛徒的铁火就已经被愤怒的村民们痛打了好几顿，早已鼻青脸肿、半死不活。虽然在不少人看来，这家伙就算被直接大卸八块也不解恨，但考虑到他可能掌握的信息，我们最终还是说服了各村落的代表，对他进行正式审讯，而非直接让愤怒的村民把他打死。

“呃……听我说，当时情况很乱。其他人是……自己冲进来的，我只是命令他们在外面待命而已……”虽然自知已经凶多吉少，但铁火还是竭力为自己辩护着，“当时启动自动防御系统的是法尔克那家伙,不是我……”

“他不是你的同伙吗?”另一名代表忍不住问道,“你勾结那家伙,企图让‘进化者’征服我们……”

“绝无此事!”铁火喊道,“我是为了保护所有人的安全才这么做的……我、我的目的不过是利用他得到尽量多的‘进化之药’而已。”

“一派胡言!”有人愤怒地想要将手中的砖块直接砸到铁火的脸上,但被伊斯坎德尔伸手拦下了。“少安毋躁,先生,先听他把话说完。”

“我真的不是叛徒!”见伊斯坎德尔和小音暂时保护了自己,铁火似乎觉得看到了洗脱罪名的机会,连忙开始连珠炮式地为自己辩解起来,“我、我之所以和法尔克那家伙合作,完全是为了在之后的灾难中让和平联盟旗下的各个村子有机会幸存下来,而‘进化之药’就是关键!”

“嗯,至少这家伙说了一部分实话,”见身边的各村代表们纷纷摇头咋舌,对铁火的话毫无信任可言,历史学家摆了摆手,解释道,“他确实在尝试从被杀死的‘进化者’体内提取‘进化之药’,而且就目前来看,也的确取得了一些进展……小音和青柠她们最近这段时间战斗能力的突飞猛进,以及拥有了可用的‘能力’,都是拜此所赐。”

“对对对,就是这样!”铁火的脑袋点得更勤了,“这一切其实都是我计划好的！为的是让各位都能拥有足以应对接下来的威胁与挑战的力量！所以你们看,我从来都不是,也不可能是什么叛徒……”

“那可就难说了。毕竟我们都很清楚，因为偶然性的存在，一件事的最终结果往往不一定等于其最初的目的，”历史学家冷笑道，“没错，你大概确实没想过让和平联盟被‘进化者’征服这档子事……毕竟在你看来，除了被拆得七零八落的飞船残骸之外就一无所有的这片荒原根本就提不起你的兴趣，在这里当个自警团团长也根本无法满足你的胃口。从一开始，你唯一的目的，就是获得足够多的‘进化之药’而已吧？由于对相关知识一无所知，你和你的朋友法尔克都误认为，‘进化之药’可以让使用者变成对投药者言听计从的奴仆。因此，你们相信，只要搞到了这玩意儿，就可以建立起一支属于自己的、力量强悍的私人军队……届时，无论是作为雇佣军投靠某个城邦，还是干脆占山为王，都是轻而易举、手到擒来。这才是你们真正的目的吧？”

“啊……呜……呃……”铁火的嘴唇不断颤抖着，但喉咙里就像被塞进了一大团湿海绵一样，无论怎么都说不出话来。虽然这家伙也算有些狡诈，但就我这些日子的观察来看，他其实并不特别聪明，尤其不擅长随机应变。而他目前的表现则基本上证明，伊斯坎德尔之前的推测多半没错。

“各位，看来情况就是这样，”历史学家看了看到场的各个村落的代表们，耸了耸肩，“我们亲爱的自警团团长并不是什么勾结敌人的叛徒，而只是个利欲熏心的浑蛋，为了个人的妄想和欲望而与另一个浑蛋勾结在了一起，仅此而已。当然，我个人不建议因此而减轻对他的惩罚，你们怎么看？”

“对我们而言，不能履行自己的职责就是背叛。而且铁火的行为确实导致了多名自警团人员的死亡，”在与其他与会者交换了一个眼神之后,坐在首席的联盟发言人说道,“按照过去的惯例,对这种行为的惩罚是装进袋子,用棍棒打死。”

“那就这样!”

“打死他！现在就去找麻袋来!”

“等！等等!”铁火彻底慌了,“我、我要求得到将功折罪的机会！我还有重要情报可以提供!”

虽然其他人没有发现,但我注意到了伊斯坎德尔嘴角露出的一丝微笑——看来,他从一开始就已经预料到情况会发展成这样了。“你最好知道足够重要的情报,能让在座的各位考虑饶过你的性命的那种。哦,对了,最好快点儿讲,否则大家恐怕就要不耐烦了。”

“当、当然！我知道隐藏在所谓‘恩主’背后的‘启迪者’的大量信息——虽然负责和他们通信的是法尔克,但我也从他那里了解到了足够多的关键情报！为了表示合作的诚意,法尔克一直都在和我共享这些信息!”

我看了一眼伊斯坎德尔,然后点了点头。那天,在那座被那帮“进化者”当成据点的废弃水处理设施内,通过“奥兹曼迪亚斯”系统所赋予的权限,我确实发现,在设施的通信系统内储存着大量对外通信记录。可惜的是,由于这套系统的通信内容保存期限只有一个星期(事实上,这些通信保存期限是可以按照需求设置的,而一星期是理论上的最短期限。那位掌管通信系统的法尔克先生很可能故意选择了这一期限,以防其他人通过调阅记录获知其中的信息。——编者注),因此,我无法得知大多数通信的确切内容,只知道通信的日期以及通信对象。但如此之多的通信记录本身就足以说明，法尔克掌握大量有价值信息的可能性的确很高。

“说吧。”

“呃……嗯……我知道那些制造并操纵‘进化者’们的所谓‘恩主’究竟是什么家伙。他们其实根本不是什么‘高贵者’，而只不过是一群食腐族罢了！就在几年之前，这些可怜虫还蜗居在荒漠东部边缘的山地里，靠着盗窃抢掠苟且度日。但是，突然从地底出现的‘启迪者’改变了一切……”

“地底？”小音打断了他的话，“你说他们是从地底出来的？”

“没错！”铁火说道，“至少法尔克是这么说的。”

“关于‘启迪者’的来历，他还提到过什么没有？”

“这个……法尔克确实还说了一些，让我想想……”铁火咬着嘴唇，飞速挖掘着自己大脑里的记忆——他很清楚，接下来能否给出让我们满意的答案，将会决定自己的生死。“是了！法尔克说过，‘启迪者’来自荒原的东南方，也就是大陆边缘的沿海山地。在那些山地里，有一些非常古老、极为坚固的洞窟，即便是古代人的超级武器也难以将其摧毁，‘启迪者’最初就居住在这些地洞里……当然，我不能确保这些话的真实性，但是……”

“行啦。”历史学家掏出了一本笔记本，在上面迅速地记下了什么，“我相信这话基本是准确的。继续说。”

“啊，好、好的！”在见到历史学家如此表态后，铁火那双小眼睛里燃起的希望之光变得更加热烈了，“那些‘启迪者’的目的，似乎是要‘赢回自由’。”

“啧，我看这些家伙明明自由得很嘛，还想要赢回什么自由?”一直对这场审讯兴致缺缺的枫糖一边抚摸着香肠先生的皮毛,一边嘟哝道,“无论我们走到大陆的哪个角落,都能看到他们的‘杰作’,也没见有谁能阻止他们满地乱跑……虽然话说回来,要是没有他们对‘那位先生’进行改造,我恐怕也看不成那些电视节目就是了……”

“呃,法尔克先生也提到过‘启迪者’在坦塔罗斯星各处活动的事儿,而且他对此提出了一些推测,”铁火说道,“他认为,这些活动的目的,很可能是为了找到所谓的‘适格者’。”

“‘适格者’? 那是什么?”

“呃……我也不是特别清楚。但法尔克说,在这个世界上,有些具有特殊血统的人能够经过特殊的改造,获得操控某些特定的古代遗迹或者遗物的权限。当然,我是没见过这种人啦。就连那座地下设施里面的设备的最终控制权限,其实也是掌握在某个‘启迪者’手里的,法尔克只是获得了控制密码,可以在真正拥有权限的人没有下达命令时,临时操纵里面的一部分设备罢了。”

“我基本明白了,”历史学家说道,“他们在针对重新连接‘奥兹曼迪亚斯’系统进行实验。”

“实验?”枫糖挠了挠毛茸茸的耳朵,“欸……难道说,我们之前遇到的那些可以控制遗迹的人,无论是那个住在信号塔里的大叔,还是鲁娜的爷爷,以及珊瑚城里那些重启了古代设备制造怪物的人……”

“恐怕他们都是这个实验的产物,”历史学家点了点头,“还记得我之前提到过的‘奥兹曼迪亚斯’系统吗? 这东西在本质上是一种基于基因锁的高度泛用性脑机接口，可以让拥有特定基因的个人访问相应的系统中的全部信息，并拥有其控制权限。在刚遇到杏子时，因为情况紧急，我就曾经在她身上进行了类似的尝试……结果让她获得了对行星上水处理系统的控制权限。这也是我们那天能够成功逃生的原因。”

“怪不得，”枫糖耸了耸肩，“但对‘启迪者’而言，制造出能够操控信号塔里的系统或者用食品工厂制造出竞技用怪物的人，又有什么意义呢？”

“这些事本身当然没什么意义，但‘制造’这种人的过程本身，却是很有意义的，”历史学家说道，“别忘了，太空汪达尔人的入侵，以及之后坦塔罗斯星被封锁已经是几个世纪之前的事了。在那之后，行星上的‘奥兹曼迪亚斯’系统虽然还保持了一部分功能，但与基因锁相关的数据再也没有被更新过。随着代际更替，能够在植入手术后通过识别的人变得少之又少。我想，‘启迪者’可能从很多年前就开始尝试针对这一问题进行改进，而具体方式则是改造在人体内生成‘奥兹曼迪亚斯’数据接口的纳米机器人，从而让更多的人可以在接受植入手术后成功接入系统，获得古代装备与设施的控制权。他们之所以在大陆各处制造出那些肆意滥用古代技术设备的家伙，其实不过是在对自己的新玩具进行测试……当然，在这一过程中，他们还可以顺带打探大陆上的情报，以便完善下一步的行动计划。”

“事实上，他们很可能成功了……至少是部分成功，”铁火接着说道，“在大概一个月前，法尔克在通信中意外地听说，由于经过了持续的改进，即便对象是未经挑选、随机俘获的一般人，‘进化之药’也能从中筛选出差不多五十分之一的‘适格者’,有能力操纵古代的复杂设备。剩下的人中,又有一小部分会因为副作用诱发的畸变而变成普通的‘进化者’,其余则没有什么反应的人,则……”

“考虑到他们前前后后通过各种方式掳走的人口总数,这个比例已经很危险了。”历史学家少见地露出了不安的神色,“我之前进行的抽样调查表明,由于持续数代人的基因漂变,如果按照原有的标准安全程序进行植入注射,目前坦塔罗斯星的潜在‘适格者’,也就是能通过系统基因锁认证的人员,顶多刚达到总人口的三千分之一。如果他们能把这个比例提高到五十分之一……那我们的麻烦可就大了。”他做了个深呼吸,“铁火先生,你知道那些家伙打算做些什么来‘赢回自由’吗?”

“他们……他们有一个计划,”在把话说下去之前,铁火突然打了个哆嗦,“这个计划的主要内容是发动一场战争,把其他人……都消灭掉。”

2

“消灭掉其他人?”在听到这话后,平时总是喜怒不形于色的伊斯坎德尔第二次露出了混合着不安与困惑的表情,这可实在是少见,“此话当真?”

“至……至少法尔克是这么说的。”

“这个‘其他人’的范畴是什么?”

“除了‘启迪者’之外的每一个坦塔罗斯星的居民,甚至包括其他高贵……啊,不对,食腐族的家伙,”铁火说道,“当然,那些人声称,与他们合作的人都会得到‘净化’,因此不属于消灭对象,还能在之后获得巨大的奖赏,但包括法尔克在内的少数人不相信这种说法,所以才暗中与我联系,希望能留点儿后手。”

“那他确实是个聪明人,至少考虑到了对方卸磨杀驴的可能性。”历史学家点了点头,“除此之外呢? 你对这一计划的了解有多少?”

在听到这个问题后,铁火立即面露难色,显然真的不知道太多内情。但为了尽可能让自己显得有价值一些,他还是竭力搜索枯肠,把可能对我们有用的情报统统拼凑在了一起:“我只知道这个计划的代号似乎是‘为了明天’,那些‘启迪者’为了启动计划,不断抓捕俘虏,让他们服用‘进化之药’,从中挑选所谓的‘适格者’。其他人要么成为‘进化者’,负责为他们进行劫掠,要么成为奴隶,为一些用途不明的设施挖掘矿物、搜集资源。”

“这下麻烦了。”历史学家小声说道。

“哈?”

“所谓‘用途不明的设施’,极有可能就是被启动的自动化兵工厂,”历史学家摇了摇头,“从理论上讲,这些在太空汪达尔人战争中建造的自动化兵工厂应该普遍拥有充裕的材料库存,足以在不进行补充的前提下维持一段时间的生产——就像我们之前遇到的那座智能地雷制造厂一样。如果那些人已经开始特意抓捕劳动力,搜集生产所需的资源,那表明,原有的库存材料已经耗尽了。”

“这听起来可不太妙,”在说完这句话时,我才注意到,一颗硕大的汗珠顺着我的脸颊落下,“要是我没记错的话,他们利用‘进化者’替他们袭击商队和村庄、掳掠人口的行为已经持续了快一年了。就算一开始只是为了挑选所谓的‘适格者’,但用奴隶采集资源的行为起码也持续了好几个月,恐怕……”

“我们必须尽快离开这里了。”还没等我把话说完,伊斯坎德尔就得出了结论,“这是唯一的可行之道。”

“你这话是什么意思?要我们逃跑?”自从离开那座地下设施后就一直沉默不语的青柠厉声质问道。

“对，就是要逃跑。”

“本大爷无法接受这种行为！这是战士的耻辱！”

“耻辱？你大概是对这个词的理解有点儿什么偏差，”小音反驳道，“首先，伊斯坎德尔先生和我并不是战士，他只是个在行商过程的同时进行研究的历史学家而已，而我则是他雇用的保镖，而杏子和枫糖更不是什么战士，也没有不能在敌人面前逃跑的规矩。另外，我们确实暂时与和平联盟的自警团有合作关系没错，但这可不代表我们就得寸土不让——比起这片荒凉贫瘠的土地，生活在这片土地上的人才是更重要的。青柠小姐，我能理解你看到自己的父亲变成那副样子，还落得……那样的结果之后的感受，但至少在现在，我希望你能够以大局，而非个人恩怨为重。”

虽然在经历了这么多事之后，我已经开始怀疑，伊斯坎德尔的身份恐怕并不仅仅是什么“行旅商人兼业余历史学家”而已，不过，小音这番话的逻辑在我看来倒是没什么问题。在几次三番见识过封锁时代之前高技术产品的厉害之后，我很清楚这些玩意儿到底有多么可怕。如果就连一堆最平常不过的智能地雷都能对好几个城镇召集的讨伐队造成沉重打击，那么，一支大军能做到的事情……

“如果有必要的话，我们可以撤离村子，”与会的代表之一说道，“但我们要去哪儿呢？”

“目前我也没有很好的解决方案，不过，去珊瑚城应该是一个可行的选择，”历史学家思考了一阵子，然后轻轻叹了口气，“那座城市不算特别远，而且一直都很需要外来劳动力。虽然我无法保证你们届时的生活质量,但无论怎么说,在我们解决了城里的食品价格失控问题之后,至少确保最基本的生存应该是……有把握的。”

“这样啊……”又有几个村子的代表点了点头。虽说背井离乡的滋味通常不太好受,但这片有着“焦灼之野”这一糟糕绰号的荒芜土地本就不是什么令人怀念的地方,本地人的生活也算不上太好,因此,对于离开这里一事,大多数人并没有表现得太过抵触。

“但是……我们能不能保持中立呢?”一名年迈的代表突然询问道,“我的意思是,没准儿我们可以告诉那些‘启迪者’,我们并不想妨碍他们……”

“开什么玩笑!”他的这番话还没说完,就被人打断了,“你没听到吗？蠢老头！那些家伙打算把我们所有人都消灭干净,根本就不在乎我们是不是打算妨碍他们!”

“但就算这样,我们也可以只放弃位于他们前进路线上的几个村子……反正他们的首要攻击目标肯定是西边的大城市,只要我们提前躲开,不要与那些家伙发生冲突……”

“这么做同样缺乏可行性。恕我直言,那些‘启迪者’如果要攻击大陆上的大型城邦和聚落,就必然会占领和平联盟旗下的各个村庄——没错,是占领,而不仅仅是‘通过’,”历史学家摆了摆手,“别忘了,一支大规模军队需要随时消耗大量补给:人员生活需要的食物、饮用水、各种工具、药物和其他物资,以及战争机器需要的备用零部件、弹药和燃料……嗯,考虑到大多数标准自动化战斗系统在野战行军状态下主要靠太阳能和微型冷聚变反应堆供能,最后一项可以无视。但无论如何,有一点是可以肯定的:即便是对成功利用‘奥兹曼迪亚斯’系统掌握了古代设施和技术产品操纵方式的‘启迪者’而言,要跨越宽达数百千米的荒原进行远征,仍然是件相当困难的事。因此,他们很可能需要像过去的军队那样,在途中设立补给站。”(事实上,在许多战例中,登陆星球表面作战的邦联武装部队都并未按照战术手册的要求设立地面补给站,行星突击军在这方面表现得尤其明显。毕竟,在掌握制宇宙权的前提下,通过轨道空投补给要容易得多。——编者注)

“补给站?”对于真正的战争毫无概念的村民代表们面面相觑,毕竟,在这片人口稀少,遍布着沟壑、陨击坑和古老的飞船残骸的贫瘠土地上,一次出动一二百人就已经可以算是大阵仗了。

“对。更不幸的是,你们的村子的位置和距离恰巧相当合适,”历史学家继续说道,“无论是在这里就地设置物质存储和转运站,还是直接在这里设置机械零部件和装备的生产设施,都能极大地降低前线的补给压力。在珊瑚城这样的大城市被攻克并成为新的行动据点之前,他们都会一直‘使用’你们的村子。”

“这也太……”之前那名年迈的代表露出了绝望的神色。不过,还没等他把话说完,村外便突然响起了一阵警钟声。

“糟糕,出事了!”

在之前与本地人并肩对抗“进化者”的一个多月里,我没少听到这种尖锐刺耳的钟声。由于缺乏相应的通信设备,大多数荒野上的村子只能靠钟鼓、烽火这种手段在第一时间传递信息。按照规定,如果是个别敌人的零星侦察、袭扰,警钟会隔几秒钟敲击一次;而有一定威胁的小股敌人出现时,警钟敲击的次数会翻倍……但从现在的钟声密度来看,敲钟人多半是在手臂肌肉允许的极限程度下拼命敲钟,这只意味着一件事——

来袭的敌人绝对不可能是小数目。

"准备战斗!"由于原本的自警团指挥官铁火已经被解除了职务,于是,伊斯坎德尔和小音自觉地担任起了指挥的职责,而其他人似乎也默认了这一点。在他俩的指挥下,村里的非战斗人员很快便躲进了地下通道,带着来得及携带的行李有序地开始撤离,而能够参加战斗的民兵和自警团成员则迅速拿起了武器——在离开珊瑚城时,我们购进了一整车的当地"特产"作为接下来计划出售的商品,其中绝大多数都是各类枪械和弹药,而自从决定协助本地居民抵御"进化者"的威胁后,伊斯坎德尔就将"堤丰号"上的这些货物免费分发给了自警团。多亏了我们当时极富"先见之明"的采购,现在差不多有一半的自警团成员都装备上了单兵能量武器,剩下的人也基本可以保证人手一支射弹式枪械,比起他们一个多月之前的装备水准,这种提升堪称鸟枪换炮。但是,考虑到他们待会儿可能面对的对手,我实在无法确定,这种程度的装备水平到底够不够。

除此之外,作为提高防卫能力的措施的一部分,现在的和平村已经有了一道足有好几米深、连古代的战车都能陷住的环形堑壕工事,以及一道两人多高,带有多座望楼、角碉和大量射击孔的围墙。在围墙与堑壕之外的空地上,一切可能遮蔽射界的障碍物都被提前移除了,除此之外,枫糖还花了不少时间围绕着这些工事布设了一大批"惊喜",进一步提高了村子的防御能力。按照她当时夸下的海口，即便全部“进化者”一起上，也未必能突破这些防御。

但不幸的是，无论是她还是其他人都没有想到，最终攻击这些防御工事的，并不是预期之中的“进化者”们。

“发现敌人！位置东南偏东，距离三千米左右。”在我们抵达村外的防御工事时，一名站在望楼上的哨兵报告道，“不过，这些家伙看上去不是‘进化者’，他们……呃……我也没见过这样的……真不知道那到底是……”

“行了，我自己来看。”伊斯坎德尔显然对哨兵含糊不清的描述感到很不耐烦，于是索性直接登上望楼，从那人手中夺过了望远镜。在几秒钟后，他放下了望远镜，缓缓地摇了摇头，“好吧，铁火先生应该没有骗我们……只不过，还是有一些地方不太对劲儿。”

3

“到底怎么了？哪里不对劲儿?”我刚问出这句话,历史学家就直接把望远镜塞给了我,然后朝着东边指了指。

在村子东方的地平线上,几座数百年前因为飞船迫降而产生的环形山相互重叠着,让原本一马平川的干旱地面被不规则的低矮丘陵分割得破碎不堪。在这些矮丘之间,一大团不正常的扬尘正随风而起,预示着不速之客的到来。

透过望远镜沾着尘土的目镜,我第一次看到了那些来袭者的面貌。它们并不是在过去一个多月中与我们反复交战的“进化者”们,甚至压根儿就不是人类。不过话说回来,这些家伙对我而言倒也并非全然陌生——在我的家乡醴泉镇的地下,以及那座位于荒野深处的废弃设施中,我都曾经与类似的东西打过交道。只不过,这次袭来的东西全都比那些设施中的更大、火力更猛,而且看上去更加气势汹汹。

位于攻击队形最前方的,是一群看上去像是蝎子一样的玩意儿。作为当初生态地球化改造的一部分，坦塔罗斯星的生态系统中有大量引入的蛛形纲生物，因此我对蝎子并不陌生，也不会害怕这些挥舞着钳子和尾针的小东西……但如果把它们的体型放大到六七米长、超过两米高，把细长脆弱的足部换成两组轮式履，再将尾部的螫针换成一门大口径射击武器，那可就另当别论了。而在这些“蝎子”群上方，一群攻击型无人机在升力涵道发动机的嗡鸣声中组成了数个箭头状攻击队形，虽然它们的外形与我之前在古代设施中见到过的那些相去无几，但体积却大了好几倍，挂装在机身两侧武器挂点上的要命玩意儿也变得更多、更吓人了。在这些玩意儿后面，我还隐约看到了更多影影绰绰的轮廓，虽然不知道那究竟是什么，但我的第六感告诉我，它们绝对不是什么易与之辈。

“怎么样？杏子小姐，你看出不对劲儿的地方了吗？”伊斯坎德尔等待了一小会儿，才抛出了这个问题。

“没有。”我诚实地摇了摇头，“我倒是看得出来，那些家伙是真的在想要我们的命。”

“你是这么认为的吗……算了，倒也不算太让人意外，”历史学家叹了口气，说出了一番让我根本摸不着头脑的话，“毕竟这个世界对知识与历史的记忆断层都太严重了，而就算在过去，大多数人其实也并不清楚真正的战争是什么样的。”

“哈？”

“算了，至少你说对了一点，那就是它们确实想要我们的命，”历史学家耸了耸肩，没有继续这个话题，“枫糖小姐，你的那些‘惊喜’目前的状态如何？”

“哦,那个啊……刚才我检查了一下,大多数都处于可用状态,”枫糖说道,“要解除保险吗?”

“当然。”

“好极了……我也早就想试试这些玩意儿了,”枫糖愉快地摇着尾巴,从跟在身后的香肠先生背上的背包里掏出了一只遥控器,动作轻快地按下了上面的一连串按钮。仅仅几秒钟后,一团烟尘就像一座喷发的间歇泉般突然从远处的地面上腾起,而与它一同“上天”的,则是正在气势汹汹地朝我们冲来的“蝎子”之一。

“你到底从白鱼村拿过来了多少智能地雷啊?”我瞥了枫糖一眼。

“那种好东西,当然是能拿多少就拿多少咯……不过我准备的‘惊喜’可远不止这点儿。”

当一架无人机开始调整姿态,准备朝我们所在的防御工事开火时,又有一道类似的烟柱在它的下方腾起。按理说,那些智能地雷虽然装药量不少,但也应该只能对地面目标构成威胁,可出乎我们意料的是,当烟柱散去时,那架无人机已经在空中炸成了一团火球。挂载在它机身两侧的弹药眨眼间就被全部引爆,机身零部件纷纷扬扬地四散飞出。其中,原本挂在机身下方的球状光电吊舱甚至像一只被踢出去的足球一样,砸中了另一架闪避不及的无人机一侧的发动机,让后者拖着黑色的烟迹栽向了地面(足球是一种争议颇多的古地球运动,由于现存历史记录相当混乱,其具体规则无从确认。某些历史研究者认为,这是一种具有极强的暴力色彩的运动,参与者需要浑身披挂护甲并互相冲撞,以模拟蛮荒时代披甲武士的战斗;另一些人则认为,足球运动不能用手触球,也不穿戴护具,其观赏性主要源自参赛者互相用腿部踢击的方式伤害对方。两种观点的支持者均有相应的史料证据,相关论战已经持续了数个世纪,但迄今仍未得出最终结论。——编者注)。

“这是什么?”我好奇地问道。

“我在业余时间的一点儿小发明,把以前从遗迹里找到的小型制导火箭发射装置和智能地雷的火控系统连接在一起,就成了这些防空地雷,”枫糖颇为自豪地表示,“这样的东西我可做了不少,足够给这些家伙一点儿颜色瞧瞧了。”

“不少是多少?”

“嗯……大概十多套吧? 不过其中有两套已经在测试中消耗掉了。”

“那可不太够啊。”与我们一起爬上望楼的青柠有些失望地说道。

“确实。”我点了点头。

随着更多枫糖设置的“防空地雷”被触发,又有好几架武装无人机遭到了攻击——但只有两架被击落。和我之前在地下遗迹里遇到的、只能机械地执行一些简单指令的玩意儿不同,这些家伙似乎拥有一定程度的学习与分析能力,在初次遭到攻击之后,就立即判断出了威胁的类型,并迅速找出了应对之道:在发现制导火箭从地面腾起后,立即进行机动规避。与此同时,地面上的那些“蝎子”也在最初的打击后做出了调整,从躯体后部的舱室中释放出了大量有着多条细长机械足、像是盲蛛一样的小型机器人。这些小玩意儿在爬出舱室后就立即四散开来,组成了一道又一道搜索线。

“可恶,还有这一出吗?”枫糖恼火地咬紧了嘴唇,“得尽快解决掉这些小东西才行。”

“没错,”代理指挥自警团和民兵的伊斯坎德尔点了点头,“所有人,自由射击!目标是那些小型机体!”

激光束、高能离子团和实体枪弹从围墙工事的射击口和角碉接连射出,如同雨点般射向了冲在最前面的机器“虫子”们,并对这些脆弱的小怪物造成了一定程度的损伤,但是,在目前的距离上,单兵激光武器和实体枪弹的准确率和杀伤力都严重下降,即便命中也往往无法摧毁目标,等离子步枪和卡宾枪则只能选择最大射击出力模式——虽然这么做可以确保单发威力,但漫长的冷却和再充能时间让它们的射速降到了与前装填猎枪相当的水准,从而极大地降低了火力密度。在诸多不利因素共同影响之下,虽然村子的守卫者们都在竭尽全力地开火,但大多数“虫子”仍在枪林弹雨中继续前进着。

除了最前端的一对特化成利刃状的机械足之外,这些体型细小的机械“虫子”本身并未装载任何值得一提的武器,自然也无法直接威胁到远在数千米外的防卫者们。不过,它们被释放出来的目的显然也并非与我们交战。在组成搜索线前进的过程中,不断有“虫子”触发枫糖准备的陷阱,要么掉进下面藏有金属尖桩的巨大落穴,要么突然被从泥土之下喷溅而出的大量易燃物点燃,要么被地雷直接炸个粉碎。不过,每看到这些“战果”增加一点儿,我身边的守卫者脸上的表情就会变得更加难看——

毕竟,比起手中的武器,这些“惊喜”才是我们这一方在防卫作战中最大的倚仗。虽然枫糖及时做出了反应,指示剩余的智能地雷立即退到村子附近重新部署,但即便如此,它们大多还是被那些“虫子”追上、撕碎,就像是被饥饿的行军蚁捕获的昆虫;而那些武装无人机则在相对安全的距离上徘徊着,如果有陷阱或者地雷在暴露后未被那些小个子炮灰在第一时间摧毁,它们就会及时开火进行“补刀”。

“我们损失了四分之三的地雷和几乎全部的陷阱。”当绝大多数机械“虫子”都被摧毁后,枫糖的脸色已经糟糕得没法儿看了,“我建议……”

“我明白,立即撤出工事!撤往预备阵地!”历史学家下达了新的命令。

大多数人都听从了他的命令,以最快的速度从望楼、角碉和围墙后的火力点中撤了出来,躲进了位于后方百米开外的散兵坑与堑壕内,但也有人因为一时无法理解为何要撤退而没有采取行动,而这些人很快就意识到了自己错得到底有多离谱。随着空地上的“惊喜”被对方主动释放的炮灰消耗殆尽,跟在后面的那些“大家伙”们终于可以安全地朝前推进了。很快,第一批“蝎子”就抵达了足够近的位置,并且抬起了巨大的“尾巴”,用装在上面的粗大炮管对准了防御工事。

刚刚与我一起退下望楼的伊斯坎德尔摇了摇头。

虽说刚才那些作为炮灰的机械“虫子”的主要任务显然是寻找和触发防御阵地外的“惊喜”,但除此之外,它们还有着另一个任务——迫使防御者朝它们开火,从而确定防御工事内的部署状况和主要火力点的位置。拜这些家伙通过自杀式试探所获取的信息所赐,那群“蝎子”的第一轮齐射就成功地摧毁了外围防线上的所有主要防御支点,并把那些坚持不肯后撤或者跑得太慢的人全部变成了四下逸散的高温等离子体。

“可恶……这威力也太过分了吧?”虽说村里人临时加班加点修起来的这些工事算不得什么铜墙铁壁,但它们毕竟是砖石结构建筑物,不但在外侧堆有厚实的沙堤,还使用了从这一带随处可见的飞船残骸里搜集的陶瓷装甲板和强化金属支架进行加固,单论强度绝对不低。但是,在那些巨蝎般的战斗载具的火炮轰击之下,这些围墙却像是松散的沙堡一样被轻而易举地摧垮了。大量墙体残片和滚热的沙土先是腾到空中,然后又像火山灰一样在我们身边纷纷扬扬地落下,而光是上面残存的热量,就让我觉得窒息。

“嗯,没……没错,确实有……有些过分了。”由于在围墙工事被摧毁时动作稍微慢了半拍,没有及时躲进掩体,伊斯坎德尔被炮击产生的冲击波所波及,虽然因为距离较远,没有受到多么严重的伤害,但这滋味显然也很不好受。“这些火力……弱得太过分了。”

“就是啊,这……欸?你刚才说什么来着?!”

“刚才的炮击威力太弱了。”在和我一起藏进掩体后,历史学家摇了摇头,“按照我的估测,在正常的情况下,和平村现在应该已经被完全摧毁了才对,我们根本不会有多少对抗的机会。”

“呸呸呸!你就这么盼着我们这边被炸平吗?”比我们早一步逃到这里的枫糖不满地问道。在她的怀里,香肠先生已经被吓得缩成了一团,那双豆大的小眼睛来回乱转着,硕大的鼻孔不断抽动。"什么叫'应该被完全摧毁'啊?你到底站哪边的?!"

"抱歉,这和'站哪边'无关,我只是在指出一个客观事实,"历史学家说道,"这个客观事实是,我们迄今为止仍然没有被消灭,而这是不正常的——我们的敌人极有可能有意压低了火力投送能力,甚至在蓄意控制所使用的暴力手段的水平。"

我必须承认,至少在当时,我完全无法理解伊斯坎德尔的话——什么叫"控制暴力手段的水平"?在打仗的时候故意压低火力投送能力又是什么鬼?如果不是他之前已经成功地在我的心目中塑造了理智而冷静的形象,我多半会以为,他已经被刚才的炮击吓得精神错乱了。

"就算你说的是事实好了,但那些家伙为什么要这么做?"枫糖问道,"我可不觉得他们是发了善心的。"

"那些家伙当然对我们不怀好意。不过,我倒是想到了一种可能性……"历史学家低声说道,"虽然有些细节还不太清楚,需要更多的证据,但我怀疑……当心!"

在下一秒钟,伊斯坎德尔突然抓住枫糖的胳膊,将她用力拽到了一旁。由于怀里抱着香肠先生这个累赘,枫糖在这一拽之下立即失去了平衡,跌跌撞撞地倒向了一旁,然后与躲避不及的我撞了个正着。就这样,我们两人一猪以一种颇为尴尬的姿态相互挤在一块儿,共同栽倒在了这条壕沟的角落里。而当被撞得七荤八素的我重新睁开双眼时,一个熟悉的身影已经出现在了枫糖刚才站着的地方。

是寻血獒!

4

在最初遇到枫糖时，我们曾在那座信号塔所处的遗迹附近与这些有着巨型犬科动物外形的猎杀机器遭遇过好几次，虽然最终化险为夷，但这些迅捷、凶猛、致命的机械猎犬仍然在我的心中留下了不小的阴影。当然，拜那个名叫拉尔夫、一心只想不受打扰地沉溺于虚构世界中的宅男所编写的程序所赐，当我们离开那座遗迹时，那儿的寻血獒组装线随即全部自毁，因此，我一直以为，自己这辈子应该不会再见到这些可怕的东西了。

不幸的是，事情的发展总是和我的期望……不那么一致。

如果小音在这里，并且带着她的等离子卡宾枪和破障斧的话，要干掉一两只寻血獒也许不是难事。但是，自从警钟响起之后，历史学家的这位保镖就一直不见踪影，也不知到底去了哪儿。而更麻烦的是，眼下出现在我们面前的寻血獒数量还不止区区一两只。

“这些家伙到底有多少啊……”随着摧毁工事的炮击所制造

出的烟尘逐渐散去，在看清周围的状况之后，我的下巴差一点儿就被吓得脱了臼。在已经变成一堆碎砖烂瓦的防御工事之中，居然无声无息地出现了近百只寻血獒！这些猎杀机器虽然没有丝毫动作，看上去就像是一群雕像，但仍然能让知道它们厉害的人，比如说我，感到深入骨髓的寒意和压迫。不过，并不是所有人都与它们打过交道，在发现这些新出现的敌人后，几名幸存下来的自警团成员立即朝着它们举起了手里的武器。

“等等，别——”历史学家想要制止他们的行为，但已经迟了，几团等离子束飞向了离这些人最近的两只寻血獒，并且确实命中了目标——但只是贴着它们的后腿部位擦过，造成了轻微的灼伤而已。虽然这些等离子束的飞行速度与常规小口径枪弹相近，可以达到四倍声速以上，在双方相距只有二三十米的情况下几乎不可能躲避，不过，这“不可能”也只是相对于人类而言。在之前与这些家伙交战时，我们就已经意识到，除了靠着弹幕扫射以量取胜的“笨办法”，要用除了激光枪之外的射击武器打中寻血獒几乎是不可能的。但对此一无所知的自警团成员们却选择了单发最大射击出力模式，想要一击歼灭目标……而这成了他们一生中犯下的最后一个错误。

两秒。这是那些不幸的自警团成员们在开火后的存活时间。仅仅两秒钟过后，寻血獒的弯刀状锐爪已经准确地划开了他们的颈动脉和气管，让血液呈扇形泼溅了一地。见此情形，不少民兵和自警团成员立即丢下了手中的武器，还有几个人试图逃跑——但这些人立即成了寻血獒们的攻击对象，没能跑出几步就纷纷被扑倒在地，然后在惨叫中被逐个撕裂。而待在原地、不做抵抗的人倒是毫发无损……至少暂时是这样。

“照现在这样子来看,恐怕这些家伙是打算俘虏我们。”枫糖小声说道,“但这是为什么……”

“大概是需要劳动力吧,”历史学家倒是表现得一脸平静,用纯粹探讨学术问题般的语气说道,“那些‘启迪者’如果要征服整个大陆,势必需要面对繁重的后勤供应和维护问题。虽然许多工作可以交给自动化设备去做,但这难免会占用作战用装备的产能,甚至还会产生额外的维护需求,至少在目前,这对他们而言是很大的负担。相较之下,人类奴隶总是更方便使用的——反正在他们看来,俘虏就算累死饿死一些也无所谓,毕竟这些人本来就是要消灭的对象。”

“累死……饿死……呜……”枫糖只是小声地重复了这几个词,浑身上下就开始颤抖了起来,“我可不想……”

“放心。”历史学家对我们晃了晃手指,露出了一个充满信心的微笑。而在我搞明白他为什么这么做之前,我们身边的寻血獒群突然像被切断了线的傀儡一样,毫无征兆地倒下了一大片。

“大家快跑!”

大声朝我们喊出这句话的不是别人,正是从袭击开始后就一直不见踪迹的小音。她现在正坐在“堤丰号”的驾驶室中,透过开启的车窗朝我们挥手;而在驾驶室上方,两名自警团成员操作着那门看上去颇为可怕,但事实上更加可怕的“说服者”,又一次发射出了一记强电磁脉冲,将更多的寻血獒变成了无法动弹的废铁。

“都上去,动作快!”随着身边的威胁被清除,我们,以及那些幸存下来的民兵和自警团成员都争先恐后地爬进了“堤丰号”的车厢——由于平时堆放在里面的大部分存货已经被搬走，车厢的空间变得宽敞了许多，就算载上二三十个人也绰绰有余。但是，我们还没来得及喘口气，不远处的空中就响起了一阵低沉而不祥的嗡鸣声。

“是那些武装无人机。”伊斯坎德尔凑到最近的射击口旁，朝外面瞥了一眼，“无论他们到底是怎么想的，但很显然，我们的‘启迪者’朋友似乎不太乐意让我们离开。”

“那我们只能让他们失望了。”在确认所有幸存者都已经上车之后，小音一脚把油门踩到了底，让“堤丰号”以它能达到的最高速度飞奔起来。但出乎我意料的是，她并没有驾驶着这辆卡车朝着西方逃跑，反倒是调头冲向了先前被摧毁的工事的方向。

注意到这一点后，我先是大吃了一惊，但很快便摸索出了一些头绪——和伊斯坎德尔一起待久了之后，他那种冷静、理性的思维方式早已在不知不觉中“传染”给了我。虽然乍看之下，立即逃离这个鬼地方确实是目前最为合理的做法，但像“堤丰号”这种车辆，在设计时就以越野和载重能力为重点，对速度和加速性能都不太重视，甚至跑不过一般的大卡车，遑论与天空中的武装无人机比速度了。不过，就算想明白了这一层，我还是无法理解，为什么小音要像传说中的堂吉诃德一样，主动朝着拥有绝对优势的敌人的方向冲锋？(堂吉诃德是一名古代文化英雄，但现在已经鲜为人所知。根据笔者在论文《骑士与风车：浅论堂吉诃德传说背后的历史真相》一文中的分析，此人的原型可能是一名旧邦联早期的太空陆战队员，在黑色深渊大区殖民地维和行动

中爆破代号为“御风之风车”的异形要塞时身亡。——编者注)

难道是绝望之下的自暴自弃?不,这当然不可能。在我看来,伊斯坎德尔的这位保镖的理性程度有时候比电脑还要彻底,除了和青柠互相挖苦吐槽之外,绝不会因为一时冲动做出任何非理性的行为。那么,也许小音是打算去投降?这种可能性也约等于零,况且,就算真要投降,正确的做法也应该是原地不动、抛弃武器才对。那么,如果这两个可能性都可以排除的话,难道她刚才看到了克敌制胜的机会?如果真是这样,她又打算怎么做?虽然车上的那门“说服者”在面对各种无人战斗平台时确实威力可观,但枫糖在维护它时曾经告诉过我,这件武器的能耗非常之大,持续射击的次数也相当有限,哪怕对方不进行还击,我也不认为它足以一次性击落如此数量的武装无人机。

“武器组注意!一旦进入‘说服者’的有效射程,就立即攻击目标,”就在我百思不得其解的同时,“堤丰号”已经穿过了曾经是围墙工事的废墟。在这段不算太长的路上,不断有残存的寻血獒和机械“虫子”从各个方向朝我们发起攻击,并被车上的人们击退——正如我预料的那样,虽然已经做好了射击准备,但那门“说服者”迟迟没有开火,在反击这些零星的牵制性攻击时,我们使用的只有手中的轻武器。

“做好准备,我要指示目标了!”在大卡车像发怒的巨兽般撞开一段残垣后,小音降下了一侧车窗的防弹玻璃,然后将一件小东西从车窗缝里伸了出去。

那是一支通常用于指示目标的激光发射器。

发射器所投射出的绿色光束穿过尘埃翻滚的空气,落在了一架外形有点儿独特的武装无人机上。不,不对,只要仔细观察就不难发现,那东西根本不是什么无人机——在其他无人机只装着传感器吊舱的地方,这架飞行器却额外增添了一个像是古代轰炸机的自卫炮塔的半球形结构,似乎是临时增设的人员座舱。更重要的是,拜卫兰人天生的双眼热成像能力所赐,我注意到,在这个半球形结构内,隐约可以看到类似于人类轮廓的热能影像……

这是搞什么鬼?一堆无人飞行器里混一架有人的?行为艺术吗?!

就在我暗中犯嘀咕的同时,那些入侵者们已经朝着“堤丰号”开了火——当然,或许是仍然以俘获我们为优先项的缘故,射击的并不是地面上那些威力十足的“巨蝎”,而是空中的武装无人机们。而或许是认为这区区一辆卡车无法构成值得一提的威胁的缘故,就连它们也只是使用作为辅助武器的小口径机枪开火,至于挂架上那些吓人的反装甲火箭和小型等离子炮,则压根儿没有投入使用的迹象。

多亏了枫糖之前自作主张为“堤丰号”增添的那些厚重装甲板,这辆历史悠久的老爷车要比看上去结实得多。大多数命中驾驶室和车厢的子弹都只是刮掉了些许装甲车外面的伪装用油漆,制造出了一串串令人牙酸的噪声,但也有几发子弹打坏了位于车体左侧的一组轮式履,受损的履带在断裂时发出了短暂而刺耳的“咔嚓”声,一阵令人不安的颠簸随即从我们身下传来。不过,由于一共拥有六组轮式履,所以这点儿损失还不至于阻止“堤丰号”的正常前进。

但有些人就没那么幸运了。

“射击！马上打掉那东西!”当“堤丰号”冲到原本曾是最外围的防御工事,但已经在之前的轰炸中被填平大半的壕沟附近时,小音下达了命令……但那门“说服者”却并没有开火。接着,我才注意到,负责操纵那件武器的两名自警团成员已经不见了踪影。虽然在为“堤丰号”增强防御能力的同时,枫糖也为“说服者”焊上了两块金属炮盾,但为了控制重量,它们的防护能力远远不及车体本身的装甲。而这种差异最终造成了最糟糕的结果——在对方机枪火力的射击下,炮盾后的两人与他们面前的那层薄金属板一同被打成了筛子,唯一值得庆幸的是,由于他们在中弹后就从车上摔落了下去,驾驶室上方并没有留下血肉模糊的尸骸。只有那由鲜红色液体形成的身体轮廓表明,就在短短数十秒之前,那里还有两个活生生的人……

“让我来!”见此情形,青柠第一个试图爬上炮位,替那两个不幸的自警团成员完成他们未竟的任务。但很快,她就不得不放弃了这种尝试——枫糖额外增加的那些装甲板虽然强化了“堤丰号”的车厢防护能力,但也封死了原本位于两侧的两扇车门。除了位于车厢后部的大门外,唯一能通往驾驶室顶部的,就只剩下位于车厢前上方的那扇通风窗了。虽说青柠的体格相当苗条,但要穿过那扇只有两掌来高的狭窄窗口,还是有些强人所难,而在目前的状况下,要从后部大门爬上车顶,然后再前往驾驶室顶部又实在太花时间,在半途中被对面的机枪火力拦截的可能性相当之高。

怎么办怎么办怎么办怎么办……

欸,好像还真有办法。

“我去!”

据说,过去的地球上有这么一句话:“猫咪都是液体。”虽然我并不是猫咪,而只是一个因为祖先的审美观和价值观而遗传了类似猫科动物的部分生理特征的普通卫兰人,但在身体的柔韧性这方面确实和真正的猫非常接近……至少,只要尽量放松身体,缓慢地呼出肺部的空气,钻过这扇通风窗对我而言就没有什么难度。

我原本以为,在钻出通风窗之后,我就会立即沦为机枪火力的打击目标,但事实却并非如此。由于那门“说服者”先前的操作者已经将它的“炮管”转向了车体侧面,因此,那面炮盾恰到好处地为我的行动提供了掩护。虽说这薄薄的金属板根本抵挡不住对方的火力,但可以防止对方注意到我的行动,而负责驾驶的小音显然也意识到了这一点。在我爬上驾驶室车顶后,她立即开始巧妙地根据对方的相对位置调整“堤丰号”的速度和行驶方向,让我保持在无法被发现的状态之下。

当然,我们都明白,这种状态不可能维持太久。如果要动手的话,留给我的时间窗口绝对不会太长。

“你知道怎么用这东西吗?”小音问道。

“理论上是知道……”我用一只手抓着一只焊接在车顶上的金属握把,勉强稳住身体,同时开始回忆平时小音教过的那些要领——虽然我很不喜欢暴力,对任何武器都没有兴趣,但为了确保在危急状态下能有最起码的自保手段,小音还是让我练习过包括这门“说服者”在内的各类武器的使用技巧。幸运的是,这东西的操作方法其实相当简单。只要打开保险和能源开关,等待表示“充能完毕”的显示灯亮起,然后对准目标的大致方向按下发射钮,就可以制造出一片能让各种电子设备瞬间变成废铜烂铁的死域。而且,由于之前那两人已经做好了射击准备,“说服者”的显示灯目前正处于亮起状态。我需要做的只是瞄准目标,然后……

然后我什么都没做……

“为什么还不开火?我们快没时间了!”见我迟迟没有射击,小音有些焦急地喊道。与此同时,我又听到了一阵枪弹划破空气的“嗖嗖”声,以及硬物断裂的声响。看来,在持续不断的针对动力系统的攻击之下,我们陷入动弹不得的困境恐怕只是个时间问题。

但我却没有按下发射钮。这倒不是因为我没能找到或者瞄准目标——小音打算击落的那玩意儿外形相当特殊,根本不可能搞混。但是,在透过装在炮盾边缘的光学瞄准镜看到目标之后,我却陷入了迟疑——不知为何,坐在那架飞行器的半球状人员座舱里的那人,看上去似乎有些熟悉……

不,那分明就是一个我曾经见过的人,一个我原以为早已经不在这个世上的人。

但这怎么可能?

我记得很清楚,那一天,青柠的父亲,那个她相当憎恶,并且因为“进化之药”与自己的欲望而变得无比扭曲的人死在了我的面前。在得知自己不可能脱离那副畸形而丑恶的模样之后,他陷入了精神崩溃,并且主动选择了死亡……但现在,这人却又一次出现在了我的面前。

“这……”

“你还在磨蹭什么?!”

在小音的厉声催促之下,我总算回过了神来,但与此同时,对方也已经通过“说服者”炮口方位的轻微变化注意到了我的存在,并抢先朝我开了火。在我按下发射钮的同时,几发小口径穿甲弹也穿透了早已千疮百孔的炮盾,虽然没有任何一发击中我,但其中一发却打在了“说服者”的供能组件上,弹孔之中迅速冒出了一串噼啪作响的电弧与火花。

这下麻烦了!我记得小音说过,供能组件如果被破坏,很可能会导致……

在下一秒钟,我条件反射般地从“堤丰号”的驾驶室上方跳了下去。

5

就我所知，绝大多数人其实并没有从运动中的交通工具上跳下去的经验，也没见过其他人这么做，因此，许多人往往会在不得不面临这种选择时误判风险——不巧的是，我也是其中之一。事后，我从小音那儿得知，当时“堤丰号”的时速略高于三十五千米，以机动车辆的标准而言确实不算太快，但仍然是个对慌不择路的跳车者不太友好的速度。

更何况，这辆重型越野卡车的驾驶室顶部离地面足有三米多高……

值得庆幸的是，由于卫兰人的身体比一般人类更结实一点儿，外加一些小小的运气，在那仓促一跃好几天之后，我在一只脏兮兮的睡袋里睁开了眼睛。醒来之后，我花了大约半个小时的时间检查自己全身上下，又努力地回忆了我的身份、之前旅途中的种种，以及在和平村战斗中发生的一切，然后才松了口气。虽然右腿上有点儿轻微的骨裂，身上隐约还残留着一点儿挫伤，但除此之外,眼下我四肢俱全、五感正常,既没有瘫痪也没有被摔傻,而且看上去也不像是成了俘虏。考虑到那天糟糕至极的状况,我不得不承认,如果存在某个掌管命运的神灵,那他多半是对我网开一面了。

由于腿上的伤还没好利索,在醒来之后,我先是摸索着找到了放在一旁的一只金属水壶,用里面那些已经开始带上味道的水润了润干渴欲裂的喉咙,然后继续躺回睡袋里休息。在半睡半醒的状态下,我注意到自己现在正置身在一座野战帐篷里,而且身边堆满了各种各样的坛坛罐罐,大概是供某支军队使用的物资。在帐篷布料间断断续续吹进来的凉风之中,我灵敏的嗅觉捕捉到了各种各样的味道:篝火中木炭燃烧的味道、长时间没有打理个人卫生的人聚在一起所产生的臭味、机油与润滑油的味道、生锈金属的味道、动物粪便和腐烂食物的味道,甚至还有外伤用药剂的刺鼻味道;而与这些味道一同传来的,还有嘈嘈切切的交谈声、机械发动机的轰鸣声、脚步声、刺耳的金属敲击声和摩擦声,以及牲畜的鸣叫。无疑,我目前所处之处是一座人数众多的驻地,而且似乎是属于某支军队的。但是,我又怎么会被军队给捡到?这地方究竟又是哪儿?

"嗯,你看起来已经没事了嘛。"就在我用一只手掌撑着下巴,思考着这些问题时,帐篷的门帘被某个我的老熟人撩开了,"睡了几天,感觉如何?"

"至少比一睡不醒强,"我看着走进帐篷的小音,嘀咕道,"既然你在这儿,那我是不是可以认为,车上的大家都成功逃脱了?"

"没错,除了某个居然能自己摔下车的笨蛋之外,其他人都没什么大碍,”伊斯坎德尔的保镖耸了耸肩,“这都多亏你解决掉了那架指挥机,让‘启迪者’派出的攻击部队陷入了暂时瘫痪的状态。”

“指挥机?”我重复了一遍这个词。

“虽然过去的人制造了大量无人战斗平台,但根据邦联法律,彻底自动化的‘智能作战系统’是被禁止的——在十几个世纪之前,人们就把完全自动的军用人工智能视为一种禁忌,”小音耸了耸肩,“还记得我们之前在那些地下设施里见到的那些无人机吗?那些东西是自动化的,但没有任何像样的人工智能,只能基于只读程序执行非常简单和死板的预设指令。要让它们在战斗中表现得‘聪明’一点儿,就只能由人类在作战现场直接发号施令。”

“原来如此。”我点了点头,总算明白了为什么那架本该无人操作的飞行器居然会有人员座舱,以及为什么小音一定要将它击落。只不过,理应早已丧生的青柠的父亲为什么会在那里面?他究竟是怎么和那些“启迪者”搞在一起的?在我们逃离之后,他是否在坠机中活了下来?我的脑子里一下子冒出了一大堆问题,但最后,我却什么都没说。

不过,小音似乎并没有注意到我的心事。在弯腰检查了我的腿之后,她点了点头:“不错,基本上已经没事了。从今天开始,你自己去领一日三餐,这两天我可是受够给你喂饭了。”

“别这样,小音小姐,”跟在小音身后进入帐篷的一名少女说道,“杏子小姐的伤虽然快好了,但恐怕还要过几天才能完全愈合,现在走动的话,可能会留下后遗症……”

“欸？是你啊？”我有点儿惊讶地看着那名浅色头发的少女，发现她也是我认识的人，“鲁娜，你怎么从村子里出来了？”

“因为……因为我之前不是说过嘛，如果有可能的话，我也想到岛外面的世界逛一逛、闯一闯。”或许是因为看到了我，鲁娜下意识地对着手指，显得有些羞涩。尽管现在的她披着一件大了两号的肮脏大衣，还戴着一顶差点儿就要遮住眼睛的大号头盔，看上去灰头土脸，但在做出这个动作时，她看上去还是和在村里时一样可爱。“更何况，塔克先生说了，现在整个大陆都面临危险，我觉得有必要为保护大家出一份力……”

“呃……也就是说你也知道了‘启迪者’的那些事？可现在才过了……”

“事实上，是我们在荒原上的信息渠道太过闭塞了——由于荒原上的村子缺乏通信设备，再加上往来的商队因为不断遭到袭击劫掠而越来越少，我们了解到的外界信息有很大的延迟，”小音叹了口气，“在和平村被攻击之前大约一周，也就是我们袭击那座地下设施的当天，‘启迪者’们的前锋就已经离开了荒原，开始攻击火烧湾东侧的各个城邦领地，而我们在和平村面对的只是一支小分队，负责对位于战线后方的村落进行扫荡和清剿，尽可能地消除隐患。”

“嗯……”我咬了咬嘴唇，困惑的情绪在心头翻涌着，“但这不合理啊……按理说……”

“按理说，他们要穿过数百千米的戈壁荒漠进行远征却不在中途设立补给站和据点，这是完全不合理的事儿。”恰在此时走进帐篷的伊斯坎德尔接下了我的话茬儿，而在他身后，还跟着一名有着骨质弯角和方形瞳孔、高大健壮的魔鬼……啊，不对，卫兰人，在三个月前，正是这位名叫塔克的保民官把我们拉到了那支前去收复海底隧道的临时义勇军里，结果害得我先是差点儿被智能地雷炸个稀烂，又险些被淹死，着实吃了不少苦头。“但非常不幸的是，我错了。”

“呃?”

“我没料到那帮家伙已经把‘那玩意儿’重新制造出来并启动了——在这点上，我倒要对他们表示一些敬佩，”历史学家冷哼了一声，“能在目前的条件下成功重启那么复杂的东西，他们可着实有点儿能耐啊。”

“呃，你所说的‘那种东西’到底是什么?”

“当然是这个。”高大的塔克先生在我身边蹲了下来，从衣兜里掏出了几张照片，在我面前逐一摊开。这些黑白照片是珊瑚城的居民们用自行制造的照相机拍下的，上面的图像有些模糊，但即便如此，在看到照片上的东西时，我还是因为它所透出的压迫感而不由自主地打了个哆嗦。

如果非要我形容自己看到的东西的话，那么，“移动的城堡”大概是相对比较贴切的比喻——由于照片上的这些大家伙附近也有不少人类活动，因此我可以利用这些人的体格作为参照物，相对容易地推测出这玩意儿的尺寸:这台庞然大物有七十到八十米长，宽度是长度的四分之一左右，高度与宽度相近，整体大小已经接近于某些中小型的太空船了。由于附近的大量障碍物阻挡，我看不太清楚它的底盘部位，只能通过露出的一角猜测，它的行走装置似乎是一系列巨大的负重轮，而在底盘上方，则是数层如同古代海军战舰的舰桥般高耸的上层建筑。

毋庸置疑，这东西绝不是为了和平而制造的，这点从装在它的上层建筑两侧的数座炮塔、几组电子对抗设备和制导武器发射荚舱上就能看出来，但相较于巨大的体积，这些武备看上去顶多也只够用于自卫而已，而这台庞然大物无论怎么看都不太适合冲锋陷阵，难道说……

“我之前在推测‘启迪者’可能的行动计划时忘记了一点，”历史学家说道，“我忘记了‘盖亚’系列的存在。”

“哈？你说的是这东西?”我指了指照片。

“对，在当年与太空汪达尔人的战争中，这些装备还没有定型量产，但早期的预生产型已经被制造出来，并被送到了遭到攻击的前线世界进行测试，”历史学家用一只手抓着下巴，神情凝重地说道，“就本质而言，‘盖亚’系列是用于行星表面作战的移动兵工厂，而且功能极为多元化——只要确保必要的原材料供应，它们就能量产各种武器装备，从防弹甲、等离子步枪到寻血獒那样的自主战斗组件，以及上百种型号的武装车辆、无人攻击艇与无人战斗飞行器，而且还能按照战场需求，对这些装备进行改进和优化，本身也有很强的防御火力，以及……”

“这、这么厉害啊……”听了历史学家的这番话，鲁娜第一个惊呼出声，“那这东西岂不是无敌了……”

“事实上，恰恰相反，”历史学家冷笑道，“它的战场测试结果是‘不合格’，因此没有投入后续量产。在测试结束后，执政官安特米乌斯命令将剩余的‘盖亚’移动兵工厂运到了当时还是后方的坦塔罗斯星封存，而在太空汪达尔人入侵这里后，它们就被遗忘了……如果不是塔克先生给我看了这些照片,我自己都想不起来还有这一茬儿。”(严格来说,“盖亚”系列并未被彻底遗忘,其中一辆损毁的预生产型后来作为战争纪念碑被运到达尔一号卫星,并在之后的一个世纪中成了当地街头涂鸦艺术家的重要创作载体。当然,绝大多数当地居民其实并不知道这东西原本是做什么用的。——编者注)

“为什么?”鲁娜的小眉毛可爱地皱了起来,很显然,她不太能理解这事儿。

“因为性价比太低,”这一次,回答问题的是小音,“任何量产的工业设备,如果没有内幕交易因素,那么最重要的就是‘性价比’而非‘性能’——很不幸,‘盖亚’系列移动兵工厂的性价比很低,它的生产效率不如当时更常见的、悬停在前线世界轨道上的兵工厂飞船,自卫能力虽然不差,但在高烈度交火中仍然难以自保,最重要的是,它的建造成本非常高昂,在前线却并不是必不可少的。”

“不过,‘性价比太低’并不等于‘性能差’,至少在眼下,拥有这种移动兵工厂,对‘启迪者’而言是巨大的不对称优势,”塔克取出一份地图,在众人面前铺开,“可以说,正是这些可恶的东西,正在一点点地把我们逼到绝境。”

6

在铺开地图之后，塔克花了大约半小时向我，以及同样对现状不太清楚的鲁娜等人讲解了这段日子里大陆上的局势变化。由于这个大块头实在是有些不善言辞，伊斯坎德尔不得不接连好几次替他进行补充与解释，这才让我们勉强弄明白了现状。

虽说“启迪者”们正式对位于火烧湾和星坠原——也就是人们俗称的“焦灼之野”——之间的一系列沿海城邦发动大规模攻击是仅仅半个月前的事，但在更早的时候，一些嗅觉灵敏的人就已经开始意识到，某些大事似乎就要发生了。虽说“进化者”对荒原上那些穷困偏远、无人问津的村落的袭击和劫掠行动几乎没有引起大城市里那些忙于钩心斗角的当权者们的注意，但在大约两个月前，也就是我们刚刚解决了珊瑚城里的那堆破事，追踪“启迪者”们进入荒野的时候，状况开始出现了异常—— 一些位于荒漠西部边缘地带的哨所观测到了越来越频繁的不明身份人员越境现象，某些观察哨甚至报告称，他们听到了奇怪的声音,在夜空中发现了无法解释的诡异发光体和飞行物;接着,边境哨兵中逐渐传出了离奇失踪的报告,虽然数量不多,但频率却在稳定增长,这种情况最终发展到巡逻队也开始遭到袭击,本该由他们保护的村落和小镇也受到了规模有限的试探性攻击。

当然,即便情况发展到了这一步,那些管事儿的家伙仍然认为,这不过是荒野中的盗匪和被称为“食腐族”的蛮子们的袭击行动,虽值得注意,但还不值得花费太多精力去应对——毕竟,这些家伙平时极少离开荒野。但从历史上看,他们也确实在荒年里组织过好几次较大规模的对外劫掠,于是,作为火烧湾沿岸最大、最富裕的商业城邦,珊瑚城的执行官们从城市防卫队中调出了十二个满员的连队,与少数来自其他城镇的志愿者、猎人和雇佣保安们一道组成了一支临时远征队,前往遭到袭扰的区域进行搜索和清剿任务。按照他们的估计,这支队伍应该足以快速而体面地解决问题。

这支远征队是在三十七天之前出发的,而在三十天前,他们越过了原本的边境防线,然后便和珊瑚城断绝了一切联系。

这一次,珊瑚城的掌权者总算稍微紧张了起来,但大多数人还是安之若素。毕竟,他们派出的远征队虽然人数不算太多,但满打满算也有近两千人。自从太空汪达尔人的入侵结束、隔绝时代开始之后,虽然坦塔罗斯星上的各路政治势力摩擦不断,但由于整颗行星的发展水准相对有限,人口和财力都不算太多,在一次军事冲突中派出两千人的情况并不常见,而这么多人被一次性歼灭更是好几代人都闻所未闻的事。因此,即便通信中断,那些执行官们也只认为这是联络用的远程无线电出了问题,除了派出几名信使前去联络，并让来自友邻城邦的六支连队组成后续接应部队，前往位于珊瑚城东部的丘陵区域待命之外，他们还在大大小小的会议上提出了不少建议，制订了一连串看上去面面俱到、内容周全的预案，对各种可能遇到的问题进行了认真、坦诚而细致的讨论……然后什么都没做。

直到信使们传回了令人震惊的消息为止。

最初派出的那支远征队在边境区域遭到了入侵者的伏击，并落得了全军覆没的结局——除了侥幸逃脱的不到一百个人，远征队成员不是阵亡、失踪，就是成了俘虏。或许是当时的遭遇太过可怕的缘故，许多逃离战场的幸存者也陷入了精神紊乱的状态，许多人整日整夜地啜泣、哭号，或者歇斯底里地大呼小叫，要求身边的人立即逃往火烧湾以西的地方；还有一些人像是受惊的小动物一样蜷缩着，对外界的刺激几乎没有回应。那些神志还算清醒的人则对找到他们的信使讲述了他们的可怕遭遇：一支从未有人见过、由诡异的战争机器和畸形丑陋的怪人组成的大军在边境区域伏击了他们。在交战尚未开始时，远征队的远程通信设备就因为来路不明的干扰而陷入了无法使用的状态，接着，他们又遭到了过去从未经历过的空中袭击。被派出去侦察情况的侦察小队更是全都消失在了丘陵的灌木丛里，唯一一个活着逃回来的重伤员声称，附近到处都是像巨大的虫子和猎犬一样的可怕机器怪物，不但见人就杀，甚至还会吞噬人们的血肉……

由于无法与外界取得联系，再加上侦察队全军覆没，摸不清敌人的底细，在遭到轮番空袭后，远征队的指挥官下令收拢残存的队伍,后退到了一处相对安全、视野开阔的高地上。在几次小规模交战之后,他们在高地顶部构筑起了一座临时防御阵地。万幸的是,负责保护辎重队的两个连队非常出色地完成了任务,在一片混乱中成功地保住了远征队携带的弹药、食物和大多数重武器,并将它们运到了新的防御阵地中。辎重队完好无损的抵达大幅度提升了远征队指挥官的信心,在与参谋们一同计算了手头剩余的兵力、火力、物资,以及之前的小规模战斗中双方的交换比之后,他得出了结论:虽然不知这些诡异的敌人究竟来自何方,又到底是什么东西,但它们至少不是坚不可摧的。只要在有利地形掘壕坚守,那么,兵力不算薄弱的远征队完全有可能依靠消耗战拖垮对手。

无疑,在当时的情况下,这是最优决策——比起在敌情不明、周遭一片混乱、通信困难的状态下贸然后撤,就地坚守至少能让他们获得一定的主动权,并且最大限度地抵消对方通过信息不对称和袭击的突然性所取得的优势。在之后的几个小时里,这一决策也确实起到了相当不错的效果——虽然有着空中优势,还有地面重武器支援,但那群诡异的入侵者的数次攻击都被他们击退,其中有一次,在意外地用反装甲火箭击毁了一台外形怪异、有着突兀的驾驶舱的载具之后,远征队甚至还目睹了一整队敌方载具齐齐在战场上趴窝的奇观!不过,最初的胜利带来的兴奋感很快就消退得无影无踪,因为远征队官兵很快发现,无论他们消灭了多少敌人,都会有更多一模一样的玩意儿从远处的丘陵中出现,发起新一轮进攻。这群诡异的入侵者的数量仿佛无穷无尽,不管怎么样都无法将其耗尽。

在这样的车轮战持续了整整两天后，弹尽粮绝、彻底陷入绝望的远征队终于崩溃了。他们在走投无路之下尝试发起了一次毫无成功机会的突围，结果毫不意外地全线崩溃，只有少数幸运儿得以趁乱溜走。不过，在奔逃的过程中，其中几个人意外地发现，那支诡异的入侵者在战斗结束后会仔细地打扫战场，并将被击毁的武器装备全部搜集起来，送入停在战线后方的诡异车辆之中，而不久之后，就会有全新的飞行器、战斗载具，甚至是“巨犬”和“虫子”从这些巨大的“移动城堡”里接连出现……

这便是大陆上的人们第一次与“盖亚”系列机动兵工厂相遇时的情况。

“老实说，就是因为这些鬼东西的存在，我们现在才落到如此被动的局面，”在讲述完远征队的遭遇之后，大块头保民官揪着自己脑袋上的弯角，双眼眯成了一条细缝——这似乎是他在遇到棘手问题时的下意识动作，“只要准备充足，修筑好防御阵地，要击退这些家伙并不困难，而且在正面作战中，他们的战术非常呆板，几乎没有策略可言，我好几次都把他们打得损失惨重。但问题是，这些机动兵工厂的存在让那些入侵者根本就不怕这些损失！就算能够一直坚持住，最后我们也会耗尽弹药、斗志瓦解，不得不一退再退。”

“那你们接下来打算怎么办呢？”我问道。

“这个嘛，我们最初的任务其实是去接应远征队的，”塔克解释道，“但我们前脚刚离开珊瑚城，远征队覆灭的消息就到了。在这之后，我们这支‘后续接应部队’就变成了救火队，哪里有危险就往哪里跑，”他用粗大的手指挨个儿指着地图上的几个代表城镇的圆点,一边叹气一边说道,“白石镇、盐滩城、贝尔镇、沟镇、白蔷薇村、帆角港……我们从一个地方跑到另一个地方,来回奔波,一点点地后撤。昨晚本来准备在这一带休整一天,然后退回珊瑚城的外围防线的,结果却遇到了你们几个。”

好吧,虽然我对目前的局势半懂不懂,但从刚才塔克指出的一连串地名来看,他手下的这批残部正在逐步由东向西退却,交战位置越来越接近火烧湾沿岸和珊瑚城。而且,敌方的攻击路线似乎也不止一条,在跨过边境,歼灭了那支前去迎战的远征队之后,“启迪者”一方就兵分多路,对所有规模稍大的城镇都发动了一视同仁的进攻,拜这种兵力分散的打法所赐,他们的推进速度并不算快,也没能做到迅速插入防御纵深,让防守方在短期内瓦解。至少,目前受到威胁的仍然只是火烧湾以东的土地,在这片暗红色的内海西面,大半片大陆,包括我的故乡醴泉镇,目前都还是安全的。

但我相当清楚,这种安全无法持续太久。“启迪者”一方在作战中的人员损失很可能微乎其微,而且只要有那些“盖亚”机动兵工厂存在,他们就不会缺乏用于进攻的兵力。这种消耗战或许可以拖得相当漫长,但结局却不会有任何悬念——战火最终注定会推进到鲁娜的老家,甚至是我的故乡……

“呃,别用这种眼神看着我。我要是真有办法,现在也不会待在这儿干着急!”塔克注意到了我的目光,然后摇了摇头,“我们这支部队本来有六个连队,总共一千人,后来虽然损失不少,但吸收了从各个城镇退出来的防卫部队和民兵的残部,现在已经有接近四千人了。不过,眼下我们已经丢光了绝大多数重装备,补给品也已经耗尽,没有任何作战能力。只能指望退到珊瑚城之后获得补给了。”

“珊瑚城里有足够的补给吗?”小音一脸怀疑地问道。

“恐怕没有,”保民官注意到了小音脸上的表情,苦笑了两声,“现在各路残兵败将和难民都在往那儿收缩,补给什么的肯定不够。虽然城里的守军因为大量败兵拥入,在账面上已经膨胀到了接近两万人,但恕我直言,要是真打起来,这些人的作战效能说不定还不如之前远征队的那两千人,”他思索了一会儿,然后摇了摇头,“不瞒各位说,我现在正在考虑,一旦退到了珊瑚城,就花钱雇几艘船,把队伍里的非战斗人员从海路送到火烧湾的西边。你们几位虽然之前帮了我们大忙,而且也算是有不错的战斗能力,但并没有义务留下来协助作战。所以只要你们愿意,我也会为你们安排船只……”

“不必了。”还没等塔克说完,伊斯坎德尔已经决绝地摆了摆手,很显然,他一秒钟都没考虑过对方的提议,“但你的保民官身份也许能帮我们一个忙。”

“什么忙?”

“带我去见珊瑚城里管事儿的那帮人,”历史学家说道,“我有些重要的事需要和他们谈谈。”

第九章　奥兹曼迪亚斯(下)

1

“嗯,你们要见珊瑚城市政委员会的人吗?没问题,只要我通报一声,你们随时都可以和委员会的成员,也就是珊瑚城的各大公会的负责人见面。”

由于塔克之前只和我们有过一面之缘,我原本还担心,他在听到伊斯坎德尔提出的这个听上去有点儿强人所难的要求后会陷入犹豫,甚至找借口推辞。但出乎我意料的是,历史学家刚把话说完,这位保民官居然立即就不假思索地答应了下来。

在听到塔克的答复之后,我并没有因此而感到高兴,反倒陷入了……迷惘与不安之中,而在小音、枫糖和青柠她们的脸上,我也看到了相似的困惑之色。只有历史学家仍然表情平静地坐在一旁,若有所思地注视着自己的膝盖:“呃,我总觉得这事有点儿不对劲儿。保民官阁下,你说珊瑚城里的公会负责人随时都可以会见我们?这帮大人物不应该很忙吗?”

“你问我,我问谁?”壮硕的保民官双手一摊,“在大概一个月前,他们就派信使通知了各支部队的指挥官,以及珊瑚城周边城邦的市长和保民官们,说如果有谁遇到了你们的话,一定要尽快把你们,尤其是伊斯坎德尔先生安全地护送到珊瑚城,因为他们有些‘重要事项’希望能与他……商榷。但他们既没有解释所谓的‘重要事项’是什么,也没有解释他们为什么一定要见伊斯坎德尔先生。”他考虑了一会儿,然后摇了摇头,“不过,就我个人看来,你们最好还是别去珊瑚城。我会为你们准备船只,让你们直接返回火烧湾的西岸。因为我有一种预感,如果你们真的选择走这一趟的话,也许会陷入某些巨大的麻烦之中……”

“哦?请问你这么认为的根据是?”历史学家问道。

“嗯……我其实也没有什么证据,”塔克摇了摇头,“但自从上次在海峡遇到你们之后,我的直觉就告诉我,你们绝对不是什么普通的行旅商人,而目前发生的这场莫名其妙的入侵,大概也和你们脱不开干系,如果你们继续卷入……”

“我明白了。”伊斯坎德尔打断了保民官的话,“塔克先生,你无须为我们担心。毕竟,我已经基本上推测出珊瑚城方面急着见我们的理由了。你只需要护送我们尽快返回城里就行。顺便,作为对你这番好意的报答,我也要给你一个建议:在回到城里之后,请尽量争取让你的部队部署在防线后方,不要再返回前线作战,以免让你的部下继续遭受无谓的损失。我可以保证,这次的麻烦会在短期内结束。只要守在珊瑚城内,你们遭到攻击的可能性就非常之低。”

“但、但愿如此吧。”虽然半信半疑，但塔克还是点了点头。在直视这位大块头保民官双眼的瞬间，我只看到了不安、困惑和焦虑。很显然，那些突然冒出来、强大到令人们束手无策的新敌人，已经让他完全丧失了战斗意志。

“那个，伊斯坎德尔先生，你刚才说你知道珊瑚城的那些人想要见我们的理由？”在塔克离开帐篷之后，枫糖摇着尾巴，好奇地问道，“他们到底想要干什么？”

“具体而言……其实我也不太确定。”伊斯坎德尔的答案让我们所有人都愣了一下。

“你也不确定？”

“但我知道他们的主要目的——毋庸置疑，珊瑚城里那帮管事的家伙指望我们来帮助阻止‘启迪者’的进一步入侵。我大致也能推测出他们打算采取哪一类型的行动，目前唯一无法确认的，只有这项行动的具体内容而已，”历史学家用胸有成竹的语气说道，“毕竟，我们已经在坦塔罗斯星游荡了这么久，甚至还参加了珊瑚城里的血斗竞技，要是那些公会头头到现在还没发现点儿什么，那我反而得怀疑他们还有没有资格继续在那个位置上待着了。”

“欸？难道他们已经知道了我们是——”听了伊斯坎德尔的话，小音顿时露出了惊讶的表情。不过，她的雇主只是朝她摆了摆手，然后做出了一个表示“安静”的手势。

“事实上，很可能确实有本地人已经意识到了……这一点，但不太可能是珊瑚城里的那帮人，”历史学家用打哑谜一样的语气对他的保镖说道，“总之，这个话题到此为止。你们只需要知道一件事：接下来无论发生什么，我都会尽可能保证各位的安全，并且尽一切努力让坦塔罗斯星恢复和平。”

“是吗？那可就太无聊了。”一直默默地擦拭着“蕾妮”的青柠插话道，“本大爷现在只希望在这颗无聊的破星球恢复和平之前，能够找到机会和那些混账‘启迪者’好好干上一架。”

当然，由于之前的那一仗造成的心理阴影，除了这个一门心思希望能找机会干架的暴力狂之外，包括被她视为竞争对手的小音在内，我们所有人暂时都不想再与“启迪者”发生冲突了。而值得庆幸的是，不知是不是伊斯坎德尔的保证起了效果，在那天之后，我们前往珊瑚城的路途确实平静得出乎意料。虽然“启迪者”一方在技术兵器方面占据着全面优势，而我们之前也已经见识过了他们所拥有的飞行载具，但塔克指挥的这支杂牌军在撤退过程中却几乎没遇到任何像样的空中威胁。在一天之中，“启迪者”所派出的飞行器平均只会出现两三次，而且通常只是在远处毫无威胁性地兜圈子，安静地观察着我们的动向。只有当地面上的人试图用对空火力驱逐它们时，这些飞行器才会偶尔用挂载的轻型自卫武器进行一些反击，或者象征性地扔下几枚杀伤力不比手雷强多少的小型炸弹。

在与塔克手下的杂牌军会合的第三天，远方吹来的风中终于出现了咸湿的气息，很快，火烧湾那充满了嗜盐厌氧微生物的血红色海面就出现在了西北方的地平线上。虽说珊瑚城附近的地区目前仍然远离战线，但在接近城市时，我们却看到了好几道不祥的黑色烟柱从市区的方向拔地而起，在荒野的风中来回摇曳,就像是一株株诡异的巨型海藻(作者在这里可能联想起了坦塔罗斯星海洋中的巨型海草,不过,这些可以长到近百米长的巨型生物其实是真正的高等植物而非藻类。它们源自古地球时代的基因工程技术,用于对拥有天然海洋的殖民世界进行地球化改造。——编者注)。

“塔克先生,这是怎么回事?”在发现烟柱之后,正在“堤丰号”车顶负责瞭望值班的我向坐在一旁的塔克提出了问题——虽然他率领的杂牌军也拥有不少机动车辆,但这位保民官和他的参谋们却一有机会就要搭我们的便车。毕竟,比起那些颠簸得让人“欲仙欲死”的运输车和大货车,专门为了在复杂地形下行驶而设计的“堤丰号”在越野时要平稳多了。“你知道那些黑烟是由什么造成的吗?”

“这个嘛……你们马上就会知道了。”在“堤丰号”跟随着行军队列驶上一座十余米高的土丘顶端后,塔克从胸前摘下他的双筒望远镜塞给了我,在他的那双大手里这副高倍率望远镜简直就像是小孩子的玩具,但我却必须用尽力气才能将它勉强举到眼前。“喏,往右边一点儿,再往右……好了,看到什么了吗?”

“嗯……看到了。”当那座大坑出现在我的视野之中时,我下意识地倒抽了一口冷气——从大坑边缘残留的炭化建筑残骸,以及附近的农田和草垛判断,这地方之前多半是一座规模不小的农场。但现在,整个农场的主体建筑已经被完全摧毁,变成了一处直径至少有二三十米、深度接近十米的弹坑,或许是这附近存在地下水脉的关系,弹坑的中央区域已经积攒了不少泥水,变成了一座池塘。

虽然在书本上我也读到过一些关于太空战争和大威力武器的描述，但亲眼看到实际的巨大弹坑就完全是另一回事了。即使在放下望远镜之后，我仍然下意识地想象着这处大坑形成瞬间的可怖景象，揣测着曾经在这座农场里生活、工作的人们可能的遭遇，而在我这么思考时，冷汗已经从我的后颈和额头上渗了出来。

“怎么样，很恐怖吧？在这段日子里，战线后方稍微成规模的居民区几乎全都遇到过这种事儿。”塔克一边解释，一边指出了另外几处弹坑的位置。在某些弹坑附近，我还能看到表明那里曾经有人居住的残垣断壁，可在另一些弹坑旁，剩下的却只有高热灼烧的焦痕，甚至连地表上的沙砾都在高温中融化，然后凝固成了脏兮兮、黑黢黢的玻璃晶体。“在地面入侵开始的同时，这种轰炸就开始了。小一些的城镇和村落可能隔上几天才会挨上一两发，而像珊瑚城这样的大都会，每天至少都得吃上好几枚。虽然直接丢掉性命的人不多，但那些平民百姓可都给吓坏了，全都争先恐后地往西边跑，火烧湾上的渡船也都快被抢光了。”

“那么，你们知道对方使用的投送手段吗？”伊斯坎德尔不知什么时候出现在了我们身边，用例行公事般的语气问道。

“投送手段？呃……”塔克挠了挠头，似乎有点儿闹不明白这个词的意思。

“任何远程打击都必须采取某种手段进行投送，”历史学家耐心地解释道，“或者这么说吧，在每次爆炸发生之后，你们是否在弹坑附近发现了火箭推进器、飞行器残骸，或者类似的东西？有没有人发现飞行器飞过的痕迹，比如冷凝云，或者听到发动机的噪声?”

“都没有。”保民官答道,“弹坑附近倒是会出现一些质地像是塑料的细小碎片,不过很快就会挥发消失。在一开始时,我们其实也想了许多法子,试图拦截这种攻击,但最后却连它到底是个啥都搞不清楚。唯一可以肯定的是,这些破事绝对和‘启迪者’脱不了干系。”

“明白了。”历史学家点了点头。

随着“堤丰号”驶入珊瑚城市区,袭击造成的破坏也变得越来越醒目。在几个月前,我曾和枫糖,当然,还有“训练有素”的香肠先生一道在市区的大街小巷内奔走,试图找到贩卖怪物的“罪犯”,而现在,那些我熟悉的街巷和房屋有很大一部分已经变成了闷燃的瓦砾堆——塔克先生并没有夸大其词,在我们不在的这段时间里,珊瑚城确实遭到了非常严重的破坏。在几处余烬未灭的爆炸现场附近,我看到了许多被烧得焦黑的人类残骸,由于大多数尸首已经支离破碎,甚至连数出这些死者的具体数量都变得困难重重。

不过,与周围的生者相比,这些死者的数量倒还不算太多——虽然许多本地居民已经逃离了珊瑚城,但街边依旧挤满了人。其中一些人虽然满脸不安与惶恐,但至少穿戴还算整洁,应该是尚未离开的市民;也有不少人衣衫褴褛、背着各种各样的行李,显然是来自外地的逃难者。珊瑚城防卫队那些戴着宽檐头盔的卫兵们拿着棍棒,在人群中来回穿梭,维持着最基本的秩序,但无论是什么人,每过一小会儿都会习惯性地朝着天空中瞥上一眼,似乎在戒备着随时可能从天而降的死亡威胁。

“为什么这里会聚集这么多人?”我一开始还以为,聚在废墟附近的人们是来协助救援工作的,但事实上,只有极少数人在挖掘瓦砾堆、运送死者和伤员,而其他人只是无所事事地在周围闲晃,甚至还有人直接在废墟旁边搭起了简单的帐篷,也不知道是要闹哪样。“都这种时候了,居然还有心情看热闹……”

“不,他们并不是在看热闹,”塔克答道,“现在城里到处都有传言,说是被炸过的地方就不会爆炸第二次。所以每次爆炸发生后,大伙儿都会跑到废墟附近躲避……毕竟,爆炸发生的地点似乎是完全随机的。无论你是在城外的农田里种菜,还是在市中心的大市场上做买卖,都有可能被炸上天去,唯有那些已经被炸过的地方,迄今为止确实还没有被再次袭击的记录……”

“除此之外,市政委员会大楼也没挨过炸,”一名和塔克一起搭便车的参谋伸手指了指不远处的一座高楼,朝我们歪了歪脑袋,“只不过,委员会里的那帮大人物现在可不敢在里头办公了。他们在珊瑚城刚开始遭受袭击之后不久,就已经把办公地点转移到了安全的地方。”

“但照目前这种状况,我可不觉得城里还有什么地方是安全的。”我说道,“难道他们也都跑到弹坑里去扎帐篷了不成?”

“那倒没有,”塔克摇了摇头,“哦,我们马上就要到了。”

2

珊瑚城的市政委员们，或者更准确地说，这座火烧湾沿岸最大的工商业城市的公会负责人们，目前选择的"安全的"办公场所，是一艘漂浮在城市港区里的巨大平底船。与那些用来运载大宗商品的船只不同，这艘平底船在几年前被船运公会买下，改造成了一艘还算高档的客船，原本的货舱上也额外搭建了几层客房，外加一大堆附属设施。但在完成了这些改造之后，船运公会才发现，它的吃水已经因此而变得过深，无法安全地穿过火烧湾的大部分区域，于是，这玩意儿只能停在码头，充作浮动旅馆使用，在之后的几年中都没有挪过窝儿。

不过，这都是之前的事了。

当我们将"堤丰号"停在码头上，换乘交通艇登上这艘船时，它的蒸汽轮机正在全力运转着。硕大的明轮不断拍打着温热的水面，推动着臃肿的船体像一只笨拙的海牛一样在港口附近沿着不规则的"Z"字形航线来回兜着圈子（海牛是一种古地球海洋哺乳动物。在太空时代初期,基因改造后的海牛被送往蔚蓝双星和哈里-丹这样的海洋世界,作为当地的海洋观赏动物。但必须注意的是,卫兰人通过基因改造制造出的、目前栖息于察东二号星的"美人鱼"并非传说中的"变种海牛",而属于人类。——编者注)。

"所以这就是市政委员会的好主意?"在登船之后,历史学家评论道,"算了,这也确实算是个好主意:如果对方的武器没有末端制导能力——我估计是没有——的话,保持机动确实可以极大地降低被命中的概率。而且,如果只是待在港口里的船上,他们在理论上就仍然留在'城里',不至于被视为弃城而逃,从而动摇守城军队的士气。"

"您说得是,先生。"陪同我们登船的塔克说道,"虽然就目前的情况来看,如果不能尽快扭转局势的话,城里的守军恐怕也不会剩下多少士气可以动摇了。"

大概是已经得到我们将要抵达的消息,船上的卫兵只是检查了塔克的证件,就领着我们进入了客房的第一层。在船运公会买下这艘船并进行改造时,这里被设计为水上旅馆的活动室和餐厅,目前则变成了珊瑚城市政委员会的办公地点,以及对抗"启迪者"入侵的联合部队的临时司令部。掌控着珊瑚城乃至半个大陆的工商业命脉的十几个男男女女环绕着一张巨大的红木桌,正在激烈地争论着什么,但在我们步入大厅之后,这里立即安静了下来。

"欢迎。我很……很……很高兴看到各……各位在这一危急关……关头来到珊瑚城。我……呃……我希望各位能……能……能基于过去的友谊,在接……接下来的艰难时日里向……向我们伸出援手。”虽然在座的众人之中并不乏熟面孔,但这个面向我们颤颤巍巍地站起来、结结巴巴地念着手中的稿子的年老男人,先前却从未谋面。不过,在撤往珊瑚城的途中,我就已经从塔克手下的参谋那里听过了这人的身份:杜·巴尔先生,珊瑚城制糖公会的大师傅,同时也是市政委员会主席兼联合防卫司令部的司令。当然,这位原本默默无闻的制糖技师之所以能爬上这个位置,很大程度上是拜无常的命运所赐:就在几个月前,继任市政委员会主席呼声最高的人还是我们的“老朋友”、物资回收联合公会的首领王渊先生,由于他的“意外”离世,珊瑚城市政委员会在换届过程中陷入了政治僵局,而在一连串妥协和临时交易之后,作为城内势力最弱的公会首领,不属于任何派系也没有任何政见可言的杜·巴尔先生被相持不下的各方推上了这一位置。而考虑到目前的局势,这显然算不上什么好选择。

但我们也只能接受现状了。

“巴尔先生,您不必担心,”伊斯坎德尔礼貌地朝这位年近八旬的制糖师鞠躬行礼,并示意我们照做,“目前贵城的困难就是全体坦塔罗斯人的困难,作为坦塔罗斯人之一,我们自然有义务在如今的危急存亡之际,为各位提供力所能及的帮助。”

不知为何,在伊斯坎德尔说出这句话时,跟在他身后的小音朝他投去了一个略显古怪的眼神。不过,在场的珊瑚城公会首领以及他们的顾问们倒是个个都露出了如释重负的神色。“这样的话,那……那就太……太好了,”杜·巴尔结结巴巴地说道,“至……至于具体细节,我……我……我们的相关负责人会……会为你们解释的。”

在说完这句话后，这位名义上的主席和总司令就算是完成了他的全部任务，转而将注意力转向了挂在大厅墙上的挂钟。他现在多半正希望会议能尽量早点结束，好让他尽快回到熬糖工厂的车间里，指导公会里的年轻伙计们处理新采收的甜菜。

“请问，巴尔先生刚才所说的‘负责人’又是哪位？”

“是我。”一名相貌平平、戴着硕大的眼镜的矮个子少女站了起来，不知为何，她看上去似乎有点儿面熟，“我叫王青，目前担任珊瑚城物资回收联合公会的临时会长。”

“你是王渊的什么人？”小音厉声问道，而青柠更是在对方报出名字时，就下意识地将手放在了猎刀的刀柄上——她俩显然还对之前被王渊那家伙耍得团团转的事耿耿于怀。

“我是他表兄的女儿。”自称为王青的少女直截了当地答道。

“我们能信任她吗？”枫糖摇了摇头，对杜·巴尔问道。

“啊……呃……”或许是不太清楚我们与物资回收联合公会的那些过节，可怜的老人陷入了不知所措的状态，不过，王青却对枫糖的这一质疑表现得非常大度：“你们当然可以相信我，因为我和之前的公会高层几乎没有联系，”她双手一摊，语气平静地说道，“在过去的几年里，我一直都待在自己的研究室里，对于公会的经营和珊瑚城里的明争暗斗一无所知。”

在王青说完这番话后，几名与会的公会首脑点了点头，表示她所言非虚。见此情形，枫糖、小音和青柠的态度也都稍微软化了下来。“那么，请问你之前做的都是什么研究呢？”枫糖一边安抚着因为骤然来到陌生环境而瑟瑟发抖的香肠先生，一边问道。

“我研究的是隔绝时代之前留下的各种技术设备。”

“欸？是这样吗？那我们可是同路人呢!”枫糖欣喜地摇着尾巴,双眼几乎要冒出星星来了——在她看来,研究技术设备的同行都不会是坏人,哪怕对方是曾经害我们遇上不少麻烦的物资回收联合公会前任会长的亲戚。

“对。可惜的是,我太过专注于研究,以至于对王渊先生的所作所为毫无察觉,”眼镜少女耸了耸肩,“否则……我肯定要想办法逮住几个‘启迪者’那边的家伙。他们所拥有的知识和技术简直就是一座货真价实的宝山！如果能换到这些知识,我哪怕稍微与他们合作都没关系——”

“呃,王青小姐的幽默感还真是……特别啊,”在听到眼镜少女的“自爆式”发言后,在场的大多数人都露出了略有点儿尴尬的表情,而一名年纪较大的公会首领连忙站了起来,试图为她打圆场,“她这人就是有点儿喜欢开玩笑,各位意会即可,请千万不要当真。”

“我当然没当真,”伊斯坎德尔微笑着点了点头,“请继续。”

“总之,根据目前的信息判断,珊瑚城,不,整个坦塔罗斯星都面临着重大威胁。而要应对威胁,我们首先要确定这一威胁的本质究竟为何,才有可能正确地拟定针对性的方案,”王青似乎没察觉到自己刚才的发言有多么危险,继续用进行学术报告般的口吻说道,“根据我的判断,那些所谓的‘启迪者’,有极大可能正是太空汪达尔人。”

“欸——?!”这下子,不仅是我,几乎所有在场者都发出了惊呼声,只有对此漠不关心的香肠先生趁机从枫糖的怀里溜了出去，开始在大厅里左拱拱、右拱拱，试图找到可以吃的东西。看来，这个技术宅大概没有向任何人预先透露过她的这一判断。

“此话当真？”还没等我们这边开口，一名城市防卫部队的军官已经抢先问出了这句话。

“暂时无法完全确定，不过，我的推断准确的可能性极高。”眼镜少女说道。

“但这不合理啊，太空汪达尔人不是在三个世纪前的战争中被击败了吗？虽然他们当时成功登陆，但行星防卫军成功地发起了反击，在行星地表把这些侵略者一举击溃，从而终结了横扫整个星区的入侵，他们的登陆区域在战争中化为了一片焦土，也就是后来的‘焦灼之野’，”船运公会的首领，一个褐色皮肤的老女人说道，“现在怎么可能还有什么太空汪达尔人？”

“历史教科书背得不错，莱尔夫人，”眼镜少女说道，“但是，书上说的未必就是事实哦。”

“你是在指责历史书的作者说谎吗？”

“不，他们只是未能掌握事实的全貌：想想看吧，如果太空汪达尔人已经被完全击败了，那么，为什么在战争刚结束不久，邦联就突然将所有舰队撤出这个世界？要知道，坦塔罗斯星当时可是个正在建设之中的黎明世界，为了开拓这里，各方都在这个世界上砸下了大笔资金，如果真的一切都结束了，为什么他们不继续进行建设，而是甘愿眼睁睁地看着这么一大笔沉没成本打水漂？”眼镜少女问道，“根据可信的历史记载，在那之后的几年里，邦联以‘进行维修改造，以便撤离难民’为名，封闭了坦塔罗斯星的宇宙港，但只是拆掉了里面的全部设备，破坏或者开走了每一艘航天器,然后就丢下聚集在行星上的大批难民离开了。最后,他们甚至停止了与这个世界的星际通信,就这么丢下我们自生自灭。这可不像是'胜利'的样子啊。"

一阵议论声在大厅里响起。虽然大多数坦塔罗斯人其实多少都听说过这段历史,但几个世纪的时间早已让当初遭到背叛的愤怒、陷入孤立的绝望和迷惘被冲淡了。对现在的我们而言,邦联和其他人类殖民世界不过是个遥远而模糊的概念,很少有人会费心思去回顾这段历史。

"当然,我的意思并不是说,那些'启迪者'是太空汪达尔人的后代——事实上,当时成功登陆坦塔罗斯星的太空汪达尔人数以百万计,其中大多数人最终都被行星防卫军俘获了,换言之,我们大多数人可能都有太空汪达尔人的血统。但是,'启迪者'与我们不同,他们**就是**太空汪达尔人。"

"呃……抱歉,可我有点儿不太能理解……"我挠了挠脑门儿,同时看了看其他人——很显然,与我一样被搞糊涂了的人不在少数。

"哦,不太理解是正常的。毕竟,过去的人犯下了一个很大的错误,"眼镜少女说道,"他们一厢情愿地以为,太空汪达尔人是一种狂热的邪教、一个四处游荡的疯子团体,这自然是错误的。当然,他们更不是一个种族,或者类似于卫兰人这样的人类亚种。对他们真正准确的形容是:他们感染了一种宇宙级的超级传染病。"

3

或许是为了给其他人一点儿时间来消化这个冲击性的事实，在甩出这枚“重磅炸弹”之后，王青等待了一小会儿，然后才继续这个话题：“我知道，这种事不太容易被接受，不过，如果你们对历史有足够的了解，就不难意识到，这才是最合理的解释。对吗，伊斯坎德尔先生？”

历史学家没有回答，只是用饶有兴趣的目光盯着她。

“在太空汪达尔人战争中，邦联一方的诸多记录都表明，他们之所以难以对付，并不是因为拥有特别强大的武器装备或者军事策略——事实上，大多数太空汪达尔人原本只是普通的宇航商船船员、殖民行星上和空间站里的普通居民，还有一些邦联武装部队的人员，”见伊斯坎德尔没有开口，眼镜少女只得自己把话说了下去，“总之，这些人主要由平民构成，他们的舰艇大多数也只是沿途夺取的民船。更重要的是，他们没有什么明确的战略规划，只是一门心思地从一个殖民世界拥向另一个殖民世界,竭力搞到更多的航天器,或者索性就地建造,并把当地居民裹挟进这场疯狂的移民潮中。而另一些记录表明,长时间与太空汪达尔人接触的人,最终也会莫名其妙地加入他们,这直接导致邦联武装部队在战斗中畏首畏尾、难以施展。”

“所以这和传染病有什么关系?”枫糖问道。

“这难道不就是最典型的传染病特征吗?对于病原体而言,不断复制和传播就是唯一的目的,而寻找更多宿主则是达成这一目的的关键。在古地球时代,人们曾经为一种名叫‘狂犬病’的传染病所苦,因为被它感染的动物会盲目攻击其他动物,以便传播病毒;许多真菌和寄生虫也会控制宿主离开群落,到处散播自己的孢子和卵。如果太空汪达尔人是一个被特殊的病原体感染的群体,那一切就说得通了——他们那不受控的星际移民和四处攻击的冲动,其实是被病原体影响的结果;而邦联当初从这里撤离,是为了阻止感染的进一步扩散。”

“等等,这么说的话,我们岂不是也可能还携带着这种病原体?”枫糖一下子慌了,“可我当了这么多年的机械师,为什么一直都没想过要去造飞船呢?”

“因为你反正也造不出来嘛。”青柠“哼哼”了两声,“既然知道自己没这个本事,当然就……”

“不,我更倾向于认为,在入侵坦塔罗斯星后,可能是因为本地的特殊自然条件,太空汪达尔人的后代产生了对这种病原体的免疫力,所以我们才一直没有产生继续向其他殖民世界迁徙的冲动,”眼镜少女摆了摆手,“但是,因为某些原因,少数人失去了这种免疫力,并重新屈服于病原体带来的迁徙冲动,这些人就是现在的'启迪者'。当然,根据我的推测,这种病原体也会赋予宿主更为优秀的对科技产物的理解与运用能力,好让宿主能有效地进行星际移民——这也是'启迪者'能够重启那么多古代技术设备的原因。"

"虽然我不能完全认同你的推断,但至少其中的逻辑是自洽的,"历史学家点了点头,"那么,既然你已经判断出了我们面对的敌人的性质,你的应对计划又是什么?"

"根据太空汪达尔人一贯的行为模式,既然他们突然发动攻击,那就必然存在着明显的目的性——他们的首要目的,自然是夺取可以离开这颗行星的航天器。换句话说,只要分析他们的攻击方向,并且结合相关的历史传说、调查报告,我们就不难猜出这些家伙可能的目的地。"

"然后呢?我们要在那里堂堂正正地迎击那帮浑蛋吗?"青柠一下子来了兴致,开始摩拳擦掌起来,"还是干脆阴险一点儿,提前设下埋伏和陷阱,然后狠狠地……"

"这是没用的,"眼镜少女瞪了这个好战分子一眼,"你也见识过我们的敌人战斗时的样子。老实说,虽然我不认为我们在勇气和战斗的决心上会逊于他们,但考虑到武器技术水准的差异,如果他们集中力量,发动一次准备周密的攻势,我们是无法抵挡的。无论你打算正面迎战还是伏击,结局都不会有什么本质上的不同。"

"但……但是我们……"青柠有些不甘心地攥紧了拳头。不过,她最后还是低下了头。就算作为一个把找架打看得与吃饭喝水一样重要的暴力成瘾者,这家伙好歹也是能认清敌我双方的差距的。“算了,你说我们该怎么办吧?”

“简单,我们的敌人想要什么,那就不让他们得到什么。既然太空汪达尔人本身并不是以征服和夺取土地为目的,只要消灭了他们发起进攻的目的,那自然也不会有什么战争了,”王青语调轻松地说道,“而伊斯坎德尔先生,您对于古代技术和工业体系的了解,会在我们的这一行动中起到关键作用。”

“哦?你莫非是想……”历史学家扬起了一侧眉毛。

“没错,我们要设法毁掉‘启迪者’想要找到的东西。”

虽说在刚刚结束会谈时,我们对物资回收联合公会新任会长的那套说法还有些半信半疑,但仅仅三天之后,就再也没有人质疑她的计划了:根据她所提供的情报,由两个连的珊瑚城守备部队和临时雇用的民夫组成的工程队伍挖开了位于珊瑚城北侧二十千米处的一座小山丘顶部的泥土,而在这座看似平平无奇的土丘下方,果然藏着一处相当巨大的地下空间——那是一座设在坚固地堡内的古老建筑,面积足以容纳珊瑚城的半个港口区,深度则显著超出了那座山丘的高度。在发现那座建筑之后,我们又花了一天时间才确认了它的入口,而在第五天晚上,爆破队才最终炸开了封住入口的那扇厚重的大门。

“哇,这下面好大啊,比我们岛上的那座遗迹大得多了!”在随着先头小队穿过被炸开的大门后,鲁娜兴奋地用手中的强光手电四处照来照去,打量着这下面的奇特景象。在离开珊瑚城之前,我和伊斯坎德尔都建议她跟大部队一道留在相对安全的后方,但鲁娜却一把鼻涕一把泪地哭诉说,自己更害怕那些毫无预兆从天而降的轰炸。于是,拗不过她的眼泪攻势的我们只好把她带在身边,并让小音负责她的安全。

"你小心点儿,千万别和其他人走散了,"见鲁娜对周围毫无防备、一脸仿佛春游般的轻松神态,小音连忙提醒道,"我们对这座设施内的情况还不太清楚,无法断定是否存在潜在的危险,请不要离开我的视线范围。"

"明白啦!"鲁娜笑眯眯地说道,显然并不真的明白小音这话的意思,"鲁娜现在已经是一位保卫家乡的战士啦,有时候,面对危险也是我的职责喔。"

"没错,但战士要活得长,就必须学会如何避免不必要的危险,"小音瞥了一眼鲁娜用生疏的姿态握在手中的步枪,耸了耸肩,"伊斯坎德尔先生,你对这下面的情况了解多少?"

"我吗? 说实话,完全不了解,"在几名士兵保护下走在队伍最前面的历史学家答道,"我只是个历史学家,又不是全知全能的神仙。这座建筑物显然是在战时临时改装的地下掩体,不,更准确地说,它原本应该是一座位于地表的库房兼车间,外面的那座山丘恐怕是在建成之后才堆上去用来妨碍轨道侦察的。这类临时建筑的标准化程度通常很低,内部结构也不尽相同……但唯一可以肯定的是,这座建筑的主要用途,应该是整备和停放空天两用的轻型飞船。"

"只是空天两用轻型飞船而已吗?"牵着香肠先生的枫糖一边抽动鼻子,像真正的狼一样仔细嗅闻着地下的空气,一边问道,"如果我没记错的话,大多数空天两用飞船都是没有长距离宇航能力的穿梭机之类的设备……"

"但从这座建筑的规模,以及这里面的设备水平判断,放在这下面的应该不只有穿梭机而已。”历史学家抬起手中的手电，照亮了悬挂在天花板上的多功能机械臂。这些复杂的机械结构极其庞大，单单一条的体积就足以塞满珊瑚城的一座主干道，而长度则超过了珊瑚城最高的楼房的高度。“在邦联太空军的装备列表中，许多中小型的护航舰和巡逻舰都可以在大气层内航行起降，甚至执行近地战斗任务，而它们也是拥有基本的行星系间航行能力的，更别说各类专门设计的行星登陆舰了——从规模看，这座设施完全可以容纳好几艘这类舰艇。而且，这些重型设备显然也不像是用来维护小型穿梭机的。”

“嗯，看来那个女人应该没有欺骗我们。”小音点了点头。

“喂喂，好歹叫一次我的名字吧？什么是‘那个女人’啊？还有，在这种事上，我凭什么要欺骗你们？就算我们公会之前确实对你们隐瞒了一些事情，但那也和我无关好吧？”走在队伍末端的王青对于小音的这种态度显然相当不满，“睁大眼睛看看吧，那是什么？”

“嗯……”

虽然我们什么都没做，但走下入口处漫长的阶梯之后，一盏位于设施顶部的照明灯突然开启，将与阳光几乎别无二致的温暖光线洒向了下方，接着是第二盏，第三盏……很快，原本一片黑暗的地下空间就被照得如同白昼，而仍然呆呆地握着手电的我们看上去反倒像是一群傻瓜。

“真有意思，是谁把灯给打开了？”在大多数士兵下意识地举起武器、开始戒备时，鲁娜却显得相当惊奇，“这下面有别人吗？”

“多半是没有啦。”我有点儿哭笑不得地说道，“我以前在书上读到过相关描述……这大概是某种自动感应灯吧，在发现有人进入设施之后就会自动开启的那种。”

“如果这下面真要有别人的话，那反而是很糟糕的事情，”小音接着教训道，“在这种地方，任何身份不明的人员都应该首先视为敌人。”

“但我不这么认为哦，”鲁娜摇了摇头，“如果是敌人的话，应该趁着黑暗向我们发动袭击才对。会为我们开灯的人肯定是好人啦……”

“嗯……这么说好像也有点儿道理。”我和小音对视了一眼，不约而同地耸了耸肩。不过，在下一刹那，我们的全部注意力就转向了前方的那些庞然大物。

由于在“焦灼之野”中，我们已经见识过了比这大得多的飞船……的残骸，因此，这些停放在地下空间中的庞然大物的尺寸并没有让我感到太过震惊。不过，这仍然是我这辈子第一次见到的完整的太空飞船——和太空汪达尔人的那些由大型民用货运船只改造而来、整体轮廓呈现出粗笨的圆柱状的飞船不同，我们面前的这三艘舰艇只有着类似于阔刃匕首的外形，整体布局更像是古地球时代的早期航天飞机和高超声速飞机的结合体——我曾经在一本名为《追求速度：人类是如何变得更快的》的古书中看到过那些装置的图片。或许是为了确保大气层内气动外形的关系，除了位于舰体前端的磁轨炮炮口之外，从外观上看不出这些舰艇携带有任何武备，但我很清楚，作为军用舰艇，它们中任何一艘拥有的火力都可能足以逆转目前坦塔罗斯星上的战争局势。

“真是可惜,”在想到这点之后,我不由得轻轻叹了口气,“要是我们能把这些飞船开动就好了。”

“哦?”伊斯坎德尔突然朝我投来了一瞥,不知为何,他的这一瞥居然让我产生了前所未有的压迫感……虽然也只有短短的一瞬间罢了。不过,就算这种感觉的持续时间再怎么短,我也可以肯定,那绝对不是我的错觉。

“我想,杏子小姐的意思大概是,既然这些飞船可以在大气层内作战,那么我们也许能将它们作为武器,用来抵御敌人,”王青替一时语塞的我解释道,“不幸的是,这是不现实的。虽然在隔绝时代之前生产的大多数设备,比如枪械和单人工具,甚至是你们的‘堤丰号’那样的车辆,只要保存条件足够好,就可以被现代人直接使用,但是像飞船这样的东西却是例外。根据过去的研究者留下的记载,就像普通人无法启动过去留下的自动化生产及服务设施一样,他们也同样不能启动飞船上的系统,这很可能是因为无法通过身份识别程序。”

“啊,原来飞船也属于‘奥兹曼迪亚斯’系统吗?”枫糖有点儿傻眼地问道。

“部分而言,没错,”历史学家答道,“拜自动化程度不断提高所赐,通常情况下,‘驾驶’飞船的其实并不是人类,而是人工智能。人类‘驾驶员’只负责监督航行数据,并提出大致的行驶要求。而为了防止飞船落入无关人士手中,只有体内具备特定的植入器并通过了基因锁验证的人员,才能与这些军用飞船的系统双向传输数据……在这点上,它们的原理倒是和‘奥兹曼迪亚斯’相差不远。”

“当然,那些太空汪达尔人既然已经开始行动,就表明他们很可能有办法启动飞船,”王青叹了口气,“换句话说,我们现在能做的就只有执行原定计划而已。”

“没错,”历史学家答道,“把这些船毁掉。”

4

在不算漫长的一生之中，我曾经不止一次感觉到无能为力。但无论哪一次，我的无力感都没有现在这么强烈——在从珊瑚城出发时，为了摧毁被“启迪者”们视作目标的飞船，我们准备了好几吨开矿用的高爆炸药，以及一系列用于破坏活动的工具，甚至还有上百升强腐蚀性液体，但在亲眼看到这些古老的战争机器之后，我才意识到，我们之前的想法到底有多么天真。

“‘鲣鱼’级空天两用护航舰，MK-3型，自邦联历108年起在超过五百个殖民世界基于许可证生产，用于卫星轨道清理与基本行星防御任务，并可以在运输、救灾、警戒和治安任务中使用，”历史学家打量着这三艘飞船，缓缓说道，“虽然是极为古老的设计，但因为邦联除了对抗太空汪达尔人的战争外，就没有遭遇别的大规模威胁，因此‘鲣鱼’级在多次小规模改造后，一直在各个殖民世界服役。具体参数为：舰长210.5米，最宽处47米，高31.6米，在1个标准重力下的空载重量为57700吨，外壳为塞塔-

2型复合非金属常规装甲，平均厚度340毫米，防御能力相当于17700毫米厚的均质钨钢合金。”

“这……”我下意识地回头瞥了一眼王青，却发现她的脸也开始发绿了——在这些包覆着近乎坚不可摧外壳的庞然大物面前，我们之前自认为万无一失的准备简直就是小孩子的玩闹。恐怕就算我们把所有的炸药、腐蚀性药剂和其他破坏手段全部用上，也只能给其中一艘飞船造成一点儿皮外伤而已，遑论一次摧毁三艘了。

“嗯，其实你也不用太担心，”历史学家微笑着拍了拍我的肩膀，又在我眼前摆了摆手指，“虽然一次发现三艘完整的护航舰有点儿超出意料，但只要处理方法合适，我们手里的材料也足够用来……料理它们了。”

“哈？”

“任何东西都有弱点。珊瑚城的市政委员会请我来协助他们处理这档子事，正是因为我比他们更了解这些玩意儿的弱点，”历史学家用理所当然的语气说道，“杏子小姐，你要知道，越是复杂的装置，要破坏起来就越容易——你不需要破坏它的全部构成部分，而只需要让少数关键部位无法运作就行了……恕我直言，这并不困难。”

“比如说？”

“对于太空舰艇而言，理论上破坏舰体气密性是最有效的……不过，设计者对这方面的防范也是最严密的，因此我不太建议从这点入手，”历史学家朝着身后的人们做了个手势，示意他们开始准备爆破工作——根据他的要求，珊瑚城市政委员会特别从矿业公会那里招募了几十名资深矿工加入这次行动,每个人都有使用爆炸物的经验,“要直接炸开装甲层是不可能的,舰桥观察窗、舰体入口和软补给管道接口这些位置较为脆弱,倒是有可能加以破坏,但护航舰在设计过程中就准备了应对手段,因此无法单凭破坏这些部位就让飞船失去利用价值。”

“那……”

“但让我们进入舰体之内已经是绰绰有余了,”历史学家指了指三艘护航舰中靠右边的那艘,“照我的指示,直接炸开位于这艘船后部的入口,另外两艘不用管。”

“不用管?”我又一次愣住了,“你是认真的?”

“我想应该是,”这一次,没等伊斯坎德尔说话,枫糖就抢先开了口,“中间和左边那两艘护航舰的舰体虽然是基本完整的,但细看则有被拆卸过的痕迹,我怀疑,它们很可能被当成了‘供应者’。”

“啥?”听枫糖这么一说,我连忙重新看了一眼那两艘飞船——没错,在它们的舰体下方,有几块装甲板被整个儿拆除了。一些拆卸后留下的零件和管线就堆在破口下方,看上去活像是从被宰杀的动物体内流出的内脏。由于洞库内的照明来自天花板方向,这些鸡零狗碎之前一直被笼罩在舰体投下的阴影之中,不仔细观察还真难以发现。

“虽然根据历史记录,坦塔罗斯星一度在战争中被临时改造成军工世界,但很多太空飞船必需的零部件是无法在行星上生产的,而随着战况恶化,行星对外联系也变得越来越困难了。”在那些矿工们开始驾轻就熟地将一只又一只二十五千克重的炸药包逐一堆放到飞船的舱门处，再用金属丝和塑性炸药条固定起来，并装上起爆用的雷管的同时，我们这位机械专家继续解释着，“这类空天两用护航舰在对抗太空汪达尔人时，被大量用于防空拦截、远距离运输和对地火力掩护任务。就算这些舰只没有在战斗中受损，但频繁的出动也会迅速耗尽零部件的寿命，因此，当时的行星防卫部队只能通过‘从多艘舰艇上拆卸可用零件来维护一艘状况最好的舰艇’的方式，最大限度地维持它们的可用性。”

“呼……原来是这样啊。”听了枫糖的解释，我稍微松了口气。至少，我们这次要解决的麻烦只有一个，而不是三个，哪怕就降低工作量的角度而言，这也是件好事儿。

“各位，准备爆破！五！四！三！二！一——”

随着最后一批用来引爆炸药的电发火雷管被安装到位，一名老矿工将无线起爆器递到了伊斯坎德尔手中，然后迅速跑开，而包括我在内的其他人也都按照之前接受过的叮嘱，做好了必要的安全准备：为了避免被爆炸的高温和气浪所波及，在起爆之前，我们已经尽量远离了那艘护航舰，这座地下建筑内存储着的众多装卸用叉车、工程机械与集装箱则成了我们现成的掩体。我立即躲到一只集装箱后面，弯下腰、张开嘴，然后捂住了双耳以保护耳膜，而蹲在我身边的枫糖由于还得腾出双手去抱住香肠先生，因此没法儿顾及自己的耳朵，只能尽量让毛茸茸的耳郭耷拉下来，遮住自己的耳道（与普通的人类不同，卫兰人那标志性的动物耳朵有着相当发达的肌肉与结缔组织，因此可以灵活转动或者竖起。这在许多时候赋予了他们一些特殊的优势。——编者注)。

当然,就算隔着一层毛茸茸的厚实耳郭,随后传来的爆炸声仍然让我陷入了一阵耳鸣之中。尽管这座古老的洞库修筑得相当结实,但在数吨炸药同时起爆的瞬间,地面仍然明显地晃动了起来,一些摆放得过近的集装箱和机械装置甚至在摇晃中相互碰撞、摩擦,奏出了一曲短暂但非常……刺激的“交响乐”。

当这一切都停下来之后,爆炸产生的烟雾开始翻涌着朝着四面八方扩散,并让我闻到了一股刺鼻的味道——虽然在与伊斯坎德尔一行人一同踏上旅途之后,我已经不止一次闻到过这种气味,但或许因为我是嗅觉灵敏的卫兰人,这味儿无论怎么闻,我都无法习惯。在猛烈地咳嗽一阵之后,我松开了捂住耳朵的双手,从集装箱后站了起来。

位于护航舰侧后部的气密门确实已经被成功地破坏了。虽然还没有从铰链上脱落,但它已经严重变形、无法关闭,位于门框上的气密材料垫圈更是被爆炸的冲击力撕碎,变成了一条条破布状的残片。

“嗯,刚才的这下大概让整艘护航舰的可用性下降了……百分之三吧?”随着浓烟散尽,伊斯坎德尔丢下手中的起爆器,像工地上的监工一样好整以暇地打量起了被破坏的飞船,“毕竟飞船内的各个区段都有气密闸门相互隔断,而且这扇门也不是什么精密设备,只要从其他船上拆一扇换上就行。”

“用了这么多炸药,就只有这点儿效果?”我又一次开始怀疑起了我们能否达成目标。不过,历史学家只是对我摆了摆手。“别担心,只要能进去,飞船上的脆弱结构就尽在我们掌握之中,"他解释道,"只要从内部炸坏导航计算机、发动机和跃迁控制器,这艘船就无法使用了。就算有现成备件,以坦塔罗斯星目前的技术水准,也很难进行更换。"

"明白了! 我们这就——"小音点了点头,对着身后一脸兴奋的鲁娜,以及刚刚从地表运来新一批引爆装置的爆破队做了个"前进"的手势。但没想到的是,伊斯坎德尔连忙制止了他们的行动。

"等等! 先别急着上去!"当鲁娜兴高采烈地想要冲进这艘古老的飞船看个究竟时,历史学家一把拽住了她的衣领。

"为什么啊?"女孩一脸委屈。

"我们还不能确定这里面是否安全。"历史学家少有地用严肃语气说道。

"但这些船不是已经在这下面放了好几个世纪了吗?"枫糖问道,"无论怎么说,里面也不太可能还有船员什么的吧? 就算船上有还没损坏的自动防卫设施,这么久没有供能,也肯定已经关闭了。"

"我可不觉得船上没有能源,"历史学家摇了摇头,"看仔细点儿。"

"嗯? 呃……"枫糖眯起眼睛,盯着被炸裂的气密门看了好一会儿。接着,她的神色变得凝重了起来,"确实。烟的形状……有点儿不太对。"

"呃?"我挠了挠脑门儿,"这有什么特别的吗?"

"在船体受损之后,有空气从飞船里涌出来。"历史学家指了指气密门周围翻滚流动的烟雾——虽然我先前没太注意,但只要认真观察就不难发现,这些烟雾正被气流吹离飞船的方向。“这是核生化防护系统最低限度响应之后才会发生的情况——在大气层内,如果船壳传感器探测到船体受损,且暂时无法修复,附近的通风系统会自动加压,以免放射尘、毒气或者病原体随着外部的空气流入。”

“而这些系统既然还在运作……”我恍然大悟地点了点头,“也就是说,有人已经启动了这艘船吗?”

“有可能,虽然可能只是启动了某些子系统而已。但无论如何,处于无人状态下封存了几个世纪的飞船,理论上应该是不会有系统还在运作的。”历史学家攥紧了小小的双手。

“既然这样,要让所有人暂时先撤离吗?”小音也有些焦急了起来。

“先等等,这——”历史学家还没来得及把话说完,我们周围就爆发出了一阵激烈的交火声。

5

直到那次战斗结束好几个旬日之后，我才明白了整个事件的来龙去脉。虽然在地面上，由于遭到了来自大陆西侧的各支援军的节节阻击，“启迪者”的战争机器被阻挡在东边好几十千米之外的筑垒区域，但这一切并不重要——他们的目的确实是这座容纳着古老太空飞船的地下设施，而且他们也确实已经来了。甚至在我们开始挖掘这座山丘之前的几天，一队“启迪者”的人马就已经来到了这里，并开始修复三艘护航舰中唯一还能重新启动的那一艘。

当然，他们之所以能抵达这儿，并不是因为前线部队的失职或者背叛，也不是因为他们采用了什么特殊的技术手段实施渗透，而纯粹只是因为这些地下和半地下洞库设施全都有着不止一个出入口。除了通往地面的入口之外，它们相互之间还被密布的地下通道网所连接着。

而“启迪者”们对于相当一部分地下通道都了如指掌。

由于通过这种方式占得了先机，当我们最终打开通往这里的入口时，抵达这里的“启迪者”们事实上已经完成了他们的绝大部分计划，而在我们进入地下时，他们则迅速退回了周围的地下通道之中。由于这些通道的入口都经过了严密的伪装，对此一无所知的我们并未发现它们的存在……

直到“启迪者”所操纵的战争机器主动从里面冲出来为止。

“这啥……敌袭吗?”

“可恶，是埋伏!”

“这些东西都是什么鬼? 不管了，全小队开火! 给我打!”

当一群群涂着灰褐色迷彩，轮廓与人类有着些许相似的步行机器从四面八方蜂拥而来时，最先发现它们的士兵们全都惊呆了，不过，这种惊讶并没有妨碍他们本能地朝着目标扣动扳机。各种口径的枪弹和小型枪榴弹第一时间砸向了这些金属怪物，击倒了冲在最前面的几台，让它们变成了冒着浓烟的残骸——由于与枫糖这个(自称)专业机械师共处了好几个月的时间，我也从她那儿学到了许多与机械设备相关的常识。因此，在看到这些玩意儿时，我立即意识到，它们并不是为了作战而被设计和制造出来的。虽然一些冲过来的步行机在遥控枪塔上临时安装了小口径火器，但它们既没有必要的装甲防护，站立起来时的被弹面积也相当之大，就算是鲁娜和我这种压根儿算不上什么神枪手的外行人，也能轻易地开枪打中它们。而从这些人形机械双臂上装备的液压钳、多功能电焊机、等离子切割器和微型辅助机械爪之类的装备判断，它们的“真实身份”多半是负责机械维修工作的工程机器人。

“呜，这可不妙了……”在意识到这点之后，大颗大颗的冷汗从我的额头上钻了出来。从飞船的部分系统已经启动这点来看，这些工程机械最初显然是用来进行飞船修复工作的。既然它们现在被毫无顾忌地投入对我们的攻击，那也就意味着它们所负责的修复工作多半已经完成了。

而这同样也意味着……

就在离我最近的又一台步行机被扑面而来的交叉火力击倒时，位于洞库天花板上的照明灯忽然全部熄灭了。虽然拜卫兰人的特殊体质所赐，我倒是可以在黑暗中依靠红外视觉继续观察周围，但祖上没对基因动过手脚的大多数人就没那么走运了。尽管部分人及时打开了随身携带的照明设备，但突如其来的黑暗还是让他们的还击火力出现了短暂的空隙，而一部分步行机则趁机改换成了大猩猩般的四足奔跑步态，像一群发狂的野兽一样撞进了混乱的人群之中，如同撕碎纸娃娃一样肆意地撕裂每一个不幸离它们太近的人。（在这里必须强调一点，根据邦联历275年的《自然人认定及基本人权再确权法案》，属于人猿超科的猩猩、黑猩猩、倭黑猩猩、长臂猿和大猩猩，以及基因改造后的人类亚种都被归于“泛人类”范畴。因此，在理论上，大猩猩与身为卫兰人的作者是平等的，不能称之为“野兽”。当然，由于不会说话，他们仍然不能担任公职、讲脱口秀或者在法庭上做证。——编者注）。

值得庆幸的是，这种黑暗并未持续很久。就在天花板上的灯光关闭几秒钟后，一道不断拓宽的天光就从我们头顶投射了下来，照亮了洞窟地面上血肉淋漓的惨状——这座巨大洞库的顶部正在缓慢地开启,而所有人在见到这一幕后,都立即意识到了接下来将会发生什么。

“我们还是来晚了!”正把一支自动步枪举过头顶,闭着眼睛朝周围胡乱泼洒钢芯穿甲弹的王青尖叫着,“那些家伙不但已经来了,还已经把护航舰修好了!”

“没错,这艘飞船再过几分钟就要起飞了。”刚刚榨干了自己等离子卡宾枪能量电池里最后一点儿电能的小音接着说道。在摸了摸腰间,发现已经没有额外的电池后,她直接启动了破障斧的电机,摆出了准备与那些比自己高出整整一米的大家伙贴身格斗的架势,“我们要么在这几分钟里解决问题,要么一切都结束了。”

“话是这么说没错,但你想让我们怎么办?”在小音身边不远处与一台步行机缠斗的青柠问道。与小音不同,她的猎枪“蕾妮”和那把猎刀虽然在对付软目标时非常有效,但是没法儿对这些金属之躯造成多少伤害。不过,这对于青柠而言并不是问题——凭着比我们卫兰人还要敏捷得多的身手,她就像戏弄斗犬的野猫一样轻易地躲过了对方势大力沉、但颇为笨拙的攻击,并一步步地诱使对手露出明显的破绽,最后,在用“蕾妮”击毁了位于工程步行机“头顶”的光学传感器后,青柠迅速冲入了对方怀中,把一组雷管卡在了这台大家伙的“膝关节”上,让它在爆炸中变成了动弹不得的“瘸子”。“这些东西也不是解决不了,但它们的数量太多了,而且——”在给猎枪重新装好弹后,她指了指护航舰的方向。在我们被缠住的同时,一队步行机已经冲入我们与护航舰之间,将我们与即将起飞的护航舰隔绝开来。很显然,我们目前恐怕没什么能力冲过这道封锁。

“别担心，办法自然是有的，”一直缩在后面，没有参加战斗的枫糖答道，“麻烦再给我一点儿时间。”

“还要多久？”在奋力挥出破障斧，让高速旋转的人造金刚石锯齿狠狠地咬进一台步行机的脚踝后，小音仓促滚向一旁，避开了另一台步行机的砸击。由于行动太过仓促，她甚至来不及把破障斧重新拔出来，“我们可没有太多时间了！”

“别急啊，耐心是美德哦。”枫糖的回答倒是不紧不慢，同时继续忙活着手里的工作。

“现在可未必是了！”在丢开破障斧后，小音试图从腰带上取下一枚带有聚能装药战斗部的磁性反装甲雷对付这个新对手，但那台步行机却接连朝她挥砸了好几次，让她只能忙于闪躲，完全找不到反击的机会。更糟糕的是，就在小音试图朝一旁退去时，她的一只脚恰好绊在了之前被打倒的步行机的液压钳上，随即因为重心不稳而栽倒在地。

一直对小音穷追猛打的那台步行机自然不会放过这么个机会。就在小音挣扎着想要站起来时，它已经抬起了巨大的液压钳，准备一下子直接将这个麻烦的对手砸个粉碎。但是，它还没来得及这么做，一个比它更大、更重的物体就狠狠地撞上了它。

“喏，你们看吧，耐心确实是好事。”在我身后，枫糖用一只手拍着香肠先生的肩膀，另一只手继续握着手中的操纵设备。

这意料之外的“救兵”自然是停在山丘顶部的“堤丰号”。在几个月前我们头一次造访珊瑚城时，伊斯坎德尔那家伙曾经用在城里的机械市场上搞来的零件拼凑出了一台遥控装置，并在枫糖的协助下将这东西装在了“堤丰号”上。而现在,它又一次在意料之外的场合派上了用场——虽说这座洞窟通往地面的通道是一条非常不利于普通车辆行驶、坡度相当陡的步行阶梯,不过这对我们这辆拥有三对轮式履的座驾而言根本算不上什么。在成功遥控着它进来之后,枫糖立即操纵着“堤丰号”,让它像冲入鲭鱼群的鲨鱼一样直接撞开了成群结队的步行机,硬是冲散了这些把我们和护航舰分隔开的家伙。

“现在障碍倒是解决掉了……虽然是暂时的。不愧是‘堤丰号’!”在“堤丰号”停下之后,逃过一劫的小音从地上翻身坐起,用略带骄傲的语气说道——作为这辆车的主要驾驶者,她已经对它产生了相当之深的感情,“可惜它现在暂时没法儿动了。”她看了一眼将轮式履卡住的各种机械部件残骸,摇了摇头。

“而且那些家伙可不会善罢甘休。”刚刚用完最后一枚爆炸装置的青柠动作麻利地爬上了“堤丰号”的车顶,启动了那门“说服者”。随着它开始发出无声的怒吼,两台朝我们冲来的步行机立即像断线的傀儡一样栽倒在地。“我留下来拖住这些家伙!”

“呼,我也来。”小音从一名士兵手里拿过了一支自动步枪,用一个短点射准确地放倒了混在步行机之间的一个肌肉大块头——看来,对方将之前残存的“进化者”也都投入了这次行动,而这些家伙可不怕电磁脉冲武器。“伊斯坎德尔先生,由你带人到船上去完成破坏工作,我和其他人在这里——”

“恕难从命。”让我感到意外的是,历史学家居然拒绝了小音的建议。在刚才的交战中,他虽然并没有冲锋在前,但是意外地被一枚不知从哪一边射来的流弹击中了腿部,现在正忙着用随身携带的急救包进行应急包扎。“恐怕我现在的情况……”

“我带你去!”在看了一眼不远处的护航舰之后,我给包扎完毕的历史学家扎了一针止痛剂,然后背起了他。而枫糖和鲁娜甚至不需要我提醒,就开始将散落的炸药和雷管往自己甚至是香肠先生的身上装——在遭到攻击之后,我们已经遭受了严重的减员,那些协助我们的矿工早已四散而逃,而剩余的战斗人员光是在这里替我们断后就已经相当吃力了。因此,解决这艘飞船的任务自然也就只能由我们这几个非一线战斗人员完成了。

在我过去读过的故事中,许多人在即将像我们这样冲向不可测的危险时,难免会有些心神不宁,甚至踌躇不前。但奇怪的是,事后回想起来,我当时却没有产生半点儿的犹豫。这有可能是因为当时情势紧急,实在由不得我多想;也有可能是因为在近一年的游历之后,我已经不再是过去住在醴泉镇的那个谨慎而胆小的自己;但更有可能只是因为伊斯坎德尔在我耳边说出的一句话。

“我想,现在那艘船里应该是安全的,”历史学家如此说道,“相信我。”

6

在我们冲入船内后，仅仅过了几秒钟，那艘古老的飞船就离开了已经停留数个世纪之久的地面。位于匕首状船体两侧的升力单元甚至在我们冲入受损的气密门之前，就已经将喷口方向调整成了向下垂直状态，从升力单元中喷出的滚热下洗气流沿着洞库的地表朝四处蔓延，差点儿就让离喷口过近的我们喘不过气来。但万幸的是，我们最后还是在千钧一发之际成功地冲入了飞船之内——而就在几秒钟之后，一阵轻微的失重感告诉我，这艘庞然大物已经离开了洞库地面。

“呼……总算赶上了。”在被炸坏的气密门后，我放下伊斯坎德尔，开始大口大口地喘气，“就……就差一点点……好险。”

“如果不是你跑得太慢的话，我们也不至于只差这一点点，”历史学家说道，“以后你还是得注意多锻炼锻炼。”

“我才不缺乏锻炼呢，肯定是你太重了！”

“我哪里重了？明明无论是体重还是BMI，我都比你这家伙还低啦!”有点儿出乎我意料的是,虽然身为男性,但伊斯坎德尔居然很在意体重问题,“算了,休息够了就继续前进吧。我对这类护航舰的内部构造还算熟悉,知道该往哪儿走。”

“但我们目前的问题可不仅仅是‘该往哪儿走’吧?”蹲坐在一旁休息的枫糖说道,“虽然我们确实是上了船,但船里肯定还有‘启迪者’那一边的人。而且,既然这是一艘战舰,那船里肯定有些用来防备敌方人员登舰的手段,对吧?”

“确实。”伊斯坎德尔给出了肯定的答复,“虽然没多少,但‘鲣鱼’级的MK-3型确实有一些船体内的防御手段,包括但不限于走廊内的防卫枪塔,供船员使用的小型自卫武器库……哦,对了,最主要的防御手段,其实是位于船体内的防火门和通风系统。毕竟,将敌方侵入的区域封锁起来,然后再直接抽成真空,可是最常见的一种舰内防御作战方式呢。”

“抽成真空?!”我和枫糖尾巴上的毛全都在一瞬间因为恐惧而竖了起来。

“当然,由于这扇气密门之前被我们炸坏了,至少在这个舱段里,要抽成真空是不现实的,”历史学家补充道,“如果我是操纵这艘船的人,能用的办法基本上也就是封死这里通往其他舱段的防火门,然后再迅速提升高度,利用高空的低温和缺氧杀死入侵者,仅此而已。”

“什么叫‘仅此而已’啊?”这下子,我和枫糖耳朵上的绒毛也都竖了起来——就算从没亲自尝试过低温缺氧的滋味(当然我们也不想尝试),但我可是在书上读到过在登山时死于非命的那些人的惨状的!“那我们现在该怎么办?”

“休息两分钟,然后根据我的指示出发,”伊斯坎德尔一脸平静,“就这样。”

“但是……”我原本想问“但是我们要是真的被困在这里该怎么办”,但不知为什么,伊斯坎德尔的平静表现让我顿时没了这么问的欲望。或许,这就是成为“可靠的同伴”的感觉吧。“呃……我的意思是……但这之后呢?我们这边没有什么战斗力,万一……”

除了伊斯坎德尔之外,在场的其他人也都点了点头:由于以小音为首的幸存战斗人员们都留在洞库内断后,与我和伊斯坎德尔一同上船的,只有枫糖、鲁娜和王青这三人……哦,对了,也许还得加上香肠先生。至于武器,我们只剩下一支还剩半个能量电池的等离子卡宾枪,外加一支剩下一个半弹匣的自动步枪,虽然在香肠先生背上还驮着之前枫糖绑上去的一包炸药和几根雷管,不过这些东西在战斗中恐怕只有跟敌人同归于尽这么一个用途。

“不必担心,”历史学家耸了耸肩,“你们听说过吗?只要有勇气、决心和毅力,任何艰难险阻都是可以被克服的。而现在正是你们展现出自己的这些优良品质的时候。”

“哈?”在听到这个近乎开玩笑的答案之后,在场的所有人都露出了颇有些……尴尬的表情。但是,在这之后,伊斯坎德尔就不再开口,而别无选择的我们也只好遵照他的指令,在休息结束后强行挤出了剩下的那一点儿……勉强可以称之为勇气、决心和毅力的东西,继续沿着护航舰的走廊前进。不过,颤颤巍巍的我们很快就发现,正如伊斯坎德尔之前对我保证过的那样,这艘船上确实相当安全。

在我们沿着周围布满了各种管道、仪器和指示灯的曲折走廊前进的过程中，既没有浑身肌肉、身穿丑陋铠甲的“进化者”在前面拦路，也没有武装到牙齿的机器人突然对我们发起袭击（好吧，其实绝大多数机器人也没有“牙齿”这种部件就是了）。历史学家之前提到的那些自动防御枪塔倒是确实存在，但它们全都像是过了花期的花朵一样，歪歪扭扭地悬挂在走廊顶部，没有丝毫被激活的迹象。最重要的是，就连那些本该封闭船舱、隔断走廊的防火门，也大多处于开启状态，即使是少数关闭的也没有被锁死，只需要按下防火门控制终端上的“开始”键，就能毫无困难地打开它们。

“糟了！有入侵者！”直到我们抵达位于舰首的控制中心附近时，这艘船上才总算出现了除了我们之外的人影——几个穿着包裹全身的防护服的人手忙脚乱地从控制中心里冲了出来，试图阻止我们继续前进。不过，至少对已经见过不少大场面的我而言，他们所进行的那点儿抵抗实在是微弱得有些不值一提：在用手中的小口径手枪和霰弹枪朝我们毫无准头地乱打一气之后，这些人中为首的那个被我瞅准机会，用一发等离子束打中了腿。而在他倒下的瞬间，其他人就立即丢下武器，将双手高高地举过了头顶。

“嗯，这些家伙意外地不难对付呢。”或许是战斗结束太快的缘故，就连并不喜欢战斗的枫糖，以及在之前的交战中被吓坏了的鲁娜，也都露出了略有点儿傻眼的表情，“难道……前面还有什么陷阱不成？”

“没、没有了!”朝我们举手投降的其中一人连忙喊道,“之前指挥官说,要尽量避免在船上开战,以防破坏船体,所以他们都退到周围的隧道里准备伏击敌……啊不对,伏击你们了。留在船上的就只有我们几个技术人员。”

“呵,这样吗?”伊斯坎德尔冷笑着问道。但不知为何,我总觉得他似乎话里有话,“控制室里有几个人?”

“只、只有一个,但也不是战斗人员。”另一个向我们投降的“启迪者”喊道。老实说,虽然已经与这些家伙直接或者间接地打了这么久的交道,但看到他们以这样难看的方式投降,对我而言却还是头一遭。“请不要伤害我们。”

“行行行,不伤害你们。反正把你们干掉也没有任何好处。”在收缴了这些人的武器之后,我们为那个受伤的家伙进行了应急包扎,然后随便找了个空着的舱室,把他们赶了进去,并让鲁娜在门外负责看守,剩下的人则进入了控制室之中。正如那几个投降的“技术人员”所说的那样,在这座有一半空间被数量众多的巨型屏幕所占据的舱室内,只有最大的一块屏幕前方的座位上坐着一个人,而这人似乎完全不在意我们的出现,甚至没有做出任何操纵设备的动作,只是安静地坐在座位上,仿佛睡着了一样。

“站起来!”虽然不知道对方到底打着什么主意,但我还是用等离子卡宾枪指向了那人的后颈,“放下武器!呃,我是说,如果你手里有武器的话!”

对方还是毫无回应,一动不动。于是,在小心地将行动不便的伊斯坎德尔放在另一张座椅上之后,我咽下了一口唾沫,一步一步地走近了那人:“我警告你,要是你敢有什么小动作的话,我们会毫不犹豫地开枪哦! 你的同伴已经投降了,而我们这边有四个人!”

虽然除了我之外,枫糖、王青和伊斯坎德尔都算不上战力就是了。

“我……动不了。”在被我如此这般威吓了一通之后,那人总算勉强挤出了一句话,“不要伤害我……”

“嗯? 呃……好吧,我已经把枪放下了,你别哭啊。”在看到座位上那人的真面目后,我顿时陷入了尴尬之中——刚才一直被我如临大敌地警戒着的对象,其实只是一个连喉结都没长出来、身体相当瘦弱的红发小男孩。他的皮肤苍白得有些病态,四肢,尤其是双腿,也呈现出不正常的萎缩状态,显然有着先天性的残疾。

“对了,这里不是你这种小孩子该来的地方吧?”

“我不知道……”小男孩虽然没哭,但还是露出了非常不安的表情。看来,他刚才之所以一言不发,完全是被吓坏了。“他们、他们说我有‘天赋’,可以取得这艘船的控制权,所以就把我带到了这里。我只、只是按照他们的要求去下达指令,别的什么都没做,也什么都不知道……”

“我差不多能猜出来这是怎么回事了。”王青表示,“这孩子恐怕是过去行星防卫军的后裔,而且很可能他的家族一直在近亲婚配,所以他恰好拥有着可以解除战舰基因锁限制的遗传特征……事实上,这种近亲婚配有可能也是……呃……故意的,虽然这……”

"我知道了。"在看了一眼男孩那竹竿一样的双腿之后，我点了点头，对于他口中所谓的"他们"究竟是谁，我现在基本也有了底。"那么，你会操纵这艘船吗？"

男孩用力摇了摇头。

"我想也是，"物资回收联合公会的现任会长说道，"他恐怕只是被视为工具，负责转达刚才那些人下达的指令而已。嗯……不过没关系，现在你只需要做一件事就好了。"她的后半句话是对男孩说的。

"呃……如果我做了，你们就不会杀我吗？"

"姐姐家里可是非常有钱的哦，只要你帮姐姐这个忙，姐姐就会带你到珊瑚城生活，保证你以后都能吃饱饱、穿暖暖、不会被人欺负，每个月都有零花钱哦。"在注意到男孩眼中的不信任之后，王青用完全不像是个技术宅的语气"循循善诱"地说道，"你能让飞船转入手动操作模式吗？"

"啊啊，好的。转入手动操作模式，这样就行了……"男孩点了点头。接下来，虽然他没有做出任何动作，但两块一人来高的触摸屏突然在他的座椅旁升了起来，大量闪烁的字符和不断变化着的图标出现在了这些屏幕上。

"你做得非常好。"王青看着屏幕上的内容，双手开始因为激动而不由自主地颤抖——虽然我们也可以选择对男孩发号施令，让他替我们操控这艘船，但我们毕竟素不相识，王青对他会抱有一些戒备也并不奇怪。"真……真是想不到。居然……喂，等等，这、这是怎么回事？怎么会不止一艘……"

当王青的表情从兴奋转为恐惧时，我也注意到了屏幕上信息的不寻常变化：在一幅坦塔罗斯星地形图上，至少有二十个红色光点在同一时间亮了起来！而其中一个光点正是我们目前所处的位置！在每一个光点旁，都附有细小的说明文字，其中，我们所在之处的说明文字中，第一行是白色的，另外两行则是醒目的红色：

双月同升号　状态：轻微受损/可在大气层中航行。

无瑕号　　　状态：未完成航行准备。

鞭笞者号　　状态：未完成航行准备。

洞库已开启。

类似的字样在所有红色光点旁都能够看到，其中一些完全是红字，但另一些却夹杂着令人不安的白字。更糟糕的是，有至少六处红色光点下方都出现了“洞库已开启”或者“洞库开启中”的字样，而任何智商正常的人都能轻易猜出这些字样的含义。

“这什么鬼？从来没人告诉我有这么多飞船处于储存状态啊？！”作为整个计划负责人的王青在这一变故前彻底愣住了，“为什么……为什么为什么为什么为什么……”

“喂喂！现在的问题应该是‘怎么办’吧！”我用力晃了晃这个化身为故障复读机的家伙，试图让她的头脑恢复正常运转，“你赶紧想点儿什么办法啊！”

“没办法了……”枫糖小声说道，“看来我们还是低估了敌人的计划规模。他们掌握的古代航天器储藏点远不止这一个，而且还同时对所有地点派出了人手，而我们却只是阻止了他们在这里的行动。如果这些数据没错的话，他们现在至少搞到了十艘能用的空天两用飞船，虽然其中有一半是比我们这艘船更弱的巡逻舰,但另一半可是相同等级的护航舰,再怎么说我们也是不可能有胜算的。"

"多谢提醒啊。"我语气苦涩地嘀咕道。此时此刻,透过控制室两侧的落地式观察窗,我可以看到这艘护航舰(按照屏幕上的信息,它的名字应该是"双月同升号")已经离开了之前的藏身之处,垂直上升到了距地面近千米的高度。在几片薄纱般的白云下方,连片的灌木丛、农田、草甸、荒漠和戈壁构成了一片花花绿绿的巨幅拼图,看上去就像是醴泉镇集市上游方艺人们的百衲衣。如果在平时,我肯定会全神贯注地欣赏这难得一见的稀罕景象,甚至花上几分钟时间去大发感叹,但现在,我满脑子里只有自己随着这艘飞船被一同击毁,并在熊熊烈焰中悲惨地砸向地表的模样。

"但往好处想,我们现在确实有了一艘能用的飞船,"枫糖看了一眼替我们背着炸药的香肠先生,随即动手将上面的起爆雷管拆了下来,"之前没有彻底破坏它,实在是件相当幸运的事。如果其他'启迪者'还不知道我们已经控制了这艘船,那么,也许我们可以试着利用这一点对他们展开奇袭……"

"这样也许能奏效一两次,但最后还是死路一条。"我摇了摇头,"他们可是有两位数的……小弟弟,你要说什么吗?"

"这……这个。"四肢萎缩的男孩有点儿吃力地抬起一只细瘦的胳膊,指了指左侧屏幕上的一项条目。

"'转入星际航行模式'?你的意思是让我们……从坦塔罗斯星离开?"

"这……这并不是做不到的。"与已经由于心理冲击过度而完全陷入木偶状态、只能反复念叨几句毫无意义的话的王青不同，与我们一同经历了众多历练的枫糖目前还保持着清醒的头脑，“嗯，我们之前炸开舱门造成的损害其实相对有限，只要能把受损舱室隔离，并填充上应急防热泡沫层，离开大气层并不是问题。从系统显示的数据上看，常规发动机和超光速发动机的状态也都良好，至少离开这个行星系是完全可能的。”

“呃……真的吗……”

“所以，就由你来吧。”有些出乎我意料的是，在解释完之后，枫糖居然说出了这么一句话，“如……如果你愿意的话，杏子，我……我……我告诉你该怎么操作，然后由你来……”

“欸？为什么是我啊？”我用求助的眼神看了一眼伊斯坎德尔，却发现他只是饶有兴趣地注视着对话中的我俩，完全没有插话的意思。

“那个……因……因为我其实还不太想离开这里，”枫糖对着手指，毛茸茸的尾巴夹在了双腿之间，“虽然坦塔罗斯星确实是个烂地方、破地方，但是我……还是很喜欢这里的。如果要永远逃离这个世界的话，我……我真的不知道自己以后要怎么办。所以就请你帮个忙，替……替我做决定吧。”

“啊……呃……”我下意识地咬着嘴唇，“那个……我……”

我发现自己的指尖在颤抖。

当然，从技术上讲，如果只是不想离开坦塔罗斯星上的朋友和家人，那倒是没什么问题——只要尽快把他们接上船就行了。但是，就算知道可以这样做，我仍然迟疑着。就像枫糖一样，我对坦塔罗斯星也没有什么好印象，虽然醴泉镇是个勉强还能让人过日子的地方，但除此之外，我到过的大多数地方都糟糕透顶、一塌糊涂，而我遇到的人里，也不乏非常糟糕的家伙……但我却无法想象离开这里之后的日子。

面对眼前的屏幕上浮现出的璀璨星图，我感到的只有无比巨大、如同黑洞般的空虚(当然，我们都知道，作为天体的黑洞其实并不"空虚"，但许多未接受过系统性天文学训练的人似乎都很喜欢这种修辞手法。——编者注)。

"我……算了，"在并不算太过漫长的内心挣扎之后，我放下了伸向屏幕的手指，然后摇了摇头，"要不我们还是想想别的办法好了，比如设法伪装成'启迪者'那一边的船只，然后去突袭他们的……"

"不必。"历史学家突然打断了我的话，"你们现在什么都不用做。"

7

“哈——？什么都不用做？但是……”

“这些无聊的把戏也该适可而止了。”伊斯坎德尔没有在乎我的话，而是将视线转向了那个看上去与他一样行动不便的男孩，“或者说，你还有什么无聊花样没使出来吗？”

“我……我不知道你在说什么……”

“行啦行啦，”历史学家不耐烦地挥了挥手，“虽然我必须承认，你们的计划确实足够精密，但也只是能骗一骗那些没见过世面的土包子而已。在我看来，这堆戏码可实在是够尴尬的。”

“……”男孩低声哼唧着，但没有开口。

“你想知道我是从什么时候发现问题的吗？答案是从一开始，从你们对荒野以西展开入侵时起，”历史学家语气平静地说道，“哦，没错，在本地人眼里，你们的攻势确实相当吓人，但很不巧，我知道你们的那些移动兵工厂能够用来干些什么，也很清楚你们所谓的进攻其实是非常克制的——如果愿意的话，你们可以制造出比战场上的数量多出几十倍的常规武器,当然,也能制造出真正的战争机器来,而不是用那些经过改造的民用和防暴装备模板充数。”

男孩颤抖了一下,目光开始变得游移不定。

“当然,你们所进行的纵深打击也一样……如果我没弄错的话,你们已经制造出了可以在可见光波段进行隐形的远程飞行器,对吧？那些爆炸显然不是远程火箭或者弹道导弹留下的,而是由这些飞行器投掷的重型航空炸弹,”历史学家接着说道,“有这样的好东西,你们完全可以轻而易举地击溃任何抵抗力量,但事实是,你们所炸毁的,绝大多数都是没什么价值的目标,而目的大概也只是制造恐慌,迫使对方在来不及深思熟虑的情况下仓促采取行动。顺带一提,虽然我不认为王青小姐和你们有勾结,但她推断出这处储存有飞船的洞库位置所使用的信息,有相当一部分是你们派去‘协助’王渊先生的人‘意外’留下的——这可真是有趣的‘意外’,不是吗?”

“没错。”见继续装傻充愣已经没有意义,之前还一脸惊恐迷惘的男孩冷冷地哼了一声,“包括你们在这里遭到的‘伏击’,以及能‘刚好’冲进这艘护航舰,都是我们之前设计好的,为的只是让你们能恰好在飞船起飞后将它‘占领’。”

“等等,那你们这么做又是为了什么?”我问道。

“为了让你们在惊慌之中驾驶这艘飞船逃出坦塔罗斯星,”历史学家说道,“顺带一提,虽然坦塔罗斯星上确实曾经部署过大量空天两用飞船,但真正被开动的只有这一艘,你们刚才所看到的,恐怕是利用‘应急演习’程序制造出的假信息。”他指了指我面前屏幕的右下角，在那里，有一行很难注意到的小字：

行星防御作战演习程序。状态：开启中。

好吧，原来是这样……

“但他们为什么要这么做？”枫糖歪着脑袋。

“因为他们恐怕把你们当成了太空汪达尔人，就像你们看待他们一样。”历史学家抛出了一个惊人的答案。

“哈？”

“怎么，你们没有这方面的自觉吗？不过想想看也是——太空汪达尔人的迁徙和侵略行为，本质上是无意识的，就像狂犬病人怕水、怕光一样，”男孩对我们说道，“你们居然以为我们是太空汪达尔人？开什么玩笑！我们的祖先正是那些抵抗你们到最后一刻的人。”

“真的？”我和枫糖同时向历史学家投去了询问的目光，而他居然点了点头！“从严格意义上来讲，没错。事实上，这样一来，过去的许多疑点也就说得通了。”

“我们的祖先，是坦塔罗斯星光荣的行星防卫军，”男孩用自豪的语气说道，“为了邦联，我们在这个尚未完成开发的世界上抵御太空汪达尔人的进攻，直到最后一刻——当行星防御开始崩塌时，一部分人员退入了预先准备好的地下掩体内，在那之后，我们就一直在地下生活。这些掩体完全与地表隔绝，足以阻止任何病原体进入。我们的祖先以为，只要等上一段时间，太空汪达尔人就会抛弃这个世界，继续像蝗虫一样席卷其他行星系，而就算那些入侵者没有离开，邦联也会发动反攻，将敌人消灭。”

“呵。”历史学家摇了摇头，看样子，他似乎觉得对方的发言很……可笑?

“可惜的是,这一切都没有发生。那些入侵的家伙居然没有离开,而邦联军队只是集中力量摧毁了他们的船舰,然后就撤离了这个世界,把我们的先祖抛弃在了这里。由于对外联络断绝,我们无法判断到底发生了什么事,但先祖们还是根据既有的情报做出了一些推测,”男孩继续说道,“我们认为,也许,在阻止了太空汪达尔人的继续入侵与扩散之后,邦联方面基于人道主义不愿意将他们彻底摧毁,但又慑于他们的扩张潜力,因此也不敢与这个世界接触,于是选择了对这里敬而远之。在之后的数个世纪中,藏在地下工事里的我们就这么被整个银河遗忘了,没有任何人在意我们,甚至没有人知道我们的存在。而我们也不敢离开,因为没有人能够确定,一旦离开了地下,我们是否会被太空汪达尔人所感染。”

“应……我想应该不会吧?”之前一直傻乎乎地在原地扮木偶的王青总算回过了神,结结巴巴地说道,“这、这么多年了,坦塔罗斯星的居民们从没有过大规模的、试图离开这个世界的冲动。我有理由认为,一般民众应该已经产生了抗体或者别的什么免疫机能,可以……”

“抗体?免疫?如果真的是这样,邦联为什么还没有回来?”男孩立即打断了她的话,“为什么他们还维持着对这个世界的封锁状态?!”

“这个……也许是他们担心会把感染……”

“如果只是担心这个,他们大可以派无人设备执行探测任务啊!这点儿事他们完全做得到——而且我相信,邦联肯定会定期这么做!”男孩说道,“唯一合理的解释是,根本没有什么抗体或者免疫机能,造成‘太空汪达尔人’这一现象的病原体仍然在这个世界上传播。只不过,因为过度缺乏必要的原材料和设备,你们在这个世界上暂时无法制造出航天器,所以才暂时没有表现出——”

“恕我直言,这种说法是有问题的。”伊斯坎德尔插话道,“至少,坦塔罗斯星并不缺乏原材料与设备。这里当初之所以成为备选殖民世界,正是因为本地存在充足的矿产资源,相当适合就地取材,发展工业;况且,在太空汪达尔人入侵之前,这里已经进行了相对全面的工业建设,甚至还有大量战争中残留的舰艇残骸可供回收和利用——在路过焦灼之野时,咱们应该亲眼见过了吧?”

“但这又如何?那些舰艇被破坏得很严重,行星上的大多数工业设施也没有建造完成。”

“对,但就像你所说的,这又如何呢?太空汪达尔人在扩散的过程中,曾经入侵过大量工业基础和技术水准都远不如坦塔罗斯星的世界,但他们照样在那种地方以极快的速度搞出了航天工业。你是否思考过,坦塔罗斯星为何是特殊的?”

“没有,”在沉默片刻之后,男孩说道,“我只知道,因为这些可憎的入侵者,我们世世代代都被困在了狭窄的地底世界之中,为了能够摆脱这种可悲的状态,我们就必须把入侵者从这个世界上清除。”

“我猜这指的大概不是你们目前发动的所谓‘攻势’,”历史学家伸出了一根手指,“虽然你们目前并未真正作战,但我想你们大概是推算过攻克整个世界的难度的——虽然那些移动兵工厂,以及你们掌握的另一些技术让你们暂时具备了对地表居民的军事优势,但这还远远不够。根据我的推测,你们恐怕没有足够的能力维护这些设备,对吧?因为它们的相当一部分关键零部件是在其他世界生产的,而且已经停产非常久了。”

“那个,呃……”

“另外,你们在人力资源上同样面临着困境,”历史学家又伸出了第二根手指,“由于邦联法律禁止使用纯粹的自动化战争机器,因此,即便是自动化程度极高的设备,其最终决策部分仍然被设计为必须由人类执行——因此,你们制造出的无人装备只能以编队的形式,由作为‘队长’的人统一指挥,而且这名指挥者甚至不能留在相对安全的后方。在之前的第一次交战中,我就已经确认了这点。但是,这些‘队长’必须和你一样能够完成无线脑机接口的植入手术,再通过基因锁认证才行,即使你们花了很长时间在坦塔罗斯星各地进行实验,四处寻找合适的人,但数量大概还是极为有限、经不起损耗,尤其是在交战对手注意到这点,并开始有意识地重点打击这些人员之后。综上所述,我不否认你们有可能攻克珊瑚城,甚至再占领一些土地,但要凭你们的能力攻克整个坦塔罗斯星,可能性微乎其微。”

“没错。”男孩说道,“但我们知道,有人可以帮助我们做到这一点。邦联之所以迟迟没有除掉坦塔罗斯星表面上的污秽,只是因为那些家伙还没有离开行星、进行扩散的趋势……”

“你说什么?”无论脾气再怎么好,被当面称为“污秽”还是让我生气了,“别以为你是小孩子我就不敢揍你啊——”

“安静点儿，杏子小姐。”历史学家瞥了我一眼，“小子，你这话的意思是，你们打算制造出这种‘趋势’来？”

“正是如此！”

“所以你们才一边用‘入侵’施加压力，一边‘意外’丢下各种信息，让我们‘碰巧’找到这艘还能运转的飞船，最终目的只是想要制造出既成事实，让邦联相信，在坦塔罗斯星表面，被困住的太空汪达尔人正在计划逃离，有可能为周围的星区带来新的劫难？然后他们就会如你们所愿，把这颗行星上的‘污秽’彻底铲除？”在说出这番话时，伊斯坎德尔的表情变得非常……古怪。有那么一刹那，我还以为他正在竭力遏制自己的怒火，或者在忍耐腿上的伤口传来的疼痛，但很快，我就意识到事实并非如此。

这家伙……居然是在憋笑！给我认真一点儿啊！

“对，虽然没有必然成功的可能性，但我们愿意为此赌上一把！”男孩用毅然决然的语气说道，“一旦这艘船载着各位离开这颗行星的重力井，我刚才说的一切就会成为既成事实。”

“你认为我们会让它离开吗？”枫糖问道，“只要我下一个取消指令——”

“这可由不得你们了——你们以为，我刚才为什么要和你们说这么多？”男孩冷笑一声，突然一掌拍在座椅旁的一个红色按钮上。在下一个瞬间，一块透明防护罩突然将他的座椅整个儿笼罩了起来，接着，位于控制室顶部的一处通风管突然开启了，“这是我给各位的送行礼，尝一尝这艘船最后的内部防护手段吧！请放心，各位不会因此而死亡，顶多只是像被寄生蜂咬过的毛虫一样暂时瘫痪而已。毕竟，只有当邦联的防御系统检测到各位在船上的生命信号时,这整个剧本才能成立……欸……”

什么都没有从通风管里流出来。

除了伊斯坎德尔之外,所有人的脑门儿上似乎都浮出了大大的问号。

“看来这手段不太管用啊,小朋友。虽然你刚才确实为神经毒气生成设备争取了足够的时间,”历史学家说道,“但很不幸,这里的防御系统似乎不会攻击被认定为邦联官方工作人员的对象,比如说我这样的特别调查员。”

“开什么玩笑?”男孩的双眼一下子瞪得老大,“你怎么可能会是——”

“抱歉,但事实确实如此。防御系统没有将我识别为攻击目标,就是最直接的证明,”历史学家看了看我们,“各位,很抱歉之前没有告诉你们这件事,毕竟,根据工作规定,邦联的调查员在执行任务期间是不能公开身份的。只不过,在发生了刚才的状况之后,这些规定似乎也不太适用了。”

“嗯……”真正让我吃惊的是,在听到这话之后,我居然没有太过意外——或许,共同旅行了近一年之后,我在潜意识中早已认定了“伊斯坎德尔不同寻常”这一事实,所以在谜底揭晓之后,反而没什么特别的感觉了。“那小音也是……”

“她是一名资深赏金使节,在两年前志愿作为我的保镖和辅佐官参加这次任务,”伊斯坎德尔给出了肯定的答复,“我俩之所以来到这里,是因为在五个标准年之前,邦联医学委员会发表了一篇关于太空汪达尔人的论文。”

“论文?内容是……”

“由于太空汪达尔人特殊的‘传染’属性，过去医学界一直认为这是一种传染病，并且曾经将数十种病原体——从病毒、真菌、细菌到朊病毒，无所不有——列入疑似病原体名单，但几个世纪的研究最终排除了这份清单中的每一个疑似对象，最后，医学委员会认为，这种‘传染病’很可能是一种‘模因传染’。”

“这又是什么？”除了伊斯坎德尔本人，在场的所有人异口同声地问道。

“怎么说呢？从最为宽泛的意义上讲，所谓生物并不一定需要碳、氢、氧构成的有机物分子组成的躯体。即便是纯粹由电信号活动构成的‘信息’，只要能自我复制和演化，在某种程度上也可以被视为‘活着’，”历史学家，不，邦联的观察员如此说道，“如果要便于理解的话，你可以将我提到的这种存在类比为过去的电脑病毒。它们在智慧生物的意识之中复制自己，并在这一过程中通过潜意识影响宿主的行为。正因如此，传统的医学手段才迟迟检测不到它们。至于传播方式……很可能只要宿主与符合条件的其他智慧生物相互接触一定时间就可以完成传播，如果相互之间有语言或者其他信息沟通，传播进程还可能加速。”

“那这东西是哪儿来的？”我问道。

“对于这种‘病原体’的起源，我们迄今为止一无所知……也许是某个古老文明留下的遗物，也可能是某次研究的意外产物，甚至可能是在恒星风暴中万亿次偶然的无意义信息随机排列的结果。不过，这并不重要，唯一重要的是，根据我的调查，它对这颗行星的影响有可能已经消失了。”

“消失……你明知道这是个陷阱，还让我们踏进来，就是为了确认你的结论吗?!”在几秒钟里,无数原本看似无关的信息在我的脑海中串联了起来。就像我读过的许多俗套小说里常说的那样,此时此刻,我脑子里似乎有一盏灯亮了,将整件事的前因后果都照了个通透。“你假装对陷阱一无所知,就是为了让我们在不知情的状况下自己做出决定,如果我们决定逃离这颗行星,那你就会……”

“我什么都不会干哟,顶多也就是做点儿手脚,让飞船安全落回地面上,然后继续观察你们罢了,”伊斯坎德尔朝我微笑道,“毕竟,在像那样的危险状况下,就算想一个人逃走,也是人之常情,更何况你们也不是什么英雄或者勇士。但反过来,在那样的状况下仍然放弃了离开行星的机会,那就只说明了一件事:在座的各位绝对和太空汪达尔人无关。毕竟,太空汪达尔人永远是以行星际旅行和扩张为优先的。”

“是……这样啊。”有那么一刹那,我突然不知道自己是该哭还是该笑——按理说,能够得到这样的认定,确实是一件相当可喜的事情,但是,只要想到我一直以来所信任的同伴居然像这样试探我们,我又会觉得气不打一处来。“那你觉得,为什么那种‘病原体’会在我们的世界上消失呢?”

“这个嘛,”伊斯坎德尔想了想,“我想,大概是‘奥兹曼迪亚斯’的关系吧。”

“欸?”

“从目前的情况来看,虽然还无法完全确定,但造成太空汪达尔人出现的‘病原体’,很可能是严格按照特定程序‘感染’他人的。在完成‘感染’之后,它们会先让被‘感染’者确认自己所处的社会群体是否掌握了航天技术，如果答案是肯定的，那么，它们会在潜意识层面驱使宿主开始建造可以使用的航天器；如果答案是否定的，它们则会驱使宿主不惜一切代价地发展这一方面的技术——非常正常的流程，对吧？”伊斯坎德尔说道，“但是，在坦塔罗斯星，这个流程被卡住了。”

虽然不是这类技术的专家，不过，结合我所掌握的知识，以及刚才所听到的陈述，我基本上可以猜出，所谓的“卡住”到底是怎么回事了：“坦塔罗斯星和其他世界不同，这里的整个生产体系都基于‘奥兹曼迪亚斯’系统，换句话说，虽然在理论上，行星的居民拥有必要的知识与技术，但这些知识与技术并不存在于他们的大脑之中，而是被远程存储在其他地方……就像我在醴泉塔的地下‘自认为’自己了解所有与水净化与循环设施相关的知识一样，他们也‘自认为’自己拥有这一切，但是，在这种‘感染’开始扩散后，‘奥兹曼迪亚斯’系统的数据上传和下载就都停止了。”

“是的，在行星表面遭到全面入侵之后，所有与‘奥兹曼迪亚斯’系统相联的无线脑机接口都被远程指令强行关闭。这是当时进行的紧急处置，初衷大概只是延缓行星上的技术设备和生产设施被太空汪达尔人利用——毕竟，按照往常的惯例，一旦某颗行星遭到全面入侵，行星上的大多数人口都会被太空汪达尔人所裹挟、吸收，从无例外，”伊斯坎德尔点了点头，“没想到，正是这项指令‘卡住’了太空汪达尔人的继续扩张。因为无线脑机接口被关闭，对那些被‘感染’的本地人而言，‘确保相关知识与技术’和‘建造航天器离开这个世界’之间的环节被卡住了。他们‘自认为’自己确实拥有这些知识与技术，却不再有能力获取它们。”

“就没人试图解决这个问题吗？”枫糖问道。

“当然没有，”伊斯坎德尔说道，“毕竟，会导致一个循规蹈矩的普通社会集团成为四处闯荡的太空汪达尔人的模因感染，其实仅限于潜意识层面——在需要完成一系列‘程序’中的某一项时，它会按部就班地制造出强烈的潜意识冲动，驱使人们采取相应的行为。但被感染者很可能并不知道这些冲动的源头，并会将其当成自己的意志。但是，坦塔罗斯星的居民们却处于一个微妙的阶段：一方面，他们‘自认为’拥有必需的知识与技术，因此不会再有获取这类知识与技术的冲动；另一方面，他们事实上无法运用这些知识与技术来建造航天器，因此下一阶段的冲动也不会出现。”

“那……也就是说，我们的祖先这几百年的所作所为……我们在地下度过的艰苦生活，全都是无意义的？！”男孩的眼神一下子失去了全部神采，“我们究竟在干什么……”

“这个问题你以后有大把的时间慢慢思考，”伊斯坎德尔耸了耸肩，“而我们目前面对的是一个更加重要的问题：接下来，我们该怎么办？”

终　章　可靠的同伴

编者按：

到这里为止，杏子小姐所记录下的、与整场调查行动——或者在她看来，这其实更接近于一场“旅游与冒险”——相关的记录就全部结束了。虽然在我获得的这份文档之中，还留有一些零散的记录，提及了一些杏子的生活琐事，但因为无法确定其具体发生时间，而且这些琐事的史料价值并不高，还涉及诸多个人隐私，因此，我并未将这些记录纳入。它们在被编辑、整理后归类收纳在邦联历史数据库907-70-PL30中，有感兴趣者可以自行申请查看。

不过，整个事件其实并未就此结束。从文档内的行文逻辑结构判断，杏子小姐留下的记录可能有一部分因为保存不当而丢失了，所以才导致故事戛然而止。为了方便读者理解整件事的来龙去脉，笔者额外收录了一份由她的伙伴枫糖小姐在事后留下的语音记录，可以作为本文档的结尾。

(语音记录转换成的文档)

(尖锐的“噗噗”声,推测为家猪发出的哼鸣。)

香肠先生!讨厌啦!那是录音设备,不能用来吃的!好了,先到这里来……我要开始录了。喂——不要碰花瓶!否则今晚你就没有西红柿加餐了!

那个,大家好!呃……总觉得这么讲有点儿怪怪的。虽然我也不知道以后究竟会有谁听到我的这段话,不过先问好总是没错的吧?我叫枫糖,是来自坦塔罗斯星的外迁“安置者”,目前在蔚蓝-β的工程设计学院重新进修,是工程艺术学院的学生。虽然我手里有一份在坦塔罗斯星拿到的机械师资格证,不过外面的世界似乎是并不认可这种证件的样子……所以要找一份有意思的工作,我就得去重新上学,和比我小了整整九岁的鲁娜一起上课。

嗯,没错,她现在也是我的同学了哦。

(低沉的笑声。)

嗯,其实也算不上“重新”吧。在我以前生活的地方,一般人只上八年基础学校。像我这样的机械师都是作为学徒工在师傅手里带出来的,所以,接受像这样的高等教育,对我而言其实还是非常新鲜的体验呢。

嗯,总之,学习本身不是什么麻烦事儿,至于现在的生活嘛……也挺好的,根据邦联的补助标准,我们这些从坦塔罗斯星出来的人都拿到了非常充足的生活补贴,就连香肠先生也能作为宠物领取半个人的份额,而留在坦塔罗斯星的人则可以获得一笔邦联提供的、对过去几个世纪封锁的补偿,来换取他们任何需要的物资与技术使用权,用来建设自己的家园。在那天战斗中眼睛受伤的青柠已经换上了用她的基因培植的强化眼,现在作为签约选手在城里的竞技场参加自由格斗大赛,据说还成了颇受欢迎的偶像;小音在结束工作合同之后回到了她原本的赏金使节特遣队里,不过只要有空,就会去和青柠干上一场。嗯,总之,大家都过得挺好。剩下的还有谁来着……啊,对了,杏子。

杏子目前和伊斯坎德尔那家伙住在一块儿,说是这样更方便整理所谓“坦塔罗斯星事件”的历史记录。现在,伊斯坎德尔是蔚蓝-β综合大学历史系的特聘研究员,而且有非常充足的时间来做研究……因为他原本在邦联的公职已经丢掉了。

而他完成任务却丢掉公职的原因……说起来倒是和我们直接相关。

没错,根据伊斯坎德尔在坦塔罗斯星的观察,还有一系列完全出人意料、纯属巧合的事件,在过去曾让邦联畏惧无比的太空汪达尔人“瘟疫”很可能已经结束了——不过,所谓的“很可能”和“完全确定”并不是同义词,由于人们对于这场“模因感染”的认识,直到目前都还存在着诸多空白之处,因此就连伊斯坎德尔自己也不敢断言他的判断是否绝对准确。

如果他的判断有误,那么,付出代价的可就是整个邦联了。

原则上讲,伊斯坎德尔当时应该立即向他的上级报告自己的发现,然后与小音一起从坦塔罗斯星撤出。只不过,他们会前往一颗被改造成隔离观察设施的小行星,在那个只有他们两人的微型世界里待上很长一段时间。而我们其他人则只能留下,并且继续等待。

在意识到这点后，杏子立即安慰起了露出沮丧神色的伊斯坎德尔，她提议我们以后继续像之前那样，作为一个行旅商人团队，在行星上展开冒险，直到邦联真的确认坦塔罗斯星没有危险为止——虽然没人知道那会是什么时候就是了。

“毕竟，我们还有那么多地方没有去过，”我记得，杏子当时是这么说的，“《远足者的远足书》里记载了那么多有趣的东西，我也都还没看过呢。反正这个世界很大……”

伊斯坎德尔对这个提议的唯一回答，只是默默地摇头。

“那……要不然你们回去吧。没关系的，我们会……会等着你们……”虽然在说出这句话时，杏子的眼眶里已经有不止一颗眼泪在打滚了，但她还是挤出了一丝微笑，“反正应该用……用不了多久……”

“不必了。”伊斯坎德尔摆了摆手，示意我们把他扶了起来。接着，他做了一件我们所有人都意想不到的事。

而这正是我今天能在这里的原因。

通过只有他本人可以使用的授权码，伊斯坎德尔关闭了位于坦塔罗斯星高空轨道的监视卫星星座，接着，他向这艘护航舰下达了指令，让它直接驶向了新巴塔哥尼亚——这是离坦塔罗斯星最近的有人居住的殖民世界。在这个世界并不存在“奥兹曼迪亚斯”系统，而我们在迫降四天，并已经与当地人接触之后，才被匆匆赶来的邦联安全部队扣押隔离。

之后，新巴塔哥尼亚并没有发生任何异常。

伊斯坎德尔的赌博成功了。坦塔罗斯星的隔绝状态也在不久之后得以解除。但是,他的行为也确实违反了邦联观察员的任务准则——这使得他失去了原有的工作,若非之后什么事都没发生,他甚至还很有可能被追究刑事责任。在那之后,杏子曾经问过他为何要这么做,不过,伊斯坎德尔一直没有正面回答过这个问题。

不过,我想,这可能是因为他是我们可靠的同伴吧。